外国文学名著丛书

〔日〕太宰治／著

人间失格

魏大海／译

"外国文学名著丛书"编委会

人民文学出版社

人间失格
太宰治

图书在版编目(CIP)数据

人间失格/(日)太宰治著;魏大海译.—北京:人民文学出版社,2022
(外国文学名著丛书)
ISBN 978-7-02-015916-1

Ⅰ.①人… Ⅱ.①太…②魏… Ⅲ.①中篇小说—小说集—日本—现代 Ⅳ.①I313.45

中国版本图书馆CIP数据核字(2022)第027841号

责任编辑　陈　旻
装帧设计　刘　静
责任印制　王重艺

出版发行　人民文学出版社
社　　址　北京市朝内大街166号
邮政编码　100705

印　　刷　北京盛通印刷股份有限公司
经　　销　全国新华书店等

字　　数　285千字
开　　本　850毫米×1168毫米　1/32
印　　张　13.75　插页3
印　　数　1—10000
版　　次　2022年8月北京第1版
印　　次　2022年8月第1次印刷

书　　号　978-7-02-015916-1
定　　价　84.00元

如有印装质量问题,请与本社图书销售中心调换。电话:010-65233595

太宰治

本书承蒙日本国际交流基金会资助翻译、出版

出版说明

人民文学出版社自一九五一年成立起，就承担起向中国读者介绍优秀外国文学作品的重任。一九五八年，中宣部指示中国科学院文学研究所筹组编委会，组织朱光潜、冯至、戈宝权、叶水夫等三十余位外国文学权威专家，编选三套丛书——"马克思主义文艺理论丛书""外国古典文艺理论丛书""外国古典文学名著丛书"。

人民文学出版社与中国科学院文学研究所，根据"一流的原著、一流的译本、一流的译者"的原则进行翻译和出版工作。一九六四年，中国社会科学院外国文学研究所成立，是中国外国文学的最高研究机构。一九七八年，"外国古典文学名著丛书"更名为"外国文学名著丛书"，至二〇〇〇年完成。这是新中国第一套系统介绍外国文学作品的大型丛书，是外国文学名著翻译的奠基性工程，其作品之多、质量之精、跨度之大，至今仍是中国外国文学出版史上之最，体现了中国外国文学研究界、翻译界和出版界的最高水平。

历经半个多世纪，"外国文学名著丛书"在中国读者中依然以系统性、权威性与普及性著称，但由于时代久远，许多图书在市场上已难见踪影，甚至成为收藏对象，稀缺品种更是一书难求。在中国读者阅读力持续增强的二十一世纪，在世界文明交流互鉴空前频繁的新时代，为满足人民日益增长的美好生活的需要,人民文学出版社决定再度与中国社会科学院外国文学研究所合作,以"网罗经典,格高意远,本色传承"为出发点,优中选优,推陈出新,出版新版"外国文学名著丛书"。

值此新版"外国文学名著丛书"面世之际,人民文学出版社与中国社会科学院外国文学研究所谨向为本丛书做出卓越贡献的翻译家们和热爱外国文学名著的广大读者致以崇高敬意!

"外国文学名著丛书"编委会
二〇一九年三月

编委会名单

（以姓氏笔画为序）

1958—1966

卞之琳	戈宝权	叶水夫	包文棣	冯 至	田德望
朱光潜	孙家晋	孙绳武	陈占元	杨季康	杨周翰
杨宪益	李健吾	罗大冈	金克木	郑效洵	季羡林
闻家驷	钱学熙	钱锺书	楼适夷	蒯斯曛	蔡 仪

1978—2001

卞之琳	巴 金	戈宝权	叶水夫	包文棣	卢永福
冯 至	田德望	叶麟鎏	朱光潜	朱 虹	孙家晋
孙绳武	陈占元	张 羽	陈冰夷	杨季康	杨周翰
杨宪益	李健吾	陈 燊	罗大冈	金克木	郑效洵
季羡林	姚 见	骆兆添	闻家驷	赵家璧	秦顺新
钱锺书	绿 原	蒋 路	董衡巽	楼适夷	蒯斯曛
蔡 仪					

2019—

王焕生	刘文飞	任吉生	刘 建	许金龙	李永平
陈众议	肖丽媛	吴岳添	陆建德	赵白生	高 兴
秦顺新	聂震宁	臧永清			

目　次

译本序 ·· *1*

弃姥 ·· *1*
逆行 ·· *17*
东京八景 ·· *31*
丑角之花 ·· *53*
鱼服记 ·· *98*
维扬之妻 ·· *106*
女学生 ·· *129*
斜阳 ·· *160*
人间失格 ·· *281*
奔跑吧,梅洛斯 ······································ *371*
樱桃 ·· *383*
二十世纪的旗手 ····································· *390*

译 本 序

太宰治是一个极具个性、才华横溢的日本现代作家,在二十世纪日本文学史上齐名于川端康成、三岛由纪夫等大家。代表作有《斜阳》《人间失格》《维扬之妻》《丑角之花》《二十世纪的旗手》等。战后名作《斜阳》的书名一度成为流行语。太宰治是二战后日本"无赖派"文学最具代表性的作家,该派文学虽有消极的病态表现,但契合战后日本国民共通性的心理趋向,引起极大反响。"无赖派"又称"新戏作派",即与日本江户时代的"戏作"文学类型近似,基本特征是游戏式的世俗性、自嘲与反叛。第二次世界大战后,日本社会的基本文化特征正是彻底的虚脱感、道德的崩溃和精神的"解放"。"无赖派"作家可谓应运而生。不妨说该派作家的共通特征恰巧吻合于太宰治、坂口安吾之类作家的个体精神气质。"无赖派"作家为确保作为人的"真实性",自然而然地借用了"戏作"文学的文体特征和表现技法。著名文学史论家小田切秀雄又将他们称作"反秩序派"。

另一方面,太宰治还是日本"毁灭型"私小说最具代表性的作家,作品影响力经久不衰。"私小说"被称作日本现代文学的一个传统。著名文学评论家中村光夫称,几乎所有日本现代作家都曾写过私小说。日本私小说有两大类别——调和型与毁灭型。调和型私小说作家面对作品表现的中心矛盾，总可找到解决的出口，代表性作家是志贺直哉（《暗夜行路》《和解》）等；太宰治则是毁灭型私小说作家的代表，此类作家的作品人物乃至作家自身，常常找不到解决中心矛盾的方法，最终只有趋于毁灭（病死、自戕等方式）。此类作家的代表还有葛西善藏、嘉村矶多、西村贤太等。太宰治最为典型，不仅在作品中反复表现人物的晦暗心境，失去做人资格，失去谋生手段，同时不断地让人物殉情求死。太宰治现实中也不断地殉情，最终与情人山崎富荣在玉川上水跳河身死。

对于这样一位作家，奥野健男（著名文论家）却说，"无论喜欢还是讨厌太宰治，肯定还是否定他，太宰作品总有一种不可思议的魔力，在今后很长一段时间里，太宰笔下生动的描绘都会直逼读者的灵魂，让人无法逃脱。"

太宰治的重要作品多数已有译本，如代表作《斜阳》《人间失格》《维扬之妻》《丑角之花》，另有《东京八景》《惜别》《右大臣实朝》《弃姥》《女人的决斗》《家庭的幸福》《玩具》《虚构的春天》《鱼服记》《苦恼的年鉴》《故乡》《清贫谭》和《二十世纪的旗手》等。也有一些散文、随笔、信札如《〈井伏鳟二选集〉后记》《致川端康成》等。

众所周知，自二十世纪初鲁迅、周作人翻译、介绍日本近代文学以来，国内的日本文学翻译、研究取得了十分可观的成就。这里特别强调的是，国内相关研究界、翻译界长期以来，虽涉及众多近现代日本作家的介绍、翻译与研究，但真正达到热门关注程度的日本作家却屈指可数。受到热门关注的纯文学作家有芥川龙之介、永井荷风、谷崎润一郎、川端康成、三岛由纪夫、大江健三郎和村上春树（并非纯粹的纯文学作家)……毫无疑问也包括太宰治。夏目漱石和森鸥外也备受关注,但似乎并未达到热门关注的程度。

太宰治在日本现代文学史上是极其重要的作家,奇怪的是,如前所述,无论喜欢或不喜欢,他生前及逝世以后(一九四八年去世以后,迄今已七十余年),始终拥有众多的拥趸读者。在日本、中国都是一样的。新时期以来上海译文出版社最早翻译出版的日本文学作品,就是太宰治的《斜阳》(张嘉林译)。初读作品,那般黏黏糊糊、暗郁的自我心理表现,给读者的感受未必舒服。当时的中国读者,或许并不适应阅读此类作品。但是出版社为何首先选择了这部作品翻译出版?几十年过去了,中国读者为何一如既往地喜欢太宰治?探究此类作品接受过程中的功能性作用或反应,显然十分重要。《斜阳》等代表作品已翻译出版了近二十个版本。《人间失格》也有多个译本,甚至有译本两年销售了六十万部。毫无疑问,这是一个中国相关学界和读书界异常关注的作家、作品对象,从阅读或接受心理的角度探究,也有重大的现实意义。

二〇一三年,人民文学出版社出版了我主编的《外国中短篇小说藏本——太宰治》,我翻译了其中的《斜阳》,其他几部代表作如《丑角之花》《人间失格》等,因故请他人翻译(当时《人间失格》译作《丧失为人资格》)。这次人文社重新编集、出版太宰治经典作品集,首先收入的作品自然是《斜阳》与《人间失格》,此番亲自翻译了《人间失格》。这部小说堪称"绝笔"。翻译中感触至深,认定要真正看懂、理解太宰文学,精读《人间失格》是不可或缺的。有人将《人间失格》与夏目漱石的《心》相提并论,称作日本近代(现代)文学的两大杰作。除这两部作品,尚亲自翻译收入了其他十部中短篇《弃姥》《逆行》《东京八景》《丑角之花》《鱼服记》《维扬之妻》《女学生》《奔跑吧,梅洛斯》《二十世纪的旗手》。这十部作品中最精彩的是《丑角之花》和《二十世纪的旗手》。

下面简单介绍一下太宰治代表作品的创作特征。首先是《斜阳》。《斜阳》的人物配置并不复杂,四个主要人物是和子、母亲、弟弟直治和作家上原。不妨说四个人物体现不同形式的"毁灭"或"破灭",有人称之为"毁灭"四重奏。作品的时代背景正是战后一九四五年东京遭空袭,太宰治疏散至老家津轻,翌年返回三鹰家中,一九四七年完成《斜阳》。当时的太宰治三十八岁。有人认为,这部作品跟一九四八年的《人间失格》一样,是一部体现反省和暗郁基调的作品。这种看法不无道理,但也有不同观点认为,从小说的时代背景上讲,战前、战时以天皇为中心,为国尽忠且有皇族-华族(贵族)-士族的身份制度;战时社会主义思想受到严厉压制,战后在组织上、权力上发生了反弹式的扩大。这些在两部作品中皆有反映,战败后的日本处于美国占领军管制之下,美国式的资本主义和民主主义传到日本。说到底,战败初期的日本处于混乱的状态中,外来思想的接受也是半强制性的。在美国式民主主义的名义下,身份制度趋于解体;在财政困难的境况下,贵族的财产被剥夺。二战结束后,身为贵族的和子和母亲在伊豆山庄过着没落贵族似的生活,她们原住东京西片町,却在山庄迎来初春。家境每况愈下,十年前父亲过世后,靠叔父的支援为生。生活渐趋困窘。和子与母亲每日的功课,只是编织、读书、干点儿农活儿。这样的生活中叔父告知弟弟还活着,同时提到无力继续提供生活援助。战后的世态如此,国家的财政困难、存款的冻结乃至高额财产税,使所谓的贵族不堪重负。叔父劝和子去皇族府上做女佣,和子却无法屈就,跟母亲也发生一系列纠葛,苦闷中靠典当衣物维持生活。弟弟战场回来后,摆脱了鸦片却每日饮酒。一回家就吵着要钱,随后去东京见学生时代结识的作家上原。和子跟上原一面之缘,却让上原吻了自己。当时的和子已婚,夫妇不和。以上原的一吻为契机,和子离婚了。和子给上原写信说:"并不稀罕钱也并不想做小说家的妻子,只想为你生个孩子。"一个夏天,和子给上原写了三封信。这告白式的书信体,也被称作"私小说"的样式特征之一。和子的信没有回音。直治照常回家要钱去东京喝酒。这种状态下,临近秋天的季节,母亲死于肺结核。葬礼结束后,和子去东京见到上原。上原却与六年前判若两人。上原的酒友统统是富人。他们看不起贵族出身的直治,认为其贵族身份徒有其名,只知饮酒作乐却无生活能力。上原一副颓废模样,有钱却没有工作热情。面对这样的上原,和子心灰意冷,虽说充满屈辱感,还是跟上原一夜共衾。翌日凌晨,直治竟在自己的居处自杀了。

有人称,《斜阳》是日本版的《樱桃园》(契诃夫著)。这部小说的许多情节乃至人物,与太宰治的私人生活密切关联。例如和子的原型正是太宰治的情人太田静子。和子与静子有许多共通点,名家出身、孩子早夭、离过一次婚等。小说中的日记、书信等也与静子的手笔一致。在战后特定的时代背景下,太宰治描写了被时代潮流拨弄的主人公。和子与母亲虽为贵族却不像贵族。小说家上原经济富裕,实际上却是出身于乡村农家的乡巴佬。战后的日本社会处在大转换或颠覆之中,一切不顺畅。和子穷困潦倒,却强烈地希望保持贵族的尊严。上原衣食无忧,却丧失了艺术创作的热情。正是在这种混乱或颠覆式的破灭中,太宰治准确刻画了特定时代特定人物的本质。这也是战后"无赖派"文学一度走红的根本原因,坂口安吾、织田作之助和石川淳,皆以不同的形态反映、描画或表现了战后的日本人、社会或世态。

另一代表作《人间失格》的结构独特,人物配置也复杂、有趣,作品中的第一人称"我"究竟是谁?小说中似乎存在两个"我",一个是前言、后记中宛若作者的"我",还有一个则是"手记"中的主人公"我"。直观上两个"我"并无关联,哪个"我"代表了太宰本人亦属未知。事实上"手记"中的"我"虽时不时以"自己"的称谓取代,但显而易见,"手记"中的"我"才是太宰治本人的化身。小说以三部"手记"的形式构成,占整部小说百分之九十的篇幅。对这部作品,评论家福田恒存的解说如下:"太宰治发现了苛责自己的'神',却未能发现原宥自己的'神'。"熊田一雄则在论文中强调,"《人间失格》与日本的神智主义相关,作品中展现的宗教式的世界观是'自己＝罪/世界＝恶',这与基督教的定式某种意义上相反,基督教的定式是'神的爱/人的罪'。"[①]详细论证姑且不谈,可见太宰治《人间失格》所表现的绝非一般意义上的自我堕落或毁灭。令人吃惊的是,太宰治的《人间失格》至二〇〇九年,总印数逾六百万部,被誉为近代日本文学的古典或范本,至今仍在年轻读者中人气超大。有读者称,自己通过这部作品"获得了拯救"[②]。

如前所述,一般认为太宰文学与二十世纪日本文学的

---

① 《小说"人间失格"之宗教心理的一个考察》,日本爱知学院大学文学部《纪要》第三十九号,第3—4页。
② 同上,第4页。

"私小说"传统相关。这里有必要简单梳理"私小说"的基本特征或概念本质,否则难以读懂太宰治。顾名思义,"私小说"最重要的样式特征便是第一人称主人公(但有时也是第三人称),此外有危机感、排斥虚构、强调绝对的写实,即原样不变地真实地复制现实中的作家"自我",包括作家的精神体验。那么,除了虚构,太宰治显然符合"私小说"的基本规约。一般说来,太宰治被归之为毁灭型"私小说"的代表作家。此类作家的"毁灭感觉""毁灭意识"仿佛与生俱来,根植于作家特有的、内在的"自我"精神基因,并在特殊的环境或人生境遇中磨砺得异常纯粹而绝对。评论家奥野健男被称作日本太宰治研究第一人。他将《人间失格》称作太宰文学的"集大成"或"太宰治的内在精神自传"。同时指出"该作与传统'私小说'不同的是,没有拘泥于所谓经验事实而是依据'虚构'的方法,表现了更趋深层的原初体验。"一句话,有观点认为太宰治并非传统意义上的、纯粹的"私小说"作家,他的同一性建立在虚构、谐谑的基础上,或体现了一种逆向的同一性。当然也有观点认为,单向同一性并不具有决定性意义。在太宰治异常独特的文学世界中,看似体现"第一性"存在的作家经验似乎变成了"第二性"的存在。事实上,从内在精神本质上讲,太宰治这样的作家一出生便具有了所谓的"私小说"性。

太宰治正是一位天生的、原初性的、逆向性的、体现特定概念特性与本质性精神特质的私小说作家。这里不妨引用大江健三郎关于私小说和太宰治的一些说法。大江说,"私小说的传统中是有一些大作品的,岩野泡鸣是我最喜爱的作家之一。但私小说未揭示个体在社会中的角色。我的作品发端于我的个人生活,但我试图揭示社会问题。"大江的说法一定意义上是对的:他至少证明了,私小说这样文学样式并不像一般人表面理解的,只是消极地表面化地复述自己亲身经历的现实生活,私小说同样需要虚构。或者可以说,私小说并不是一种所谓的文学样式,只是关联于某种特定精神气质的文体。私小说作品形态迥异,形形色色。但文体上却有相近相似之处。或许正因如此,虽历时百余年,关于私小说的定义仍处于莫衷一是的混沌状态中。也许一种更加模糊的说法反而接近于特定文学的本质。私小说或许只是一种基于文学、文化历史传统的精神气质。作为特定国家的作家,可以亲近或拒斥某种特定的文学样式、类型或方法,却无法拒斥基于民族文化传统的精神气质。因此中村光夫称,几乎所有的日本现代作家都曾写过私小说。

日本著名文论家柄谷行人曾在论著《日本现代文学的起源》中提及私小说,他说:"重要的并非芥川龙之介对第一次世界大战后日本文学动向的敏感,也不在其有意识地创作那般'私小说',重要的是芥川把西欧的动向与日本'私小说式的作品'结合在一起,使此类'私小说式的作品'作为走向世界最前端的形式具有了意义。"他说"私小说作家其实无法理解(芥川的)这种视角,(唯美派作家)谷崎润一郎也没有意识到这一点。在那些'私小说'作家的观念中,他们以为是在自然而然地描写'自我',与西欧作家的所为一致。实际上芥川看到的并非'自白'与'虚构',而是'私小说'具有的'装置形态'问题。"

什么是柄谷行人所谓的"装置形态"?显然是一个值得深究的重要问题。总之,将某某作家称为私小说作家,并没有太大的意义。一般认为私小说作家是绝对排斥虚构的,其实亦不然。有人认为将大江健三郎称为私小说作家有矮化之嫌。实际上,尽管大江健三郎也曾否认自己是私小说作家,但他非常坦然地承认了自己的许多作品(尤其是《个人的体验》),创作的出发点与私小说有着密切的关联。大江健三郎的小说充满了虚构,但虚构与写实并不绝对地相互排斥,二者和谐共处。有趣的是太宰治的小说也充满了虚构。太宰治的所有作品都充斥着虚构,最大的虚构就是自杀和情死。按照一般逻辑,既然私小说作品的人物和内容必须与现实一致,那么必然先有经验,后有表现。问题是许多经验无法实证其先后,尤其是心理经验与情感经验。

大江有一个关于太宰治的有趣建言。在说到毁灭型私小说作家太宰治时,他认为作家的描写或表现无论怎样写实——像私小说作家强调的那样作品中的描写与现实全然如一,事实上不可能。为此,大江说,假如有人告诉太宰治这个真实,并让他离开那样的创作语境三年,太宰治或许就不会自杀了。大江健三郎的这个说法证明了私小说的虚构性、太宰治作为私小说作家的逆向式的纯粹性。但是太宰治怎会不知自己在虚构,怎么可能脱离那样的生存语境?太宰治的生命轨迹是命定的,无法更改,太宰治对自己的一切皆有清醒的认识,否则哪里还有如此充满个性和艺术家魅力的"私小说"作家太宰治呢?

综上所述,自己也曾将日本私小说简单地看作西方自然主义文学的末流抑或变种,也曾以为私小说作家的写作方式是消极的、纯粹纪实的,因而正如有些作家所强调的,潜意识中也认为私小说作家缺少的是文学创造力。但事实上,我们看到的文学现象却是自田山花袋以来形形色色的私小说作家、眼花缭乱的作品。尤其太宰治的文学感受力和创造性可谓空前绝后。太宰治的每一部作品都在书写勾勒绝对的人性,太宰治每一部作品的表现技巧或方法、人物构置或感觉,都是没有雷同、别出心裁的。尽管在人物的精神气质上可以找到某种共性,但太宰治所追求的,显然不是单纯的现实与表现的同一。

毋宁说太宰治的《丑角之花》等也是典型的复调小说。小说具有对话性。小说中的第一人称"我"和作品主人公大庭叶藏,处于一种极其微妙、趣味盎然的关联性之中。太宰治的文学感受性绝不局限于写实性的自然主义文学。且看《二十世纪的旗手》,简直是一部精致的现代主义经典小说和顶级水准的现代主义自由诗,堪谓东方或日本的《恶之花》。

> 惩罚,惩罚,神的惩罚,市民的惩罚,困难不幸,爱憎转变,没人的时候偷偷戴上金冠照镜子,带着犯罪感窃笑。神不宽恕。你就是神啊。天然寒风一般让人讨厌。严峻、执拗,压住我的脖子,咕嘟咕嘟沉入水底挣扎,人的孩子在溺死的瞬间趁着稍有松懈,悄然上浮,喜见阳光。(《二十世纪的旗手》)

> 我知道早晚埋身异乡泥土,手执无果命运。不知不觉间,我陷入虚幻的恋爱。名不副实。看不见恋爱的样子。撕心裂肺——即便嘴上不说——不义。只一句告白。我是甘愿朝圣并非日后恋爱。我不过要抹煞真心一心朝圣。我想要的东西不是全世界,不是百年名声。我想要的只是一朵蒲公英花的信赖,或一片莴苣叶的抚慰,为此断送了一生。(《二十世纪的旗手》)

一般认为《恶之花》兼具浪漫主义、象征主义和现实主义的特征,画出了忧郁和理想冲突交战的轨迹。太宰治又何尝不是?

下面,简单梳理太宰作为作家的创作经历与现实经验。通过现实经历的对比或比照,读者或可清楚地发现,这位作家的人生经历与其作品中描述的情节故事乃至人物命运何其相似!解析、阅读其重要代表作品的同时,想必也会对"私小说"的本质特征、概念内涵形成新的认识。

太宰治(一九〇九——一九四八),原名津岛修治,其主要作品发表于二战前后,除《奔跑吧,梅洛斯》,多数作品给人一种阴湿的暗郁感,比如《斜阳》《人间失格》《丑角之花》等,均涉及自杀未遂或药物中毒。

太宰治的故乡在日本青森县北津轻金木村,父亲津岛源右卫门,是县内屈指可数的大地主。太宰治在家里十一个子女中排行第十。父亲曾任县议会议员、众议院议员和贵族院议员等职务,工作繁忙。母亲多病。太宰治出生后不久即由奶妈抚养,未足一年奶妈辞职,便辗转到了姨母家,三岁到上小学由十四岁的女佣近村照料。一九一六(大正五)年入金木第一普通小学。成绩优秀,被称作建校以来的秀才。普通小学毕业后,他在明治高等小学校借读一年。一九二三(大正十二)年三月四日,父亲源右卫门患肺癌故去。当年四月,太宰治入旧制青森中学,离家开始寄宿生活。因成绩优秀,从一年级第二学期开始一直到毕业都担任班长。四年结业时的成绩,在一百四十八名同学中排名第四。中学期间,他爱读芥川龙之介、菊池宽、志贺直哉、室生犀星等人的作品,阅读井伏鳟二的《幽闭(山椒鱼)》后兴奋不已。

在学期间十七岁时，太宰完成一部习作《最后的太阁》，又与文友一起发行了十二期同人杂志《蜃气楼》，表现出日后成为作家的志向。一九二七（昭和二）年以优秀成绩考入旧制弘前高等学校文科，当时的弘高是全寮制，第一年可以住在家里，第二年必须入寮（学生宿舍）。但太宰的母亲放心不下，谎称身体病弱让他一直住在公寓。七月二十四日暑假返乡，受芥川龙之介自杀事件的冲击，返回弘前公寓后，一度幽居情绪低落。

一九二八（昭和三）年发行同人杂志《细胞文艺》，受当时流行的无产阶级文学影响，以辻岛众二的名义刊发连载小说《无限地狱》，仅发行一回即中辍。此期间结识了艺伎小山初代（一九一二—一九四四）。一九二九（昭和四）年以弘前的高等学校罢课事件为原型执笔《学生群》，参选改造社悬赏小说的征集却最终落选。十二月十日黎明服镇静剂自杀未遂，后在母亲夕子的陪同下于大鳄温泉静养至翌年一月七日。太宰治将自杀的理由归咎于自己身份与思想的差异，他在《苦恼的年鉴》一作中这样写道："我并非贱民，却上了断头台。"这年一月十六日以后，弘高的左翼学生频频遭到特高①逮捕。有人认为，太宰的自杀未遂也是为躲避特高的拘捕，他从津岛家事先获得了情报。

一九三〇（昭和五）年，弘前高等学校文科甲类的七十六名学生毕业，太宰治的成绩是第四十六名。太宰治不谙法语却憧憬法国文学，辗转拟入东京帝国大学文学部法国文学科。

---

① 特别高等警察之简称。

当时东大英文科和国文科有入学考试，法文科免试。不料太宰提交申请之后，一九三〇年法文科入学也开始要考法语。失望的太宰与其他报名者一起到考场请愿，与考官辰野隆理论后好歹入学。

入学后却跟不上课，便想着转到美学专业或美术史专业。为做小说家，又做了井伏鳟二的弟子。十月，小山初代在太宰的劝导下离开住所到东京。津岛家强烈反对太宰与艺伎的婚姻。十一月长兄文治到东京劝说，太宰却坚持要与初代成婚。文治最终认可了这桩婚事，条件是太宰治除籍津岛家且约定大学毕业前，家里每月提供一百二十日元生活费。原本期待分到家产的太宰治沮丧不已。除籍十日之后的十一月二十八日，便与银座酒吧"好莱坞"十八岁的女侍田部召子，服下镇静剂跳了镰仓腰越海自杀。召子一命呜呼，太宰却生还。此等事件，在太宰的《东京八景》和《人间失格》之类作品中皆有描述。当时的新闻报道称——发现他们喝了镇静药，倒卧海岸边。太宰被追究"助人自杀罪"，但在文治等人的斡旋下缓于起诉。

太宰与初代，后在南津轻郡碇关温泉的柴田旅馆私下举办了结婚仪式。新年初，太宰治与长兄文治立下字据，只要不出问题正常地大学毕业，每个月就会保证一百二十日元的汇款。初代二月到东京，两人开始了新婚生活。一九三二(昭和七)年太宰决意当作家，开始创作《回忆》《鱼服记》，且在文治的帮助下脱离了左翼活动。一九三三(昭和八)年在杂志《周日东奥》(当年二月十九日发行)以太宰治的笔名发表《列车》，又参加同人杂志《海豹》，创刊号刊载了《鱼服记》。一九三五(昭和十)年在《文艺》二月号发表了《逆行》。

一九三五年年初的《逆行》，曾列选第一届芥川奖候补作品，最终却落选（当年的获奖作是石川达三的《苍氓》）。选考委员之一川端康成的评语述及太宰治的私生活，"作者时下的生活阴霾笼罩"。太宰治则在文艺杂志《文艺通信》十月号上反击："莫非真正的正常生活就是养小鸟儿看跳舞。"同年结识佐藤春夫，拜为老师。佐藤春夫也是第一届芥川奖选考委员，对太宰的评价却很高。于是期待第二届芥川奖获奖，佐藤也表示后援，结果第二届出现"获奖者空缺"。一九三六（昭和十一）年，其镇静剂中毒益发严重。在佐藤春夫的劝告下，他在济生会芝医院住院十天。六月二十一日砂子屋书房刊出了他的处女短篇集《晚年》，特意给他寄了样书，致函拜请选考时予以关照。不料第三届芥川奖评选又有了新的规定，曾经列选候补作品的作家排除在评选对象之外。

此后镇静剂中毒愈发严重，最多一天注射五十支。初代的和服当掉了，还四处找朋友借钱。初代找到井伏鳟二哭诉。十月十三日，文治委托津岛家熟识的两个商人中畑庆吉和北芳四郎，将太宰治强制送进东京武藏野医院，同年十一月十二日获准出院。翌年一九三七（昭和十二）年，津岛家的亲戚、习画学生小馆善四郎却告白了自己与初代的不贞行为。三月下旬，太宰与初代在水上温泉服安眠药自杀，未遂，六月即与初代分离。

一九三八（昭和十三）年，经井伏鳟二介绍，太宰认识了山梨县甲府市出身的地质学家石原初太郎的四女石原美知子。此时太宰给媒妁人井伏又写了一份"结婚誓约书"，反省了之前乱七八糟的生活状态，决意忠实于家庭，称"再度发生破坏婚姻的状况请将自己视同癫人弃之"。翌年一月八日,在井伏鳟二家中举行了结婚仪式。同一天,一对新人移居甲府市街以北的甲府市御崎町(现甲府市超日五丁目)。九月一日,迁居东京府北多摩郡三鹰村下连雀。在这个精神安定期,他发表了一系列优秀的短篇作品《女学生》《富岳百景》《紧急诉讼》《奔跑吧,梅洛斯》等。其中《女学生》受到川端康成的高度评价,称邂逅这部作品乃是时评家偶然的幸运。此后稿约遽增。

一九四一(昭和十六)年接到文士征兵令,但因检查身体的结果是湿润性肺炎,因而被免除征用。同年认识太田静子。战时的太宰继续着旺盛的创作活动,创作了《津轻》《御伽草纸》、长篇小说《新哈姆雷特》和《右大臣实朝》等。一九四五(昭和二十)年三月十日,东京遭到大空袭,于是疏散到美知子的故乡甲府。七月六日至七日,甲府空袭使石原家完全烧毁。后又疏散至津轻的津岛家,在那里迎来了战争结束。

这年十月至翌年一月,太宰在河北新报连载了《潘多拉的盒子》。一九四六(昭和二十一)年十一月十四日返回东京,开始构思契诃夫《樱桃园》那样的没落贵族题材小说。一九四七(昭和二十二)年二月在神奈川县下曾我地方与太田静子重逢,借阅其日记用于创作。同年三月二十七日结识美容师山崎富荣。描写没落华族(贵族)的长篇小说《斜阳》,连载于《新潮》杂志。年末的十二月十五日出版单行本,成为畅销书。太宰也一度成为流行作家,"斜阳族"成了流行语。《斜阳》完稿前后,太宰承认跟作品中人物、和歌诗人太田静子生有一个女儿,名叫太田治子。

十月前后,新潮社的野原一夫目击了太宰在富荣屋里大量咯血。富荣习以为常,平静地清理现场。一九四八(昭和二十三)年太宰完成了《人间失格》和《樱桃》的写作,这两部作品可称作他的绝笔。富荣是个精明强干的急性子女人,也是太宰治的情人兼秘书。她辞掉美容师工作,还将二十万日元存款供太宰治使用。令人震惊的是一九四八年六月十三日,太宰治又与情人山崎富荣在玉川上水投河自杀,两人的遗体在六天后的六月十九日被人发现。

这一天正是太宰治的生日。他在死前完成了短篇小说《樱桃》,于是生前一位有过交往的同乡今官一提议,将其忌日命名为"樱桃忌"。

关于这个事件,当时就有种种臆测,如起因于富荣的无理殉情说、假装殉情失败说云云。津岛家的常客、服装商人中畑庆吉曾将三鹰警察署的刑警带到了投河自杀的现场,据称看到了木屐踩下的脚印,也看到牵手滑落时试图停下的明显手印。庆吉推测"下了一周雨,却还留下这般明显的痕迹,想必死前有过强烈'拒斥'感";又说,"开始想必就是太宰的一句玩笑——'去死吧',富荣也便简单地回复一句——'行啊。'死前,两人却执着于生的渴望"。中畑征求了三鹰警察署署长的意见,署长也确信"不是单纯的自杀"。

之后《朝日新闻》和《朝日评论》刊载了太宰的未完遗作《Goodbye!》。有趣的是作家檀一雄的一个说法:

> 绝笔写到十三回具有暗示性,基督教的忌数是十三,这或许是太宰治最后的谐谑。当然还有一个更现实的说法,即作者长期苦于健康状态不佳,一个儿子且患忧郁症加智力障碍。而在太宰治逝世临近五十周年的一九九八(平成十)年五月二十三日,遗属公

开了太宰的九页遗书。遗书写给"最爱"美知子,说明了其自杀的动机是"厌倦了继续写小说"。遗书以毛笔工整地写在半纸①上,有署名,可查知这样的遗书原本是作品的手稿。②

所有这些,皆可作为其代表作《斜阳》和《人间失格》的背景参照。在太宰治的作品中,有一部连载评论《如是我闻》,可看作太宰对既成文坛的宣战或宣言。死后刊出最后一回。

最后关于津岛家的家谱有种种说法。其中一说早期是卖豆腐的小商。太宰在一九四六年发表的《苦恼的年鉴》中写道,"我出生的家庭没有值得炫耀的家谱。我的祖先不知从何处流离至此定居,不过是津轻北部的一介百姓。我正是一个无智贫农的子孙,头等大事是吃饱肚子。生家多少开始有点儿名气是在曾祖父的时代。"曾祖父是个油商,后靠放贷发了财。津岛家后成为县内屈指可数的大地主。如所周知,三岛由纪夫也选择了自杀辞世,其政治倾向另当别论,文学方面的才能和评价是已有定论的。有趣的是,三岛由纪夫从作家个性和创作倾向上讲,与太宰治形成了鲜明的对照。三岛曾屡次表明自己讨厌太宰治。在《小说的休假》中,他说,"首先我讨厌那张脸;其次我讨厌乡巴佬的时髦追求;再次则是讨厌他不合时宜的演技。"又说"太宰治的性格缺欠可以冷水擦身、器械体操或有规律的生活根治","不肯配合的病人没有真正的病人资格"。在其他的座谈会或相关书简中,三岛也有类似记述。晚年在一桥大学一次研讨会上,三岛说:"我与

---

① 日本特有的白纸。
② 《新潮》一九九八年七月号刊出原文资料;《朝日新闻》一九九八年五月二十四日有报道。

太宰具有对照性,愈发地趋于相反的方向;但是没准儿,根本上两人又有着某种暗合。所以相互反感,所以背道而驰。"三岛对于太宰的厌弃,只能说明一流作家也会天性不合,却无法左右太宰治文学独有的价值、读者对他的喜爱与评价。

魏 大 海

弃 姥

当时,妻子用怪异的语气嘟囔道:

"你说呢?我会处理得干净利落的。早就想好的嘛。真是这样……"

"那可不行。我知道你已经想好了……要么自己了断,要么自暴自弃。但是你有父母和弟弟呀。我知道你有那样的打算,但不能由着你。"嘉七深沉地这样劝说,却突然间也想到了死。

"要死,一起死吧。神会原谅我们。"

两人开始认真地收拾行装。

和错误的人亲昵爱抚的妻子,以及日常生活颓败荒废,竟将妻子逼迫至这般境遇的丈夫。最终的结局,两人相互以死亡来解决。这日是早春。一个月的生活费仅有十四五日元,悉数带在身上。两人带上的换洗衣物,仅有嘉七的棉和服、阿枝的夹袄和两条腰带。夫妻俩将衣物放入包袱皮,阿枝抱着,破天荒地一起出门。丈夫没有斗篷,久留米白点花纹和服配上鸭舌帽,藏青色丝绸围巾,唯有白色木屐簇新。妻子没有大衣,外褂、和服都是箭翎花纹铭仙丝绸,浅红色的进口拼布披肩,夸张地遮掩着上半身。夫妇在当铺门口分手了。

正午时分,荻窪车站,人们悄然进出。嘉七默默地站在站前吸烟。妻子咋咋呼呼地找寻嘉七。一眼看到了嘉七的身影,跌跌撞撞地跑近前来。

"太好啦。真棒!"她嚷嚷着,"我借来了十五日元。傻瓜!"

这个女人死不了。不能让她去死。她没经历过我那样压抑的生活。生命力强韧。她不会死,只是企图去死,她只是要找一个社会性理由,无可厚非。没人会怪罪于她。那也行啊。那么,我自己去死吧。

"劳苦功高。"嘉七想要轻拍妻子肩膀,"一共有三十日元吧。近处旅行也够了。"

两人买了到新宿的车票,在新宿下车,跑去药店买了一大盒安眠药,又去别的药店买了一盒其他品牌的安眠药。嘉七让阿枝等在店外,自己满脸堆笑进到店里买药。药店没有起疑心。最后去三越百货的药品部,店内人来人往,他便放心大胆要买两大盒。清瘦脸庞的女店员黑眼睛闪亮,一本正经的模样,眉间闪现出狐疑的皱纹,有点儿不耐烦。嘉七有些尴尬,微笑僵在了脸上。店员冷冷地递交了安眠药,踮起脚望着我俩背影。嘉七心中有数,有意跟阿枝偎偎着走入人群。自己觉着若无其事,外人眼中没准儿总有些异常。嘉七心中悲戚。随后,阿枝去三越的专卖场买了一双白布袜,嘉七买了上等的外国香烟。出了店门,坐上汽车便去了浅草。走进电影放映馆,那里正放映电影《荒城之月》。最初放映出的是乡村小学的屋顶和栅栏,还听到孩子的歌声。嘉七不由得哭了起来。

嘉七黑暗中笑着跟妻子说,"听说年轻的恋人看电影,都这样拉着手。"他笨拙地用右手抓过阿枝的左手,用自己的鸭舌帽子盖上,用力握了阿枝的小手。可是困境中的夫妇那样做,却有强烈的不洁感。嘉七感觉瘆得慌,悄悄撒了手。阿枝抽动着身体笑起来,不是因为嘉七那笨拙的玩笑,而是电影里无聊的打笑。

这是一个好女人,温良恭俭让,看一场电影都会感受幸福。我不能害了这个女人。让这样的人去死是错误的。

"还去死么?算了吧?"

"嗯,随便。"阿枝看电影出神,却一本正经地答道,"我可是想一个人去死。"

嘉七感觉女人真不可思议。离开放映馆,天色已暗。阿枝想吃寿司。嘉七却嫌腥。他说今晚想吃略微贵点的菜肴。

"哎呀,不想吃寿司。"

"可是,我想吃啊。"正是嘉七教会了阿枝撒娇的美德。他威严地告诫阿枝说,逆来顺受的假正经并非美德。

大家却都不赞同我的观点。

在寿司店喝了一点酒。嘉七要了炸牡蛎。他自言自语,这可是在东京的最后一餐,不禁露出了苦笑。妻子在吃生金枪鱼片盖饭。

"好吃吗?"

"不好吃。"她深恶痛绝,张大嘴巴说,"哎呀,真不好吃。"

两个人都不怎么说话。

出了寿司店,走进漫才馆。人满为患。一堆客人挤着站立在入口观看,时不时爆发出哇哈哈的哄堂大笑。阿枝、嘉七被看客人潮挤得东一个西一个。阿枝个子矮,从观众的人墙外很难窥望到舞台。她看上去就像个小村姑。嘉七也被挤在人群中,他踮脚探脖,就怕跟丢了阿枝。比起舞台,他大半时间在盯着阿枝。阿枝胸前紧紧抱着黑色的包袱,里面包着安眠药,她的头晃来晃去,焦急地希望看到舞台上的艺人,时不时回过头来找寻嘉七的身影。视线相对,两个人也不会面带微笑。脸上一副若无其事的表情,毕竟还处在安心的状态之中。

那个女人的一生照料我没齿不忘。责任全在我。我无论如何不能容忍世人对她的横加指责。她是个好人。我心知肚明,我相信。

那现在是怎么回事儿呢?啊,不行,不行。我不能笑。不行。只有那件事,我无法置若罔闻。不堪忍受。

原谅我。这是我最后的利己主义。伦理,我能忍。感觉却受不了。实在忍无可忍。

笑声的声波响彻馆内。嘉七对阿枝使了个眼色走出去。

"我们去水上吧,啊。"在那之前一年夏天,他们去了山中的温泉旅馆。从水上车站徒步一小时就是山上的谷川温泉。那个真实的夏天过得苦巴巴,拮据焦虑,到如今反而变成浓厚色彩明信片一般甜美的回忆。骤雨泛白,山川令人联想到悲哀的死。一听去水上,阿枝骤然恢复了活力。

"啊,是吗?那我得买糖炒栗子。阿婆想吃。"

阿枝似乎常跟客栈老妻撒娇,似乎也被娇惯着。造访者多为生客,也只有三个房间。室内无温泉,时不时到邻近的大旅馆要热水。下雨时打伞,晚上提着灯笼或举着蜡烛,到下面谷川河滩的小野温泉露天泡澡。老夫妇独处,像是没有子嗣。尽管如此,三个房间动辄也塞得满满。老夫妇慌里慌张的,阿枝在厨房里帮忙或者是添乱。饭桌上摆的是鱼子、纳豆什么的,并非客栈料理,嘉七却感觉很好。老妻牙疼不堪,嘉七不忍目睹给她服下阿司匹林,很快见效呼呼睡去。平日疼爱老妻的店主,担心地转来转去。阿枝大笑。一日,嘉七独自低头在客栈附近的草丛游荡,无意中朝客栈的门口望了一眼,微暗的门口楼梯下板屋内,老妻蜷曲着坐在那里呆呆地望着嘉七,那是嘉七珍贵的秘密之一。说是老妻,却是四十四五、福气满面、温文尔雅的女人。店主像是养子,老妻是收养者。阿枝买了糖炒栗子。嘉七让多买一点儿。

上野站有家乡的味道。嘉七总是担心害怕遇上同乡。尤其是那晚,他们的衣着就像是假日里四处闲荡的店里的伙计与女佣,十分忌惮他人的目光。阿枝在小卖部买了现代日本侦探小说特辑,嘉七买了小瓶威士忌,两人坐上了去新潟十点半的火车。

相对而坐后,两人微微一笑。

"喂,我这样打扮,阿婆觉得很怪吧?"

"没关系呀。两人去浅草看电影,回来时丈夫喝得醉醺醺的,也没问是不是去水上阿婆处,就这么来了。就这样说。"

"可也是呢。"阿枝发呆。马上又说:

"阿婆肯定吃惊。"直到火车开车前,还是一副不安的样子。

"很高兴吧。一定……"发车了,阿枝突然表情僵硬,东张西望看着站台。她壮了壮胆,解开膝盖上的包袱拿出杂志翻阅。

嘉七腿发酸,胸口不舒服,带着吃药一样的心情饮用威士忌。

如果有钱,就可以不让这个女人死。如果那个男人是个爽快之人又当别论。不忍目睹。这个女人自杀没有意义。

"喂,我是好人啊。"嘉七突然说,"就我想做好人,对不?"

声音太大,吓得阿枝发慌,她皱紧眉头生气。嘉七不好意思地讪笑。

"可是呀……"他故意打趣似的压低了声音,"你还是挺有福气的。不过说到底你是一个普通的女人。不坏也不好,本质上就是普通的女人。但我不同。非同小可!反正,我还不如普通呢。"

火车经过赤羽,经过大宫,黑暗中闷头行驶。威士忌带来微醺,加上火车速度的激发,嘉七变得健谈起来。

"我知道没脸见人,愚蠢!老婆嫌弃自己,无奈只有跟在老婆屁股后面东颠西跑。我不是一个好人。我讨厌好人。不管怎么说我是个好人,容易上女人的当,却又无法放弃,被女人拖着去死。做艺术的,认为那是纯粹。世人眼里却将我看作懦弱的老好人。笑话!谁需要这种糊里糊涂的同情?我要赴死是因为败给了自身的苦难。我并非为你而死。我也有一身的毛病。我过分依赖、过分相信他人的力量。对这一切,以及无数耻辱的失败,我心知肚明。我希望过普通人的平常生活,也希望你多少了解,我是靠着怎样的努力才有今天。我是靠着一根稻草活到今天的,命悬一线。你应该心如明镜。我不是弱者,苦难深重罢了。这是牢骚,是怨恨?可是不说清楚,世人和你就会坚信我的厚颜无耻,你们就会看低了我,认为这个人不停地叫苦,实际上是在做戏或表演。"

阿枝像要说什么。

"不,没关系。我并非指责你。你是好人。你总是那么坦率,直言不讳。我不想挑你的毛病。我的老朋友一肚子学问,也不了解我的痛苦,不相信我的爱情。顺其自然吧。一句话,我是个蠢人。"我微笑着这样说。阿枝瞬间得意起来。

"知道知道。不用说了。让旁人听见就麻烦了。"

"什么都不懂啊。在你眼里,我就是个蠢猪呀。我呀,现在很痛苦,内心的某个角落,似乎隐藏着做好人的念想。跟你一起六七年了,你却从不因为一点儿小事横加指责。自然而然。那不是你的责任。"

阿枝充耳不闻。默默地看杂志。嘉七表情严肃,像对着昏暗的窗户自语。

"不是开玩笑。为什么我是个好人呢?你知道人们怎样形容我吗?——骗子,懒汉,自恋癖,大手大脚,玩弄女性,此外还有很多让人听了惧怕的恶名。但我沉默着,一句辩解也没有。我有我的信念。这可无法说出口。那样,就什么也做不了。我想,果然是历史使命。自顾自一个人幸福是无以为生的。我想历史性地扮演反派。犹大的邪恶增色基督的慈悲。我相信自己是必将灭亡的人种。我的世界观这样教我。我尝试强烈的反抗。我相信灭亡之恶的仲裁,将催生新生命健康的诞生之光,那种反弹强烈递增。一己命运无足轻重。我会祈祷。我的反命题法,只要多少作用于未来生的明朗,我死而无憾。也许无人笑而面对,我实际上就是那样想。我是笨蛋。弄错了?说不定又是自以为是。甜蜜美梦。人生不是戏剧。我是输者,濒临死亡。至少还有你给我鼓励。这样的鼓励,说不定还是错的。舍命创造出的尸臭佳肴,狗都不吃。也许对被施与者才是良性麻烦。除非共生共荣,否则绝无意义。"窗户不可能回答。

嘉七站起身,摇摇晃晃向厕所走去。进了厕所,关好门,稍事踌躇,双手合十。祈祷的姿势。绝非演技。

到达水上车站是凌晨四点。天色还暗。担心的降雪也已停息。车站的四周静寂,笼罩在一片灰色之中。看这个架势,没准儿得徒步去山上的谷川温泉,那还了得,嘉七跑去站前的汽车房敲门。

汽车在山路上像闪电的形状那样弯弯曲曲行驶。野山暗空一片明亮,原来是白雪覆盖的缘故。

"好冷啊。没想到这么冷。在东京,已经有人穿薄毛衣上街了。"

连司机都提起穿衣的话题。

"啊,往右走。"

走近客栈,阿枝又恢复了生机。

"他们一定还在睡觉。"她对司机说,"嗯,再往前开一点儿。"

"好了,就停在这里吧。"嘉七说,"之后要步行。"前面的路很窄。

下了汽车,嘉七和阿枝脱了布袜往宿处走去,走了约莫半条街。路面的雪薄薄积了一层,似将融化。两人的木屐都濡湿了。刚要敲宿处门,稍稍落后的阿枝小跑着赶了几步。

"我来敲门。我叫阿婆开门。"阿枝像个争功的孩子。

宿处的老夫妇吃了一惊。不过并未惊慌失措。

嘉七三步两步独自上了二楼,走进去年夏天住过的房间,打开电灯。隐约听见阿枝说话的声音。

"那个呀,我让他来阿婆这里,他还不来。艺术家都是长不大的孩子。"她嚷嚷着,没意识到自己在说谎。而且又说起了东京的薄毛衣。

阿婆悄悄走上二楼,慢慢打开房间的窗户,说了句:

"你来了真好。"

外面,稍微变得明亮起来,雪白的山腰,呈现在眼前。窥望山谷,朦胧晨雾中,一条黑色的溪涧汩汩流淌。

"好冷啊。"

那是谎言。没觉得那么冷。

"真想喝上两盅啊。"

"没关系吗?"

"啊,好舒服!胖了吧。"

阿枝把大暖炉搬了过来。

"嗨,太重了。阿婆。这可是我借大爷的。大爷说可以拿走。太冷了!没办法。"她完全不搭理嘉七,自顾自地吵吵着。

两人独处的时候反倒突然一本正经起来。

"我累了。去洗澡,然后想睡一觉。"

"下面的野天浴场能去吗?"

"嗯,听说能去的。大爷说每天都去。"

客栈老板穿着大草鞋,在昨日下雪的雪地里咯吱咯吱地踩出一条路,嘉七和阿枝紧随其后,来到了微明的溪涧。两人在客栈老板带来的草席上脱去衣物,刺溜地滑入温泉。阿枝的身体圆润丰满。无论如何也无法联想到今夜将赴死。

客栈老板不在身边时,嘉七问:

"那边吗?"

他用下巴指着浓厚晨雾缓缓飘移的白色山腹。

"可是,那么厚的雪,怎么上去啊?"

"还是下游更好吧。水上车站那边,没这么大的雪。"

他们的话题围绕着死地的选择。

回到宿处,铺上被褥。阿枝刺溜钻进被窝里浏览杂志。阿枝的脚下是个大暖炉,看着都暖和。嘉七卷起自己的被子,盘腿坐在桌子前,紧拢着火盆喝酒。下酒菜有蟹罐头和香菇。还有苹果。

"嗳,延迟一晚吧?"

"嗯。"妻子边看杂志边答,"无所谓。但是,没准儿钱不够了。"

"还剩多少?"妻子这一说,嘉七羞耻难耐。

心有不甘。令人厌弃!世上最没有出息的事情。废物!这么缠绵悱恻,图个什么?不就是贪图这个女人的肉体吗?

嘉七无可奈何。

不想活着跟这个女人继续生活下去吗?借钱,死缠烂打地借钱,哪里还有活路?几近疯狂且名誉扫地,何以得洗清。疾苦,颇具讽刺的竟是没人相信你。走投无路。众叛亲离。

"喂,你果然败给了我的至亲。是不是?"

阿枝目不转睛地盯着杂志,随口应道。

"是啊,没人喜欢我这样的媳妇。"

"不,不能这么说。你也确有不够努力的地方。"

"够了。有完没完?"阿枝扔下杂志说,"讨厌!怎么全是你的道理啊。"

"啊,行了行了。我懂你讨厌我。"嘉七用醉汉似的口吻说。

我为何不心生嫉妒?我还是蛮自负的呀。我不会令人生厌。你不信吗?我不生气。过度软弱的是她。我的这种感受方式,倨傲么?那样的话,我的想法统统错误。我迄今为止的生活方式也统统错了。岂有此理!不可理解!为何不能单纯地憎恨？唯有嫉妒、谦恭及美。叠加四重愤怒,不正体现了高尚坦率吗？妻子背叛,承受打击,为此赴死的姿态,恰恰体现了清纯的悲哀。然而我算什么？心有不甘。好人啦,羞愧报颜,道德心啦,借钱不还,责任心啦,恭请关照,反命题啦,历史义务,亲朋好友呀！受不了啦。

嘉七挥舞着棍棒,恨不得打碎自己的头颅。

"睡一会儿就该出发了。没有退路。"

嘉七抖了抖自己的被子,钻进被窝。

喝得半醉,好歹睡着了。恍惚中醒来,稍过正午。嘉七孤寂得不堪忍受。翻身起来,连喊"冷、冷",同时跟下人要酒。

"好了,起床。要出发了。"

阿枝微微张着嘴酣睡。突然睁开眼睛。

"啊！到时间了吗？"

"不,正午刚过。只是……我已经受不了啦。"

脑子里空空的。只想早点儿死。

然后,时间过得很快。阿枝说,想沿这一带温泉四下里转转,而后离开了客栈。晴空万里。我们信步走着,看着路上的风景下山。我们不坐汽车,约莫走了一条街,忽然回头,客栈阿婆在身后老远处跑着追了上来。

"喂,阿婆来了。"嘉七感到不安。

"喂,喂,"阿婆红着脸,递给嘉七一个纸包:"棉花。家里纺的。拿不出手。"

"谢谢。"嘉七说。

"阿婆,不用那么担心。"阿枝说。两个人总算松了口气。

嘉七催着上路。

"保重,走吧。"

"阿婆身体真好。"后面还在寒暄。嘉七快速向后转。

"阿婆,握手。"

阿婆紧握他的手,脸上露出尴尬乃至害怕的表情。

"他喝多了。"阿枝在一旁解释。

醉了。他们笑着与阿婆分了手,没精打采地走下山来,这里积雪不多。嘉七跟阿枝小声商量赴死的处所。阿枝说,跟水上车站靠近一点儿好。那样就不会感觉寂寞。不一会儿,眼前展现出黑色的水城。

"不能再犹豫了。"嘉七装作高兴地说。

"嗯。"阿枝认真地点了点头。

嘉七慢慢拐进了路左侧的杉林。尽是干树枝。几乎没有积雪。落叶厚厚堆积湿漉漉的。两人不顾一切往前走。爬过陡然出现的高坡。死亦须努力。终于找到了坐得下两人的草地。有些许阳光射入,还有泉水。

"就这儿吧。"我筋疲力尽。

阿枝垫着手帕坐下,被嘉七嘲笑。阿枝一言不发,从包袱皮中接二连三取出了药品,打开盖子。嘉七拿起药说:

"吃药的事儿,你不懂。嗳嗳,你吃这些就够了。"

"这么点儿啊。这么点儿死得了吗?"

"没吃过这药的人,这点儿就死了。我经常吃,是你的十倍。死不了可就惨了。"死不了就得坐牢。

难道我是想让阿枝活下来,难道我是要施行卑屈的复仇?没想到,简直像通俗小说一般——嘉七感觉气恼,他把溢出手掌的一把药丸塞进嘴里,用泉水咕嘟地吞了下去。阿枝也手法笨拙地吞了下去。

两人接吻后并排躺下。

"那么,永别了。幸存下来的,可要坚强活下去啊。"

嘉七知道光是安眠药很难死掉的。他悄悄将自己的身体移到悬崖边缘,解开腰带缠住脖子,把另一头绑在了像似桑树的树干上,那么睡着了滑落崖下也不会死得太痛苦。很早以前,他就特地选定了这处崖上的草地。睡着了。朦胧意识到刺溜刺溜下滑。

好冷。睁开眼睛。漆黑一片。月光洒落。这里?——突然恢复了意识。

我得以幸存。

我摸了摸脖子。腰带缠绕在脖子上。腰下很凉。掉在了水洼里。我恍然大悟。我并没有顺悬崖垂直落下,而是身体横滚掉进了崖上的洼地。洼地积存的泉水浸泡着嘉七的背部腰部冰凉彻骨。

我还活着。没有死啊。这是严肃的事实。那就不能让阿枝死去。啊啊,阿枝千万不能死啊。

四肢萎缩,站都站不起来。用尽浑身的气力站起身,解开系在树干上的腰带,松开脖子上的系扣,嘉七盘腿坐在水洼里。他不作声地环视四周,看不见阿枝的身影。

他爬来爬去寻找阿枝。在崖下发现了一个黑色物体。看上去像个小狗。爬到悬崖边,几乎要滑落下去。近前一看,是阿枝。抓住了她的一只脚,冰凉。死了吗?嘉七将自己的手掌轻轻地贴在阿枝的嘴上,试一下呼吸。没有。混蛋!死了吗?任性的家伙。异样的愤怒。嘉七粗暴地抓起手腕试脉搏。隐约感觉到还有脉搏。活着。还活着。他把手伸进胸口。温暖。什么啊。笨蛋。想要活下去。了不起,了不起。他心疼不已。那么点儿分量,怎么会死?啊、啊、啊。嘉七带着一缕幸福感,仰面躺在了阿枝身旁。然后,嘉七又失去了知觉。

第二次醒来时,身旁的阿枝发出呼噜噜的大鼾声。嘉七听着鼾声产生了羞耻的感觉。结实的家伙。

"喂,啊枝。加油!没死,两个人都活着呢。"

嘉七苦笑,一边摇晃着阿枝的肩膀。

阿枝安乐沉睡。深夜山上的杉树默默地兀然矗立,尖针般的树梢上挂着寒冷的半月。不知为何,眼泪流出来。抽抽搭搭地呜咽起来。我还是个孩子。孩子为什么非得吃这么大的苦呢?

突然,身旁的阿枝叫了起来。

"阿婆。疼啊。我的胸口疼。"像笛子的声音。

嘉七大吃一惊。怎么发出这么大的声音?如果有路人从山脚下经过,会不会被吓到?

"阿枝,这里不是客栈。哪儿有什么阿婆?"

不知什么原因,阿枝大声叫喊着,"疼死我了。"身体痛苦地扭曲着,眼见着就滚落下去。山坡并不陡峭,连接着山麓下的街道,阿枝像似滚落到那里。嘉七挣扎着随后滚落下去。阿枝的身体被一棵杉树挡住,缠绕在树干上。

"阿婆,我冷啊。把被炉拿来吧。"她高声叫着。

走近一看,月光下的阿枝已没有人样儿。头发散乱,沾满了杉树的朽叶,简直乱得像头狮子精或山姥。

加油!至少我得加油!嘉七摇摇晃晃地站起来,抱住阿枝,想把她用力拽回杉林。跌倒,爬起,滑落,他抓住树根,扒开泥土,一点点把阿枝的身体拖到树林深处。几个小时,这样蚂蚁搬家似的努力。

啊啊,我受不了啦。对我来说,这个女人太重了。虽然是个好人。可我已不堪重负。我是个无力之人。我这一辈子,难道必须为了这个人,这样子受苦受累吗?讨厌,我受够了!放弃吧。我已经尽力了。

那时,他明明下定了决心。这女人不行。无限依赖我。不管别人怎么说,我得和她分手。

天快亮了。天空泛白。阿枝无声无息。朝雾弥漫着朦胧的树木。

单纯一点吧。单纯一点吧。请勿嘲笑男子气概一词的单纯性。人唯有朴素地生存,没有其他的生存方式。

阿枝躺在我的身旁,我将她头发上的杉树枯叶一片片地取下,我爱着这个女人。爱得不知道怎么办才好。她是我苦恼的开始。但是,够了。我已经坚强了起来,爱却远离。为了生存,必须牺牲爱。什么嘛,这不是理所当然的事吗?世人都是这样活着的。理所当然地活着。要活下去,除此之外别无他法。我不是天才。我不是疯子。

阿枝睡得很香,睡到稍过午后。这时间,嘉七做了好多事情。他踉跄着脱下自己湿透的衣服晾干,他到处找寻阿枝的木屐,把空药盒埋在了土里,还用手帕拂去了阿枝和服上的泥巴。还有其他的很多工作。

阿枝醒后,听嘉七说了昨晚的各种事情。

"谢谢,对不起。"她微微低了低头。嘉七笑了。

嘉七能走路了,阿枝却不行。两人坐着商量了今后的事情。钱还剩下不足十日元。嘉七主张两人一起回东京。阿枝却说,衣服这么脏,怎么坐火车哪?最后商量的结果是阿枝坐车回谷川温泉,对阿婆编个瞎话,就说在旁边的温泉场散步跌了一跤,弄脏了衣服。嘉七先回东京,拿点换洗的衣服和钱;阿枝就先在客栈静养。嘉七的衣服晾干了,他便独自走出杉树林,去水上小镇买了饼干、奶糖和汽水,又回到山里和阿枝一起享用。阿枝喝了一口汽水又吐了。

两人就这样挨到天黑。阿枝总算能走路了,两人悄悄地走出了杉林。嘉七帮阿枝上了汽车回谷川,自己坐火车回了东京。

然后跟阿枝的叔父说明实情。诸事拜托。

沉默寡言的叔父十分窝心:

"真是遗憾啊。"

叔父接回阿枝,带到了叔父家。

"阿枝这家伙就像个客栈女人。晚上睡觉时,在男主人和女主人之间铺上被子,睡得那么自在。真是个可笑的家伙。"叔父说着,缩起脖子笑了。其他什么也没说。

叔父是个好人。嘉七和阿枝分手后,照样和嘉七无拘无束地喝酒嬉戏。尽管如此,有时突然想起什么似的说:

"阿枝真是可怜呢。"

嘉七无能为力,每次一副很不争气的样子。

逆 行

蝴 蝶

　　我不是老人。刚过二十五。骨子里却是老人。普通人一年一年过,这个老人却一年当作三年过。我自杀两次,其中一次是殉情;三次被关进拘留所。作为思想的罪人。我一篇作品都卖不出去,却足足写了上百篇小说。但是,那些都不是这老人真心想做的事情。正所谓中途耽搁。老人拍打着自己麻木的胸膛、皲裂脸颊,此时此刻想做的只有两件事,酩酊大醉和观望着不同的女人胡思乱想。不,这是两个回忆。枯萎的胸膛,凹陷的脸颊,并非谎言。老人在这一天死了。在老人长久的一生中只有两件事情是真实的,一个是生一个是死。临死之际还在撒谎。

　　老人现卧病在床。潇洒游玩得的病。老人生活无忧,有足够的财产,可是四处潇洒不够用。老人并不认为及时死去是件遗憾的事。老人无法理勉强度日的日常生活。

　　一般的人临终时,会目不转睛地注视自己的两个手掌或蒙眬中仰望近亲的眼睛,这个老人却一直闭着眼睛。他老老实实地闭紧眼睛或微微地颤动眼睑。据说看见了蝴蝶飞舞。

蓝蝴蝶、黑蝴蝶、白蝴蝶、黄蝴蝶、紫蝴蝶、天蓝色蝴蝶,成千上万的蝴蝶在其额前飞舞。他还特意强调说,十里之外呈蝶霞。百万振翅的声音,宛若危险的白昼呻吟。莫非在战场?翅膀粉尘、断脚残臂、眼珠触角还有长舌头,仿佛从天而降。

问道想吃什么,先说什么都行,又说红豆粥。老人十八岁开始写小说,描写过临终老人嘟囔着要喝红豆粥。

红豆粥做好了,粥里撒放红豆,再用盐调味儿。这是老人家乡的佳肴。闭上眼睛,仰面喝了两匙,就说算了。问道还要什么,他微微一笑答道想游玩。据说老人年轻美貌的妻子为人善良,当着在场近亲的面,涨红了与世无争的脸庞,手握着汤匙放声大哭起来。

盗　贼

今年铁定不及格。但是仍旧要参加考试。徒劳的努力之美。我为此般美而倾心。今晨我早早起床,穿上整一年不穿的学生服,小心翼翼地穿过菊花纹章闪耀的高大铁门。进门一排银杏树。右侧十棵,左侧也有十棵,全都是大树。枝叶繁茂时,这条路微暗像似一条地下通道。现在没有一片叶子。林荫路尽头,正面是一座红色面砖大建筑。这是礼堂。我在开学典礼的时候见过一次,给人一种像似寺院的印象。此刻我正仰望着礼堂塔上的电子时钟。考试还有十五分钟。我看见一旁的侦探小说家之父铜像,注视着铜像悲天悯人的眼睛,右手一个缓坡通向庭园。很久以前,这里是某"猴子"大名①

---

① 指丰臣秀吉。

的庭园。池塘里有鲤鱼、红鲤和甲鱼。在五六年之前,还有一只仙鹤在园中嬉戏。如今草丛里还有蛇。大雁和野鸭之类的候鸟也在这个池畔歇息或修整羽毛。庭园实际大小不足二百坪①,看上去却有千坪。这是一个出色的园艺结构。我坐在池畔的山白竹上边,背靠古橡树木桩,两腿尽量地伸向前方。凹凸不平的岩石排列着隔开了小径,背后是宽大的池塘。阴天的池面泛着白光,激起的小浪如皱纹般层层叠叠。我将右脚轻轻地放在左脚上,嘟哝道:

"我是盗贼。"

一队大学生通过前面的小径。一个跟着一个。这些孩子都是故乡的骄傲,百里挑一的秀才。他们读着笔记中千篇一律的文章,努力背诵。我从口袋里拿出一支烟,叼在嘴上。但却没有火柴。

"借个火。"

选了一个美男子大学生打个招呼。他裹着浅绿色外套,停下了脚步,但眼睛不离笔记本。他将嘴里叼着的烟嘴裹着金纸的香烟递给我,就慢吞吞地离去了。大学里竟有与我匹敌的男人。我用烟嘴裹着金纸的外国香烟点燃自己的劣质香烟,慢慢站起身,用力把烟嘴裹着金纸的香烟扔在地上,又用鞋底狠狠地踩了一脚,然后悠闲地出现在考场之中。

在考场,百余名大学生都往后面的座位挤。前面的座位,担心不能随心所欲地答题。我貌似秀才坐在了最前排的座位,手指微微颤动地抽烟。我没有桌子底下偷看的笔记本,也没有小声商量的朋友。

---

① 日本面积单位,一坪约等于三点三零六平方米。

不一会儿,油头粉面的教授提着鼓鼓囊囊的书包,慌慌张张一路小跑进了考场。他是日本首屈一指的法国文学学者。我今天是初次见面。他个头儿很大,眉宇间的皱纹令我感受到莫名其妙的威压。据说他的弟子中,有日本顶级的诗人和日本顶级的评论家。念及日本顶级的小说家,脸上感觉微微发热。教授在黑板上写问题的时候,我背后的大学生不是谈论学问,而是谈论满洲经济的景气、不景气。黑板上写了五六行法语。教授懒散地坐在讲台上的扶手椅上,一脸不高兴地放言道:

"这样的问题,留级生都会做。"

大学生们无趣地、有气无力地笑了。我也笑了。教授用莫名其妙的法语嘟囔了两三句,便趴在讲台的桌子上开始写东西。

我不懂法语。不管出的是什么问题,我想都写"福楼拜是少爷"。我假装沉思了一会儿,轻轻地拍打眼睛,清除短发的头屑,看看指甲的颜色。不久,拿起笔写了上去。

  福楼拜是少爷。弟子莫泊桑是大人。艺术之美,说到底是为市民服务的美。这种悲哀的谛念,福楼拜不知道莫泊桑却知道。福楼拜为了雪洗其处女作《圣安东尼的诱惑》遭受恶评带来的屈辱,断送了一生。所谓剞劂之苦,历尽艰辛,每写完一部作品,世评姑且不论,那屈辱的创伤似剧烈的漩涡,带来无限伤痛,心似无法充填的空洞,越来越大越来越深以致死亡。被杰作的幻影所蒙蔽,被永恒的美所魅惑随波逐流,终于,不要说一个近亲,连拯救自己也成了泡影。波德莱尔才是少爷。

我不写"老师让我及格"云云。反复读了两遍,没有发现笔误,便左手拿着外套和帽子、右手拿着那一页答卷站起身来。我身后的秀才,因此惊慌失措。我的脊背正是这个男人的防风林。啊!在兔子般可爱的秀才的答卷上,写着一个新晋作家的名字。那著名新晋作家的狼狈相让人生怜,我这么想着对那位书呆子教授意味深长地鞠了一躬,然后交了卷子。我静静地走出考场,一出门就连滚带爬地跑下了楼梯。

来到户外,年轻的盗贼感到悲伤。这忧愁乃为何物?自何而来?我撑起穿着外套的肩膀,大步流星走在银杏树夹着的宽阔的沙石路上,答案是肚子饿了。二十九号教室的地下室是大食堂。我不由自主地往那儿走去。

饥肠辘辘的大学生们从地下室大食堂涌出,入口排成长蛇一样的队列,人头攒动,队尾部分甚至拖到了银杏树的林荫道旁。在这里,十五钱便可吃到不错的午餐。队列有一条街那么长。

"我是盗贼。稀世任性者。过去艺术家不杀人。过去艺术家不窃物。我却耍尽小聪明。"

我一个一个地推开大学生,终于到达了食堂入口。入口处有一张小贴纸,上面这样写着:

> 今天,我们的食堂诚惶诚恐,迎来了创业三周年的日子。略备食品少许,不成敬意,谨向各位祝福。

形形色色的食品装点着入口旁的玻璃柜。红色的明虾在荷兰芹叶的遮阴下歇息,半切的煮鸡蛋断面上精细、巧妙地描着用蓝色的琼脂写的"寿"字。往食堂里面窥视,身着白色围裙的服务员少女们,在受到形形色色食品款待的大学生的黑色密林中穿行,飘逸飞舞。啊,天花板上挂着万国旗。

大学地下芳香的蓝花是难为情的解毒药。好日子翘首以待。祝贺。祝贺。

盗贼如落叶纷纷退却,飞舞地面,契入长蛇蛇尾,眼见着抹去了身影。

决　斗

那不是模仿外国,不是夸张,而是欲杀死对方的愿望。动机并不深远。有个男人和我如出一辙,我们相互憎恨并非因为世界上出了两个原本不需要重复的东西,也不是因为那个男人像我的妻子以前那样,见个邻居就关不上话匣子,总是将那两次三次的事实像自然主义作家那样揉碎了来来去去讲。对手是那晚在咖啡馆初次遇见的、穿着狗皮衬袄的年轻农民。我偷了那个男人的酒。那是动机。

我是北方城下町的高中生,爱玩儿。但是花钱比较吝啬。平时总是蹭朋友香烟,不理发,为着攒下五日元,省下便一个人偷偷跑到城里统统花了。一夜五日元以上的钱不花,五日元以下的钱也不花。我用五日元常常能收到最大的效果。我积攒的粒粒小钱,先要跟朋友换成五日元纸币。如果是崭新的纸币,我会激动得心潮澎湃。我会把它稀里糊涂地捻进口袋,然后去城里。我还活着,就为这每月一次两次的外出。当时的我苦于莫名其妙的忧愁。绝对的孤独和怀疑一切。说出来的污秽!比起尼采、拜伦和佐藤春夫,我觉得莫泊桑、梅里美和森鸥外才是货真价实的。我拼了命潇洒地花费五日元。

去咖啡馆,我也同样地没精打采。假装玩累了。夏天就要冰啤酒。冬天就喝热酒。我喝酒也仅仅是季节的原因。我带着不情愿的表情品酒,漂亮的女侍连瞅都不瞅我一眼。无论哪家咖啡馆,都有一个缺乏性感却欲火中烧的中年女侍,我只跟那样的女侍搭话。主要话题是当日的天气和物价。我的神速连神也无法觉察,很快算出喝干酒瓶的数目。桌上摆了六个啤酒瓶十壶日本酒,我就像想起了什么似的摇摇晃晃站起身,小声嘟囔着"结账、结账"。从未超过五日元。我故意把手伸进衣袋里,装作忘了放钱的地方。最后终于在裤兜里找到了,我的右手在口袋里好一阵摸索,好像在五六张纸币中挑选,最终从口袋里抽出一张纸币,确认它是十日元还是五日元后,交给了女侍。零钱很少,我假装大方地全部给了她。我耸着肩膀,大步走出咖啡厅,直到抵达学校宿舍,一次也没回头。第二天开始,又开始储存粒粒小钱。

决斗之夜,我去了一家"向日葵"咖啡馆。我披着深蓝色的长斗篷,戴着纯白的皮手套。我从来不会连续两次去同一间咖啡馆。担心他们对五日元纸币的事情产生怀疑。再访"向日葵",也已经时隔两月。

当时一个异国青年与我形象相似,作为电影演员开始走红,因此我也渐渐地开始吸引女人的眼球。我在咖啡馆一隅的椅子上一落座,四个穿着不同花样和服的女侍便站在我的桌子前。那是冬天。我说要热酒,然后冷得缩了一下脖子。与电影演员的相似,给我带来了直接利益。我一句话没说,那个年轻的女侍便为我卷了一根香烟。

"向日葵"又小又脏。东侧的墙壁上贴满了广告,一个束着一尺二尺长发的女人疲倦地用手支着脸,露出核桃般大小的牙齿微笑。海报的下摆印有黑色的头盔啤酒①。相对的西侧墙壁上挂着一坪大小的镜子。镜子收在金粉镜框里。北侧入口挂着红黑条纹的污浊的平纹细布窗帘,上面的墙壁上用大头针固定着一张西洋女人的照片,女人裸睡在池沼边的草原上爽朗大笑。南侧墙壁粘着纸气球,就在我的头顶上。没有那种令人看着来气的和谐。三张桌子、十把椅子。中央放着火炉。土间是板墙。我知道我在这个咖啡馆无法静心。幸好电灯光是昏暗的。

那晚,我受到了异样的款待。最初的一壶日本酒是那个中年女侍热的。喝干之后,方才给我卷烟的年轻女侍,立刻在我的鼻尖下伸出了右手掌。我坦然地悠悠抬起头,盯视着那个女侍的小眼睛。"给我算个命吧。"我瞬间了解了。即使沉默,我的身体也发出了预言者一般的高贵气息。我没有触摸她的手,只是抬头扫了她一眼说,你昨天跟情侣分手了。于是异样的款待开始了。一个胖女人甚至管我叫老师。我给她们看了手相。十九岁。属虎。辛辛苦苦就想找到一个好男人。喜欢玫瑰花。你家的狗生狗崽了。数量是六。全都猜对了。那个清瘦的、眼神清新的中年女侍,我说她死过两任丈夫,只见她低下了头。不可思议!又说对了。在所有的不可思议中,这是最让我兴奋的。已经喝空了六壶酒。这时,穿着狗皮衬袄的年轻农民出现在入口。

农民坐在我桌子旁边的桌子前,毛皮脊背对着我嚷道:来杯威士忌。狗毛皮斑点模样。农民的出现,使我的酒桌从欢欣忘形中冷却下来。我开始后悔糟蹋了六壶酒。我想喝得更

---

① 生产于一八九八年至一九四三年的一种日本啤酒。

加尽兴。我希望今宵的欢喜继续膨胀。再喝四壶吧。那怎么够。不够。偷吧。把这瓶威士忌偷走吧。女侍们知道,我不是为金钱偷窃,而是预言者离奇的玩笑,反而会喝彩吧。这个农民或许也只是以为这是个醉醺醺的恶作剧而露出一丝苦笑吧。偷盗!我伸出手,拿起邻桌的那个威士忌酒杯,平静地一饮而尽。竟没有喝彩。寂静无声。那农民起身朝我走来。"出去一下。"说完朝门口走去。我也嬉皮笑脸地跟在农民身后走了出去。走过金框镜子前我偷窥了一眼。堂堂正正的美丈夫。镜底里沉潜的笑颜足有一二尺长。我的心恢复了平静,自信满满撩起了平纹细布的帘子。

在写着"THE HIMAWARI"(向日葵)黄色罗马字的四角檐灯下,我们停了下来。在昏暗的门口浮现出四个女侍的四张白脸。

我们开始了如下争论。

"别太蠢了。"

"不是蠢,开个玩笑,不行吗?"

"我是农民。开我的玩笑?我生气!"

我重新看了看农民面孔。小寸头、淡眉毛、单眼皮、三白眼和青黑皮肤。身高确实比我矮了五寸。我想,对我来说真是天大的讽刺。

"威士忌好喝啊。我想喝威士忌。"

"我也想喝。威士忌稀罕!就这些。"

"你很正直,很可爱。"

"别不知天高地厚。不就是学生吗?还往自己脸上抹粉。"

"我是算命先生、预言家。很吃惊吧。"

"不要装醉。趴下道歉。"

"理解我是需要超凡勇气的。精辟吧。我是弗里德里希·尼采。"

我心急如焚,等待女侍们前来劝架战。女侍们却横眉冷对,等着我被一顿暴揍。我被打了。横刺里,右边一个飞拳打来,我迅疾地缩起了脖子,一下跳出十几米远。我的白线帽做了替死鬼。我微笑着、故意慢慢地拾起那顶帽子。每天的雨夹雪,使道路泥泞不堪。我打算蹲下身子捡起沾满泥汤的帽子,转身就跑。这样就能省下五日元,去别的地方再喝它一杯。我跑出去两三步,就滑倒了,仰面朝天,像似被踩碎的雨蛙。自己的眼神也让我有些生气。手套、上衣、裤子,还有斗篷,统统沾满了泥汤。我慢慢站了起来,抬头回到农民身边。农民被女侍们围困守护着。没有一个人站在我这边。这确信唤醒了我的凶暴。

"我想道谢。"

我冷笑着说完后,脱下手套,把更加昂贵的斗篷也扔到了泥里。我对自己的大时代台词和应对姿态略感满足。谁来劝阻我。

农民原本要脱下狗皮衬袄,将它交给帮我卷烟的美人女侍,然后将一只手伸进怀里。

"别干蠢事!"

我摆好架势提醒他。

他从怀里掏出一支银笛。银笛在檐灯下闪闪发光。农民将银笛交给了失去两个丈夫的中年女侍。

农民的这个优势让我着迷。不在小说中而是真实,我要杀掉这个农民。

"滚出去。"

我喊道。我用泥鞋照农民的小腿狠狠地踹了一脚。将他踢倒后,就可以挖出那双清澈的三白眼。泥鞋徒然地踢空了。我意识到自己的拙劣行为。悲伤。温暖的拳头打中我的左眼和大鼻子,眼里冒出鲜红的火焰。我看见了,假装蹒跚。从右耳根到脸颊,劈头盖脸又命中一掌。我双手浸在泥汤中,说时迟那时快,咬住了农民的一只脚。脚很硬。那是路旁的白杨树干。我趴在泥里,急得想放声大哭,可怜,竟一滴眼泪也流不出来。

黑 鬼

黑鬼钻进了笼子里。笼子有一坪大小,在里面昏暗的一角,放着一个用圆木制成的凳子。黑鬼坐在那里刺绣。少年像个一丝不苟的绅士,深深的皱纹刻在鼻子两翼,撇着嘴巴讪笑。

日本马戏团带来了一只黑鬼。村里轰动。据说吃人。长着通红的角。全身都有花形。少年完全不信。少年在想,村里人也不会真心相信那般谣言。平时过着远离梦想的生活,这时才会随意制造传言,装作相信的样子沉醉其中。每当少年听村里人说起那般廉价的谎言时,他就咬紧牙关捂住耳朵,飞也似的跑回家。少年觉得村里人以讹传讹很蠢。他们为什么不找些重要的话题呢?听说黑鬼是雌性的。

马戏团的乐队缓步行进于村中小路,不到六十秒,就传到村子的每个角落。一条大道约莫有三百多米,两侧都是茅草屋。乐队走到村头也不停步,反复演奏着《萤火虫之光》。乐队在油菜花田间转悠,来到正待插秧的水田边,沿着狭窄的田间小路队列前行,村里的人一个没有错过,过浮桥、穿森林,一直走到半里之外的邻村。

村子的东头有小学,小学的东邻是牧场。牧场约一百坪大小,铺满了杂种车轴草,两头牛和六只猪正在嬉戏。马戏团在牧场搭起了灰色的帐篷小屋。牛和猪要转移到牧场主的仓库。

晚上,村里人遮住脸颊三三两两地来到帐篷里。有六七十位客人。少年推推搡搡着大人,冲到前列。圆形的舞台用粗绳索围了一圈,少年一动不动地将下颚支在绳索上。有时轻轻地闭上眼睛,装作出神的样子。

此时演出的是杂技。木桶。针织品。鞭子声。金线织物。瘦老马。有气无力地喝彩。煤石灯。小屋处处随意地间隔悬挂着二十来盏汽灯,在它的吸引下夜里的昆虫翩然飞舞。大概帐篷的布料不够,小屋的天井开着十坪大小的大洞,从那里望得见星空。

黑鬼的木笼被两个男人推上了舞台。木笼底部像是装有车轮,哗啦啦地滑上了舞台。观众们手捂着双颊大声地呼喊、拍手。少年不经意地扬了扬眉毛,开始静静地观察木笼。

少年抹去了脸上的冷笑。刺绣是太阳旗。少年的心脏,突然发出咚咚的轻微声响。那与军队或类似军队的概念无涉。黑鬼并没有欺骗少年。真的是刺绣!太阳旗的刺绣简单,黑暗中摸索也能完成。难得。诚实的黑鬼。

不一会儿,一位燕尾服、仁丹胡的艺人向观众述说了她的来历,然后朝着木笼喊了两声:KERURI、KERURI。艺人轻轻地挥动鞭子,鞭子声尖锐地刺穿了少年的胸膛。少年嫉妒那个艺人。黑鬼站了起来。

鞭声驱使下,黑鬼慢吞吞表演了三两个技艺。卑猥的技艺。少年以外的客人并不知情。吃不吃人?有没有红色犄角?那是问题的关键。

黑鬼的腰上缠着一件青蓝的蓑衣。她像似涂满了油,处处闪烁强烈的光芒。结束时,黑鬼唱了一段谣曲。伴奏是艺者的鞭声。歌词简单,肥皂、肥皂。少年喜欢谣曲的旋律。无论多么拙劣的言语,但有恻隐之心就能打动人。这样想着,少年闭上了眼睛。

那天晚上,少年想到了黑鬼,弄脏了自己。

第二天早上,少年去上学。跨过教室的窗户,跳过后门的小河,朝着马戏团的帐篷跑去。从帐篷的缝隙窥视微暗的帐内,马戏团的人们在舞台铺满被子,横七竖八像青虫一样睡着。学校的钟声响了。开始上课。少年没有动。黑鬼没在睡觉。找了半天也没有找到。学校静寂无声,大概已开始上课。第二课是亚历山大王和医生菲利普。从前欧洲有个英雄叫亚历山大。清晰耳闻少女朗读声。少年没有动。少年相信那个黑鬼是女的。平时总要出笼与大家玩耍,洗洗涮涮、抽烟,或是生气了用日语骂人。少女的朗读结束,开始听到教师低沉的教诲。信任是一种美德。亚历山大王为拥有这种美德,保住了一条性命。诸位。少年仍没有动。肯定在这里。牢笼一定是空的。少年肩膀僵了。窥视中黑鬼悄悄地来到我身后,紧紧抱住了我的肩膀。背后尤其不可疏忽大意。我紧缩起黑鬼抱住的肩膀。想必黑鬼会给我刺绣太阳旗。当时我并不示弱,问道我是第几个人。

黑鬼没有出现。离开帐篷,少年用和服袖子擦了擦额上的汗,懒洋洋地返回了学校。发烧了。肺不太好。穿着和服裙裤、系带皮鞋的老年男老师,完全被骗了。少年坐到自己的座位上,还装模作样地假咳了几声。

村民们说,黑鬼还是被木笼子关着,装上遮篷马车离开了这个村子。艺人为了防身,口袋里藏着手枪。

东京八景

——（赠予一个苦难的人）

伊豆南边的山村，除了温泉一无可取。这里有三十余家住户。这样的地方住宿费应当便宜。凭此理由，我选择了那个寂寞的山村。那是昭和十五年(1940)七月三日的事。当时我在金钱上小有余裕。然而之后的生活仍旧是一片黑暗。也许跟小说创作全然受阻亦相关。两个月间，如果完全写不出小说的话，我当然会变得身无分文。想来心中无底，但那有限的余裕对我来说，竟是那十余年来的第一次。我开始东京生活是在昭和五年(1930)的春天。当时我和 H 这个女人已经有了共同的家。乡下的长兄每月寄来足够的生活费，但愚蠢的两人尽管反复告诫自己奢侈是大忌，却每每到了月底就得拿出一两样东西去当铺。终于在第六年头和 H 分了手。我的物品只剩下了棉被、桌子、台灯和一个行李。巨额负债也令人悚然。过了两年，我受某前辈关照与平凡的女人成了亲。又过了两年总算松了一口气。贫穷中创作集已出版了近十册。即使没有约稿，我觉得只要拼命地写，带去卖出三两篇不是问题。创作是毫无亲切感的大人的工作。我只想写自己想写的东西。

虽然是异常不安状态下的余裕，我却从心底里感到高兴。

至少可以一个月时间衣食无忧地从事自己喜好的创作。我感觉那时自己的命运像似谎言。恍惚与不安交错的异样的内心骚动，反而使我无法专心于工作。我痛苦不堪。

东京八景。我期冀有时间心境悠然、殚精竭虑地创作这个短篇。我想以诸般时段的风景为依托，写出我十年间的东京生活。我今年三十二岁。在日本的伦理中，这个年龄意味着已经步入了中年。哀哉，无可否认自己的肉体已衰、热情亦减。记住！你青春已逝。你是三十岁的男子，面容却似是而非。东京八景。我无意向人谄媚。那是我的青春诀别。

那家伙渐成俗物了啊。此般愚昧的闲言碎语，伴着微风不时传入我耳中。每次都在心中强硬驳回。错！我从来就是一个俗物。你没有意识到吗？与尔等所言正相反。当我把文学当作毕生事业时，愚人反倒认为我容易相处。我唯有暗暗耻笑。永远年少是戏子而非文学的世界。

东京八景。我此时此刻应当写的唯有这部作品。没有火急火燎的催稿。却有一百日元以上的余裕。我并非栖身于狭窄的房间，心中无着地踱来踱去，也无须唉声叹气怀着恍惚与不安的复杂心情。我必须不断地提升。

我买了一张东京市的大地图，从东京站坐上了去米原的火车。不是去玩。我在心中一遍又一遍地告诉自己，我要去殚精竭虑建造一座纪念碑，对自己一生至关重要的纪念碑。我在热海换乘了去伊东的火车，伊东下车又换乘了到下田的巴士，沿伊豆半岛东海岸南下走了三个小时，巴士摇摇晃晃开到那仅有三十户人家却看不见人影的山村。我想这里一宿不会超过三日元吧。仅有的四家小旅店鳞次栉比，粗陋得令人忧郁不堪。我选择了名为F的旅馆。四户当中差强人意。

一个下作的女佣看上去心眼儿不好,她领我上了二楼,到了房间我差点儿哭起来。我已这般年龄,触景生情想起了三年前我在荻窪租的寄宿屋一室。那个寄宿屋在荻窪也是最下等的租屋。但这棉被储物室旁边的六榻榻米间,比那处寄宿屋的房间更廉价更萧条。

"没别的房间了吗?"

"嗯。到处都挤。这儿凉爽呢。"

"是吗?"

我像是被当成了傻瓜。也许是服饰不好的缘故。

"房钱三日元五十钱或四日元。午餐另外收费。行吗?"

"我要三日元五十钱的。午餐想吃的时候,我预订。我来这里学习十天左右……"

"请稍等。"女佣下了楼,过了一会儿又来到房间,"我说,久住的话是事先收费。"

"这样啊。给你多少才好呢?"

"嗯,多少都行。"她含糊其词。

"给你五十日元吧。"

"啊。"

我把纸币放在了桌子上。简直受不了。

"算啦。都给你吧。九十日元。我钱包里只剩下香烟钱了。"

为什么会来这种地方呢?

"对不起。我帮您保管。"

女佣走了。不必生气。我有重要的工作。我强迫自己相信,现时的身份正是相应的待遇,我从行李箱底里取出钢笔、墨水、稿纸等。

时隔十年的余裕就是这样的结果。我对自己说,这份悲哀也是宿命中理所当然的,唯有忍耐着在这里开始工作。

我并非来此游玩。我是来努力工作的。当晚便在昏暗的电灯下,把东京市的大地图铺展在桌子上。

好几年没这样铺展东京全图查看了。十年以前,第一次住在东京时,连买这张地图都觉得不好意思,几经踌躇,担心被人嘲笑是乡巴佬。最后终于下定了决心,用粗暴自嘲的语气买了一张,塞入怀中三步并作两步赶回了宿处。晚上关了房门,我悄悄铺展开那张地图。红、绿、黄的美丽图案,使我屏住气息盯视着地图。隅田川。浅草。牛达。赤坂。啊,应有尽有。想去,随时拔腿就走。我甚至感觉看到了奇迹。

此刻纵观东京市全貌犹如蚕食桑叶,想象那里的住民丰富多彩的生活姿态。在这样无趣的原野,来自日本全国的人们蜂拥而至,汗水淋漓互相拥挤,争夺一寸土地一喜一忧,嫉视反目,雌性召唤雄性,雄性半狂游荡。颇为唐突。我脑海中浮现出没有任何前后关联的、小说《埋木》中悲哀的一行——"恋爱"是"梦想美好、所为肮脏",它与东京没有任何直接的关联。

户冢——我住的第一个地方。我小哥独自在此地租了一间房屋学雕刻。我昭和五年毕业于弘前高中,入东京帝大法文系。我对法语一字不识,却对法兰西文学讲义颇感兴趣,对辰野隆先生抱着懵懂的敬畏心。我租住了离哥哥家三町远近、新建寄宿屋靠里的一间房子。即便亲兄弟,同住一个屋檐下也会发生尴尬的事情,两个人都心照不宣。这种相敬如宾在无言中达成默契,我们便同住一城却相隔三町。三个月后,这个哥哥病死了。那年我二十七岁。哥哥死后我还住在户冢的那家寄宿屋。从第二个学期开始,我几乎不去学校。世人最恐惧背阴里的工作,我却不以为然。虚张声势的文学便是那类工作之一翼。我以轻蔑的态度处之。那个期间,我是纯粹的政治家。那年秋天,女人从乡下来了。我让她来的。那个女人是H。我和H是入高中那年初秋相识,一起玩了三年。她是个天真的艺伎。我为这女人在本所区东驹形木匠家二楼租了一个房间,却从未有过肉体关系。长兄为这女人专门从故乡赶来。七年前丧父的兄弟在户家寄宿屋昏暗的房间里相会。哥哥面对急剧变化的弟弟的凶恶态度流下了眼泪。我坚称要跟此女结为夫妻,以此为条件,我把女人交给了哥哥。比起交人的傲慢的弟弟,接人的哥哥无疑体验了数倍的痛苦。交接前夜,我第一次拥抱了女人。哥哥带着女人回了乡下。那女人始终懵懵懂懂。只是回了一封事务性的、语气生硬的信笺——"平安到家",便杳无音讯。女人像是心安理得。我却愤愤不平。我拼死战斗,不惜让所有的亲人惊愕,不惜让母亲品尝地狱之苦,你这个愚蠢的女人却自信满满,极不像话地令我身心俱疲。我想,她应该每天给我写信,应该更加喜欢我。但女人却懒得写信。我绝望了。从早到晚,我为那份救命的工作奔走。来者不拒。自己那方面能力的限度渐渐显现。我感受了双重绝望。银座后街的酒吧女喜欢我。人人皆有一次被爱的、不洁的时期。我邀请女人一起去镰仓投海。破灭之时便是死亡之时。日常性的反神工作亦已破灭。有些接受下来的工作肉体都无法承受,只因不想被人说卑怯。H只想着自己的幸福。不配做女人。不了解我的痛苦,才有此等报应。活该!对我来说,众叛亲离是最痛苦的事情。因为H,我让母亲、哥哥、阿姨不得安宁。此般觉醒是我投海情死最为直接的一个原因。女人死了,我活着。关于死者,以前的作品中屡屡涉及。这是我一生的污点。我被关进了拘留所。调查的结果,缓期起诉。那是昭和五年岁末的事情。哥哥们对死而复生的弟弟百般体贴。

长兄把 H 从艺伎圈中解放出来,翌年二月送还于我。长兄有守约洁癖。H 带着悠闲的表情来了,在五反田岛津公爵的分块出售的土地附近,我租了间三十日元的房子。H 辛勤地干活儿。我二十三岁,H 二十岁。

五反田是愚蠢的时代。我则完全无意识。丝毫看不到重新出发的希望。偶尔朋友来访,我便异常高兴。丑态的前科,自己却不以为耻,反倒暗自夸耀。其实是一个寡廉鲜耻的低能的时期。几乎还是不去学校。讨厌所有的努力。傻乎乎地看着 H 度日。愚蠢!什么都不做或磨磨蹭蹭开始一点儿创作上的准备。但是此番完全没了热情。游民的虚无。这就是我最初在东京一隅拥有家室时的模样。

那年夏天我搬到了神田同朋町。晚秋又搬到神田和泉町。翌年早春,又搬到淀桥柏木。因协助自杀,两度关进拘留所。每次出来,我都按照朋友的建言搬家。无任何感激亦无任何嫌恶,只是有气无力的态度。倘若那样对大家好,我愿意配合。我与 H 二人混沌中,迎送着雌雄穴居的一日一日。H 很快活。一天两次三次对我爆粗口,之后自顾自地开始学英语。我给她做了学习时间表。她好像很难记住。英语好歹能读懂罗马字,却莫名其妙地半途而废。写信还是不行,不想写。我给她打了初稿。她却喜欢装模作样的样子。我被警察带走,也没有搅乱我的思想。时不时还把那些思想理解为侠义,自得其乐。同朋町、和泉町、柏木,我已经二十四岁。

那年晚春,我又被迫搬家。估计警察要来,我便逃跑了。这次的问题略微复杂。我对乡下的长兄编瞎话,让一次性寄来两个月生活费,然后拿着钱撤离了柏木。我将家产、家具分给四处的朋友保管,只带着随身物品转移到日本桥八丁堀木材店二楼的八叠房间。我变成了生在北海道,名叫落合一雄的男人。惶恐不安。担心钱不够花,我无能地掩饰自己的不安——总会有办法的。明天怎样?我没有任何思想准备。无所作为。偶尔去学校,在礼堂前的草坪上默然地躺上几小时。一天,听一名同一高中毕业的经济系学生说了一件烦心的事。我感觉受到了耍弄一样。真没想到。反倒憎恨告知我的学生。我得去问H,想必她明白。我匆忙返回了八丁堀木材店二楼,却实在难于启齿。初夏午后,西边的太阳照射进西房间,很热。我让H买了一瓶Oraga啤酒①。当时是二十五钱。喝了一瓶,还想要,H就爆粗口了。这一来我也没了顾忌,若无其事地将学生那里听来的事告诉了H。H怒火中烧地皱起眉头,用乡下话骂道,蠢猪。只是骂了一句,就静静地继续缝补衣物。竟完全没有纠缠不清的迹象。我对H增加了信任。

那天晚上我读了本不好的东西。卢梭的《忏悔录》。卢梭也是因为妻子以前的事尝尽苦头。看到这里,我也备受煎熬。我又开始对H疑窦丛生。那晚终于说了出来。学生那里听到的一切都是真的。更有甚之,深挖下去,简直令人感到处处都是疑点。我中途放弃了追究。

我在那方面没有责备他人的资格。镰仓事件当作何解?

---

① 二十世纪二三十年代由日本和英国共同出资生产的日英酿造的啤酒品牌。

我那一夜真是闹翻了锅。那一天,我才意识到H就像掌中珠玉一样值得珍惜和骄傲。我是为她而活着的。我以为自己拯救了一个纯洁无垢的女人。就像H所言,如勇者一般单纯。在朋友面前,我以其为骄傲。H是个性情刚烈的女人,因此跟我结识之前才能够守身如玉。实在无法以语言来形容,或许是庆幸。愚蠢的东西。我不知道女人是何物。我丝毫不憎恨H的欺骗。甚至觉得告白中的H可爱。我想抚摸她的后背。我只是感觉遗憾。我厌倦了。我想用棍棒粉碎自己的生活。总之我已无法忍受。我自首了。

检察官的调查告一段落,死而复生的我再次走在东京的街上。栖身的地方唯有H的小屋。我急忙去了H的居处。凄寂的再会。我们彼此卑屈地笑着,有气无力地握了握手。离开八丁堀,我们搬到了芝区白金三光町。这是一处很大的闲置房,租了离开一点距离的一间。故乡的哥哥们惊愕之余,还是悄悄送钱来。H像是什么事都没有发生,神清气爽。我却一点点地从傻瓜的形象中觉醒。写了遗书。百页的作品《回忆》。现在,《回忆》成为我的处女作。我曾想不加修饰地描写自己幼时的罪恶。那是二十四岁秋天的事情。我坐在有些距离的一室,眺望蓬蓬枯草的宽大废园,明显失去了笑容。我打算再度赴死。说句良心话,活该!心情倒不坏。我,还是把人生看成戏。不,把戏看作人生。如今,对谁都没有用处了。唯一的H也沾上了他人手垢。完全失去了生存下去的意念。作为愚蠢的该当毁灭的草民,我下定了决心赴死。我想忠实地扮演时代大潮分配我的角色——必定输给他人的、悲哀卑屈的角色。

但是人生不是戏剧。第二幕无人知晓。有人以"毁灭"

的角色登场，最后却并不退场。我想在这个小小的遗书中记录幼年及少年时代的告白，我曾是那样一个脏乎乎的孩子。不料遗书反倒产生了猛烈的患忧，为我的虚无点燃起一盏幽暗的烛灯。死而复生。唯有《回忆》一篇，无论如何都令人不满。反正写到这里了。我想写下全部，把迄今生活的全部倾诉出来，无一遗漏。想写的太多了。首先要写镰仓事件。不行。那有遗漏。又写了一篇，还是不满。唉声叹气。又开始下一部作品。不打句号，只是小逗号的连续。永恒来临的那个恶魔，将要把我吞噬。螳臂当车。

我二十五岁那年是昭和八年（1933）。我这年三月必须大学毕业。然而遑论毕业，连考试都没参加。故乡的哥哥们皆不知情。净是蠢事。为表歉意，只有如期地学校毕业。大家没准儿暗暗地期待着，这点儿诚实还是有的吧。然而，我却是个彻头彻尾的背叛者。我根本无意毕业。欺骗信赖自己的人乃疯狂地狱。之后的两年间，我栖身于那个地狱。来年一定毕业。请再宽限一年吧。我对长兄哭诉请求，最终还是背叛。那年也是如此。翌年还是如此。在将死的猛省和自嘲的恐怖中，死而复生的我推出的只是一系列自私的、称之为遗书的作品。如果作品可以成立，也许那小子表达的不过是青涩、矫情的感伤。但是，我为这感伤赌上了性命。我把写好的作品储藏在三四个大纸袋里。作品的数量也逐渐增多。我在那个纸袋上用毛笔写了"晚年"。本想作为那一系列遗书的铭题，乃结束之意。刚好带有草坪的闲置房有了买家，我们便想当年初春离开那里。学校肄业，故乡寄来的生活费也便减了许多。必须更加节俭才行。杉并区天沼三丁目。我租住了朋友家的一间屋子。他在报社工作，一名优秀的市民。在那之后的两年里,我们住在一起,实在让他担惊受怕。我更加无心学校毕业。我像似一个傻瓜,全副身心只为完成那本著作集。因怕别人闲言碎语,我对那个朋友甚至对 H,都在说着权宜之计、明年毕业的谎言。差不多一周一次,我穿好制服离家去学校。在学校的图书馆,我随便借几本书翻翻,一会儿打瞌睡一会儿草拟作品,傍晚离开图书馆回天沼。无论是 H 还是那位朋友,都没有丝毫怀疑。表面上相安无事。心里却暗自焦虑。不过,此时此刻我是心情舒畅的。只想趁着家乡寄来的钱还没用完,赶紧完成作品。我费了九牛二虎之力,写出的作品被我撕了。我眼睁睁被那个恶魔吸干了骨髓。

一年过去了。我没有毕业。哥哥们暴怒。我又哭诉。我说明年一定毕业。显然是说谎。此外,我已没有再要汇款的借口。实情并非对谁都能说。我不想制造同案犯。我只想让自己彻底成为流浪儿。于是周围人的立场也已明确,从此绝不可再度受我任何牵连。为写遗书,再给一年,这种奇怪的愿求难于启齿。我自己最最厌弃的,也是偏执的所谓诗性梦想家。如果我说出那种不现实的话,哥哥们即便想汇款也只有中止。如果知道实情还要汇款,后世人就会将他们当作我的同案犯。那太讨厌了。我只有欺骗哥哥做个奸诈佞辩的弟弟,盗贼强夺三分理,但毕竟异常认真地有过考量。我照旧一周一次穿上制服去学校。无论是 H 还是报社的旧知,都对来年的毕业抱着美好的念想。我焦虑不堪。日复一日,前程漆黑一片。我不是坏人!欺骗他人,却是地狱。不久,我搬到了天沼一丁目。三丁目上班不方便,友人于当年春天移居一丁目的市场后街。荻窪站附近。他邀请我们跟他一起过去,便租住了他家的二楼。我每天夜晚睡不着。饮廉价酒。咳痰不止。我想也许生病了。还不至于。我想快点完成那个纸袋里的作品集。自私的一厢情愿,还是想留给大家作为道歉。这是我力所能及、殚精竭虑的所为。那年晚秋,总算写完了。二十几篇中,只选出十四篇,剩下的作品连同写错的原稿一起烧毁。行李不少。我拿到院子里,一把火烧了个干净。

"嗳,为什么烧了?"H当晚突然问道。

"没用了。"我微笑着回答。

"为什么烧了?"她重复着同样的话,哭了。

我开始整理身边物品。借人的书籍分别归还,信件和笔记本卖废品。在"晚年"的袋子里,另外偷偷放了两封信。做出准备停当的样子。我每晚出去喝廉价酒。我害怕和H见面。那时,有个学友问我要不要办同人杂志。我含糊其词。若取名《蓝花》,倒是可以做。玩笑中的意外收获。各方同志自报姓名。其中两人与我突然亲近起来。我在此燃烧了所谓青春的最后热情。临死前夜的乱舞。一起喝醉,殴打低能的学生们。我爱污秽的女人,将她们当作亲人。H的衣柜,在她不知不觉间空空如也。纯文艺册子《蓝花》于当年十二月出版。出了一本,同伴们便鸟兽散。毫无目的的异样狂热令人惊愕。剩下的只有我等三人,被说成三笨蛋。但这三人是我终生的朋友。他们让我受益匪浅。

第二年三月,又到了毕业的季节。我参加了某报社的入社考试。无论同居的朋友还是H,都以为我为了临近的毕业在忙碌。我说要当新闻记者,平凡地度过一生,逗得一家开心欢笑。反正早晚露馅,只想多一天多一刻维持和平,我诚惶诚恐因应着时间、场合,拼命地编织使人惊愕的谎言。我总是这样。然后急切地考虑赴死之事。终究要露馅,使人感受数倍的强烈惊愕或愤怒,令人兴奋的现实却难于启齿,只是一刻一刻地掉入自己虚伪的无底地狱。当然自己并不打算去报社,也不可能通过那样的考试。完美的欺骗阵地,眼看就要破灭沦陷。我想死期到了。三月中旬我独自去了镰仓。那是昭和十年(1935)。我企图在镰仓的山上缢死。

那是镰仓跳海骚动五年后的事情。我会游泳,很难在海里淹死。我选择了曾确切耳闻的缢死。但我再次功败垂成、死而复生。我的脖子,说不定粗得超出常人。脖子勒得又红又烂,我神魂颠倒地回到了天沼的家。

试图自己规定自己的命运,失败了。我摇摇晃晃地回到家中,却打开了一个陌生的奇妙的世界。H在门口轻柔抚摸着我的背脊。其他人都说,太好了,太好了。人生的温柔令我目瞪口呆。长兄也从乡下跑了过来。虽然被他痛斥,我还是非常想念他。我有生以来第一次体验了那般奇妙的感情。

意想不到的命运倏然展开。几天后,剧烈腹痛,熬了一昼夜没睡,用汤婆子温暖腹部。我迷迷糊糊地叫了医生。被子铺在救护车上,我被送到了阿佐谷外科医院。马上手术。盲肠炎。看医生耽误了,用汤婆子也是错的。腹膜上流出了脓,手术困难。手术后的第二天,喉咙里都咯出了血块。以前胸部的病变,突然显露在表面。我变得孱弱不堪。连医生都明摆着抛弃了我。但罪孽深重的我却一点点恢复过来。过了一个月,只有腹部的伤口愈合了。但我作为传染病患者,又被转移到世田谷区经堂内科医院。H一直在我身边。她笑着告诉我,医生说了不能亲吻。那家医院的院长是长兄的朋友。我受到了特别的照护。租了两间大病房,把全部的家产家具都搬进了医院。五月、六月、七月,差不多到了豹脚蚊肆虐季节,病房挂上了白蚊帐,我按照院长的旨意搬到了千叶县船桥町。海岸。在城郊租下了一处新建的房子。本来是转地疗养,对我而言却是坏事。地狱大动乱开始了。我在阿佐谷外科医院的时候就沾染了讨厌的恶习,使用麻醉剂。起初,医生也是为减轻我患部的痛苦,早晚换药的时候使用。但不久以后,没有药就睡不着觉。我对失眠痛苦的忍耐力极度脆弱。我每天晚上看医生。这里的医生并不介意我的身体,无论何时都温柔地接受我的请求。转移到内科医院后,我仍然执拗地麻烦院长。院长很不情愿,平均三次满足我一次。已经不是肉体的需求,而是为了消灭自己的惭愧与焦躁。我没有忍受寂寞的力量。搬到船桥后去镇医院,陈述了自己的失眠和中毒症状,死乞白赖地索求药品。后强迫懦弱的镇医生开具证明书,从镇上的药店直接购药。醒悟时,我已变成凄惨的中毒患者。不久又有了钱。我从长兄处每月领取九十日元生活费。当然除此而外临时索取,长兄也唯有拒绝。我没有努力回报兄长的爱。任意慢待生命。那年秋天以后,偶尔出现在东京街头的我已是脏兮兮的半狂人。那个时期自己无情的身姿,我心知肚明无以忘怀。我成为日本第一的陋劣青年。曾经借了十日元二十日元到东京,在杂志社编辑面前哭泣。太过执拗,被编辑呵斥制止。那时我的原稿也有可能成为一点经济来源。我躺在阿佐谷医院和经堂医院期间,依靠朋友们奔走,我纸袋中"遗书"中的两三篇,发表在一流的杂志上。作为反响有支持也有詈骂,统统给我强烈的刺激,令我在狼狈与不安中神魂颠倒。药品中毒更趋恶化,痛苦之余,我贸然去杂志社求见编辑或社长,祈求预支稿费。自己苦恼不堪,却未意识到一个理所当然的事实——其他人活得也不容易。那个纸袋里的作品一篇不留全部卖光,已经无物可卖。完成作品是需要时日的。材料亦已枯竭,什么都写不出来。当时文坛指评我"有才无德",我自己相信"有小德而无才"。我没有所谓的文才。我除了一味冲撞,没有其他的办法。我不知好歹。过度拘泥一宿一饭的恩义之类固有的道德冥顽不化,反之却是自暴自弃寡廉鲜耻之类型。我生长在家教严格的保守型家庭。借钱是十恶不赦的罪过。想靠借钱来解套,只会留下更大的债务。为消除欠债的愧疚,我自作自受使自己的药品中毒益发严重。药费的支出也在直线增加。我曾哭泣着走过白昼的银座。我需要钱。我差不多借了二十个人的钱,简直像抢钱一样。欲死不能。把那些借款还清后,我想去死。

没人愿意搭理我。搬到船桥一年了,昭和十一年(1936)秋,我被装上汽车运送到东京板桥区的某医院。睡了一夜,醒来一看是在脑病医院的一个房间。

在那里生活了一个月,一个秋高气爽的午后,终于允许出院。我和来接我的 H 两个人坐上了汽车。

相隔一个月重逢,两人都沉默着。汽车开始跑,过了一会儿,H 开口说:

"那药戒了吗?"气愤的语气。

"我现在开始不信一切。"我说了医院留下的唯一记忆。

"是么?"注重现实的 H,似乎将我的话理解成金钱之类的意思,她深深地点了点头说:"人是靠不住的。"

"我也没法相信你!"

H 带着气呼呼尴尬的表情。

我住院期间,船桥的家废止,H 住到了杉并区天沼三丁目的公寓一室。我在那里安顿下来。两家杂志社来约稿。出院当晚，我就开始了写作。写完两部小说，我拿着稿费去了热海，一个月没完没了无节制地饮酒。我不知道这之后该怎么办。从长兄处，每月生活费已经领取了三年。住院前的山样负债，仍旧残留着未还。我计划着在热海写一部更好的小说，用赚来的钱，偿还眼下忧心忡忡的负债。但计划归计划，哪里有心写小说啊？我不堪忍受自己周围的荒凉，每日饮酒消愁。我痛切地感到自己是个没用的男人。在热海，我反而借了更多的钱。干什么都不行。我完全一副颓败的模样。

我回到天沼的公寓，脏兮兮的肉体横撂在铺席上，放弃了所有念想。我已经二十九岁。一无所有。唯有一身棉袍。H也只有一身衣服。我想，我们已是最底层了吧。靠着长兄每月的补贴，过着虫子一样寂默的生活。

但那还不是最底层的深渊。那年早春，我与一位油画家进行了一次意料之外的谈话。非常亲密的朋友。我听了他的话，几近窒息。H犯了悲哀的错误。我突然想起从那个不祥的医院出院时，汽车里我曾语无伦次地胡言乱语，H竟表现出惊慌失措的样子。我为H吃了很多苦，只要活着就想跟她一起生活。可我不擅爱的表现，H和油画家或许都没有意识到这一点。即使商量，我也无能为力。我不想伤害任何人。三人之中我最年长。我想自己沉静下来，找出最好的方向。但同样是我，又过分地颠三倒四、狼狈周章、惊慌失措，反倒被H们轻蔑、蔑视。我一无所成。渐渐地，油画家表现出逃跑的迹象。痛苦中，我也觉得H可怜。H也像是准备赴死。不堪忍受时，我也会想死。两个人一起死。就算是神也会原谅我们的。我们像亲密的兄妹一样踏上旅途。水上温泉。那夜我俩在山上自杀了。我想不能让H死。我努力了。H还活着。

我也完全地失败了。因为抗药性。

我们终于分道扬镳。我没有勇气再留住H。可以说是舍弃。我无法继续人道主义的装腔作势,我无法继续忍耐下去,否则显而易见,日后必将堕入日常中的丑恶地狱。H独自回了乡下的母亲家。我没有油画家的消息。我开始了自己做饭的公寓生活。我学会了喝烧酒。牙齿脱落。面目可憎。我搬到了公寓附近最下等的寄宿屋。我觉得那里更适合于自己。若站在门边,看这世上最后一眼,月影之下,枯野游走,松树伫立。我在四叠半的寄宿屋中独自饮酒。醉了便出得屋外,倚着寄宿屋门柱小声吟歌,尽是些乱七八糟的作品。除了两三位难以割舍的亲友,已无人理睬我。我渐渐也明白了这个世界是如何看待我。我是愚蠢傲慢的无赖、白痴,还是卑劣狡猾的好色之徒、假冒天才的骗子,我过着穷奢极欲的生活,攒下钱就狂言自杀、恫吓乡下的亲人们。我像猫狗一样虐待贞淑妻子,最终将其赶出家门。世间流传着关于自己的形形色色的传说,充斥了嘲笑、嫌恶与愤怒,我彻底地被人葬送了,受着废人的待遇。我心知肚明,不想迈出寄宿屋一步。没有酒的夜晚,仅有的快乐是啃着咸饼干阅读侦探小说。杂志社、报社的约稿统统不见。我什么都不想写。写不出来。虽说没人盯着要那场病中的借款,我却连夜里做梦都感到痛苦。我已经三十岁了。

什么转机把事情弄成这样呢?我必须活下去。故乡老家的不幸予我当然的力量吗?长兄当选为议员,却因违反选举罪被起诉。我敬畏长兄谨严的人格。周围一定有坏人。姐姐死了。侄子死了。表弟死了。我皆有耳闻。很早以前,我就和故乡的亲友不通音信。接二连三的故乡的不幸,将我躺卧的上半身略微扶起。我因故乡房子的宽大而耻辱。有钱人家的孩子是不利条件，我因此自暴自弃。不正当的恩惠，讨人厌的恐怖感，使我自幼感受着卑屈和厌世。有钱人孩子命中注定的信仰，我不下大地狱谁下大地狱？逃跑者的卑屈。作为出色的恶业之子，我努力求死。然而一夜之间我发现，我算什么有钱人家的孩子，我是连身上穿的衣服都没有的贱民。从故乡寄来的生活费，过了今年也就没了。户籍已分开。我出生成长的故乡的家，现在也处于极度的困厄之中。我已失去了生来对人诚惶诚恐的特权，反而是倒过来了。我已有了那般觉醒。此外卧床于寄宿处一室，连要死的气魄都丧失殆尽，身体却令人惊异地突然康健起来，这个事实也是重要的原因。另外还可以举出年龄、战争、历史观动摇、嫌恶怠惰、对文学的谦卑、神的存在等诸如此类。但人的转机到底是什么？备觉空洞。即使那个说明极端正确，也必定有谣言生发的缝隙。人并非瞻前顾后，选择行路的方向。很多时候，人们不知不觉地走在风景不一的原野上。

三十岁那年初夏，我第一次发自内心地立志于文笔生活。想起来，那是姗姗来迟的志愿。为活着而写。我的寄宿屋没有像样的锅碗瓢盆，我只有窝在四叠半的小屋里拼命地写作。宿处的晚饭剩在碗柜里，我悄悄地捏成饭团，准备深夜工作时肚子饿了食用。这次写的并非遗书。一个前辈鼓励我。即便世人统统憎恨嘲笑，唯有那位前辈作家始终默默地支持我。我必须回报他珍贵的信赖。不久完成了作品《弃姥》。真实描写了和H一起的水上温泉赴死。作品很快有了买家。有个编辑没有忘记我，一直等待我的作品。我没有浪费那笔稿费，从当铺买了一件外出的衣服，穿着去了甲州山旅行。我又想构思一部长篇小说。在甲州竟然住满了一年。长篇小说未完成,发表了十余个短篇。各方传来了支持和鼓励。我觉得文坛真是个难得的地方。能够一辈子生活在文坛,实乃幸运。第二年,即昭和十四年(1939)正月,我在前辈的照顾下平平淡淡相亲结了婚。不,不平淡。我身无分文地举行了婚礼。在甲府的市郊,我们租了两间小房子住下。月租金六日元五十钱。我连续出版了两部创作集,稍微有了一点余裕。我一点点地偿还自己忧心忡忡的借款。这可是个了不起的事业。那年初秋,我们移居到东京市外三鹰町。这里已经不是东京市。从荻窪的寄宿屋夹着一个书包去甲州时,我的东京市生活已经中断了。

我现在是一个文稿生活者。出去旅行,住宿登记本上也直接写着文笔业。虽有痛苦,少有言说。比以前更加痛苦的时候,我却脸上装出微笑。傻瓜们说我庸俗了。每天,武藏野的夕阳很大。仿佛咕嘟咕嘟煮熟了落下山去。我盘腿坐在看见夕阳的三叠房间,寂静地边吃饭边对妻子说:"我是这样的男人,不会出人头地也不会有钱。但是我会守护好我们的家。"这时突然想到了东京八景。过去像走马灯一样在心中回旋。

这里虽属东京市外,附近的井之头公园却是东京的名胜之一。不妨把武藏野的夕阳加入东京八景。为了想定余下七景,我翻阅着自己心中的相册。但是这种情况下,成为艺术的却不是东京的风景而是风景中的我。艺术欺骗了我吗?我欺骗了艺术吗?结论:艺术即我。

户冢的梅雨。本乡的黄昏。神田的祭礼。柏木的初雪。八丁堀的烟花。草坪的满月。天沼的秋蝉。银座的闪电。板桥脑科医院的大波斯菊。荻窪的晨雾。武藏野的夕阳。回忆中暗淡的花瓣纷纷扬扬,整理至难。其实,生拉硬扯地将八景归纳到一起并非难事。不一会儿,我又发现春天和夏天的二景。

今年四月四日,我拜访了小石川的大前辈S先生。五年前生病时,让S先生挂心了。最终被严斥,几乎断绝关系。今年正月新年,特去道歉致谢。后则许久没有联络。那日拜访,为请先生担纲挚友著书出版的纪念会。先生在府。表达了愿求后,先生说起绘画和芥川龙之介的文学。他照样以沉重的语调说:"我曾经感觉以前对你过于刁难,现在看来,反倒有好的结果,我很高兴。"我们一起开车去了上野。在美术馆看了西洋油画展。劣作居多。我站在一张画的前面。S先生也来到我的身边,近观那幅绘画。

"欠火候。"先生随意说道。

"嗯,不好。"我也态度明确地说。

这是H的那位油画家的画作。

走出美术馆,又一起去茅场町看了正在试映的电影《美丽的战争》。之后去银座喝了一天茶。到了傍晚,听说S先生从新桥站乘公共汽车回家,我也一起走到了新桥站。途中我把东京八景的计划告诉了S先生。

"好一个武藏野大夕阳啊。"

S先生站在新桥站前的桥上低声说。

"变成画了啊!"指着银座桥的方向。

"啊。"我也停下脚步,眺望着。

S先生重复着"变成画"的感叹,像自言自语。

比起眺望的风景,我更想把眺望风景的S先生和他差点儿断绝师徒关系的不肖弟子编入东京八景。

那以后过了约莫两个月,我有了更加明亮的一景。某日,妻妹寄来快件:"明日T终于要出发了。听说在芝公园可以见一面。明早九点,请到芝公园来。请兄长代我向T好好转达一下。我是笨蛋,跟T什么也没说。"妻妹二十二岁,个子很小,像个孩子。去年和T君相亲订婚,但T君订婚后便应征入伍进了东京一个联队。我也曾遇见穿着军服的T君聊了三十分钟,是个爽朗、优雅的青年。明天终于要出发去战场了。收到那封快信不到两个小时,妹妹又寄来快信。"仔细考虑了一下,觉得刚才的请求微不足道。对T什么也不用说了。唯请送别。"我和妻子都笑了出来。妻妹一个人手忙脚乱的样子如在眼前。两三天前,妻妹就去T君的父母家搭帮手了。

第二天早上,我们早起去了芝公园。增上寺院内聚集了众多送行的人。一个老人穿着金秋色的团服,拨开人群来去忙碌。我拉住他问道T君的部队,说是在山门前休息五分钟,就要出发。我们从寺院里出来,站在山门前,等待T君的部队到来。此时,妻妹也拿着小旗和T君的父母一起来了。我和T君的父母初次见面。还没有正式地成为亲戚,不擅交际的我便没有郑重其事地致礼。只是用眼神微微示意。

"怎么样,紧张吗?"我跟妻妹搭话。

"没什么呀。"妻妹笑得很敞亮。

"怎么会这样?"妻子皱起了眉头,"怎么那样笑?"

来为T君送行的人很多。六杆写着T君名字的大旗排列在山门前。在T君家工厂做工的工匠、女工也请假前来送行。我离开了大家,站在山门旁边。我性格乖僻。T君家很有钱。我却牙齿脱落、衣衫不整,没穿裙裤也没戴帽子。我只是个穷酸文士。T君的父母肯定在想,儿子未来媳妇的亲戚怎么脏乎乎的。妻妹来找我说话,他们马上过来说:"你今天的重要任务是跟在爸爸身边。"T的部队左等右等不来。十点、十一点、十二点。女校的修学旅行团体乘坐游览巴士,分几组眼前开过。巴士车门上贴着写有该女校校名的纸片。也看到故乡女子学校的校名。长兄的长女应该也在那所女校。没准儿也在车上。我在东京名胜增上寺山门前不由得想,我这笨蛋叔父也许在傻傻地眺望她悄然伫立的身姿。大约二十辆车接连经过山门前,巴士的女售票员每次都对着我开始说明。开始装作镇静,最后我也试着摆了个姿势。像巴尔扎克像一样悠然地抱着胳膊。我感觉自己成了东京名胜之一。过了一会儿,有人叫喊"来了、来了",转眼间满载士兵的卡车开到山门前。T君竟会驾驶达特桑,坐在大卡车的驾驶室。我在人群的后面呆呆望着。

"哥。"不知不觉间来到我身边的妹妹小声道,她用力推着我的背。振作起来一看,驾驶室下来的T君对我行着举手礼,他像是首先发现了人群最后站着的我。我迟疑了一瞬,踌躇地环视身旁,确定是在向我行礼。才决意拨开人群,和妹妹一起走到了T君面前。

"以后的事情不用担心。妹妹虽然这么笨,但是女人最重要的心思你应该知道的。一点都不用担心。我们一起承担。"我破天荒地、一本正经地说。一看妹妹的脸,我紧张得稍稍仰起头望着天。T君红了脸,默默地又行举手礼。

"那么,你没有什么话要说吗?"我笑着问妹妹。

"没有,没什么说的了。"妹妹低下头说。

出发的号令已下达。我又躲到了人群当中,妹妹又在背后推我,一起来到了卡车驾驶室下。不远处,只有 T 君的父母站在那里。

　　"你放心去吧。"我大声说。T 君的严父,蓦然回头看了看我的脸。从严父的眼神中,隐约看见心中不悦的神情——这出风头的小子何许人也。可我当时并不理会。我意识到人的尊严自有极限立足点,瞻前顾后不如死了的好。我的征兵身体检查是丙类合格,穷困潦倒,但此时此刻舍我其谁。东京名胜以更大的声音喊道:

　　"一切都不用担心!"

　　从现在开始,T 君和妹妹的婚事,万一出现了什么困难,我这个不顾世间体面的异道人,定会成为他俩最后的倚靠。

　　得增上寺山门一景,感觉自己的作品构思已臻完美,宛若绷紧的满月之弓。几天后,我带着东京市大地图、钢笔、墨水、稿纸,义无反顾地踏上了伊豆的旅途。到达伊豆的温泉旅馆后,发生了什么事情呢?出发十天了,像是仍旧滞留在温泉旅馆。不知在干什么。

丑角之花

"由我进入愁苦之城。"①

朋友皆离我而去,带着悲戚的目光看着我。朋友啊,请与我交谈,请对我微笑。啊,朋友面无表情地转过脸去。朋友啊,问我啊。我什么都告诉你。我用这双手将阿园按入水中。我以恶魔般的傲慢,祈祷着自己重生而阿园去死。还要听我说吗?啊啊,朋友只是用悲戚的眼神望着我。

大庭叶藏坐在床上,看着海面。海面上烟雨迷蒙。

梦中醒来,反复阅读几行文字,死也无法忍受那种丑陋与卑劣。哎呀,未免夸张。大庭叶藏何许人也。酒不醉人,莫非有更加强烈的醉人之物?我为这样的大庭叶藏击掌。这个姓名与我的主人公十分贴切,完全象征着主人公的非常气魄。叶藏同时让人感觉新鲜。仿佛古朴的底部涌出真正的新鲜感。而且大庭叶藏四字的排列,给人以愉快的调和感。单从姓名上看,已有划时代之感。大庭叶藏坐在床上,眺望着烟雨迷蒙的海面。那种划时代感愈发强烈。

没错。自嘲是一种卑劣,源自卑下的自尊心。我也一样,不想被人家说三道四,因而早早将钉子钉入自己体内。这才

---

① 引自意大利诗人但丁的《神曲》。

是卑怯。必须诚恳坦率。啊,谦逊。

大庭叶藏。

被人耻笑也没办法。东施效颦。明眼人一眼识破。或许还有更好的姓名,但我觉得有些麻烦。莫如说直接用"我"。今春刚写过一部以"我"为主人公的小说,再写不妥。假如我明天死于非命,没准儿就会出现一个怪异的男子,带着满脸的坏笑说,没有"我"这个主人公,你还写什么小说?仅仅因此理由,我坚持主人公就是大庭叶藏。好笑么?什么,你竟然……

一九二九年十二月底,这家名为青松园的海滨疗养院,因叶藏的住院引起小小的骚动。青松园有三十六名肺结核患者。两名重症、十一人轻症,其余二十三人处于恢复期。叶藏被收容在东一住院楼的所谓特等病室,分成六个病房。叶藏病室的两侧是空室,顶头西侧的病室里住着一位高个子高鼻梁的大学生。东侧的一号和二号两间病房里,分别睡着两位年轻的女性。三人都是恢复期患者。前日晚袂浦发生了投海殉情事件。男子被返航的渔船救起捡了一条命。女人却没有找到。为了搜寻,海边钟声响个不停,载着村里消防员的渔船一艘一艘地驶向海面。搜寻者的高声呼喊亦此起彼伏。三人听着心惊胆战。渔船的红色火影,终夜徘徊在江之岛岸边。大学生和两个年轻的女孩,那夜都失眠了。黎明时分,在袂浦的海滩发现了女人的尸体。她的短发乌黑发亮,脸已肿胀泛白。

叶藏知道阿园已死。其实晃悠悠躺在渔船上回港那会儿,他已心中有数。他在星空下苏醒过来便问,女人死了吗?一个渔夫答道:"不会死,不会死的,不用担心。"语气充满慈悲。死了吧,恍惚中意识,旋即又失去了知觉。再次醒来时,已在疗养院里。狭小的白色板壁房间,挤满了人。其中有人仔细讯问叶藏的身份。叶藏一一作答。天亮后,叶藏被移到另一间大点儿的病房。老家知道叶藏的变故后,往青松园打来了长途电话,商量善后事宜。叶藏的故乡,离这里二百余里。

东一住院楼的三位患者,对这位新患者近在咫尺躺着身边,持有莫名其妙的满足感。今后的医院生活值得期待。天空和大海都变得明亮的时候,他们终于睡着了。

叶藏没睡。时不时缓慢地转动头部。他的脸上贴满了白色纱布。那是在海浪裹挟下,岩石的撞伤。一个叫真野的二十多岁的护士陪伴身边。左眼皮上有一处较深的疤痕,与另一只眼睛相比,左边的眼睛稍大一些。但是并不难看。红色的上唇微微翘起,脸颊浅黑。她坐在床边的椅子上,眺望乌云密布的大海。她尽量不看叶藏的脸。不忍目睹。

正午时分,两名警察探望叶藏。真野回避了。

两人是西装革履的绅士。一人蓄着短须,一人戴着金丝边眼镜。短须警察小声讯问阿园的来龙去脉。叶藏如实回答。短须警察还在小本子上做了记录。讯问过后,他朝病床俯下身子问道:

"女人死了。你真的想过要死吗?"

叶藏沉默不语。

戴金丝眼镜的刑警,厚实的额头两三道皱纹,微笑着拍拍胡子的肩膀。

"算了,算了。多可怜。下次再说吧。"

胡子直视着叶藏的眼神,不情愿地将小本收进了上衣口袋。

刑警们离去之后,真野匆忙回到了叶藏房间。一开门,就看到呜咽哭泣的叶藏。便又悄悄地关上门,在走廊里站了一会儿。

下午开始下雨。叶藏恢复了元气,已能独自起身如厕。

朋友飞弹穿着湿透的外套闯进病房。叶藏佯装已入睡。

飞弹小声问真野:

"没事了吗?"

"嗯,没事了。"

"真够吓人的。"

他扭动着肥胖的身体,脱下那件油乎乎、粘满尘土的外套交给真野。

飞弹是个无名雕刻家,叶藏是个无名油画家,两人是中学时代的朋友。天性率直的人,年轻时往往把身边的某人当作偶像。飞弹也是如此。他中学时代仰慕班上的第一名学霸叶藏。课堂上叶藏的一颦一笑,都让飞弹觉得五体投地。在校园的沙山背面发现叶藏成年人一般孤独的身影,他暗自深深地感叹。啊,还有与叶藏第一次交谈那日的欢喜。飞弹事事模仿叶藏。抽烟,嘲笑老师,两手叉在脑后,晃晃悠悠地校园漫步。一切都历历在目。他也了解到艺术家最伟大的原因。叶藏进了美术学校。飞弹晚了一年,却也同样能去叶藏的那所美术学校。叶藏学习西洋油画,飞弹故意选修了塑像专业。他曾说过,罗丹的《巴尔扎克像》①令之感动。那是他有朝一日若能成为大师之时,在自己的经历上作态般地任意添加,实

---

① 罗丹(1840—1917),法国雕塑家,《巴尔扎克像》是其重要作品。

质上是忌讳与叶藏的油画相提并论。根子还是自卑。到了那时,两人开始分道扬镳。叶藏的身体越来越瘦,飞弹却渐渐地胖了起来。两人的悬隔不仅如此。叶藏沉迷于某种直截直白的哲学,开始疏离了艺术。飞弹则有些得意忘形,"艺术"一词不绝于耳,听者都感觉赧颜。他一味梦想着杰作却怠惰学习。两人同样以不佳的成绩从学校毕业。叶藏几乎扔掉了画笔。他说自己的绘画不过是招贴画罢了,这使飞弹沮丧不已。所有的艺术都是社会经济机构放出的屁,不过是生活力的一个形式,所有的杰作都是袜子一样的商品。这些似是而非的言论使飞弹如堕五里雾中。飞弹一如既往地喜欢叶藏,对叶藏的近期思想也有一种糊里糊涂的敬畏,但是对于飞弹,杰作的激荡心怀永远是至高无上的。他永远怀着憧憬摆弄着手中的黏土。也就是说,这两个人与其说是艺术家不如说是艺术品。不,正因如此,我也能轻易地叙述。看到真正的市场艺术家,诸位读不上三行就将呕吐。我敢保证。对了,你来写一部那样的小说吧。怎么样?

飞弹也没有看到叶藏的脸。他蹑手蹑脚走近叶藏的枕边,却只是凝视着玻璃门外的雨势。

叶藏睁开眼睛微微一笑说:

"惊吓到你了吧?"

飞弹吓了一跳,瞥了叶藏一眼,旋即垂下眼帘应道。

"嗯。"

"你怎么知道的?"

飞弹闪烁其词。右手从裤兜里抽出来,抚摸着宽大的脸庞,且用眼睛悄悄征询真野,可以说吗?真野表情严肃地微微摇了摇头。

"在报纸上看到的吗?"

"嗯。"

其实是从广播里的新闻。

叶藏讨厌飞弹含糊其词的样子。直截了当地说何妨。一夜之隔换了个人,十多年的朋友竟把自己当作异乡人。可恨。叶藏又假装睡着了。

飞弹百无聊赖地用拖鞋拍打着地板,傻傻地站在叶藏枕边。

门静静地打开,一个身着制服的小个子大学生,突然露出的帅美脸庞。飞弹见状,顿时安下心来。他满脸微笑合不拢嘴。故意迈着方步往门口走去。

"刚到的吗?"

"是啊。"

小菅惦记着叶藏,匆匆答道。

他叫小菅,叶藏的亲戚,大学法科学生,与叶藏相差三岁。当然他们也是无话不谈的朋友。新青年似乎不太拘泥年龄。寒假回故乡,听说了叶藏的事,马上乘急行列车赶了过来。两人到走廊里站着闲谈。

"脸上沾了煤灰。"

飞弹哈哈笑着,指着小菅鼻子下面。列车的煤烟。

"是么?"小菅慌忙从胸前的口袋里拿出手帕,擦了擦鼻翼下方。

"怎么样。现在的情况怎样?"

"大庭吗?像是无大碍。"

"这样啊——没有了吧?"

他把鼻子凑过去让飞弹看。

"没了。没了。乡里闹得满城风雨吧。"

小菅将手帕掖回了胸前的口袋答道：

"嗯。炸了窝呐。像似葬礼一样。"

"家里会有人来？"

"哥哥来。老爷却说——'甭管他！'"

"真是一个大事件啊。"

飞驒一只手摸着低额头嘟哝着。

"阿叶他……真的没事吗？"

"奇怪,若无其事。那家伙总是这样。"

小菅似乎很高兴似的,嘴角带着微笑歪着头。

"到底是怎么想的呢？"

"不知道——不想去见大庭吗？"

"算了。见了也没话好说。而且——恐怖。"

两人小声地笑了起来。

真野从病房出来。

"里头听得见呢。不要站在这里闲谈。"

"啊。真的吗……"

飞驒诚惶诚恐,缩起庞大的身躯。小菅居心叵测地瞅着真野的脸。

"你俩吃过午饭了么？"

"还没有。"两人一起回答。

真野红着脸扑哧地笑了。

三个人一起去了食堂后,叶藏就起来了。继续眺望烟雨蒙蒙的海面。

"由此将通向永劫深渊。"

然后回到最初的开篇。唉,文笔拙劣。我不喜欢这样的时间安排。却做了尝试。由此将去悲戚的城市。这地狱之门的咏叹早已成为我的口头禅。奉为光彩的开篇一行。没有别的理由。如果因为这一行，我的小说失败了，我也无意懦弱地抹杀它。武断地再说一句，抹去了那一行，就等于抹杀我迄今为止的生活。

"思想，知道么？这是马克思主义。"

口无遮拦。小菅如是说。他面带微笑端起了奶茶碗。

四面的板壁涂着白漆，东面墙壁上高挂着院长的三幅肖像画，胸前挂着铜币大小的勋章。画像下方静静排列着十条桌腿的细长餐桌。食堂里空荡荡的。飞驒和小菅坐在东南一隅的桌子旁吃饭。

"这次真够离谱的。"

小菅压低了嗓音说。

"身体羸弱，还东颠西跑，不是找死嘛。"

"是啊。像个行动队队长。"飞驒大口咀嚼着面包插嘴道。飞驒并非博学多识。左翼用语，那个时期的青年谁人不知。

"但是——不仅如此啊。艺术家不会那般清心寡欲。"

食堂昏暗下来。雨下得很大。

小菅喝了一口牛奶说道：

"你考虑问题太主观，不行。本来嘛——本来嘛，一个人自杀，隐藏着本人没有意识到的某种客观性的重大原因。在老家，一般认为是女人的原因。我却说不尽然。女人只是旅伴罢了。一定有其他重大原因。老家的那帮人愚蠢。怎么连你也有这种奇谈怪论？"

飞驒凝视着脚下的炉火喃喃自语。

"可那个女人,据说有丈夫呐。"

小菅把牛奶碗放下应道:

"我知道啊。那怎么啦?对于阿叶,她屁也不是。因为有丈夫殉情,这理由太牵强。"

说完眯起一只眼盯着头顶的肖像画。

"这里的院长吗?"

"大概是吧。可是,真相唯有大庭自己知道。"

"没错。"小菅随意地附和。而后四处张望。

"好冷啊。你今晚住在这里吗?"

飞骋慌忙咽下了面包,点头道:

"是啊。"

青年的讨论随意。他们小心翼翼尽量不去碰触到对方的神经,同时也层层包裹起自己的神经。不想受到无谓的侮辱。一旦受到伤害,便会苦思冥想是杀掉对方还是自己去死。所以讨厌争论。他们知道太多的敷衍搪塞。一句否定的话,他们可以变换路数说得花样翻新。在开始讨论前,他们已经交换了妥协的眼神。然后一边笑着握手,一边在心中互相诅咒——蠢货!

我的小说也模糊起来。笔锋一转,展开一个全景式的画面吧。别说大话。做什么都愚笨的你。唉,期待顺利。

第二天早晨,温煦晴朗。海上风平浪静,大岛火山冒出的烟雾,在水平线上升腾起白色的气体。不好。我讨厌写风景。

一号室的患者睁开眼睛,病房里洒满了小春①的阳光。

---

① 小阳春,阴历十月。

跟护士互道早安,开始计量早上的体温。三十六点四摄氏度。然后来到阳台,做饭前的日光浴。和护士擦肩而过的时候,她偷看了一眼四号室的阳台。昨日新来的患者穿着深蓝色碎白花纹夹衣,坐在藤椅上眺望大海。阳光刺眼,他皱紧了浓眉。没想到那面容那么俊美。他不时用手背轻轻地敲着脸上的纱布。躺在日光浴用的躺椅上,眯起眼睛观察了不久,她让护士拿本书来。《包法利夫人》。平日感觉这本书无趣,读个五六页就会丢置一旁。今日真的想读。此时此刻读《包法利夫人》,真是再贴切不过了。哗啦翻页,从第一百页开始读。一行佳句。

"爱玛①想借火炬之光,半夜出嫁。"

二号室的患者也醒了,来到阳台晒日光浴,一眼看到叶藏躺在那里,就又跑回了病房。不晓得她惊恐什么。她马上上床钻进了被窝。陪同女儿的母亲笑着给女儿盖上了毛毯。姑娘将毛毯顶在头上,躲在狭小的暗室里忽闪着眼睛倾听着邻室的谈话。

"像个美人。"然后是文雅的笑声。

飞驒和小菅住了下来。两人躺在隔壁空病房的一张病床上。小菅先醒,细长的眼睛睡眼惺忪,来到阳台侧眼瞅了瞅叶藏,看不懂叶藏为何是那样怪异的姿势。他便往左边转头想看个究竟。原来顶头的阳台上,一个年轻的女人在读书。女人躺椅的背后是长着苔藓的濡湿的石墙。小菅像西洋人那样耸了耸肩膀,旋即返回了房间,摇醒了熟睡的飞驒。

"快起来。有情况。"

---

① 《包法利夫人》中的女主人公。

他们喜欢捏造事件。

"来看阿叶的大英姿。"

他们对话中常用"大"这个形容词。希望在这百无聊赖的世界中，出现值得期待的对象。

飞驒吓得跳将起来。

"什么呀？"

小菅笑着告诉了他。

"有少女在。阿叶正在显摆他的侧脸呢。"

飞驒也兴奋起来。两道眉毛夸张上扬。

"美人吗？"

"像个美人。装模作样看书呢。"

飞驒扑哧笑了。他坐在床上穿好夹衣、裤子喊道：

"好！严加惩治！"

当然是背地里的玩笑话。他们经常若无其事地背后说朋友坏话。逢场作戏罢了。

"大庭那家伙，全世界的女人都想要……"

过了一会儿，叶藏的病房传出哄笑声，传遍了所有病房。一号室的患者啪地合上书，用诧异的眼光窥测叶藏的阳台。阳台上没有人，只有一把朝阳下闪闪发光的白色藤椅。她定定地瞅了一会儿藤椅，又昏昏欲睡起来。二号室的患者也听到了笑声，突然从毛毯里露出了脸，与站在枕边的母亲对视着微微一笑。六号室房的大学生，也被笑声吵醒了。大学生没人陪伴，过着租房一样悠闲的生活。发现笑声是从昨日新患者的房间传来，黝黑的面容颦蹙。他并不觉得笑声很放肆。恢复期患者特有的宽大胸怀，反倒使他为叶藏恢复了元气而感到放心。

63

我不是三流作家吧。太过忧郁。我不合时宜地企图运用全景式描写,结果遭人厌弃。少安毋躁。我早就有言在先,可能会有这样的失败。怀着美好的感情创作了低劣的文学。就是说,如此忧郁乃因我心尚未沦为恶魔之心。啊啊,有此等想法的男人是幸运的。多么珍贵的一句话哪!但是这句话,作家一生中只能受用一次。绝无虚言。只用一次令人感觉可爱。三番五次地使用,以这句话作为挡箭牌,你的结局将是悲惨的。

"失败了。"

与飞䍧并排坐在床边沙发上的小菅,默默地依次看着飞䍧的脸、叶藏的脸还有倚在门前的真野的脸,大家脸上都带着笑容,他便满足地将头倚靠在飞䍧圆滚滚的右肩上。他们爱笑。不值一提的事情也放声大笑。露出笑容对于青年们来说如同呼吸。从什么时候养成这种习性的呢?不笑便是损失。青年不会放过任何可笑的细微对象。啊,这便是贪婪的美食主义虚幻无常的一鳞半爪。可悲的是他们少有发自肺腑的笑。一边笑得前仰后合,一边又要注意姿态。他们经常性逗人发笑。不惜伤害到自己。那都无一例外发自虚无的内心。由此不能揣测内心深处潜藏的另外一种任性吗?牺牲之魂。略微敷衍的、没有明确目的的牺牲之魂。他们偶有传统道德中传为美谈的伟大行动,却无一例外起因于潜在的牺牲之魂。这些都是我的独断而并非来自书斋中的摸索,皆由自己亲身听闻的感受。

叶藏还在笑。坐在床边两条腿悠然晃动,脸颊包着纱布却开心地笑着。小菅的话那么有趣吗?他们对怎样的故事感兴趣呢?且看如下几行文字。小菅这次休假期间,去家乡三里开外一个有名的温泉滑雪场,在那里的旅馆住了一宿。深夜去厕所途中,在走廊与同一旅馆的年轻女子擦肩而过。仅此而已。但这却是个大事件。对小菅来说,即便是极其普通的擦肩而过,也必须给女子留下不寻常的好印象。别无奢求。擦肩而过的瞬间须赌以性命摆出一个姿势。他对人生真的有所期盼。瞬间思考着与那个女人邂逅的前因后果。心中豁然开朗。他们至少会一天一次体验那种令人窒息的瞬间。所以他们不会疏忽大意。即使独处之时,也要装饰或粉饰自己。深夜,小菅刚去厕所的时候正好穿着新做的蓝色外套。在走廊和那个年轻女人擦肩而过,小菅深深地感到庆幸。幸亏穿了外套出去。他安心地舒了一口气。结果走到走廊顶头的大镜子前一照,坏了!外套下面赫然露出两条脏兮兮细筒裤小腿。

"哎呀,哎呀。"

不愧是小菅,轻描淡写地笑着说。

"细筒裤皱巴巴挽着裤腿,腿上的黑毛都露了出来。惨不忍睹。"

叶藏内心并不觉得十分好笑。他觉得小菅一定又在瞎编乱造。但他还是大声地笑了。朋友昨天突然变了,总在迎合叶藏的心情。因此他也是在还礼。他笑容可掬。看见叶藏笑了,飞弹和真野也露出会心的笑容。

飞弹放心了。心想可以无话不谈。转念一想,再等等。便继续黏糊糊地坐在一旁。

得意忘形的小菅却口无遮拦。

"我们见了女人就失败。阿叶也一样对吧?"

叶藏还在歪头微笑。

"是啊。"

"好啦。别死啦。"

"真是失败啊。"

飞弹高兴得心跳加速。最困难的石墙在微笑中崩塌。不可思议的成功多亏了小菅的大大咧咧。飞弹产生了紧拥这位少时朋友的冲动。

飞弹淡淡的眉毛舒展开来,他有点儿口吃:

"失败与否,一句话讲不清楚啦。首先是原因不明。"

糟糕!飞弹心想。小菅马上救场解围。

"这我知道。和飞弹还进行了大辩论。我想是因为思想问题吧。飞弹这家伙却嘟嘟囔囔地说'还有别的'。"

飞弹紧跟着应和道:

"你说的也有道理。但是不止这些啊。就是说鬼迷心窍。不然怎么会跟讨厌的女人去作死。"

飞弹不希望叶藏胡乱猜想,他口无遮拦地脱口而出。相反那些话自己听来都充满了率真。他心里暗自叫好,太棒了!

叶藏的长睫毛低垂——傲睨、懒惰、阿谀、狡猾、恶德、疲劳、愤怒、杀意、自私自利、脆弱、欺骗、病毒。这些字眼搅动得他心烦意乱。他心想,索性说出来吧。他有意带着沮丧的表情嘟哝:

"其实我也不知道。可是又觉得,所有的一切都是原因。"

"明白。明白。"

小菅没等叶藏说完就点头说:

"常有的事。你看,护士不在,照顾得周到吗?"

我前面也已提到,他们的讨论与其说彼此交流思想,莫如说是为了彼时的气氛轻松舒畅。真相噤若寒蝉。然而听了一阵子竟有意外收获。在他们装腔作势的言语中,时不时也会感受到一种令人惊异的率真和诚恳。不经意说出的话才包含真心。叶藏现在嘴里嘟囔的不正是他无意中吐露的真心吗?他们心中唯有混沌和莫名的抵触。或许也可以说仅有自尊心且是脆弱不堪的自尊。一阵微风亦令之战栗。一旦受到侮辱,痛不欲生。叶藏被追问自杀的原因,困惑不知所措乃是理所当然——所有一切都是原因。

那天午后,叶藏的哥哥到了青松园。哥哥不像叶藏,明显发福,穿着和服裙裤。

院长带他来到叶藏的病房,房间里传出欢笑声。哥哥佯装不知。

"这里吗?"

"是的。已经恢复了。"

院长应答着推开了门。

小菅吓了一跳,从床上跳了下来。他在叶藏的床上躺着呢。叶藏和飞弹并排坐在沙发上玩扑克,两人也匆匆站了起来。真野坐在床头的椅子上编织,见状略显羞赧地收起了织针和毛线。

"来了朋友,才这么热闹。"

院长回头跟哥哥小声说道。然后走到叶藏身旁。

"感觉好些了吗?"

"嗯。"

叶藏突然觉得很悲惨。

眼镜后面的院长眼睛带着笑意。

"去疗养院住上几天,如何?"

叶藏第一次体会到作为罪人的自卑,只是以微笑当作回答。

哥哥一本正经地向真野和飞弹道谢。然后认真地问小菅:

"昨晚住在这里吗?"

"是啊。"小菅挠着头说道,"隔壁的病房空着,我和飞弹君就住下了。"

"那今晚来我的旅馆。订了江之岛的旅馆。飞弹也来吧。"

"啊。"飞弹怔住,手里拿着三张扑克牌应道。

哥哥若无其事转向叶藏。

"叶藏,没事了吗?"

"嗯。"叶藏硬着头皮点了点头。

哥哥突然变得饶舌起来。

"飞弹。请院长先生一起,我请大家吃个午饭吧。我还没去过江之岛呢。想请先生引见。快走吧。汽车等着呢。好天气。"

我后悔了。两位大人登场,搞得乱七八糟。叶藏、小菅、飞弹还有我,四个人好容易把气氛调整过来,两个大人的出现却弄得面目全非功亏一篑。我改编了这部小说,营造浪漫的氛围。我在开篇的几页翻卷漩涡,祈望在后面的描述中抽丝剥茧纾解气氛。虽然笨拙,总算发展至此。结果却土崩瓦解。

原谅我吧!谎言。装糊涂。一切都是我的杜撰。写作过程中,那种浪漫气氛使我羞赧,便蓄意进行了破坏。倘成功地土崩瓦解，反倒正中我之下怀。居心叵测。这句话至今使我的内心深受煎熬。无端地威压他人且有死缠烂打之嗜好。或许我的这种态度正是居心叵测。我不想输。我不想被人看破隐私。可那都是虚幻的努力。唉！作家逃不出此般劫数吗？告白亦须言语装饰。我不是人吗？我能过上真正的人的生活吗？尽管这样写，我还是在意我的文章。

和盘托出。的确，我在小说不同场面的描写中，时常让第一人称的"我"出场，言不由衷的话语统统让他来说。毋宁说那是一种取巧的做法。我尽可能不让读者觉察，靠那个第一人称的"我"使作品隐含别样的韵味。我陶醉地自认开创了日本前所未有的新潮风格。但我失败了。不，我这失败的告白理应也在这部小说的构思之中。容后细表。不，我好像一开始就预备好了这句话。啊啊，不要再相信我了。我的话统统不要相信。

我为什么要写小说呢？为了博取新晋作家的荣光吗？或者需要钱？坦率地说都想要。梦寐以求。唉，我还在说着不经意的谎言。这样的谎言让人着迷。谎言中卑劣的谎言。我究竟为什么要写小说呢？说来话长，麻烦。没办法。这未免令人嫌弃的故弄玄虚。一句话——"复仇"。

言归正传。我是市场艺术家，不是艺术品。我那可恶的告白，如果能为我这部小说带来某种意义，那可真是万幸。

叶藏和真野被留下了。叶藏钻进被窝，眨着眼睛想事。真野坐在沙发上收拾扑克牌。她把纸牌塞进牌盒后说：

"您的哥哥么？"

"啊。"

叶藏凝视着高高天花板的白壁。

"像吗?"

作家一旦对描写对象没了兴趣,文章就会变得如此松散。嗨,不说了。反正是二流文章。

"嗯。鼻子……"

叶藏大声笑了。叶藏家都像祖母,鼻子长。

"他多大岁数了?"真野笑着问。

"大哥吗?"叶藏把脸转向真野。

"还年轻啊。三十四。他心大,总乐呵呵的。"

真野忽然仰脸看了叶藏一眼,见他皱着眉头在说话,忙又低下了头。

"大哥给人感觉挺好的。老爷呢……"

欲言又止。叶藏很老实。他成为"我"的替身,唯有妥协。

真野起身去病房角落的货架上取编织的工具。像原来那样又坐在叶藏枕边的椅子上,一边织衣物一边想事儿。不是思想,不是恋爱,而是思考那一步迈出的原因。

我已经无话可说。众说纷纭。我却变得无话可说。真正要紧的事情,我感觉完全未能触及。那也是无可奈何。太多的内容未及交代。那也是理所当然。作家对自己作品的价值一无所知,乃是小说界的常识。我很窝心,却又不得不承认这一点。期待自己作品产生效应的我是个笨蛋。尤其不该对效果说三道四。话一出口,又产生别样的完全不同的其他效果。刚一推断出大致的某种效果,又冒出新的效果。我却是个永远追求效果的傻瓜。我无法知晓自己的作品是劣作还是未完成的杰作。没准儿我的这部小说,会产生我所意想不到的巨大价值。这些话我是偶然闻之,并非出于我的本身。所以又会产生依赖心。坦率地说,我已经失去了自信。

亮灯时分,小菅一个人来到病房。一进门,就像被人追赶似的凑到躺在床上的叶藏脸前小声说:

"我喝酒了。别跟真野说哦。"

说完,冲着叶藏狠狠哈了一口酒气。饮酒是禁止出入病房的。

小菅瞥了一眼坐在后面沙发上编织的真野,大声喊道。

"我来参观江之岛。真不错啊!"

然后立刻对叶藏细语道:

"骗她的。"

叶藏起身坐在床上。

"那么长时间,一直在喝么?那没事呀。对不?真野小姐。"

真野继续编织,笑着回答:

"不太好吧。"

小菅仰面倒在了床上。

"院长我们四人商量事情呐。没想到,你哥哥真是足智多谋呐。"

叶藏未作声。

"明天,飞騨要和哥哥去警察局。他说一切都会顺利解决。飞騨真是个笨蛋啊。亢奋。飞騨今天住在那边。我觉得别扭,先回来了。"

"他一准儿说我坏话了吧。"

"嗯。当然啦。说你是个大傻瓜。还说,说不定今后还会捅娄子。他还说老爷子也有问题。真野小姐,可以抽烟吗?"

"嗯。"真野应道。她抑制着不让眼泪流下来。

"能听到海浪的声音——真是个好医院啊!"

小菅叼着没有点火的香烟,醉醺醺地喘着粗气,闭上眼睛。突然猛地坐起身来。"对了。我带的衣服,放在那里了。"他用下巴示意门口。

叶藏的目光落在门旁蔓藤图案的大包袱上,仍旧皱起眉头。他们在谈论亲人间的事情。叶藏的脸上流露出些许感伤。但这不过是一种习惯。自幼受的那般教育,造成了那般面容或表情。说起亲人,必然联想到财产这个字眼儿。

"妈妈最可怜。"

"嗯,大哥也这么说,'妈妈最可怜',为我们的穿衣问题都操碎了心。你知道吗?那是真的——真野小姐,有没有火柴?"

真野递过来一盒火柴。小菅鼓着脸,盯着香烟盒上画着的马首。

"你现在穿的就是院长那里借来的衣服。"

"这个吗?是啊。院长儿子的衣服吧——大哥,还说我什么坏话?"

"别跟自己过不去了。"他点燃香烟,"大哥比较新派。他是懂你的。不仅如此。他也是受苦的命。大家议论了你此次事件的原因,哈哈大笑。"

他吐出了一个烟圈。

"大哥的推测是叶藏放浪形骸、囊中羞涩。他说得非常认真。还有,作为哥哥难于启齿,肯定还染上了什么丢人的疾病。所以自暴自弃。"小菅浑浊的醉眼瞪着叶藏,"怎么样?哎呀,这家伙真让人意外……"

今晚只有小菅留宿,不至于去借邻室病房。大家商量后,决定小菅也在叶藏的病房混一晚。小菅和叶藏并排睡在沙发上。罩着绿色天鹅绒的沙发变成了一张大床,看起来有点怪异。真野每晚都睡在那里。今天却被小菅抢占。无奈只好从医院的办公室借来一张薄席铺在房间的西北角,正好在叶藏脚下。真野不知从哪里又找来一个两对折的矮屏风,把那个简陋的睡铺围了起来。

"小心点儿。"

小菅躺着看那老旧的屏风窃笑。

"画着秋七草呐。"

真野用包袱皮挡着叶藏头顶上的电灯,光线变暗后,对二人说了声晚安,就躲到屏风后面去了。

叶藏难以入睡。

"好冷啊。"他躺在床上辗转反侧。

"嗯。"小菅也噘嘴应和道,"酒醒了。"

真野轻轻地咳嗽起来。

"需要我帮您盖上点儿什么?"

叶藏闭着眼睛。

"我吗?不用了。就是睡不着。耳边海浪声。"

小菅觉得叶藏可怜。那完全是成年人的感情。不用说,可怜的并不仅仅是叶藏,更是与叶藏同病相怜的自己,或者是一般抽象意义上的身世。成年人受过那种感情的良好训练,会自然而然地同情他人,且自负于自己的多愁善感。青年却时不时沉浸在某种廉价的情感中。如果成年人善意地劝说进行那种训练,即可从自我生活的妥协中获益。那青年们究竟能从何处获得领悟呢? 莫非是这种百无聊赖的小说?

"真野小姐,说点儿有趣的事情吧? 好吗?"

小菅想让叶藏转换心情,却跟真野撒起娇来。

"说点儿什么呢?"真野在屏风后面笑道。

"说个吓人的故事也行啊。"他们总是渴望毛骨悚然的刺激。

真野好像在考虑,沉默了片刻。

"秘密哟。"这是引子。真野压低了声音笑着,"这是怪谈。小菅先生,你不怕吗?"

"没事。不怕。"小菅一脸认真。

发生在真野刚当护士、十九岁那年夏天的事情。真野护理的一个青年也是因为女人自杀,结果被发现救出收容在医院。患者服了毒,身上一片片散落的紫色斑点。得救的希望渺茫。傍晚一度恢复了意识。当时,患者看见沿窗户外边石墙有许多嬉戏的小海滩蟹,说道——真漂亮啊。那些活生生螃蟹的外壳呈红色。患者说了句回头抓了回家去,旋即又失去了意识。那天晚上,患者往脸盆里吐了两次血就死了。家乡来人料理后事之前,病房里只有真野和那个青年。坚持了一个小时坐在病房角落的椅子上。突然听到身后幽然的声响。凝神细听,还是可以听到。这一次听得真切,好像是脚步声。真野一咬牙转过头去,身后竟是一只红色的小螃蟹。真野盯着它哭了起来。

"真是不可思议啊。真的有一只螃蟹在那里。活的螃蟹。我当时就想辞了护士的工作。本来我不工作,家里的生活也没问题。我就是那样跟父亲说的。却被父亲笑话了——小菅先生,怎么样?"

"有意思。"小菅起哄似的嚷道,"那个医院是……?"

真野没有回答,在床上翻了个身,自言自语地嘟哝道:

"我呀,大庭先生来的时候,医院让我来护理,说实话曾想拒绝。那个太吓人了。但是见到大庭就安心了。他那么健康,一开始就说自己去卫生间。"

"嗳,你说的医院,不是这家医院吧?"

真野隔了一会儿回答道:

"就是这里。就是在这里呀。但是要守住秘密呐。要讲信用呐。"

叶藏睡得迷糊,口齿不清地说:

"不会吧?不会是这个房间吧。"

"不。"

"不会吧?"

小菅也模仿叶藏说:

"不会是我们昨晚睡的那张床吧?"

真野笑了起来。

"不。怕什么呀?早知道这么在意,我就不说了。"

"一号室吧。"小菅慢慢地抬起头来,"从窗户看到石墙的,只有那个房间呀。就是一号室。就是那个少女的房间哦。好可怜。"

"别吵了,休息吧。骗人的。我瞎编的。"

叶藏在想别的事情。他想到阿园的幽灵。他在心中描摹她美丽的身姿。叶藏常常这样沉静淡然。对他们来说,神不过是一个没有任何意义的代名词,掺杂着蠢人赋予的揶揄和善意。原因或在他们与神的过于接近。此时轻率地触及"神的问题",定会招来诸君浅薄、肤浅之类的严厉谴责。啊,请原谅。无论多么拙劣的作家,都想让自己的小说主人公悄然地向神靠近。我想说,堪谓似神。智慧女神密涅瓦①微笑中注视着黄昏天空中飞翔的爱枭。

次日,一大早疗养院就热闹起来。下雪了。疗养院前院近千棵低矮的滨海松全都覆盖着雪,往下三十几道石阶和连绵不断的沙滩上也都薄雪覆盖。雪时下时停一直到中午。

叶藏趴在床上画雪景写生。他让真野买来炭画纸和铅笔,从寒雪骤停时开始了工作。

病房在白雪的反射下十分明亮。小菅躺在沙发上读杂志。时不时伸脖子看看叶藏的绘画。对艺术,他持有一种朦胧的敬畏感。这种感情产生自对于叶藏的信赖。小菅自幼年起就了解叶藏,总觉得他与众不同。一起玩的时候,他固执地认为叶藏的随机应变全在于头脑聪明。小菅从少年时代就喜欢叶藏,他的时髦、巧言令色的谎言乃至残忍。他特别喜欢学生时代叶藏的眼神——在背后说老师们坏话时,眼里燃烧着愤怒。但是他的爱与飞弹不同,他持一种观赏的态度。总之他乖巧机灵,总是屁颠屁颠跟在身后,或者像个傻瓜似的袖手旁观。这是小菅比叶藏和飞弹更新潮的地方。如果说小菅对艺术还有一点敬畏,那是因为在这白昼无尽的人生中心存某种对象的期待感,就像身上蓝色的礼服外套需要照照镜子一

---

① 密涅瓦(Minerva),罗马神话中的智慧、战争、月亮和记忆女神,也是手工业者、学生、艺术家的保护神。罗马十二主神之一。对应希腊神话中的雅典娜。希腊智慧女神雅典娜的爱鸟便是一只枭。

样。像叶藏一样的男人汗流浃背废寝忘食,铁定出人头地。只是想得简单。在这一点上,他仍旧信任叶藏。但有时也会失望。小菅偷窥了叶藏的素描,结果大失所望。木炭纸上画的只是大海与海岛景色且是普通的大海和海岛。

小菅死心了,闷头看他杂志上的评话。病房里静悄悄的。

真野不在。在洗涤间给叶藏手洗毛衬衣。叶藏穿着这件衬衫跳海的。隐约残留着海腥味儿。

下午,飞弹才从警察那里回来。一把推开了病房的门。

"哎呀。"看到叶藏在画画,夸张地喊道,"呵呵。好啊。到底是艺术家,工作的架势真帅。"

他这样说着走近床边,隔着叶藏的肩膀看了看画作。叶藏慌忙把木炭纸画作对折起来又叠成四折,腼腆地说:

"不行啦。一段时间不画,心到手不到……"

飞弹穿着外套,坐在床边。

"也许吧。因为着急吧?可这样真的不错了。叶藏真心热爱艺术。嗯,我是这么想的——这到底画的什么呢?"

叶藏托着腮帮,冲着玻璃门外的景色扬了扬下巴。

"画了大海。天海交汇漆黑,唯有海岛是白色的。画着画着,感觉做作不自然便停了下来。趣味第一,不像专业画家。"

"不是很好嘛。伟大的艺术家必定某处像外行。这样就不错了。先外行,后内行,最后又变成外行。再拿罗丹为例,他是个窥见了外行优点的男人。不是吗?"

"我想就此搁笔了。"叶藏把折叠好的木炭纸画收进怀里,然后接着飞弹的话题说道,"画画不要太执着。雕刻也一样。"

飞驒拢了拢长发,立即表示赞同。

"那种心情可以理解的。"

"如果可以,我想写诗。诗最诚实啊。"

"嗯。诗也不错。"

"不过同样没有意思。"他什么都不想做,百无聊赖。

"也许最适合我的工作是当赞助商。赚了钱,把飞驒这样优秀的艺术家召集起来,为他们尽情奉献。你说怎么样?艺术什么的,给人以羞耻之感。"说完他仍旧托着腮望着大海,静静地等待大家的反应。

"没错。我也觉得那是潇洒的生活。事实上那样的人也是社会必需啊。"飞驒一边说一边摇晃。讨厌。任何事情无法反驳的我,活脱是一个帮闲。也许,他的所谓艺术家的骄傲,终于将他提高到这样的程度。飞驒暗中变换了姿势。且看如下会话!

"警察那边怎么样了?"

小菅冷不丁冒出这样一句。期待一个模棱两可的答案。

飞驒摇摆不定,总算找到了一个出口。

"起诉。协助自杀罪。"

话一出口后悔。言过其实。

"但是,很容易变成延期起诉。"

小菅之前懒洋洋躺在沙发上,忽然坐起来拍了拍手。

"这就比较麻烦了。"本想开个玩笑轻松一下。不料事与愿违。

叶藏拼命拧巴着身体,仰面朝天。

好像杀了一个人似的。他们的态度过于悠闲。或已感觉愤懑诸君,这才大喊一声——"快哉"。活该。但那太过残酷。哪里有半点悠闲?诸君若能明白的话多好!丑角之花时时处在绝望的边缘,风雨飘摇面对易受伤害的悲哀。

飞弹为自己的一句失言战战兢兢,隔着棉被轻轻拍了拍叶藏的脚。

"不要紧。不要紧的。"

小菅又睡到了沙发上。

"协助自杀罪吗?"心里还是放不下,"有那样的法律吗?"叶藏缩了缩脚说道。

"有啊。判刑的都有。你是法科学生。"

飞弹惨然微笑。

"不要紧的。大哥很有办法。真得好好感谢你大哥。那么热心。"

"厉害!"小菅严肃地闭上眼睛,"我想不用担心。足智多谋!"

"笨蛋!"飞弹扑哧地笑了。

他从床上下来,脱下外套,挂在门旁的钉子上。

"我听到一个好消息。"

他跨过门旁圆形的濑户火盆说。

"女方的男人……"

他略显踌躇,闭了一下眼睛继续说道:

"他今天来警察局和令兄谈过了。听哥哥说了当时的情况,受到触动。他表示不要一文钱,只想见那个男人一面。哥哥拒绝了。理由是病人还在亢奋的状态中。那人听了带着遗憾的表情说道,请向令弟转致问候。我们的事不必挂念。珍重——"

说完就不再言语。

飞驒情绪激动地描述。女人丈夫的穿戴颇似一贫如洗的失业者。而叶藏长兄的嘴角却显然带着轻侮的微笑。飞驒强忍住某种郁愤,以更加夸张而华美的言辞进行了描述。

"见个面有什么啊？多管闲事。"

叶藏凝视着右手掌。飞驒太大的身躯摇晃了一下。

"但是——还是不见的好,还是素昧平生的好。他已回了东京,哥哥送他到车站停车场,听说还给了二百日元香奠哦。从此以后再无瓜葛。还请那人写下一纸文书。"

"真能干啊。"小菅噘了噘薄薄的下唇,"就两百日元么？厉害！"

炭火的火焰映照下,飞驒油光光的圆脸颦蹙。他们唯恐自己的陶醉落空。为此也要顾及对方的陶醉。互相体谅。那是他们之间的默契。小菅却冷不丁打破默契。小菅没有料到飞驒竟心怀那般感激。飞驒继续拉家常似的叨叨着,女人之夫的懦弱令人厌弃,而叶藏的大哥果然非同凡响。

飞驒开始踱步,走到叶藏的枕边。鼻尖像要撞到玻璃门似的,眺望着乌云密布的大海。

"真了不起。并非哥哥非凡。那是一个误解。真的了不起。这是源自人类谛念的美。听说今天早上火化,他已抱着骨灰罐踽踽离去。他坐上火车的身影在我的眼前闪烁。"

小菅总算了解。旋即低声叹了一口气。

"真是美谈啊。"

"美谈吧？有趣的故事对不？"

飞驒突然将脸扭向小菅。定了定神说：

"我喜欢这样的故事,体会到生命的喜悦。"

我下定了决心出面。否则我就无法继续写作。这部小说处处混乱。我自己都感觉迷惘。叶藏令我困窘,小菅令我困窘,飞骅也让我困窘。他们急不可待地让我手中稚拙的笔胡乱飞翔。我抓住他们的泥鞋叫嚷——等等我一下。如果在这里无法重整阵容,我将第一个崩溃。

这部小说百无聊赖。忸怩作态。这样的小说,写一页和写一百页无差别。然而从那个事件发生我就明白了。我乐观地相信这样写下去,一定可以写出优秀的作品。我是自作自受。我相信自己的作品不可能一无是处。我绝望于带着自己腔调的文章,又翻箱倒柜到处找寻希望能有一部值得称道的作品。不久,我慢慢地感觉僵硬,精疲力竭。啊,小说贵在率真。人们怀着美丽的感情创作了恶劣的文学。愚蠢啊。此言蕴含着极大的灾祸。如不痴迷,能写小说吗?一个词语、一篇文章,若有十余种不同的含义存我胸中挥之不去,我就必须弃置不用。无论叶藏、飞骅抑或小菅,不用那么装腔作势。反正早就暴露了本来的面目。别太天真。万念皆空。

那晚入夜,叶藏的哥哥来到病房。叶藏和飞骅、小菅三人在玩扑克。昨天第一次来这里,他们也在玩扑克。不过并非整天玩扑克。倒不如说他们是厌恶扑克的。只是闲极无聊时拿出来消磨时光。他们尽量不玩那种不能充分展示自我个性的游戏。他们喜欢的是魔术。自己琢磨出形形色色的扑克魔术展示给你看。冷不丁地抖个包袱出来,逗你开怀。还有很多,一言难尽。有人曾说,扣下扑克牌你猜猜,这是什么?黑桃 Q。梅花 J。大家根据自己的判断或喜好胡乱猜测。他们认定,翻转开来也许都没中,但总有一次撞个正着。那真是乐不可支!就是说他们讨厌长时间的竞猜。他们喜欢一把决胜负。所以即使玩扑克,一天也不会超过十分钟。在如此短暂的时间里哥哥来过两次。

哥哥走进病房,微微皱起了眉头。以为是凡常悠闲地玩扑克。人生中常有此等不幸。叶藏在美术学校时代,也曾感受过类似的不幸。一次在法语课上,他打了三个呵欠,每个瞬间都被教授看见了。确实仅有三次。这位日本屈指可数的法国语学老教授在第三次忍不住大声说道:"你总在我的课堂上打呵欠。一小时打了一百次!"那么多次?老教授似乎事实上数过了似的。

唉。看看万念皆空的结果吧。我拉拉杂杂写下这些冗繁的文字。必须整体上重新调整。我的写作,很难达到自然无心之境地。这究竟是一部怎样的小说呢?不妨回顾一下小说的开篇。

我在写海滨疗养院的故事。这一带景色秀美。疗养院里的人均非恶人。特别是三个青年,哦,他们是我们的英雄。没错。完全没有复杂的理由。我只是着重描写这三个人。好,就这样定了。不管遇到什么困难。绝无反悔。

哥哥跟大家微微点头致意。然后跟飞弹耳语。飞弹点头,对小菅和真野使了一个眼色。

等三人走出病房,哥哥说道:

"灯光好暗。"

"嗯。这家医院没装亮灯泡。不坐吗?"

叶藏先坐在沙发上,这样说道。

"啊。"哥哥不坐,有点儿担心地不时望望微暗的灯泡,在狭小的病房里踱来踱去,"好歹告一段落。"

"谢谢。"叶藏说着,微微点了点头,"我什么都没想过。但现在回家必有骚动。"

今天没穿裙裤。黑色的外套，不知为何没系纽扣。

"我也是尽力而为。你方便的时候也给老爹写封信……你们倒是悠闲，却弄出这么麻烦的事件。"

叶藏没有应答。从散落沙发的扑克牌中捏起一张凝视着。

"不想写的话就不用写。后天要去警察局。到目前为止，警察也是特意推延了审讯时间。今天我和飞䥽作为证人被讯问。警察问到你平日的品行，我们的回答'很老实'。又问思想上有无异常，我们回答'绝无'。"

哥哥停下踱步，停在叶藏面前的火盆边，一双大手罩在炭火上。叶藏怔怔地看着大哥微微颤抖的手。

"还问到那个女人。说了'全然不知'。对飞䥽的讯问大致同样，和我的应答也一致。你也这样照实说就行了。"

叶藏知道哥哥话里有话。但却佯作不知。

"多余的话少说为妙。问什么答什么。"

"会被起诉吗？"叶藏的右手食指抚弄着那张扑克的边缘嘟哝道。

"不知道。那我不清楚。"又以强调的语气说，"反正会被警察拘四五天。做好准备吧。后天早晨，我来这里接你。一起去警察局。"

哥哥眼睛盯着炭火，沉默了一会儿。伴着海边的海浪，真切地听到了融雪的水滴声。

"这次的事件作为事件……"哥哥冷不丁地来了一句。接着以不经意的语调继续说，"你不能永远不为自己的将来考虑啊。家里也不会总是有钱。今年老家可是大大的歉收。你知道了也是白搭。但家里的银行也处在危险的境地中，闹得厉害。你也许觉得可笑,但不管艺术家还是其他什么,首先要考虑生活问题。对不对?希望你重新做人,奋发图强。我要回去了。飞骅和小营可以住到我的酒店里。这里每天晚上太吵。不好。"

"我的朋友们都好吧?"

叶藏躺在床上故意把脊背对着真野。那晚开始,真野又睡到了沙发床上。

"嗯——小营先生,"她轻轻地翻了个身,"真是个有趣的人啊。"

"啊。那还很年轻呢。比我小三岁,二十二。和我死去的弟弟同岁。那小子净跟我学坏。飞骅了不起。像个成年人了。靠谱。"隔了一会儿,又小声说,"每当我做了这样的事,他就拼命地安抚我,勉为其难地迎合我们。其他方面他都很强,唯独在我们面前战战兢兢。这怎么行?"

真野没有回答。

"我跟你说说那个女人吧。"

叶藏照旧背朝着真野,慢条斯理地说起来。叶藏有个可悲的习性,遇上什么事情难于启齿,又不知如何回避时,他就按捺不住必须统统告白出来。

"这些话太无聊。"真野尚未接话,叶藏便接着说,"或许你也已经听说了。那女人叫阿园。在银座的酒吧上班。对了,那间酒吧我只去过三次,不,是四次。飞骅和小营,唯独不知道这个女人的情况。我也没告诉他们。"我想就此打住,"都是些没趣儿的话。女人苦于生活而死。直到死前,我们的心中所想都风马牛不相及。阿园跳海之前对我说,你真像家那位啊。她已有了姘居丈夫。听说他两三年前还是小学老师。我为何要跟这样的女人去死呢?还是因为喜欢啊。"不能再相信他的话。他们为何述说自己的时候如此拙劣呢?"我在做左翼的工作。散发传单、抗议游行,都是些和自己身份不相符的事情。滑稽。十分痛苦。我只是被先知者的荣光所驱使。不是噱头。无论怎样挣扎,都无法逃脱崩溃。我啊,也许就要变成乞丐。家庭破产的那一天吃饭都会困难。我什么工作都无法胜任。十足的一个乞丐。"唉!越说越觉得我是个骗子,言而无信,巨大不幸!"我相信宿命。不慌不忙。其实我想画画,想得心中发痒。"他使劲地挠头,笑了,"希望画一幅好画儿。"

若能创作出好的绘画杰作就好了。他说。他是笑着说的。青年们一本正经的时候总是一言不发,或用微笑掩饰真实的想法。

天亮了。天上没有一丝云彩。昨日的雪大抵已消融,只有松荫下和石头阶梯的角落里,尚残留着少许变为灰色的积雪。海上弥漫着浓雾,雾霭深处听得到渔船发动机的声音。

院长一大早便探视了叶藏的病房。仔细检查了叶藏的身体后,眨巴着眼镜底下的小眼睛说道:

"看来已无大碍。但要小心哦。我会跟警察认真交代,毕竟还没有恢复到原来的状态。真野君,脸上的纱布可以拿掉吗?"

真野马上揭下了叶藏的纱布。伤口已结痂,变成了红白色的斑点。

"说这样的话失礼,以后要好好引以为鉴。"

院长说完,害羞的眼神望向大海。

叶藏也觉得难为情,默默地坐在床头上,把脱下的衣服又穿了起来。

这时,有人高声大笑,随之门开了,飞骅和小菅拥入病房。大家互相道了早安。院长也跟两人打了个招呼,然后结结巴巴地说:

"今天最后一天。真有些不舍呢。"

院长离开后,小菅最先开口:

"真够圆滑。长着一张章鱼脸。"他们对人的相貌有兴趣,用脸来决定某人的全部价值,"食堂里有他的画。佩戴着勋章呢。"

"画可不敢恭维。"

飞骅扔下这句话来到阳台。今天借了哥哥厚实布料的灰色衣服。他整整衣领心情舒畅地坐在了阳台的椅子上。

"飞骅这样子,大家风范啊。"

小菅也去了阳台。

"阿叶,不打扑克吗?"

三人把椅子搬到了阳台,开始玩莫名其妙的游戏。

竞赛中,小菅认真地嘟哝道:

"飞骅真会装腔作势呢。"

"混蛋。你才是装腔作势呢。这是什么手势?"

三个人哧哧笑出来,一起偷窥了一眼隔壁的阳台。一号室和二号室的患者都横卧躺椅上晒太阳。看到三人的样子,脸一红笑了。

"惨不忍睹。她们心知肚明吗?"

小菅把嘴张得老大,向叶藏挤了挤眼。三人爆笑,前仰后合。他们常常扮演丑角。小菅提议,要不要玩扑克?叶藏、飞䄻对这隐秘的计划心领神会,从头到尾的情节了然于心。他们发现了这个天然美丽的舞台装置,不由自主地就想演戏。也许是纪念的意思。这种情况下,舞台背景是早上的大海。然而此刻的笑声却引发了他们意想不到的大事件。真野遭到疗养院护士长怒叱。笑声刚过不到五分钟,真野就被叫到了护士长房间,严厉训斥后让她安静。真野带着哭相从房间里跑出来,跟病房里丢下扑克、无所事事的三人说明了情况。

三个人痛心疾首面面相觑。得意忘形的狂言被现实的冷笑击得粉碎。这样的打击几乎是致命的。

"没什么。我不介意的。"真野反而安慰大家,"这栋病房里没有一个重症患者,昨天在走廊里见到邻室的母亲,她高兴地说热闹点儿多好啊。还说每天听你们谈话都乐得不行。她说没关系、不必介意的。"

"不。"小菅从沙发上站起来说,"不好。我们害你蒙羞。护士长那婆娘为何不直接跟我们说?带她来这里呀。如果真的那么讨厌我们,可以让我们马上出院啊。随时出院。"

这一瞬间,三人不约而同地决心出院。尤其是叶藏,早就幻想四人坐上汽车沿着海滨逃之夭夭。

飞䄻也从沙发上站起来,笑着说:

"走啊。一起去找护士长。混蛋!竟敢斥责我们。"

"赶紧出院吧。"

小菅轻轻踢了一下门。

"这么小气的医院,真没意思。斥责倒没有关系。我讨厌的是斥责之前的心情。她把我们当作不良少年了,把我们当成了愚蠢的、崇尚小资情调的、絮絮叨叨的庸俗的摩登男孩。"

话完又对着门踢了一脚,比刚才力度大一点儿。然后忍不住大笑起来。

叶藏咕咚躺在了床上。

"我们是苍白无力的恋爱至上主义者。不合时宜。"

对于野蛮人的侮辱,他们耿耿于怀。他们寂寞中前思后想,企图适可而止地扮丑搞笑。他们旧态复萌。

真野率真。她倚在门旁墙上,两臂背在身后,翘起的上唇噘得更高。

"就是的。欺人太甚。昨晚好多护士挤到护士长室,哇啦哇啦喧闹着玩歌留多①纸牌呢。"

"就是的。真是个混蛋啊!讨厌的家伙自己说的十二点前后……"

叶藏嘟哝着,捡起一张散落枕边的木炭纸,仰面躺着开始涂鸦。

"自己做坏事,别人做好事她也不懂。有人说护士长是院长的姘头。"

"这样啊。有趣!"

小菅大喜。他们总把嗤笑丑闻当美德,从中取乐。

"'勋章'竟然有妾?厉害啊!"

"大家这样善意的调侃,以为笑谈,她为何不明白?大家不必在意,尽情欢闹好了。不理她。最后的一天。没理由的。大家明明都是从不犯错、受过良好教育的人。"

真野只手掩面,突然抽泣起来。一边哭一边开了门。

---

① 一种日本式纸牌。

飞骅不停地低声私语：

"你别去护士长那里。没用。况且没什么大不了的。"

真野两手捂着脸，连连点头两三次，朝走廊走去。

"正义。"真野离去后，小菅笑眯眯坐在沙发上说，"她都哭了。她是被自己的言语打动了。平时说话老实巴交，果然是个女人啊。"

"变了。"

飞骅在狭窄的病房里走来走去。

"一开始我就觉得不对劲儿。真奇怪啊。她竟然哭着跑出去，吓我一跳。该不是找护士长去了吧。"

"没那回事。"

叶藏装作满不在乎似的答道。他把涂鸦的木炭纸扔向小菅。

"护士长的肖像吗？"小菅哈哈笑了起来。

"我看看。"飞骅也站起身窥视木炭纸。

"真是女妖怪啊。杰作！这个像不像？"

"一模一样。陪院长来过这个病房。画得真好啊。把铅笔借给我。"小菅跟叶藏借了一支铅笔，往木炭纸上加了一笔，"这里可以长角。越来越像了。我把它贴在护士长室的门上吧。"

"到外面去散散步吧。"

叶藏从床上下来，抻了抻腰。同时小声咕哝了一句：

"讽刺画巨匠。"

讽刺画巨匠。我也渐渐厌倦了。这是通俗小说吗？我的神经动辄僵硬，诸君的神经或亦如此，下面的镜头过度取巧或许具有一点消毒的意义。我的小说若为古典……啊，我是不是疯了？——诸君，相反会劝阻我做这样的注释吧。任意揣测作家都意想不到的情节，大声呐喊其为杰作的根由。啊，死了的大作家是幸福的。活着的愚蠢作者，为让更多的人喜爱自己的作品，挥洒汗水添加驴唇不对马嘴的注释。接着创作注释充斥、令人厌弃的劣作。随你的便吧。我断然拒绝，我没有那种坚毅、刚毅的精神。难以成为好作家啊。果然天真。没错。重大发现。我从心底里就是一个讨喜之人。只有在讨喜的过程中，我才能稍事歇息。啊，已经无所谓了。随它去吧。丑角之花或将凋零。而且是丑陋、肮脏地枯萎凋零。完美的憧憬。杰作的痴迷。

"够了。我是奇迹的创造者！"

真野悄悄躲进盥洗室，想纵情痛哭。结果却忍住了。她在盥洗间的镜子前擦干了眼泪，梳理了一下头发，去食堂吃耽搁了好久的早饭。

在食堂入口附近的餐桌前，真野遇见了六号室的大学生。他的面前是一只空汤盘，一个人无精打采地坐在那里。

他看见真野露出了微笑。

"病人身体好吧？"

真野停下来，紧紧抓住桌子的边缘答道：

"嗯，净说些善意的段子，逗我们发笑。"

"那真好。是画家吗？"

"嗯。想画一幅杰作。经常这样说。"

真野说着脸红到了耳根。

"他是认真的人。很认真太认真，所以吃了好多苦。"

"没错。是的。"大学生也脸红了，由衷地赞同。

大学生近期就能出院,管束也渐渐宽松起来。

这是迁就逢迎。诸君,这样的女人讨厌吧。畜生!笑骂老土。啊啊,已经没有休息时间,我感到羞耻。我爱一个女人,没有注释就不行。愚蠢的男人休息时也会干蠢事。

"就在那里。那块岩石。"

叶藏指了指梨树枯枝间依稀可见的、光滑的大岩石。岩石的凹陷处,残留着昨日的积雪。

"就是从那里跳海的。"

叶藏是像个怪物似的瞪圆了眼睛说。

小菅沉默不语。我揣度着叶藏的心情,他真的全无芥蒂了吗?叶藏说话时并不平静。但他伎俩过人,可以泰然自若地言说自己的难言之隐。

"回去吧。"

飞弹疲惫地双手抓住和服的下摆。

三人沿着沙滩踏上归途。海面风平浪静,在白昼的日光下白光闪烁。

叶藏往海里抛了一块石头。

"我会释然。跳进去,一切都迎刃而解。什么欠债、大学、故乡、后悔、杰作、耻辱,什么马克思主义、朋友、森林、鲜花,一切都听之任之无所谓。当我意识到这一点时,我在那岩石上笑了。彻底的解脱哪。"

小菅为掩饰兴奋,开始胡乱地捡拾贝壳。

"别诱惑我。"飞弹勉强地笑了笑道,"什么嗜好?"

叶藏也笑了。三人沙沙响的脚步声,听着都有敞亮感。

"别生气。这会儿可有点夸张啊。"叶藏与飞弹肩并肩走着,"可是只有这个是真实的。你们知道女人跳海之前,小声说了句什么?"

小菅充满好奇心的、狡黠的眼睛眯成一条缝。故意与两人拉开距离走着。

"她的话犹在耳际。她说想说乡下话。女人的故乡在遥远的南方。"

"不行!对我来说美妙绝伦。超乎想象。"

"真的?真的吗?哈哈。就是那样的女人。"

大渔船停泊到沙滩休息。旁边有两个直径七八尺的美妙鱼筐。小菅用尽全力将捡到的贝壳扔向那艘船黑色的侧腹。

三人间的沉闷气氛令人窒息。这种沉默再延续一分钟的话,真是恨不能纵身跳海算了。

小菅突然喊了起来,手指着前方的海滩。

"快看,快看。一号室和二号室的两个病友!"

两个姑娘打着换季的白色遮阳伞,眼见得走近前来。

"大发现啊。"叶藏也觉得如梦初醒。

"搭个话吧。"

小菅抬起一只脚,掸落鞋上的沙子,同时窥视着叶藏的脸。命令一下,就要冲出去的样子。

"算了,算了。"飞騨一脸严肃地按住了小菅的肩膀。

遮阳伞站住了。说了两句话,便掉转身静静地走去。

"去追吧。"这次叶藏沉不住气了。他看了看飞騨低着头的脸,又说,"算了吧。"

飞騨颇觉寂寞。两个朋友明显地渐行渐远,有了隔阂、气血干涸。我想这种隔阂始自于生活。飞騨的生活略显拮据。

"可是,多好啊。"

小菅像西洋人那样耸耸肩膀。想方设法缓和当时的气氛。

"看见我们散步,受到了诱惑。真年轻啊。好可爱哦。奇怪的心情。哎呀快看。在捡贝壳呢。模仿我呢。"

飞驒反刍后微笑。与叶藏怀有歉意的眼睛相撞。两人赧颜。我知道。充满相互抚慰之心。怜悯弱者。

三人被温暖的海风吹拂着,眺望着远处的阳伞。

在远处疗养院的白色建筑物下面,真野等他们回家。她靠在低矮门柱上,右手挡在额头遮阳。

最后的夜晚,真野有些兴奋过头。睡下以后,还在絮絮叨叨地说着自己谦恭的家庭和值得骄傲的祖先。叶藏感觉伴着深夜到来的却是某种沉郁。他照旧背对真野,漫不经心地应答却在想着其他的事。

过了一会儿,真野开始说自己眼睛上面的疤痕。

"我三岁时,"她原想轻松自如地述说,声音却哽在了喉中,"说是打翻油灯烫伤的。这一直是我大大的一块心病。上小学那会儿,这伤疤比现在更大。学校的同学们都喊我萤火虫。"真野停顿了一下,"大家都那样叫。每逢此时,我就想一定要报仇。嗯,我真是那样想的。我想我会成为一个了不起的人。"说完独自笑了,"很可笑吧。我怎么可能成为一个了不起的人呢?让我戴眼镜吧。戴上眼镜的话,疤痕多少能遮掩一些。"

"别说了。说多了反而可笑。"

叶藏气呼呼突然插嘴道。感受到女人的爱情时,他会有意冷落对方。这显然是一种老式的做派。

"那有什么呀。又不显眼。再睡一会儿吧。明天可要起早。"

真野不再言语。明天就要分别了。嗯,原来如此,形同陌路。知耻!须有廉耻之心!我有自己的矜持。她一会儿咳嗽,一会儿叹气,一会儿又扑通、扑通地在床上胡乱翻身。

叶藏佯作不知。不知在担心什么。难言之隐。

我们倾听海浪的涛声和海鸥的啼鸣。从头看看这四天的生活。也许有人自称是现实主义者。四天里充满了讽刺。我来回答吧。自己的手稿,在编辑的桌子上好像做了茶壶垫,退稿时一大片烤痕。此乃讽刺。苛责妻子背运,往事一喜一忧亦为讽刺。钻过当铺门帘,系上风纪扣整肃仪表,只为掩饰自己的落魄,也是讽刺。我们自己过着讽刺性的生活。在这样的现实压迫下苦苦忍耐的男人,诸君理解那种生存的态度吗?倘不理解,那你我永远是陌路。反正是讽刺,索性选择善意的讽刺。真正的生活。啊,那太遥远。我,至少,尽情体味了四天充满人情的生活。短短四天的回忆,胜过五年、十年的生活。啊,毋宁说胜过一生。

听到真野安睡的气息,叶藏难抑澎湃的思绪。他想翻转身朝向真野。他蜷起顾长的身体。此时一个严厉的声音在耳边回响。

停止!莫辜负萤火虫的信赖。

天亮时分,两人已经起床。叶藏这日要出院。我惧怕这天的临近。那是愚作者无谓的感伤。我一边创作这部小说一边拯救叶藏。祈求这条没有幻化为拜伦的泥狐见谅。那是痛苦中默默的祈祷。可是随着这天的临近,更加凄凉的心绪却再度袭击了叶藏和我。这部小说乃败笔。没有任何飞跃,也没有任何解脱。我好像过度拘泥于形式。因此这部小说变得落俗。啰里啰唆。反而把很多更加重要的事情忽略掉了。这是一种矫揉作态的说法。我若长寿,几年后拿起这部小说来,那该多么凄惨。恐怕读不上一页,就会打心底里厌恶自己。即便现在,我也没有勇气阅读前面的内容。唉,作家不应把自己的身姿裸露在外。那是作家的失败。怀着美丽的感情,只能生产文学劣作。我三次重复此言。坚信不疑。

我不懂文学。从头再来吧。从哪儿下手好呢?

莫非我是混沌与自尊心的混合体?这部小说不就是一个明证吗?啊啊,我为何要给一切下断语呢?我必须厘清所有思绪才能生存。这种悭吝的根性到底何人所赐?

继续写吧。写青松园最后的早晨。必须如此。

真野邀请叶藏,一起去看后山的风景。

"景色超好。这会儿一定可以看见富士山。"

叶藏脖子上围着雪白的羊毛围巾,真野的护士服上套了一件松叶花纹的和服外套,脸上裹着红毛丝绒的大披肩,穿上木屐一起来到疗养院后院。院子北边耸立着红土高崖,不知何时有了一挂狭窄的铁梯。真野率先敏捷地爬了上去。

后山枯草高深,下了一层霜。

真野往双手的指尖哈着白气取暖,一边快速地攀上山路。山路弯曲,缓坡倾斜。叶藏也踩着寒霜追在身后,且在冰冻的空气中愉快地吹起了口哨。山上没有一个人。可以做任何事情。叶藏却不想让真野有不良的担忧。

来到洼地。这里也有很多枯萎的茅草。真野站住了。叶藏亦在离开五六步远的地方停下。不远处有一个白色的帐篷小屋。

真野指着小屋说：

"这是日光浴场。轻度患者们裸身在这里集合。知道么？这个时节也没有例外。"

帐篷也结着一层霜。

"继续爬吧。"

不知为何，我心急如焚。

真野又跑了出去。叶藏跟在身后。走到落叶松林荫道。两个人都累了，开始闲庭信步。

叶藏肩膀耸动着喘粗气，大声说道：

"你在这儿过年吗？"

真野头也不回，大声答道：

"不。我想回东京。"

"有空到我这里玩儿。飞驒和小菅每天都来。怎么能在牢房里过年呢？我想会有改善的。"

他在心中描画出尚未谋面的检察官清爽和善的笑脸。

就此收笔！传统巨匠都在这样的地方意味深长地结尾。但是叶藏也好，我也好，恐怕诸君也已厌倦了那种欺骗性的安慰。正月也好，检察长也好，对我们统统无所谓。我们究竟是否一开始就对检察官持有疑虑？我们只想爬上山顶。那里有什么？说不清楚。寄予的无非是些许期待。

好容易爬到山顶。山顶经简单平整，露出十坪大小的红土。中间有圆木搭建的矮亭，星星点点铺着一些庭院石。统统覆着一层霜。

"糟糕。看不见富士山哪。"

真野鼻尖冻得通红，尖叫道。

"快来这边,看得可清楚呐。"

叶藏手指着东边的阴云密布的天空。朝阳还没升起。片片云彩却已染上了奇异的色彩,涌动沉淀又缓缓地涌动起来。

"算了。不看。"

微风拂面。

叶藏俯视着远方的大海。脚下是三十丈断崖。正下方的江之岛显得渺小。浓厚的晨雾深处,海水在飘然涌动。

然后,不,到此为止吧。

鱼 服 记

一

本州北端的山脉,叫梵珠山脉。其实不过三四百米高的起伏丘陵,一般的地图上没有记载。这一带古时曾是辽阔的海洋。源义经带着家臣逃向北方时,便打算乘船从这里逃往遥远的虾夷①之地。他们的船只撞上了这片山脉,撞击的痕迹至今依然可见。便是山脉中间小山的山腰处,约一亩大小的红土崖。

小山名为马秃山。据说从山麓的村庄眺望,悬崖像似奔马。事实上,它更像一个衰弱老者的侧脸。

马秃山山后景色秀丽,驰名远近。山麓处寒村仅二三十户人家。村头是一条河流,溯水二里多地,便是马秃山后。那儿有一道高约十丈高的白色瀑布。每逢夏末秋季,山里红叶树处处可见。那个季节,附近城里的人都会来此郊游,山里变得热闹起来。瀑布旁边,搭建了一个小茶屋。

这年大约夏末,有人在瀑布处丧生。并非故意的跳崖自

---

① 即现在的北海道。

杀,而是彻头彻尾的意外。死者是城里来此采集植物的皮肤白皙的学生。这里有很多珍贵的羊齿属植物,所以常有采集者到访。

瀑布三面是高耸的绝壁,只有西面开着狭窄出口,河水冲击着岩石流出。绝壁长期被瀑布的水花溅湿。羊齿属植物就这里那里地生长在那样的绝壁上,不停息地在隆隆的瀑布声中摇曳抖动。

学生攀爬这个绝壁已是下午时分,初秋的阳光却仍明亮地照耀着绝壁顶。学生爬到绝壁一半时,脚下一块头颅大小的石头松脱崩落。学生就像崖石剥落一般掉了下去。虽有一棵绝壁老树中途挂住了他,但随后树枝折断。学生惨叫堕入深渊。

瀑布旁四五个在场者目睹了惨状。看得最清楚的,是渊旁茶屋一个十五岁的女孩子。

学生堕入了瀑潭深渊,旋即上半身弹回了水面。他紧闭双眼嘴巴微张。蓝色衬衣上有若干破损,肩上还挂着采集植物的挎包。

不一会儿,他又被再度拖回了水底。

二

从春天的清明到秋末,但凡天气好,马秃山就会升起几缕白烟,远远地就能望见。这时候山上的树木精气旺盛,适合于烧制木炭,所以烧炭的人最忙。

马秃山有十几个烧炭小屋。瀑布的旁边也有一个。这个小屋与其他的小屋隔着相当的距离。小屋的人来自外地。茶屋女孩儿就是小屋家的女儿,名叫须羽,和父亲俩常年居住于此。

须羽十三岁时,父亲在瀑潭边开了这家小茶屋叫丸太。除了柠檬水、盐脆饼干、糖,还有两三种粗点。

接近夏天,来山上郊游的人渐渐多起来,父亲就会每天早上提着提篮往茶屋送货。须羽光着脚屁颠颠跟在父亲身后。父亲很快回了烧炭小屋,留下须羽独自看店。看到游山的人影,就按照父亲的吩咐,大声地拉客歇息。但是,须羽优美的喊声被隆隆的瀑布声淹没。多数游客头也不回,一天卖不上五毛钱。

黄昏,父亲便煤黑子似的爬出小炭屋,来接须羽回家。

"好卖么?"

"不好。"

"真的么?玩笑吧。"

父亲若无其事地嘟哝着,抬头望瀑布。两人把店里的东西再放到提篮里,返回烧炭小屋。

日复一日,一直持续到霜降季节。

须羽单独留在茶屋也无须担心。她是山里出生的野孩子,不用担心她滑落山崖或吸入瀑潭。天气好的时候,须羽就光着身子游到瀑潭近旁。看见游客,她就精神地拢好微红的短发大声呼喊——歇息一下吧。

下雨天,她在茶屋角落铺上席子午睡。茶屋上面是大橡树茂密的枝叶,遮风挡雨。

就是说,此前须羽望着隆隆降落的瀑布心想,这么多水轰隆隆降落,总有一天会枯竭的。或者说,瀑布的形状为何永远不变呢?她苦思冥想。

她发现瀑布的形状并非始终不变。飞溅的水花,瀑布的宽度,都令人目不暇接地变化着。最后她知道了,瀑布不是水而是云。瀑布口掉落的水瀑转瞬膨胀成白色的云雾。水不可能变得这么白呀。

须羽那天也呆呆伫立瀑潭旁。阴天的秋风自然吹拂着须羽红色的脸颊。

她想起了一件往事。有一天父亲抱着须羽守炭窑,说到三郎和八郎樵夫兄弟的故事。弟弟八郎一天在谷间河里钓了几条大鱼回家,先烤一条吃了。觉着好吃又接着烤了两三条,结果全吃光了。吃了嗓子渴得受不了。喝光了井水,就跑到村子尽头的河边喝水。喝着喝着,身上扑簌簌鼓起了鳞片。三郎随后赶到的时候,八郎已变成一条可怕的大蛇游到河里。三郎叫道八郎呀,那条大蛇就在河里流下眼泪,对着哥哥叫三郎。哥哥在堤上、弟弟在河里哭喊着,八郎呀、三郎地互相召唤着却什么都无法改变。

须羽听了这个故事觉得真可怜,将父亲满是炭粉的手指塞进小嘴里哭了。

须羽从回忆中醒来,疑虑地眨巴着眼睛。瀑布像在低声细语:八郎呀,三郎呀,八郎呀。

父亲拨开绝壁的红色藤叶走了出来。

"须羽,生意好么?"

须羽未答。用力搓搓水花淋湿的闪亮的鼻尖。父亲默默地收拾茶屋。

在通往木炭小屋三条街远的山路上,须羽和父亲踩着山白竹走。

"店门关了?"

父亲把提篮从右手换到左手。饮料瓶当啷当啷响。

"过了秋天,进山的人就更少了。"

天快黑了,山风瑟瑟。橡树和枞树的枯叶纷纷落在两人身上,犹若雨夹雪。

"爸爸。"

须羽在父亲身后招呼道。

"你为什么活着?"

父亲耸了耸肩膀。盯盯地看看须羽认真的脸,嘟哝道。

"不知道。"

天鹅咬着手里的芒草叶说道。

"倒不如死掉啊。"

父亲举起了手掌,本来想打下去,却又犹豫不决地放下了。他看穿了须羽的心思,心想女儿差不多已经成人,于是忍住了。

"说什么呢?开玩笑吗?"

须羽觉得父亲模棱两可的反应很愚蠢,一边吐着芒草的叶子一边喊:

"傻瓜,笨蛋!"

三

过了盂兰盆节,茶屋关门,须羽最讨厌的季节就开始了。

父亲从这个时候开始,每隔四五天就背着木炭到村里去卖。本来可以托人去卖,但是那样就必须给人家酬劳,一毛五、两毛的关键时候也不是小数目。只好让须羽看家,自己去山脚下的村庄。

这天晴空万里,看家的须羽出门采摘蘑菇。父亲操持的木炭一袋就赚五六分钱,光靠这些是无法维持生活的,父亲便让须羽采摘蘑菇卖到村里。

朴蕈这样滑溜溜的蘑菇价格不错,麇集生长于羊齿属密生的朽木。须羽一看到那样的青苔就想起自己唯一的朋友。她喜欢把青苔撒在装满蘑菇的提篮上带回小屋。

只要木炭、蘑菇卖出好价钱,父亲铁定酒气熏天地回家。偶尔也给须羽买个带镜子的纸钱包。

某日寒风乍起,早上开始,小屋的草席挂帘就被刮得忽闪忽闪。父亲是清晨去村里的。

须羽整日窝在小屋。今天难得地梳了梳头发。圆圆盘起的发根处,系着父亲给她买来的浪花状发带。她烧旺了篝火等父亲归来。不时听见树木丛林沙啦沙啦的噪音,伴着几声野兽的叫声。

天快黑了,独自吃过晚饭。黑米饭就着烧黄酱。

一到夜里,风停了,寂静无声的寒冷。在这样一个幽静的夜晚,山上必然发生怪异的事情。不时听到天狗①嘎吱、嘎吱锯倒大树的声音。小屋门口听到有人在咔嚓、咔嚓磨红豆,远处不时传来山人②的笑声。

焦急等待父亲的须羽,盖着草垫子睡在炉旁。迷迷糊糊要睡着的时候,有人悄悄拉开门帘窥视。以为是山人在窥视,就假装一动不动地睡着。

白色的物体由门口飘入土间,在篝火的余烬中朦胧可见。

---

① 日本传说中的妖怪。
② 指住在山里的人或隐居者、仙人。

初雪！须羽欣喜得做梦一般。

疼痛。身体麻木沉重。随之闻见了带口臭的呼吸。

"傻瓜！"

须羽惊叫出声。

她莫名其妙地跑到了外面。

暴风雪！扑面而来。须羽瘫软地坐到地上。转眼间头发、衣服变得雪白。

须羽爬起来用肩膀喘着粗气，咯吱咯吱地走去。衣服被强风刮得凌乱。漫无目的地往前走。

瀑布的声音渐渐变大。她大步走着。用手掌不停地擦鼻涕。瀑布声几乎就在脚下。

"爸爸！"

从冬季狂风呼啸的树木细缝中，她轻唤一声跳将下去。

四

回过神来，四周一片昏暗。隐约感到的只有瀑布的轰鸣。须羽头顶上一直有那般感觉。身体随着轰鸣晃动，浑身彻骨寒。

哦，到了水底么？就觉得痛快淋漓。清爽。

突然伸开双脚，无声前进。鼻子眼看就要撞到岸边的岩角了。

大蛇！

她觉得变成了大蛇。高兴极了。她心中自语，不用再回小屋了。

她夸张地翘翘胡须，竟是小鲫鱼。嘴巴一张一合地翘动鼻尖的肉球。

小鲫鱼在瀑潭里游来游去,晃动胸鳍浮到水面又猛甩尾鳍深潜水底。

它追逐着水中的小虾,躲在岸边的芦苇丛里,吸溜着岩角的苔藓玩耍。

然后,小鲫鱼许久不动,只是偶尔微微地扇动胸鳍,仿佛在想着什么。

过了一会儿,它扭曲身子靠向瀑潭,转眼间,就像树叶一样被吸了进去。

维扬之妻

一

深夜听得慌张开门的声音,我被吵醒。无疑又是喝得烂醉的丈夫。我一声不吭照旧躺着。

丈夫在隔壁打开电灯,啊哈、啊哈地喘着粗气,突然拉开书桌抽屉和书柜抽屉,翻来翻去像在找寻什么。只听他咕咚一声坐到了榻榻米上,然后就只有呼哈呼哈的大喘气,不知道在干些什么。我躺着搭腔说:

"回来啦。吃饭了吗?柜里有饭团。"

"嗯,谢谢。"丈夫一反常态温柔地答道,"宝宝咋样?还发烧吗?"

这也是稀奇事。来年四岁了。不知是营养不良还是丈夫酒毒的缘故,或者是感染了病毒,这个孩子生下来就比另外两个孩子小,走路脚下不稳,说话也呜呀呜呀不清楚。我就担心是个脑瘫儿。带他去澡堂子,赤裸着抱在怀中,又小又丑瘦骨嶙峋。看那副可怜样儿,我都忍不住在众人面前哭了起来。这孩子时不时还泻肚子发烧,丈夫却很少在家。不知他心里怎样看待孩子。跟他说孩子发烧了。他便说,啊,是吗?带去看医生吧。说完披上夹衣外套,就出门了。去看医生,也得有钱呐。我只能陪着孩子睡觉,无语地抚摸孩子的头。

然而那天晚上他不知为何异常和蔼。宝宝还发烧吗?真是稀罕。我听了与其说高兴,莫如说有种后脊背发凉的可怕的预感。无言以对。沉默中只听见丈夫剧烈的喘息声。

"对不起。"

门口传来女人微弱的声音。我像浑身浇了冷水一样毛骨悚然。

"对不起。大谷先生。"

这次的语调有些尖锐。同时变得恶声恶气。

"大谷先生!您在吧?"

明显听出变成了气呼呼的声音。

丈夫这才不情愿地走到门口。

"什么事啊?"

他慌里慌张、含糊其词地问道。

"你说怎么回事?"女子低声说道:"明明这样的规矩家庭,怎么还去偷东西?你说怎么回事。不要开这种低级的玩笑。请把东西还给我。否则,我马上去报警。"

"你说什么?岂有此理!这里也是你们来的地方?滚回去!不然我才要报警呢。投诉你们!"

此时,又有一个男人的声音接话道:

"先生好胆魄……居然说不是我们来的地方。吓得我们不敢说话了。可这事儿不同。你拿了别人家的钱!开玩笑也要适可而止。你心知肚明,到今天,我们夫妻为你吃了多少苦头。你却照旧做出今天晚上这样无情的事情。先生,我们看错人了!"

"敲诈啊！"丈夫盛气凌人地说，声音在颤抖，"恐吓啊。滚回去！有意见的话，明天再说。"

"说得好！老师真是彻头彻尾的恶棍。那么只好找警察了。"

那般言语回旋耳际，我起了一身鸡皮疙瘩，憎恶无比。

"随你的便！"丈夫的嘶喊上升为空虚的感觉。

我起床后，在睡衣上披了外套，走出大门招呼两位客人。

"欢迎光临！"

"呀，是夫人吧？"

五十出头的圆脸男人穿着及膝短大衣，死板着脸对我点了点头。

瘦小的女人四十上下，衣着整洁。

"这么晚还来打扰……"

女人解开围巾，对我躬了躬身子，同样也是无一丝笑容。

这时，丈夫突然套上木屐往外跑。

"哦，这小子要跑。"

男人一把抓住丈夫的一只手，两人扭打起来。

"放开！我捅了你！"

丈夫右手握着一把闪闪发光的杰克刀①。那是丈夫的珍藏物品，好像放在丈夫的桌子抽屉里。怪不得丈夫一回家就到处乱翻抽屉，想必早就预料到会有这样的局面，于是把小刀收在了怀里。

男人一闪身，丈夫抽冷子飞奔出去，翻动着夹衣袖子像似一只大乌鸦。

---

① 水兵刀，海军用的大折叠刀。

"小偷!"

男子大声喊道。旋即要追赶出去。我光脚跳进院里抱住了男子。

"难得光临。谁受伤了都不好。我来处理吧。"

旁边四十岁的女人也附和说:

"是啊,他爸。拿了把刀发疯,想干什么呀?"

"畜生!叫警察。无法忍受!"

男人望着户外朦胧的暗夜,自言自语地嘟哝着,全身已放松下来。

"对不起。请进屋吧。跟我说说怎么回事儿。"

我爬上式台①蹲下。

"也许我能善后。请进,请进。不好意思很脏。"

两位客人面面相觑,微微点点头,男人褪去了一脸怒容。

"不管怎么说,我们主意已定。不过还是跟夫人说说……"

"啊,请进请进。慢慢说。"

"不,谁还有那个耐性!"

男人脱下外套。

"就这样吧。冷啊。真是的。别脱外套了。家里一点火也没有。"

"好吧。那就失礼了。"

"请吧。夫人也不必脱外套了。"

男人在先,女人随后,进了丈夫六榻榻米的房间。像要腐烂的榻榻米,破旧的拉门,剥落的墙皮,贴纸剥落露出里面骨

---

① 日式居室玄关入口处、低一级铺地板的迎客送客处。

架的隔扇,墙角是桌子和书柜。书柜也空空如也。荒凉的房间风景使两人倒吸了一口气。

我将两个破棉坐垫递给了夫妇俩。

"榻榻米太脏了,请坐在垫子上吧。"

我再次向夫妇俩施礼。

"初次见面。我丈夫好像给你们添了很大的麻烦。今晚又怎么了?闹腾得那么吓人。向二位道歉。唉!就是这样一个不成器的怪人。"

说着语塞,流下了眼泪。

"夫人。真对不起,您多大岁数?"

男人大大咧咧盘腿坐在破坐垫上,手肘置于膝盖,拳头支着下巴,探出上半身问我。

"您问我吗?"

"嗯。你先生有三十岁么?"

"啊,我……小他四岁。"

"那么,二十……六?哦,这么年轻。真的吗?哦,应该没错。先生如果三十岁,那当然是那样。好吃惊啊。"

"我也是才发现……"女人从男人背后露出脸来,说道:"你真不错。可是家里有这么好的太太,大谷先生干吗要那样呢?"

"病态。病态呐。以前没这么严重,渐渐地越来越……"
她深深地叹了一口气。

"其实,太太,"语气又变得生硬起来,"我们夫妇在中野站附近经营一家小餐馆,我俩都是上州人,也都是本分认真的人,虽然喜欢吃喝玩乐,对吧?约莫二十年前,我带着内人来到东京,夫妻同住在浅草的一家饭馆里打工。唉,算是受尽了人间的辛苦浮沉,多少也积攒了一些钱,便在现在的中野车站附近,大概是昭和十一年(1936)吧,租了一间带土间①、六榻榻米大小的逼仄小屋,开了家令人不安的饮食店。来店消闲的客人多囊中羞涩,一次消费充其量也就一两日元。唉,夫妇俩勤俭持家,兢兢业业,好歹购置了充足的烧酒和杜松子酒。那么即便到了后来缺酒的时代,也没像其他饮食店那样转业改行,好歹努力维持了餐馆的生意。当然,一些老主顾一直支持着我们,也有所谓军官的宴请,为我们带来了细水长流的财源。与英美开战以来,空袭渐渐加剧。所幸我们没有缠住手脚的孩子,便也没想过疏散到故乡。想着房子烧毁的话就与之共存亡。我们咬牙守住了唯一的生意,好不容易平安无事挨到了战争结束,松了一口气,这次开始公开地贩卖黑酒。简单说来,我们就是此等身世的人。简短讲述,我俩似是幸运之人,生活中未有太大困厄。但人的一生就是地狱,寸善尺魔,千真万确。一寸的幸福必然附有一尺的魔障。人间三百六十五日,无忧无虑的日子仅一天,不对仅半天,就是幸福之人。你老公大谷先生第一次来我们店是昭和十九年(1944)的春天吧。说起来,那时对美英的战争输赢未卜。不,差不多该输了吧。对我们来说,到底怎么样?真相是什么?我们不清楚。还以为拼个三年两载,好歹弄个对等资格,往后可和睦相处。大谷先生第一次来我们店的时候,记得身穿时尚的久留米条纹衬衫,外面披了一件夹衣。当时,别说是大谷先生,在东京紧裹防空服装上街的人也不多。外出时大多身着便服优哉游哉。我们也不觉得那时大谷先生的服装有什么异常。大谷先

---

① 没有铺设地板的泥土地房间。

生当时不是一个人来店。在夫人面前……哎呀不藏着掖着了,打开天窗说亮话吧,你先生是一个老女人带来店里的,走到门口不声不响地就进了屋。当然那个时候,我们店也是每天关着大门,用当时的话来说叫关店开业,仅有少数熟客从便门悄悄进入,且没人坐在土间的椅子上喝酒,而是在里面电灯昏暗的六榻榻米间,无声无息一醉方休。此外,说是老女人,乃指之前的新宿酒吧女。在那个酒吧女时代,蛇有蛇道,她们常常把相好的客人带到我们店里喝酒,成为我家熟客。那个女人的住处就在附近,新宿的酒吧关门后,酒吧女的工作便也没了。但她们还会时不时地带上相好的男人来店里,我们店里的藏酒便在渐渐减少。那个时期再好的客人,酒客不断增多并非好事。毋宁说是我们感觉困窘的事情。但四五年前带来的许多客人出手阔绰。因此老女人介绍的客人,我们也笑脸相迎地不断上酒。你先生当时叫那个女人'小秋',女人带着他从后面厨房的入口悄悄进入,我们也没觉得奇怪。就按惯例,让他们在里面的六榻榻米间喝烧酒。大谷先生那天晚上闷着头喝酒,让小秋付账,又从后门两个人一起回家。我无法忘记奇妙的那天晚上,大谷先生喝酒时那异常安静而高雅的举止。妖魔第一次出现在别人家的时候,会做出那样静谧、那样忧郁的姿态吗?从那晚开始,我们店就被大谷先生看中了。过了十天左右,这次大谷先生自己一个人从后门进来,抽出一张百元纸币,嚣,那时候百元可是一笔大钱,合现在的二三千日元,可谓巨款。他将百元纸币往我手里一塞,说了句——拿酒来。脸上却带着懦弱的微笑。看样子已经吃饱。总之夫人您也知道吧,您先生的酒量大得惊人!以为他醉了,却又突然滴水不漏地叨叨起来。怎么喝,脚下也不摇晃。我还从未见他喝醉过呢。人三十前后可谓血气方刚,也是酒量最大的年龄。但您先生的情况极为少见。那晚不知在哪儿喝了很多,来我家又接连喝了十杯烧酒,却少言寡语,不管我们夫妇说什么,他都梘然一笑,含糊其词地点点头哼哼哈哈。突然站起身问我几点,还要找零。我说,不不,不用,这让我为难。他却笑道,那就存在这里,下次还来。说完就回去了。夫人,我们跟您先生收钱那可是仅有的一次呐。然后总是这个理由那个理由,三年来一分钱都没付,几乎一个人把我们的酒都喝光了。这不是天方夜谭呐?"

我不由得笑了出来。只觉得可笑。不明白理由。突然涌出的感觉。我慌忙捂起嘴,朝着老板娘的方向一看,老板娘也忍不住低下头,莫名其妙地笑起来。丈夫也无可奈何地苦笑道:

"嗨,完全不是笑话!天方夜谭啊!忍不住想笑。事实上那么有本领,用在其他正经的事情上啊。当大臣,做博士,干什么都能行。不仅我们夫妻,还有别人被盯上整得倾家荡产,唯有面对寒空哭泣。事实上,小秋和大谷先生认识没多久,就被高级警车追捕,钱和衣物统统丢了。听说现在长屋一间肮脏的屋子里过着乞丐般的生活。事实上,小秋刚认识大谷先生那会儿,也以一种卑劣的态度跟我们胡乱吹嘘。首先是非同小可的身份。四国某大户旁系大谷男爵次子,现无身份制度只能是揣测,但只要父亲男爵一死,就和长子两个人均分财产。聪明、天才。二十一岁就写书,比大天才石川啄木的著书还好,后来又写了十几本书。虽年轻,却是日本首屈一指的诗人。还是大学者。先是学习院,后是一高、帝大、德语、法语,哇,真吓人,小秋描绘的简直是神人。好像也并非全是说

113

谎。随便谁听了,都会觉得了不起,大谷男爵的次子,有名的诗人!就连我家老太婆,一把年纪,都和小秋争风吃醋。出生好的人就是不一样!每天都急不可待地期待着大谷先生的到来。现如今,什么贵族已不复存在,二战结束前,为说服女人,唯有拿出贵族弃儿的招牌。奇怪的是,女人像是颇为在意。没法子,用现在流行的话来说奴隶根性吧。对我而言,男人的出身算个什么呀,况且什么贵族,不好意思在太太面前,还什么四国老爷的旁系,而且是次子,那和我们的身份有什么差别呢?值得那么下作地心潮澎湃吗?可是您先生总让我感觉束手无策。屡次三番下定决心,这一次绝不妥协绝不再给酒喝。可他总是如影随形,不定什么时候就意外地出现,在我们家表现出久别归来的安心感。看那副样子,不由得心一软又拿出酒来。喝醉了他也不胡闹,要是按规矩付钱,本来是很好的熟客。他也从不吹嘘自己的身份,从不狂妄自大地宣称自己是天才啦什么的。哪像小秋在身旁,疯狂吹嘘他的伟大,我想要钱,要他结账,常常坐到他旁边话题就变了。反正他从来不付酒钱,小秋时常替他付,除小秋外也有其他女人偷偷付钱,却又不想让小秋知道。悄悄付钱的女人像是有夫之妇,有时跟着大谷先生一起来,最后也替大谷先生付钱,还多拿一些钱放在柜台。我们也是商人,没人付款的情况下,不管他是大谷老师还是大老爷,白吃白喝的情况是无法接受的。那么偶尔付款,差得太多我们就得大亏损。此时听说先生家在小金井,那里有体面的夫人,所以想来商量一下结账之事。我曾问过大谷先生府上何处,他马上警觉起来,吵架式的口吻说:没有的东西就是没有,着急有什么用?吵架分手可是两败俱伤。尽管如此我们还是想要找到府上,也曾两三次尾随跟踪,但每次都被他巧妙地甩掉了。不久,东京发生了连续的大空袭,大谷先生发神经地戴着战斗帽冲进店里,擅自从壁橱里拿出一瓶白兰地,咕噜咕噜地站着喝。喝完像风一样离去了,算账什么的全不理会。不久战争结束,我们大量进货黑市酒肴,店头也挂上了新门帘,不管多么贫穷的店铺都干劲十足。为讨顾客欢心我们还雇佣了女孩子店员。而这时魔障先生又现身了。这次带来的不是女伴,每次必偕同两三个新闻记者或杂志记者一起来。听那些记者说,军人将没落,迄今贫穷的诗人等将成为世人的宠儿。大谷先生面对那些记者说着一些莫名其妙的话题,一会儿外国人名,一会儿英语,一会儿哲学,然后忽地站起身,一去不复返。记者们兴致勃勃,那家伙去哪儿了?差不多我们也该回去了吧。于是站起身,准备离去。请稍等。我说,先生总是从这儿溜走,账单你们付。老实的酒伴凑了份子离去,也有人怒不可遏地嚷嚷让大谷付!我们一个月才五百日元怎么过活?我不知好歹地接话道,你们知道大谷先生的借款到现在为止有多少吗?你们若能从大谷那里拿到那笔欠款,有多少是多少吧,我会将一半分给你们。记者们也惊呆了。怎么?没想到大谷竟是那么冷酷的混蛋,下次再不和这小子喝酒。对不起,今晚我们连一百日元也拿不出来,明天带来,这个先押在你这儿吧。说完气呼呼地将外套脱了下来。世人都说记者难以相处,可跟大谷先生比,他们不知为何竟那样的正直、坦率,大谷先生若是男爵次子,那记者们可说是公爵总领的后代呢。二战以后大谷先生的酒量大增,相貌却变得凶恶,说着迄今未有的极度下流的笑话,还突然殴打一同来的记者。扭打争吵是家常便饭。更有甚者,不知何时把我们店里雇佣的、未满二十的女孩子骗到了手。我们委实吃惊,委实困扰。已经发生了的事情,唯有枕边落泪。对女孩儿也只好含糊其词地说准备关店,悄悄将她送回到父母身边。大谷先生,我真的无语。我跟他说,拜托了!请不要再来我家店里。可大谷先生却像威胁下属一样地说,废话少说,你们在赚黑钱,我什么都知道。次日晚上又若无其事地来到店里。也许,我们在大战中做黑市生意,必将遇见这般魔障受到惩罚。不过今晚这样过分的事,什么诗人啦先生的与窃贼无异。偷了我们五千日元现金逃跑了。现在我们进货都得花钱,家里最多剩下五百一千日元现金。说实话,赚到的钱就像右手转左手,马上得用于进货。今晚家里放了五千日元巨款乃因除夕将至,我去常客家收了一笔款。好不容易收到这笔钱啊。今晚就得交款进货,否则明年正月的生意就不好做了。那么重要的钱,妻子在里面六铺席房间结账,把钱放在了柜子的抽屉里。您先生就坐在土间的椅子上喝酒,想必看到了这个情景。于是突然起身来到榻榻米间,一言未发地推开内人拉开抽屉,抓起那五千日元塞进夹衣口袋,趁我们发愣没有反应过来的当口儿,一步跨到土间,出了店门扬长而去。我大声喊道住手,和老婆一起追了上去。这真是明火执仗。我想大喊,抓小偷!想让路人帮我们抓住他。可大谷先生毕竟老相识了,又觉得那样太过残酷。然后便想,今晚无论发生什么事情也要跟住大谷先生,他走到哪里都要跟在后面,找到他的住处。我们是小买卖,夫妇俩同心协力,今晚总算确认了您家住处,我们必须按捺住愤怒的心情,稳妥平安地要回那笔钱。'还给我们吧。'嗨,结果怎么回事,竟然拿出刀子来刺人!哎呀,这叫什么事儿呐!"

我又莫名其妙地感觉可笑,忍不住大声笑了起来。老板娘也赧颜一笑。我居然笑个不停。知道这样对老板失礼,却仍旧笑个不停。就觉得丈夫这事儿弄得太离谱太可笑。突然想到丈夫诗中的一句——"文明果实的大笑"。想必就是这种心情。

二

总之,这种大笑不会衍生为被骗事件。我也考虑当晚如何面对夫妇俩。我告诉他们我来处理这件事,警察那边请延迟一天报警。我说明天我去府上拜访,详细询问了中野餐馆的位置,我勉为其难地请求二位同意。那天夜里就那样暂且收兵,然后我独自坐在寒冷的六榻榻米房间正中央苦思冥想,但是并没有想出什么好办法。我就站起来脱下外套,钻进宝宝睡觉的被窝,抚摸着宝宝的头,不知过了多久,我想天若不亮就好了。

我父亲在浅草公园的葫芦池畔摆过关东煮小摊。母亲过世很早,就父亲和我两人住在长屋,小摊也是和父亲两人一起做,现在的丈夫常常会顺路光顾,我就骗父亲和他在外面约会。后来肚子里有了宝宝,磕磕绊绊到今天,总算成了他的妻子。当然没有入籍,孩子也是黑人黑户。他经常三四天夜不归宿,有时一个月也不回家,不知在哪儿也不知在干什么。回来的时候,总是喝得酩酊大醉,脸色苍白,痛苦地哈呼喘气。有时候默默地看着我的脸,扑簌簌流泪;或突然钻进我被窝,紧紧地抱住我。

"啊,不行。我怕。我怕。好可怕!救我啊!"

他说着胡话,有时浑身发抖。睡着了以后说呓语或呻吟。

第二天早上,则像没魂儿的人一样发呆。转眼却又无影无踪。接着又是三晚四晚夜不归宿。丈夫过去的熟人中有两三位出版社业者。他们为我和孩子担忧,偶尔送来一点钱。为此我们好歹没有饿死活到了今天。

迷迷糊糊睡着了,突然睁开眼睛,雨窗的缝隙中射进朝阳的光线,起床收拾后,背着宝宝到了户外。这样闷闷地待在家里已经让我不堪忍受。

我漫无目的地朝车站一带走去,在站前的小摊上买了块糖给宝宝含着。然后突然想买张车票去吉祥寺,我抓着车上的皮革拉手,无意中看了眼挂在车顶上的广告,竟有丈夫的名字。那是杂志广告,丈夫在那本杂志上发表了题为《弗朗索瓦·维扬》的长篇论文。我凝视着《弗朗索瓦·维扬》的标题和丈夫的名字,莫名地涌出了苦涩的眼泪。广告变得朦胧模糊。

吉祥寺下车,真的好几年没去过井之头公园。这里完全变了,池塘边的杉树砍伐殆尽,好像要开始施工,一幅苍凉的景象。

我放下背上的孩子,并排坐在池塘边快要坏了的长椅上,又给孩子吃了一块家里带来的白薯。

"宝宝。池子漂亮吧?以前呀,池里有很多鲤鱼金鱼。现在什么都没有。真没意思。"

宝宝不知在想什么,嘴里塞满了白薯。嘿嘿,他奇怪地笑了。我这孩子,怎么看似十足的傻瓜呀。

在那个池塘边上的长椅,坐到什么时候都没人管。我又背起宝宝,悠闲地返回吉祥寺车站,环视热闹的露天街,又在车站买了去中野的车票,没有任何考虑和计划,最后在中野站下车,仿佛被奇异的力量吸引到一个恐怖的魔渊。这是昨日老板告诉我的路线,总算来到了他们的小料理店前。

前门没开,绕到后门进入。老板没在,只有老板娘在打扫卫生。一见老板娘,不用打腹稿,我就编了一个自己都意想不到的谎言。

"那个,大妈,我能够把钱还上的。要不今晚?明天吧,反正有了明确的预算,用不着担心了。"

"哦,哎呀,那真谢谢了。"

老板娘多少流露出欣慰的表情,可脸上还残留着些许莫名的不安。

"真的,大妈,真的有人会送到这里来。在那之前,我做人质吧。我就一直留在这里。那样您就放心了吧?还钱之前,我在店里做帮工。"

我把孩子从背上放下来,让他在里面的六榻榻米间玩耍。自己便开始转来转去找活儿干。孩子本来就习惯了独自玩耍,全然无碍。也许是弱智吧,完全不认生,竟跟老板娘说笑逗乐。我替老板娘去拿老板娘家的配给品,老板娘便用美国罐头盒做玩具,敲打滚动逗着玩儿。孩子也老老实实地待在六榻榻米间。

中午时分,老板采购鱼和菜蔬回来。我跟他一打照面,又赶紧把刚才对老板娘说的谎话重复了一遍。

丈夫一脸木然。

"啊?可是,夫人,钱没握在自己手里不靠谱呀。"

他用平静的、令人意外的教训似的语调说道。

"不是那样,我说的是真的。相信我,请等一天,就今天……在那之前,我在店里给你们帮忙。"

"钱要能回来……那是万幸。"丈夫自言自语道:"可是这……再有五六天就过年了。"

"嗯,所以,所以啊,那个我……哎?来客人啦。欢迎光临!"我向走进店里的三个匠人模样的客人笑脸相迎,然后小声地说:"大妈,对不起。请把围裙借给我吧。"

"呀,雇了个美人呐。真厉害!"

一位客人说。

"别勾引人家哦。"老板一本正经地说,"花了钱的。"

"百万美金名驹吗?"

另一位客人说着俏皮话。

"听说,雌性、名驹也是半价。"

我一边烫酒,一边勉为其难地应酬。

"别谦虚了。从此以后,日本男女同权,不论是马还是狗。"最年轻的客人大声嚷嚷,"姐姐,我迷上你了。一见钟情。可是,那个,你有孩子吧?"

"胡说。"老板娘从里边抱着孩子走出来说道:"这是我们家亲戚抱来的孩子。这样,我们家也总算有后了。"

"还会赚钱。"

一个客人调笑道。老板却一本正经地嘟囔了一句:

"会找女人,还会借钱。"

旋即改换了语调说:

"来什么?要不来个火锅?"

老板这样问客人。那时我明白了一件事。果然如此。我默默地点了点头,外表若无其事地将酒壶递给客人。

那天记得是平安夜,客人络绎不绝,一个接着一个,我从早上开始几乎什么都没吃,可能是心里有事也不饿,老板娘几次劝说吃点儿东西,我都说"不用,不饿"。我进进出出,仿佛裹着一件羽衣的天女在飞舞,体态轻盈,也许有点儿自负,那天店里的气氛异常活跃。另外,想要我的名字、想要和我握手的客人何止三两位。

可是,这样下去会有问题吧?我没有任何头绪,只是笑着应酬客人无聊的打情骂俏,或者说些更加下作的故事,我在客人与客人间滑步斟酒,几天过来,恨不得自己的身体像冰淇淋一样融化流逝。

这个世界果然有奇迹,偶尔会出现。

大概九点多吧,进来一男一女两个客人。男的戴着圣诞节的纸三角帽,像罗宾①一样戴着黑色面具,遮住脸的上半部,带来的女客是三十四五、身材苗条的漂亮夫人。男的背对着我们,坐在土间一隅的椅子上。但是一进店我就认出了那是谁——窃贼丈夫。

他好像并没有注意到我的存在,我也装作不知道,跟别的客人打趣逗笑。那位夫人面对丈夫坐下。丈夫便喊道:

"小姐,这边……"

"唉。"

我应了一声,走到两人桌前。

"欢迎光临。要酒吗?"

丈夫从假面底下看着我,一副吓到的样子。我则轻抚他的肩膀说:

"你说什么?圣诞快乐?什么?再喝一升没问题吧。"

---

① 法国侦探小说家莫里斯·勒布朗(1864—1941)笔下著名的侠盗、冒险家、侦探,与柯南·道尔的福尔摩斯齐名。

夫人并不理会,板着面孔说:

"我说,小姐,对不起,有话跟这儿老板说,你让他过来一下。"

我便来到厨房正在烹炸的老板跟前。

"大谷回来了。您去见他吧。请别对一起来的女人提我。不想让他丢脸。"

"终于来了。"

老板听了我的谎言,半信半疑。但这会儿像是相信了。丈夫回来,似乎与我的什么示意相关。老板单纯地认同了我的谎言。

"不要说我哦。"我又强调了一遍。

"如果那样比较好,就照你说的吧。"

他坦率地承诺后,朝土间走去。

老板扫了一眼土间的客人,径直走到丈夫的桌子跟前,跟那位漂亮的夫人说了几句话,三个人便一起离开了小店。

行了。万事解决。莫名其妙地获取了信任,由衷愉悦。一个不足二十岁的年轻客人穿着深蓝色条纹布和服,我禁不住紧紧地一把抓住了他的手腕:

"喝吧,多喝点儿。圣诞节嘛。"

三

才三十分钟,不,还要快,哎呀,反正比料想的要快。老板独自回来,坐近我身旁。

"太太,谢谢您。钱还给我了。"

"这样啊。太好了。全部?"

老板奇怪地笑笑。

"哪里,只是昨天的那份。"

"之前的加起来,一共多少钱?大体上,啊?最多欠了多少?"

"两万日元。"

"还您这点儿怎么行啊?"

"愿赌服输吧。"

"我来偿还。大叔,明天开始,能让我在这里打工吗?嗯,就这样!打工还债!"

"啊?太太,这个主意好!就这样吧。"

我们一起大声笑了起来。

那天晚上,十点过后,我离开了中野的小店,背着宝宝,回到了小金井自己的家。丈夫仍旧未归。可我已毫不介意。明天去店里,没准儿还会遇见丈夫。为什么以前我没有想出这个好主意呢?到昨天为止,说到底,含辛茹苦都是因为自己愚蠢,没想出这样的好主意。我以前在父亲浅草的摊子,待客绝不差。所以今后在那家中野店,一定能得心应手巧妙应对。其实今天晚上,我也收到了差不多五百日元小费。

听老板说,昨晚丈夫去某处相识的熟人家里留宿。然后,一大早就去了那位漂亮太太经营的京桥酒吧。早上起来就喝威士忌,给店里打工的五个女孩子送圣诞礼物还乱给钱。中午时分,叫了出租车不知道去了哪儿。不大一会儿,买了圣诞的三角帽啦、面具啦、装饰蛋糕啦、火鸡之类,回来就给四方的亲朋好友打电话,大宴宾客。酒吧的老板娘心生疑窦,平常根本就没钱的人啊,便悄悄地问了一句,丈夫若无其事交代了昨晚的情形。老板娘和大谷早就不是一般关系,便劝导说,闹到

警察那里兴师动众对谁都不好,钱是必须归还的。于是老板娘帮忙筹措,让丈夫引路,来到中野的店里。中野的店老板对我这样说:

"我以为就是那么回事,可是太太,你居然早有预见呐。你拜托了大谷先生的朋友吗?"

听他的语气,我一开始就预料到会是这样,事先来到这家店里守株待兔。我听了后笑道:

"嗯,怎么说呢……"

就这么蒙混了过去。

从第二天开始,我的生活就与以往迥然不同,变得轻松愉快起来。我便去理发店做了个头发,买了一些化妆品,重新缝制了和服,老板娘还给了两双白色的新袜子,过去压抑心中的苦闷沉闷,一下子烟消云散。

早上起床,和宝宝两人吃早饭,然后做便当背着宝宝去中野上班。除夕、元旦,正是店里最忙的时候。我也每天忙得团团转。"椿屋小樱"是我在这家店的名字。丈夫还来喝酒,两天一次。喝了酒让我结账。一转眼又不见了。或者晚上很晚的时候,跑到店里瞅我一眼:

"回吗?"

我点点头,开始做回家的准备,经常愉快地一起走在回家的路上。

"为什么早先没有这样呢?我非常幸福。"

"女人没有什么幸福或不幸。"

"是吗?这一说,我也有同样感觉。那男人呢?"

"男人只有不幸。总是和恐怖作战。"

"什么呀,听不懂。但是我希望永远这样生活下去。椿屋的大叔、大妈都是很好的人。"

"笨蛋。他们都是乡下人。贪得无厌。拼命让我喝,就为了赚钱。"

"当然啦。那是买卖嘛。你怀恨在心吧?你不偷了老板娘吗?"

"以前的事。老爷子怎么样?发现了吗?"

"好像心知肚明。总在唉声叹气……又搞女人又欠债。"

"我啊,外表矫情,其实总想死。生来如此。一天到晚总想死。死了对大家都好。那是改不了的事情。但是死又谈何容易?神秘的、可怕的神一样的存在阻止了我去死。"

"因为有工作?"

"跟工作不搭界。没有杰作也没有劣作。说好就好,说坏就坏。就像吐气吸气一样。可怕的是,这世上的神在何处?神是存在的吧?"

"啊?"

"存在的,对吧?"

"我怎么知道啊。"

"嗯。"

过了十天二十天,我觉得来椿屋喝酒的顾客尽皆罪犯。比较起来,丈夫还算是温柔。我还觉得,不仅是店里的客人,路上的行人也是一样,私底下一定隐藏着什么黑暗的罪过。例如一个服饰体面、五十上下的夫人来椿屋后门卖酒,一升三百日元,这个价格按当时的行情来说是便宜的,老板娘便收下了,却是掺水的假酒。连那么文雅的太太都会干此等丑事,这个世道何其不堪。一个人完全清白地活着几近不可能。像扑克牌游戏那样,一把坏牌抓在手里变成好牌的事情,不可能发生在人世道德中。

神若存在,请显灵!正月末我被店里的客人伤害。

那晚下雨。丈夫没来。丈夫出版界的老相识来店里喝酒。就是那个不时给我生活费的矢岛先生,还有一个同伴,跟矢岛的年龄相仿也是四十来岁。两人一边喝酒一边大声嚷嚷——大谷的老婆在这种地方打工合适不合适。半开玩笑似的笑谈我并不介意,笑着说:

"您的太太在哪里?"

矢岛先生说:

"不知道。至少,比椿屋的小樱文雅、漂亮。"

"嫉妒啊。我还是喜欢大谷那样的,一夜也行。我喜欢那种狡猾的人。"

"所以嘛。"

矢岛把脸转向同伴,咧了咧嘴。

当时,曾和丈夫一起来的记者们都知道我是大谷诗人的妻子,还听他们说有人喜欢特意来取笑我。店里倒是变得热闹。老板的心情也渐渐变好。

那天晚上,矢岛他们又在进行纸张的黑市交易。回家已经十点多。今晚下雨丈夫也没露面。还剩下一位客人。我开始做回家的准备,去里屋抱起睡在六榻榻米一隅的宝宝,背在了身后。

"还得再借您的伞。"

我小声地跟老板娘说。

"我也有伞,我去送你吧。"

店里剩下的客人身材瘦小,二十五六岁的样子像似员工。他一本正经地站了起来,是我今晚的第一个客人。

"不用了。我习惯一个人走路。"

"不行,你家很远。我知道的。我也是小金井附近的人。我送你吧。老板娘,结账。"

他在店里喝了三瓶酒,好像并没有喝醉。

我们一起乘上电车,在小金井下车,然后在雨中漆黑的路上并排行走,打着一把伞。那个年轻人一段时间沉默无言,突然间变得絮絮叨叨。

"我知道。我啊,是大谷老师的诗迷。我也在写诗呢。我想让大谷老师给我看看。可是大谷老师好可怕啊。"

到家了。

"谢谢。再来店里啊。"

"嗯,再见。"

年轻人顶着雨回去了。

深夜,门口嘎啦、嘎啦的噪音吵醒了我。以为是丈夫喝得泥醉回家,便一声不吭地继续睡觉。突然传来男人的声音:

"对不起。大谷先生,对不起。"

起身开灯走到门口,一看是刚才的年轻人,摇摇晃晃几乎站不起来。

"太太,对不起。刚才又在夜市喝了不少。其实,我家在立川,赶到车站已经没有电车了。太太,拜托了。让我住一晚吧。我不要被子。什么都不需要。就躺在这门口的式台上也可以。明天早上赶始发车,请让我好好睡一觉。雨也不下了,就在那附近的屋檐下吧。要是下雨,就睡不成。拜托了。"

"我丈夫也没在。这样的式台可以的话,请吧。"

我拿了两个破坐垫放在式台上。

"对不起。啊,喝醉了。"

127

他痛苦地小声说,马上躺在了式台上。回到寝床时,已听到震耳的鼾声。

第二天黎明,我无精打采地成为那个男人的受害者。

那天,我同往常一样,背着宝宝去店里上班。

在中野店里的土间,丈夫把装了酒的杯子放在桌子上,一个人看报。上午的阳光照在杯子里,我觉得很漂亮。

"没人吗?"

丈夫回过头来看我。

"嗯。老板采购还没回来。老板娘刚才还在厨房,不在吗?"

"你昨晚没来吗?"

"来了。最近不见椿屋的小樱就睡不着觉。十点多来这里瞅了一眼,说是刚回去。"

"然后呢?"

"我住这儿了呀。就在这儿。雨下得真大。"

"我今后也想一直住在店里。"

"那也可以啊。"

"是啊。那房子一直租着没有意义。"

丈夫不吭气又将目光投向报纸。

"哎呀,又写我的坏话。享乐主义的冒牌贵族。这家伙不够格。说是惧神的享乐主义还差不多。小樱,你看,这里骂我似人非人啊。胡说八道。我现在必须说明,去年年底从这里拿了五千日元,是想让小樱和孩子用那笔钱过个久违的好年。恰恰相反,我才会做出那种事。"

我听了这种说法并不特别高兴。

"似人非人有什么了不起?我们只要活着就好。"

女 学 生

　　早上睁开眼睛时的心情有趣。犹如捉迷藏的时候，一动不动地蹲在漆黑一片的壁橱里，突然拉开隔扇阳光照射额头。"找到了！"炫目的阳光，然后是怪里怪气的感觉，然后胸口怦怦地跳，把和服的前襟合起，有点儿不好意思，从壁橱里出来，忽然生闷气的那种感觉。不，说不上是什么感觉，反正极端地不舒服。就好像打开箱子，里面有个小箱子，打开小箱子，里面还有个更小的箱子，再打开又有一个小箱子，打开了七个、八个都是如此，最后的那个小箱子终于出来了，悄悄地打开一看，什么都没有，空虚，和那种感觉有点儿接近。突然间醒来，却是谎言。浑浊混沌中，淀粉渐渐下沉一点点清澄起来，终于睁开了疲惫的双眼。早上总有空白似的陌生感。难以忍受的无限悲伤浮在心头。讨厌。讨厌！早上的我最丑。两条腿酸软无力，什么都不想再做。原因是睡眠不好吗？什么早上最健康，真是一派胡言。早晨是灰色的。永远如此。早晨是虚无的极致。在早晨的床上，我总是厌世。厌烦了这个世界。总有无限丑陋的怨悔骤然堆积，堵住胸口令人窒息。

　　早晨，居心叵测。

　　"起来啦。"我小声叫道。非常害羞，也很高兴，起床即叠起了被子。拿起被子我"哎嗨"了一声突然意识到，自己从来未曾想过,自己竟是个可以发出这种声音的女人。哎嗨,真讨厌!这是老太婆才会发出的声音。怎么会发出这样的声音呢?真让人感觉别扭,我的体内像已有了一个老太婆。今后可得注意。看着别人走路难看,忽然意识到自己走路也是那个架势,真是晦气透了。

早上总是缺乏自信。穿着睡衣坐在镜台前。不戴眼镜照镜子,脸上显得朦胧潮湿。最讨厌自己脸上架眼镜。却也有着别人不知晓的戴眼镜的好处。我喜欢摘下眼镜看远方。那感觉太好了!整体模糊像梦又像窥视画,看不到任何秽物。进入视觉的唯有大的物体,鲜明的强烈色调和光线。我也爱摘下眼镜看人。对方的脸尽皆含着微笑温柔而美丽。而且摘下眼镜的时候,绝不想与人争吵,也不想说人坏话,只是默然懵懂。那时候的我,在他人眼里也像似好人。念及于此,我也更加心安、心地和善,想撒娇。

但我还是讨厌眼镜。戴上眼镜,就没有脸的感觉。脸上产生的各种情绪、浪漫、美丽、激越、懦弱、天真、哀愁,统统让眼镜遮掩了。而且,用眼睛说话也无法令人发笑。

眼镜是妖怪。

也许因为自己一直讨厌自己的眼镜,我觉得眼睛好看是至关重要的。即使没有鼻子,即使遮掩了嘴巴,只要看着那双眼睛,觉得自己应该生活得更美好,此生足矣。我的眼睛只是很大而已。我盯着自己的眼睛唯有失望。连妈妈都说我的眼睛没有韵味儿。所谓大而无光吧。我想到了煤球,灰心丧气。真是残酷啊。每次面对镜子,我都深切地期望自己有一双润湿的美眸,像蓝色湖水一样的眼睛,躺在青青草原仰望天空的眼睛时时流淌着云彩。明眸中,亦可清晰地映现出飞鸟的倩影。我想邂逅更多美眸之人。

今晨已是五月。念及于此,不禁有点儿浮躁兴奋。心生愉悦。夏天已近。走出院子,草莓花映入眼帘。父亲死去的事实,变得不可思议。死了,消失,这是很难理解的事情。难以接受。我想念姐姐,想念长久分别不能见面的亲友。一到早上,已经成为过去的那些人和事却犹在身边,令人想起腌咸萝卜的臭味儿,不堪忍受。

加皮和加亚(因为是只可怜的小狗,所以叫它加亚①)竞相跑来。我把两只小狗并排放在身前,却只是一味地爱抚加皮。加皮洁白的毛发光泽美丽。加亚太脏。疼爱加皮,加亚是十分清楚的,它蹲在一旁带着一副哭丧脸。我也知道加亚有残疾。它总是一副悲伤的模样很讨厌。可怜巴巴的样子。所以我才故意做给它看。加亚看着像野狗,不定何时被捕杀。加亚的脚也变形,要逃命是困难的。加亚快去山里吧。爹不亲娘不爱的,快点儿去死吧。我不仅对加亚,对人也时常做出离谱的事情,让人困扰且刺激。真是个讨厌的孩子。我坐在走廊上抚摸着加皮的头,绿叶映入眼帘,顿时意趣全无,只想坐在泥土地上。

我想哭。我屏住气息,眼睛充血,想着兴许会流出几滴眼泪,试了试还是不行。也许,我已是个不会流泪的女人。

算了,打扫房间吧。我干着活儿,突然哼唱起"唐人阿吉"。我好像环视了一下身边。平时本应喜欢莫扎特、巴赫之类,有趣的是,无意识地哼唱起"唐人阿吉"。我觉得自己出了问题。拿个棉被,什么"哎嗨";打扫卫生,又唱"唐人阿

① 日语中"可怜的"头两个音节发音和"加亚"相近。

吉"。说梦话时,还不知说出何等下流话,我异常不安。但又觉得可笑,放下笤帚窃笑起来。

我穿上昨日缝制的新内衣。胸前绣着小白玫瑰花。穿上外衣,这刺绣就看不见了。我很得意,竟无人知道。

妈妈为了某人婚事废寝忘食,一大早就出了门。我小时候,妈妈就爱管他人的事,尽是熟人,但她真的令我惊异,她始终东颠西跑地忙活。佩服!爸爸过度用功学习,因而爸爸的那份她也包下了。毋宁说爸爸是远离社交的人,母亲却动辄拉一帮心地敞亮的同好聚会。两人不同,却相敬如宾。可以说,他们是心地善良、尚美简单的夫妻。啊,实在狂妄。

热酱汤的时候我坐到了厨房门口,朦胧中眼望着前方的杂树林。无论过去还是未来,我都愿意这样坐在厨房门口,以这样的姿势看着前方的杂木林,思考同样的问题。我突然间产生了一种奇怪的心情,仿佛于一瞬之间感知了过去、现在和未来。我时常遇到这样的事情。我与某人坐在房间里谈话。目光移至桌子一角,骤停。唯有嘴巴在动。这种时候会产生奇怪的错觉,莫名其妙产生一种确信,不知何时在这同样的状态下,我们围绕同样的话题,同样眼睛看着桌子的一角,此外现在开始,现在将如出一辙显现在自己面前。无论走在多么遥远的乡舍野道,我坚信这样的一条路,迟早会展现眼前。我一边走一边轻捋路旁的豆叶,我记得也是在这条乡间小路上,我揪捋了同样的豆叶。我相信从今以后,我还会时常走在这条路上,在这里揪捋豆叶。还有一次,我泡在热水里突然看着自己的手。我想往后过上几年,泡热水的时候肯定会想起看手的情景,我若无其事地看着自己的手,同时咯噔地产生了那般感怀。这样一想总觉得有些晦暗。还有傍晚把饭装到饭盒里时,说是灵感有点儿夸张,就觉得自己体内有什么嗖地消失。怎么说呢？我想说那是哲学的尾巴。被那尾巴一扫,仿佛头脑、胸脯乃至体内的一切都变得晶莹透明。我感觉生存本身飘然沉静下来,寂然无声,就像凉粉一下被挤出时的那般柔软性,就这样在浪潮中美丽轻盈地活下去。此时,哪里还有谈论哲学的余地。像偷来的猫一样无声无息地活着,这种预感不是好事,反而是可怕的。那样的心态长久持续,岂不是神灵附体？基督。不过基督若是女性,真的令人生厌。

总之我很悠闲,没有生活的辛苦,没有处理每天成百上千所见所闻的感受性。发呆的时候那些家伙,变成妖怪一样的脸一个个浮现。

我一个人在食堂吃饭。今年第一次吃黄瓜。黄瓜变青,夏天就到了。五月黄瓜的青色中含有发痒似的悲伤,就像胸中漩涡般的空洞。一个人在食堂吃饭,就想随心所欲地出去旅行。想坐火车。看报纸。近卫的照片刊出了。近卫先生是个好男人么？我不喜欢那张脸。额头不好。报纸和书上的广告文最有趣。一字一行要一百、二百日元的广告费,所以大家都努力。一字一句,为收取最大效果,哼唧推敲、绞尽脑汁才能出名文。如此费钱的文章,世上少之又少。总觉得舒服、痛快。

吃完饭,关上门,去学校。没关系,觉着不会下雨,但是昨天妈妈给我一把漂亮的雨伞,说什么都想带着出门。这个洋式雨伞是母亲姑娘时代的物件。找到如此漂亮的伞,我有些得意。我想手持这样的雨伞在巴黎的街道散步。现在战争结束时,我想这种有梦想的、古朴的洋式雨伞一定会流行。这种伞,配上檐帽好看。粉色长下摆大开领的衣服,配着黑色丝绸蕾丝编织的长手套,戴上宽檐帽再插一朵美丽的紫罗兰。然后在深绿的夏季去巴黎餐厅用午餐。我忧郁地轻托下颚,看着外面的人流。不知是谁轻轻拍了拍我的肩膀。音乐骤起。玫瑰色的华尔兹。啊,奇怪,奇怪。现实中,这是一把陈旧、怪异、花纹细长的雨伞。凄惨可怜的自己。卖火柴的小姑娘。什么?管它什么草,过去捋了它。

出门时为妈妈效力拔了拔门前草。今天也许有什么好事。同样是草,怎么会形态各异?有的草看在眼里就想揪去,有的草让人怜惜欲悄然留存。令人心生爱怜的草和令人厌弃的草,形状全然无异。为什么会有这样清楚的区分呢?没有道理。女人的喜好厌弃,是没有道理好讲的。做了十分钟的义务劳动,急忙赶到了停车场。一边通过田间小道,一边产生了作画的欲望。途经神社的森林小径。这是我独自找到的捷径。走在森林的小路上,无意中往下看,发现处处麦田一块、一块长成了两寸的麦苗。一看那青葱的麦田就知道,啊,今年又有大兵来过。去年就来了很多大兵和军马,在神社的森林里休息。过了一会儿经过那里一看,麦子像今天一样茁壮。可是打那之后,麦子就不长了。今年也是一样,从兵士马匹的桶里撒出来的麦子长得细细长长,这个森林又完全晒不到太阳,这么暗,可怜这些麦子长长又得死。

穿过神社森林的小路,车站附近有四五个工人。那些工人像以往一样,对我说些难于启齿的脏话、下流话。我迷惑不知如何应对。我想甩掉那些工人,加快速度往前走,但要这样做,就必须从他们中间穿过去。太可怕了。那么,我只好默默地站下,让工人们先走,等到有了一定的距离再说。但这更加需要胆量。他们会大为光火,认为我失礼。

我气得想哭,又觉得哭了丢人。就对他们笑。然后慢慢地跟在他们后面蹭。那个时候只能如此,那种窝火的感觉上了电车后也没有消失。要坦然面对这些无聊的事,我希望快些变得坚强而清澈。

电车入口附近有空座位,我把我的包包轻放在那里,整了整裙衣的褶子。正要坐下,一个戴眼镜的男人挪开我的挎包坐在了座位上。

"嗳,那是我先找到的座位。"男子闻言,苦笑着满不在乎地读报纸。仔细一想,不知是哪边厚颜无耻。也许是我更无耻。

没办法,只好把花阳伞和挎包放在了网架上,我抓着拉手吊环,打算像往常一样看杂志,一只手哗啦啦翻页时,突然想到了一件奇事。

倘自己主动读书,没有经验的我或许会触景生情哭鼻子。书中写的,我都当真。读一本书,我会一下子坠入情境,信赖,同化,共鸣,然后与自己的生活紧紧联系在一起。换一本书,立刻又转换角色进入新的情境。我唯一的拿手好戏或才能便是此般狡猾,窃取他人的情感改头换面成为自己的。我讨厌这种狡猾,我讨厌欺骗。我每天每日重复着失败蒙受耻辱。也许,那种窃取使我略显稳重。但是失败了,需要附会出必要的理由,巧妙编织像样的理论,苦肉计之类的戏剧想必有不错的效果。(我曾在某本书上读到过这样的说法。)

我真不知道哪个是真正的自己。没有可读的书,完全找不到模仿的范本,我到底该怎么办?束手无策,萎缩萎靡,也许徒有悲伤。反正每日在电车里晃里晃荡胡思乱想是无用的。身体里残留着令人厌恶、难以忍受的温度。必须想方设法做点儿什么，怎样才能准确地把握自己呢？单纯沉迷于以往的自我批判毫无意义。自我批判将发现自己讨厌的弱处，旋即引发自暴自弃、自我安慰，结论是扳角杀牛①不好，所以批判什么的多余。毋宁说放弃一切念想才符合良心。

这本杂志也出现"年轻女性的缺点"标题，写了各种女人。读着读着，觉得在说自己，羞耻。作者认为因人而异。平时人们眼里的傻瓜读了就会感觉自己是傻瓜；看照片给人时尚感觉、喜欢俏皮话的人就会一边读一边笑，感觉写得很有意思。宗教家，见面就是一堆信仰；教育家，嗯嗯啊啊自始至终；政治家喜欢汉诗。作家矫情喜欢华丽的语言。无精打采。

但是，作家写的都是确实的真事。没有个性。没有深度。远离美好的希望和正当的野心。也就是说，没有理想。即使有批判，也没有直接联系自己生活的积极性。没有反省。没有真正的自觉、自爱、自重。即便拿出勇气行动，也不问所有的结果自己是否负有责任。顺应自己周围的生活方式并巧妙应对，但对自己乃至自己周围的生活没有正确而强烈的爱。没有真正意义上的谦逊。缺乏独创性只是模仿。缺乏人类本初的"爱"的感觉。假装文雅却无气品。此外还写了很多。阅读之中，真的时有如释大惑之感。这是绝对无法否定的。

但是写在这里的所有词语，总觉得和乐观的人平时的心境不同，只是试着写写而已。形容的词语很多，什么"真正意义上""本来"等，但"真正的"爱和"真正的"觉醒竟为何物？

---

① 小缺点纠正后，整体却垮塌，即莫因枝节影响大局。比如：牛角扳直了，牛就要死了。

难以清晰地辨明把握。也许他们早就心知肚明。那么更加具体地只说一句,向右或者往左,只是一句权威指示,真不知有多好。我们迷失了爱的表现方针,所以不要说这也不行那也不行,换作这样做或那样做之类强力的指示。我们只需要执行命令、照章行事。是否所有的人都缺乏自信?也许在此发表意见的人,换个时间、场合就改变了意见。时常被人责备缺乏美好的希望和正当的野心。但我们一旦开始行动追求美好的理想,那些批评者能否始终守护或引导我们?

吾辈懵懂,但是知道自己该去最好的地方、心之向往的美丽处所,使自己得以发挥发展的场所。我们希望过上更好的生活。这才是正确的希望和野心。缺失了赖以生存的坚定的信念,便处在焦虑不安的心境中。可是假如说,这些要全部具现在女儿的生活上,当付出何等的努力呢?妈妈、爸爸、姐姐、哥哥们想法各异。(嘴上说说老东西啦什么的,绝非蔑视人生的前辈、老人或已婚者。岂止如此,任何时候都应该设置第二、第三。)还有始终保持来往关系的亲戚、熟人朋友。还有始终用巨大力量推动我们的"社会"。念及、虑及、目睹所有一切,哪里还有发展自己个性的余地。唉,默默无闻地走普通多数人走过的路,才是最聪明的做法。将对少数人的教育灌输给全体,乃是十分残酷的事情。学校修身和社会规约大不相同,长大后我渐渐明白了。绝对遵守学校修身的人是蠢材、怪人。前途无望,终生贫穷。有没有不会说谎的人?如果有,便是永远的失败者。在我的亲属关系中,也有一个人,行为端正,抱着坚定的信念,追求理想,这才是真正意义上活着的人,但是亲戚们都说那个人不好,愚蠢地对待他。我知道那种愚蠢的做法导致了他的败北,但却无法反对母亲和众人、表明自己的观点。真可怕。小时候的我发现自己的心情和别人迥然不同时,就会问妈妈。

"为什么这样?"

妈妈听了很生气,一句话就打发了我。不好!品行不端!母亲似乎悲伤起来。我也跟父亲说过。他只是默默地笑。听说后来跟母亲说,"这孩子是边缘人。"随着年龄的增长,我吓了一跳。即使做一件西装,也开始考虑人们的想法。我只是悄然爱着体现自己个性的东西,虽然很想去爱,但是将它清楚地体现为自己的东西却是可怕的事情。我总想成为大家眼中的好女孩儿。众人聚集的场合,自己何等卑屈啊。言不由衷的谎言,违背心愿的谎言,竟喋喋不休地脱口而出。因为觉得这样于己有益有利。我讨厌这样的状态,希望早些发生道德的根本改变。那样就可以结束这种卑屈的状态,就可以为自己,而不是每天生活忙碌于他人的观念之中。

哎呀,那里有空座了。我赶紧从网架上拿下挎包和雨伞,快速地挤过去。右边是初中生,左边是背着孩子的老妇人。老妇上了年纪,却化着浓妆,蓄着流行的发髻。脸形漂亮,咽喉部却长满黑皱,低贱下作的样子令人作呕。人类站着或坐着,思考方式截然不同。坐着的时候,总会想些靠不住、无精打采的事情。我对面的座位上,四五个年龄相仿的上班族坐着在发呆。大约三十分钟吧。统统令人生厌。眼睛浑浊无霸气。也许现在我对其中一人微微一笑,就将被人拖下水,倒霉地与之结婚。女人可以决定自己的命运,但一个微笑就够了。真可怕。不可思议。须得小心点儿。今晨真的净是考虑一些奇怪的事。两三天前,来我家修理庭院的花匠的脸映入眼帘,真是没辙。哪里没有花匠先生,但面容的感觉毕竟不同。夸张地说,他的脸像是一个思想家。肤色只能看成黑色。眼睛很好。眉毛也紧绷。鼻子很像狮头鼻,但与黑色匹配,看起来意志坚强。嘴唇的形状也很好。耳朵有点儿脏。那双手倒是回到花匠的感觉,但深掩于黑色乱发中被埋没的脸,却让人觉得做花匠可惜。我问了妈妈三四次,那个花匠一开始就是花匠吗?结果被骂了一顿。今天这个包着道具的包袱皮,正是那个花匠第一次来的时候妈妈送给我的。那天我家大扫除,来人修理厨房,也请来榻榻米铺的先生。母亲在整理衣柜,翻出了这个包袱皮,便给了我。漂亮的有女人味的包袱皮。舍不得用。就这样坐着放在膝盖上,屡次三番地悄悄欣赏并抚摸。

我希望电车里的人都来看看,但却没人看。谁要是愿意凝视一眼这可爱的包袱皮,我宁可嫁给他在所不辞。一听到"本能"这个词,就想哭一场。本能的大小是我们意志的力量无法左右的。我从不同时期各种各样的事象中明白了那样的道理,几近疯狂。我茫然若失,不知如何是好。没有否定肯定,只是感觉一个巨大的物体一下子罩在了头上。然后我被自由随意地拖行。我体验了被拖行的心理满足,也体验了悲哀心情中眺望的别样的感情。为什么我们不能自我满足,为什么不能一生只爱自己?本能吞噬我迄今为止的感情、理性,惨不忍睹。哪怕一时一刻忘记自我,随之而来的唯有失望。那个自我这个自我皆明晓存在本能。我要哭了。我想喊妈妈、爸爸。但更加无情,真实也许就在自己感觉厌恶的地方。

到了御茶水站。从站台上走下来,就觉得一切都融化了。我拼命要回想过去的事情,却一点都想不起来了。我焦虑异常苦思冥想,脑子里却一片空白。那时候,时不时也会有很大的情绪波动,也有让我痛苦和感觉耻辱的烂事,但时过境迁却几近于无。此刻的瞬间有趣。我用手指反复按压"现在"键,现在便飞去远方,迎来了新的"现在"。我登上过街天桥的台阶,一边胡思乱想。愚蠢。我不定有点儿幸福过了头。

今早的小杉老师好美,像我的包袱皮一样美。美丽的蓝色适合老师。胸前深红的康乃馨也很醒目。如果没有过度装饰,我更喜欢老师。太夸张。总觉得有些勉强。那样会累的吧。性格也有些难懂的地方。我有很多不懂的地方。原本是暗郁性质,却勉为其难地展现明亮。不管怎么说,她是个让人着迷的女人。让她做学校老师,可惜了。在教室里,虽然没了以前那样的人气,但是唯独我一个人还是和以前一样,被她的魅力所迷惑。山中,住在湖畔古城的千金小姐,便有那样的感觉。实在是赞誉过度。小杉老师的话题,为何总是这般别扭?脑筋不好?我悲伤起来。刚才一直苦口婆心地宣讲爱国心,那话题都是老生常谈了吧。无论是谁都会热爱自己出生的故土。无聊。倚着桌子的手臂支着脸,呆呆地望着窗外。风大么?浮云漂亮。庭院一隅,四株玫瑰花绽放。一株黄色,两株白色,一株粉红色。我呆呆地看着花心里想,生而为人真好。发现花的美丽的是人,爱花的也是人。

吃午饭的时候,有人讲了鬼怪故事。讲了安兵卫姐姐的故事,讲了一高七大不可思议故事之一,讲到"打不开的门"时,"啊、啊"的惊恐嘶喊声一片。它并非突然消逝式的惊恐故事,而是心理性的,十分有趣。喧闹过度,以致刚吃完饭肚子就饿了。赶紧到面包夫人那里买了牛奶糖,继续沉迷于恐怖故事。所有人都对这个鬼怪故事感兴趣。一个刺激吧。然后虽非怪谈,"久原房之助"的故事同样令人感觉怪异。

下午的图画课上，大家都去操场练习写生。伊藤老师不知为何总是莫名其妙地难为我。今天又让我为他的画做模特儿。今晨带来的旧雨伞，在班上受到了热烈追捧，闹得沸沸扬扬，最后连伊藤老师也知道了，就让我拿着雨伞站到校园一隅的玫瑰旁。听说老师要用我的这个画姿参加画展。我答应老师只做三十分钟模特。对人有点儿帮助，我是愉快的。但和伊藤老师面对面很累。絮絮叨叨，头头是道，也许是过度意识到我，素描的时候也话语不断，都说我的事。回应也烦不胜烦。他根本不是个爽快人。奇怪的笑容。作为老师却害羞。总之黏糊糊地让人失望。什么"总让我想起死去的妹妹"，这样的话语令人难堪。人倒是一个好人，就是矫揉作态。

说到作态的姿势，我绝不负于他人。狡猾聪明，左右逢源。真的讨厌，不好处理。我不能动——"我摆过太多姿势，被姿势牵引成为谎言的妖怪"。现在摆的也是一个姿势。如此，一边老实给老师当模特儿，一边深深地祈念"自然一些坦率一些"。别看书了！生活在观念的世界里没有意义。狂妄自大不懂装懂。令人蔑视。没有生活目标吗？那就更应该积极地面对生活和人生。常常自我矛盾？总在苦思冥想自寻烦恼？你充满了感伤哪，只知怜爱自己抚慰自己。还有，你很会评价自己啊。哎呀，让我这种心灵不洁的人做模特，老师的画肯定落选。没理由画得很美。不可为而为之，伊藤老师也不聪明哪。老师连我内衣上绣着玫瑰花都不知道。

保持沉默以同样的姿势站立，就是世俗地只想挣钱。有十日元就行。我最想读《居里夫人》。忽然又想让妈妈长寿。一旦成为老师的模特，就异常痛苦。累得筋疲力尽。

放学后跟寺庙住持的金子姑娘一起，悄悄去"好莱坞"剪发。剪好一看,不是自己想要的样子很失望。看来看去,我没有一点儿可爱之处。一副卑贱模样。真扫兴。来到这种地方悄悄地给剪发,后悔莫及。甚至觉得自己像是一只肮脏难看的母鸡。我们蔑视自己,竟然到这种地方来。金子姑娘却异常欢喜。

"就这样去相亲吗?"金子姑娘荒唐地问。她似乎产生了一种错觉:以为自己真的要去相亲了。

"这样的头发,插什么颜色的花好呢?"或者,"穿和服的话,什么样的腰带好?"她一本正经地问。

真的很可爱,口无遮拦。

"你要和谁相亲?"我也笑着问道。

"买年糕就要去年糕店。"她笑着回答很干脆。我听了有点儿吃惊,问为什么,她说寺庙住持的姑娘嫁给寺里的人最好,一辈子吃饭不愁。我又大吃一惊。金子姑娘好像完全没有个性,充满女人味儿。我在学校和她是邻桌,并不特别亲密,她却对同学们说,我是她最好的朋友。可爱的姑娘,感谢你每隔一天寄来一信,并给我很大关照。今天确实太夸张了,我也不由得心生厌倦。和金子姑娘分手后,我坐上了公交车。总觉得有点儿忧郁。在公共汽车里,我看到了讨厌的女人。穿着衣领污浊的衣服,杂草般的红头发缠在一根梳子上。她手上脚上全是污垢。她一脸赤黑,男女莫辨。而且,啊啊,恶心。那个女人肚子很大。时不时自顾自地讪笑着。母鸡。悄悄去好莱坞剪头发的我和这个女人如出一辙。

我也想起今晨电车上邻座的浓妆大妈。啊,脏、脏。我讨厌女人。自己是女人,深知女人之肮脏,厌弃得咬牙切齿。侍弄了金鱼后,那种令人难受的腥味好像就渗透到了自己身上,怎么洗也洗不掉。就好似这样日复一日，自己也开始散发雌性的体臭。于是也想到，索性这样在少女的时代死去。突然想身患重疾，汗流如瀑布，细瘦如柴，也许就能变得清净清爽。只要活着，就无法逃脱吧。我似乎也明白了牢固的宗教意义。

下了公共汽车，就松了一口气。交通工具实在不行。污浊的汗湿气，不堪忍受。大地真好。踏上土地走着，就会爱上自己。我真的有点冒失。极乐蜻蜓。我小声哼起了小曲。"快回来，快回来，看什么呢，青蛙；快回来看看田里的洋葱吧，青蛙叫呱呱，别叫了，回来。"多么悠闲自在的孩子啊。自己却着急焦虑。只管长个儿的孩子讨厌。我想变成一个好姑娘。

回家的乡间小路，每天看惯了，竟对静静的乡村麻木起来。不过是树木、道路、旱地嘛。今天，让我们来模仿一下初访乡村的来客。我是神田一带木屐店的小姐，有生第一次踏上郊外的土地。那么在我的眼中，这乡村到底是怎样的一幅景象呢？不错的想法。可怜的想法。我故意装作一副郑重其事的样子，夸张地四下张望。走下林荫小道时，抬头望着新绿的树枝，小声地发出一声感叹。过土桥的时候先观察一下小河，脸对着水面汪汪学狗叫。再看看远处的田地，眼睛微微睁开露出陶醉的模样，感叹道——景色真好啊！然后在神社小憩。神社的森林阴暗，我慌慌张张站起身说："啊，好害怕。"我缩紧了肩膀穿过森林，外面一片明亮。我故作惊讶。我小心翼翼地走在乡间的小路上，思绪万千。心中充满了难以忍受的莫名的寂寥。终于在路边的草地上，一屁股坐下来。不经意间，刚才兴奋、浮躁的心情烟消云散。此时此刻开始静静地、悠然地反观自我。现在的自己为何如此背运呢？为何如此不安呢？无时无刻不担惊受怕，为什么呢？前几日又有人说："你越来越俗不可耐。"

也许如此。我确实越来越俗气。无聊。不、不。软弱羸弱。突然，我就想大喊一声。嗨，就算是发出呐喊，也是在掩饰自己的懦弱。拉倒吧。想想有没有其他的办法？也许我在恋爱，仰面躺在青草地上。

"爸爸。"我想喊爸爸。晚霞天空绮丽。夕雾呈粉红色。夕阳的光芒融渗于雾霭中。雾霭就变成了如此柔和的粉红色。粉红色雾霭悠然流动，钻入树丛，行于小径，抚摸草原且轻轻包裹住我的身体。幽然的粉红色光照在路上，温柔地抚摸着我一根一根的头发。更美丽的是这片天空，有生以来第一次让我感动。我现在相信上帝。这是什么颜色的天空呢？蔷薇？火场？彩虹？天使之翼？还是大伽蓝？不，统统不是。那是更加神圣的色彩。

"我爱大家"，眼泪都要流出来了。我盯盯地望着天空，天空渐渐变变成了青色。我不住地叹气，恨不得脱光衣服。我从未发现过，树叶和青草竟这样玲珑剔透地美丽。我轻轻触摸了一下青草。

我期待美丽的生活。

回到家一看，家里有客人。妈妈已经到家。一如既往，他们在大声说笑。妈妈和我独处时，怎么笑都不会出声。但是与来客说话时恰恰相反，脸上没笑却唯有笑声高亢。打完招呼，我便绕到后面的井边洗手，脱下袜子洗脚。适逢鱼店的老板来送货，说道"抱歉久等了、谢谢啊"，随即将一条大鱼放在井边。这是什么鱼呢？我看不明白。鳞片细小，像是北海的水产。把鱼移到盘子里再洗手，嗅到了北海道夏天的气息。

想起前年暑假去北海道姐姐家玩的情景。或因苫小牧的姐姐家离海岸很近,始终有股鱼腥味。我的眼前清晰地浮现出姐姐的形象,晚上独自在她家宽大的厨房里,以一双女人味儿十足的白皙的手熟练地料理海鲜。那时,我莫名其妙地想对姐姐撒娇,急不可待。可是那时阿年已经出生,姐姐不再属于我。念及于此,我就感觉一股寒风穿堂而过。无论如何,我想紧拥姐姐纤弱的肩膀,心中充满了无限的寂寞。我一动不动伫立在厨房昏暗的一隅,失神地盯着姐姐洁白柔润的手指。往事如烟。亲人真是不可思议。外人的话,远离后会渐渐淡忘;亲人却会怀念、留下美丽的记忆。

井边的茱萸果微微发红。再过两周,也许就能吃了。去年很奇怪。傍晚我在吃茱萸果,加皮在一旁默默地看,可怜的样子便给它一粒。加皮吃了。再给两粒又吃了。太有趣了,我便去摇晃茱萸树,吧嗒、吧嗒掉下来好多,加皮就吃个没完。笨蛋。吃茱萸的狗还是头一次见到。我伸长了手臂够茱萸吃。加皮也在下面吃。太可笑了。想起这件事,就怀念加皮。

"加皮!"我喊道。

加皮便由玄关那边装腔作势地跑了过来。我看着喜欢得牙痒痒,一把抓住了它的尾巴,加皮则轻轻咬我的手。我拍拍它的头,眼泪都要流出来了。加皮却若无其事地晃到井边,吧唧、吧唧地喝水。

一进房间,电灯就亮了。静悄悄的。爸爸不在。果然,爸爸不在,家里就觉得空落落的。心生苦闷。换上和服,脱下内衣,亲吻了一下内衣上的玫瑰,然后坐在了镜台前。客厅里不时传来妈妈和来客的哄笑声,我不由得火冒三丈。妈妈和我独处的时候还好,客人一来,就离我极其遥远,唯有冷漠和冷淡。这时我最想念爸爸,心中悲戚。

照镜子一看,我的脸出乎意料充满精气神。这不是我的脸。这是其他的自由人,与我内心的悲哀和苦闷,与我此时此刻的心情全然无关。今天没有化妆涂脂抹粉,脸颊为何这样红,再加上可爱的小嘴微红润亮。摘下眼镜,莞尔一笑。眼睛真美啊。湛蓝澄澈。我时常凝视美丽的夕阳天空,眼睛才变得如此美丽吗?那真是太棒了。

我有点儿兴奋去了厨房,正淘米时又伤悲起来。怀念此前小金井的家。想得心焦。那个家里有父亲也有姐姐。母亲还年轻。我从学校一回来,就和妈妈、姐姐在厨房或客厅,津津有味地打开话匣子。我会撒娇,让她们给我买零食,或者跟姐姐吵架,然后挨骂逃离家门,骑自行车到很远的地方。傍晚回来愉快地晚餐。那样的日子真的开心啊。没有自我反省和不洁的逆反,一味地撒娇就行。我享受着多么大的特权啊。满不在乎。没有担心也没有寂寞和痛苦。父亲是个出色的好父亲。姐姐那么温柔体贴,我总是跟着姐姐东跑西窜。然而随着一天天长大,渐渐地我开始讨厌自己,我的特权不知不觉间消失,一切都赤裸裸丑陋。我完全失去了跟人撒娇的权利,只剩下沉思和无尽的苦恼。姐姐出嫁了,爸爸也不在了,只剩下了妈妈和我。妈妈也每日孤寂难耐。不久前妈妈说:"从今往后,妈妈再没有活着的乐趣了。真的。看到你,我也没有了快乐的感觉。原谅我。爸爸没有了,幸福不来也罢。"妈妈还说,听到蚊子叫,就想起父亲;解衣就寝,就想起父亲;修剪指甲也想起父亲;喝口好茶,更是必定想起父亲。不管我怎样体谅母亲和她说话,都无法替代父亲的角色。夫妻之爱在这个世界上尤其强韧,比其他的亲情更尊贵。念及自己的狂妄自大，暗自赧颜，我用湿手把头发拢起来。我一边哗哗地淘米一边发自内心地想，可爱的妈妈令人心疼，我要好好地照顾她。赶紧解开这样的卷曲头发，留起长发吧。妈妈一开始就讨厌我留短发，顺从地留起传统的长发，妈妈会高兴。可是连这种事情都得顾及，我厌烦照顾妈妈。真讨厌。仔细想想，最近我心烦气躁和妈妈有很大的关系。我想做个和母亲心意相投的好女儿，却不想过分地讨母亲欢心。就算不说话，我也希望妈妈心安理得地懂得我的心情。无论多么任性，我绝不会成为世人笑柄。无论多么辛苦多么寂寞，我都会守住原则。我爱妈妈，我爱这个家，所以妈妈也要绝对地相信我。如果糊里糊涂、悠闲自在地过好每一天，我一定会做好的，拼命工作。这对于现在的我来说，也是最大的愉快和生存之道。可是妈妈完全不信赖我，永远把我当成小孩子。妈妈高兴说我是小孩子。前些时我傻乎乎故意把四弦琴拿了出来，乒乒乓乓地给妈妈弹奏，妈妈露出了由衷高兴的样子。

"哎呀，下雨了吧？听见雨滴的声音呢。"妈妈装糊涂似的说。妈妈在跟我说笑呢。她还以为我是真心喜欢什么四弦琴呢。看到妈妈那个样子，我差点儿像个孩子一样哭起来。妈妈，我已经是大人了呀。世上的一切事情，我都已经知道了呀。您就安心吧。任何事情都可以跟我商量呐。家里的经济什么的，别再瞒着我啦。您就说，家里就这个状态，你也得努力，我一定会理解，绝不会再死乞白赖地要买新鞋子。我会做个坚强、节俭、俭朴的女儿。我说的是心里话呐。可是尽管如此。啊，我想起了《尽管如此》这首歌，独自窃笑。回过神来，我恍惚地两手捧着锅，像个傻瓜胡思乱想。

不行，不行。得快点让客人吃晚饭。刚才那条大鱼怎么做呢？不管怎么说先片成三片,蘸上味噌做刺身,肯定好吃。所有的菜要凭直觉。还剩点儿黄瓜,三杯醋。还有我拿手的煎鸡蛋。还有,啊对了。洛可可料理吧。这是我设计的,将火腿、鸡蛋、荷兰芹、卷心菜、菠菜等厨房里残留的菜切成段儿,五颜六色漂亮地配置在一溜碟子里,既方便又经济实惠,虽说一点儿也不好吃,饭桌却变得丰盛华丽,甚至莫名其妙给人以非常奢侈的感觉。鸡蛋的下面是青草荷兰芹,旁边稍稍露头的是珊瑚礁红色的火腿,卷心菜的黄叶像牡丹花瓣或像鸟羽扇子一样铺在盘子底下,绿色的菠菜则是牧场或湖水。这样的盘碟餐桌上摆上两三个,客人会不由自主地想起路易王朝。怎么说呢？虽说只是一个形式,反正我做不出什么好吃的饭菜,至少形式上美观足以迷惑、蒙混客人。做菜外观第一。大厨的蒙骗术大抵如此。不过我的洛可可料理需要相当的绘画才能。色彩的调和,若是没有出类拔萃的敏感,铁定要失败。至少,没有我这样的精细品位绝对做不到。前几天在词典里查了一下"洛可可"这个词,定义是华丽却内容空洞的装饰样式。我失声笑了。妙不可言的答案。美如何容得内容呢？纯粹的美永远是无意义无道德。无可置疑。所以,我喜欢洛可可。

我做菜总是这样,在诸般口味中彷徨踟蹰,莫名其妙就堕入了强烈的虚无之中。我疲惫不堪,郁郁寡欢。一切努力都陷入了饱和状态。我已经……还得想尽办法恢复状态。终于,唉！我自暴自弃。什么味道什么外观,乱七八糟。我完全乱了章法,手忙脚乱。上菜时,实在是一副哭丧脸。

今天的客人,真是令人担忧。大森的今井田夫妇和今年七岁的良夫。今井田年近四十,美男子,但肤色白皙得让人讨厌。鬼知道他为何要吸敷岛烟！若非正经的两切烟卷①,我觉得不洁净。两切烟最好。可是吸敷岛烟的人,人格有问题。他嗯嗯啊啊地支吾其词,还一个一个往天花板上吐着烟圈儿。听说在做什么夜校老师。夫人也不够品位,又瘦又小,唯唯诺诺。什么无聊的话题,她都扭动身体笑个没完,还把臭脸贴在榻榻米上。有什么可笑的呢？她一定误以为,这样夸张地前仰后合是一种高雅的举止吧。现今世界上这个阶级的人最坏、最脏。小资产阶级或小官僚。他们的孩子也小里小气,一点儿不坦率、缺乏精气神。我心里那么想,却掩饰了自己的心情,毕恭毕敬地说笑,抚摸着良夫的头不停地夸奖可爱。简直就是说谎欺骗。今井田夫妇之流没准儿比我更清纯。大家吃了我的洛可可料理,赞不绝口。我却感到了孤寂和气愤,好想哭一场。尽管如此,我还是努力做出高兴的样子,旋即与客人相伴用餐。今井田夫人执拗地说着愚蠢的恭维话,令人生气。好吧,我决心不再说谎。

"这样的菜一点都不好吃。家里什么都没有。临阵抱佛脚。"我本想如实交代。今井田夫妇却欢笑着拍手称赞道,好吃啊,佛脚抱得好啊。我心中懊悔,真想扔下筷子、碗放声大哭。但我一直忍耐,尴尬地赔着笑脸。妈妈也笑道:

"这孩子开始有用了呐。"

母亲显然懂我悲哀的心情,却为迎合今井田夫妇说了违心的话。妈妈何必这样,何必讨好今井田夫妇呢？面对来客的妈妈不是妈妈,只是软弱的女人。就算爸爸已经不在,又何必如此卑屈呢？世事无情,我无言以对。回来、请回来。我父

---

① 非一般手卷烟,而是两端切齐的机制香烟。

亲是个高尚的人。温柔，人格优秀。爸爸不在，我们才这样受人欺侮，请爸爸快点儿回来吧。我真想对今井田如是说。然而我照旧无法摆脱软弱，我照旧得尽心尽力地服务，给良夫切火腿或给夫人拿酱菜。

吃完饭后，我就得赶紧回到厨房收拾，刷锅洗碗。我早就想成为一个独立的人。自己没什么了不起，但我觉得没必要跟那些人继续打交道，委屈自己说假话赔笑脸。绝对没有必要，继续毕恭毕敬地讨好他们。厌倦！我厌倦的情绪已登峰造极。我只能尽力而为。妈妈今天不是愉快地看到了嘛。我一直忍耐装出一副和蔼可亲的模样。妈妈觉得那样就不错了吧。我却不知道该何去何从。应当更加重视社会交际还是强调自我？那应该是截然区别的两个问题。应该勉为其难装出好心情应对处理事物呢，还是应该无视他人批评、不计得失地永远坚守自我？我羡慕那些跟自己相同身份的人，一生都在同样弱小、和善、充满温情的同类人群中生活。人生辛苦，如果可以避免一生辛苦，就没必要特意地寻求辛苦。顺其自然才好。

控制自己的心情为他人服务，固然是好事。但是今后，还要像今天这样每天面对今井田夫妇那样的人，勉为其难地赔笑脸随声附和，我也许会发疯。我突然产生一个奇怪的念头，想必自己这辈子进不了监狱。别说监狱了，连女佣都干不了，也没有当夫人的命。不，夫人另当别论。只要有充分的思想准备，不管多么艰苦为一个人服务一生，每天劳作到深更半夜且有充分的生命价值或希望，我没准儿可以做个出色的夫人。理所当然。从早到晚，忙得像只骨碌碌瞎转的小白鼠。哗啦啦地洗衣服。没有比积攒很多污物更让人烦恼的事情了。永无止境的焦虑不安、歇斯底里。欲死不能。把污物统统清洗干净挂上晾衣架，我才想，这样何时赴死都无有怨悔了。

今井田先生要走了。说是有什么事，带妈妈出去了。妈妈还是那个样子，跟在身后唯唯诺诺。今井田这样利用妈妈，绝不是第一次。我打心眼里厌恶今井田夫妇的厚颜无耻，真想狠狠地揍他们一顿。送他们出了门，我独自木然地在夕阳下暗郁的街道，真想哭一场。

邮箱里有晚报和两封信。一封妈妈的，松坂屋夏季商品的广告；一封是表哥顺二给我的，简单通知此番调防前桥联队，并让代向姨母请安。即使是军官，也无法期待舒适的生活内容。让我羡慕的只是每天严酷、规律的起居。我自己总是浑浑噩噩，心情上自然轻松无拘。可是像我这样什么都不想做的话……不做就不做。想做点儿什么坏事的话，做了也无妨。若想学习，便有无限的时间学习。不管想做什么，都有充分的实现可能。如果给我一个目标明确的努力的界限，我不了解自己的心气儿会有何等提升。突然把我紧紧捆住，反而让我欣喜。战场上士兵的欲望只有一个，就是让他好好地睡觉。记得一本书上这样写的。但是同情士兵辛苦的同时，我又十分羡慕。令人厌烦、烦琐而冠冕堂皇的四周是无有根叶的思想的洪水，彻底忘却思想而渴望进入沉睡的状态，实在是清洁、单纯、令人无限爽快的感觉。我要能有一次军队生活的体验，接受残酷的锻炼，也许就会成为一个率真、美丽的姑娘。即使不过军队生活，我也想成为阿新那样坦率真诚的人。否则我就是一个坏女人、坏孩子。阿新是顺二的弟弟，与我同岁，他为何是那么好的孩子呢？亲戚中，不，全世界，我最喜欢的就是阿新。阿新眼睛看不见。年纪轻轻的失明。怎么回事啊？在如此静寂的夜晚，一个人在房间独处，会是怎样的心情呢？若是我们，孤寂时可以读书，眺望景色，多少还能获得一点儿排解。可是阿新做不到啊。他只有坚守在沉默中。到现在为止，他加倍努力地学习，网球、游泳都达到很高水平，但眼前的寂寞和痛苦何以处之呢？昨晚也在想阿新，躺在床上五分钟闭目静思，都有胸闷压抑之感，阿新却永远沉沦于无明之中，无论早上、白天、夜晚、数天、数月。我乐意听阿新的牢骚、发脾气、抱怨，阿新却从不那样。我从未听到阿新抱怨、说别人坏话，他说话总是那么明朗，带着纯真的表情。他总是让我心生感动。

我心猿意马地打扫房间，然后烧洗澡水。等待时，我坐在橘子箱上，靠着忽闪忽闪的炭灯做完了学校作业。水还不热，我开始重读《墨东绮谭》。书中事实绝非令人生厌的肮脏内容。但作者矫情随处可见。总让人感觉有些陈腐轻浮。年岁大了吗？但外国作家无论多大年纪，都更加大胆肆意地热爱对象。那样反而不觉厌恶。这部作品在日本，是不是属于好的一类呢？比较而言，真实而静寂的谛念，勾出作品根底里一种清澈的感觉。在这位作者的作品中，这部作品乃枯淡之最。我喜欢。作者是个责任感很强的人，异常关注日本的道德。爱至深易生伪恶趣味。恶鬼面具又令作品弱化。然而，这个《墨东绮谭》却有一股寂寞中不动的坚韧。我喜欢。

洗澡水烧开了。打开浴室电灯，脱下衣服，大开窗户，我悄悄地泡澡。从窗户窥得见珊瑚树的绿叶，一片一片的叶子在灯光照耀下，闪烁着强烈的光芒。天空中星星永远闪烁。我仰面朝天出神，不经意地看着自己微微泛白的身体。恍惚之中，我的身体完全进入了视野。我默默地看着，显然比小时候的白皙发生了变化。无法承受。肉体与自己的心情无关，自顾自地成长。我陷入无尽的困惑。转眼之间变成了大人。我什么都不能做徒有伤悲。顺其自然。唯有顺其自然地看着自己长大成人。我想永远保持洋娃娃一样的身体。我像小孩子一样哗啦啦拨开浴池的热水，却没缘由地依然心情沉重。感觉今后没有活下去的理由，心情变得更坏。庭院对面的原野上，一个孩子哭喊着叫"姐姐"，突然感觉心里刺痛。当然不是叫我，我却嫉羡哭泣中的孩子依恋"姐姐"。倘若是我，有一个那样撒娇的弟弟，我就不会这样惨、每天面对狼狈的生活。生活也会更有干劲，下定决心将一生献给弟弟。真的，无论怎样的艰难困苦，我都能忍受。凭一己之力。想象之中又深深地感觉自己可怜。

洗完澡，就想看看今晚的星星，便来到了院子里。星星像似要降临。啊，夏天临近了。处处闻蛙鸣。麦子沙沙响。无论仰望多久，漫天的星星都在闪烁。去年，哦，不是去年，已经是前年的事情了。我死乞白赖地说要去散步，患病的爸爸只好顺着我。爸爸总是显得年轻。他教我德语的小曲"你活到一百、我活到九十九"；给我讲星星的故事；即兴作诗或支着手杖咯痰。他真是一个好父亲，眨巴着大眼睛和我一起走。我默默地仰望星空，清晰地回忆起父亲的形象。从那以后，过了一两年，我渐渐变成一个不可救药的女儿。开始有了很多自己的秘密。

回到房间，坐在桌子前托着腮，凝视着桌子上的百合花。闻到一股香味。不论一个人怎么百无聊赖，闻到百合的香味，就绝对不会产生污秽的感觉。昨天傍晚到车站一带散步，回来的路上去花店买来一枝。然后，我的房间便焕然一新洋溢着清爽的馨香。拉开隔扇,就闻到百合的香味,简直像获得了新生。我盯盯地看着百合花,真感觉超出了所罗门的荣华。那是一种绝妙的肉体感觉。突然想起去年夏天的山形。进得山里,看见悬崖腹部开满百合花,惊异不止。我知道那陡峭的悬崖是无法攀登的,无论多么迷人都唯有远处观望。这时正好附近有一位陌生的矿工默默地快速登崖。转眼之间,他就给我送来满满一捧百合花。他带着严肃的表情,把花统统送给了我。我从来没见过那么多百合花。无论是豪华的舞台还是婚礼现场,都没有见过那么多百合花。我初次体会了晕花的感觉。我张开双臂拥抱白色的大花束,把前面的视线都挡住了。一个非常亲切、认真和令人感动的年轻矿工,不知他现在身在何方。他只是去危险的地方为我摘花。但我只要看到百合花,就会想到那个矿工。

我拉开桌子的抽屉翻找,找到了去年夏天的扇子。白纸上坐着元禄时代的放浪女人,旁边是两个青色的酸浆果。借这把扇子,去年的夏天像烟雾一样呈现在眼前。山形的生活、火车里的情景、浴衣、西瓜、河流、蝉、风铃。突然,想拿着扇子坐火车。打开扇子感觉真好。顿有松骨之感,浑身都轻松起来。我在玩旋转游戏,妈妈回来了。很高兴的样子。

"啊,累了,累了。"妈妈说着,脸上并没有不愉快的表情。没办法。她就是喜欢替人办事的类型。她一边换衣服一边说:

"就是说话太绕了。麻烦。"说完去了浴室。

洗完澡,两人一起喝茶,带着怪异的微笑。我等妈妈说点儿什么。

"你不是说想看《裸足少女》吗?真想去就去吧。不管怎么说,今晚给妈妈揉揉肩膀吧。干点儿活再去,更开心对不对?"

我乐不可支。早就想看《裸足少女》这部电影,可最近光顾着玩,便不好意思提出来。母亲竟明察秋毫,吩咐我干点活儿,又大手一挥说去看电影。我真高兴,我喜欢妈妈,自然地笑了。

我和母亲久违了这样的深夜独处。母亲交际很多。她也在努力改变世人歧视的目光。我给妈妈揉肩膀,就完全理解了妈妈的辛劳。我必须爱护妈妈。我感到羞耻,刚才今井田来的时候,我还在偷偷地怨恨妈妈。我嘴里轻声说对不起。我总是只顾自己,对母亲,心底里仍是撒娇和粗暴的态度。顶撞母亲的自己,每次都给母亲增添了多大的痛苦啊。爸爸去世后,妈妈真的虚弱不堪。我真的太过任性了。一丁点儿烦恼或痛苦,马上就宣泄给妈妈。相反妈妈稍微依靠我一点,我便是厌恶、嫌恶的表情。妈妈和我,都是同样软弱的女人。从今往后,我要满足母女两人的生活,体谅母亲,跟她聊陈年往事,说爸爸的事,哪怕一天也好,我要过以母亲为中心的日子。我想这样去感受真正的生命价值。我心里总在为母亲担惊受怕,希望做个好女儿。但表现在行动和语言中,我却是个任性的孩子。而且最近,我连孩子般的美亦已失去,仅存留污秽与耻辱。有痛苦,有烦恼,有寂寞,有悲伤,这到底是为什么?一言以蔽之就是死。我心知肚明。片言只语的名词形容词都要回避。心慌意乱,动辄发火,简直像精神失常。从前的女人,被贬斥为奴隶或没有自我的虫豸、玩偶。但比起现在的我,却是更具女人味儿的褒义词。过去的女人心胸宽裕、忍从爽朗且拥有调解矛盾的睿智,懂得自我牺牲的纯粹和美丽,深知全然不计报酬的服务他人的喜悦。

"啊,不错的按摩师。天才啊。"

妈妈照例嘲弄我。

"没错吧。因为用心。我的长处,并不仅仅在这里呐。仅此的话,还是心里没底发慌。我还有更棒的优点呐。"

坦率地说,心中所想异常清爽地回旋在我耳际,这两三年从未这样天真无邪地说话。我很愉快,当我清楚地知道了自己的心之所想时,也许才能诞生出平静心态的新的自己。

今晚我要向妈妈道谢,按摩后还想念一段《爱的教育》①。妈妈知道我看这样的书,想必会露出安心的表情。前几天我看凯塞尔②的《白日美人》,妈妈轻轻从我手中拿起书看了看封面,脸色阴沉,但什么也没说,默默地把书还给了我。我便没有了继续阅读的心境。妈妈应该没有读过那本书。但她像是凭直觉明白。夜深人静时,我一个人大声朗读《爱的教育》。声音很大。蠢笨的朗读不时令我产生无趣之感,在妈妈面前害起羞来。周围太安静了,蠢笨感愈发明显。这部小说无论何时朗读,都会充满了感激,与小时候阅读的感激如出一辙,我会觉得自己的内心变得坦诚洁净,感觉世界照旧美好。总之出声朗读和默默阅读,感觉上有很大的差异。朗读时感受的唯有惊异和感叹。但母亲却在听到安利科和加洛昂的章节时,低头哭泣。我的妈妈也是个像安利科妈妈一样美丽的妈妈。

妈妈先睡了。一大早出门,一定很累了。我帮她铺好被

---

① 意大利作家埃迪蒙托·德·亚米契斯创作的长篇日记体小说,首次出版于一八八六年。
② 约瑟夫·凯塞尔(1898—1979)是法国当代著名的小说家和记者。

子,在被窝边上吧嗒吧嗒地拍打。妈妈总是一躺下就闭上眼睛。

我在浴室洗衣。最近有个怪癖,十二点前后洗衣服。白天磨磨蹭蹭地打发时间,感觉可惜或许恰恰相反。从窗户可以看到月亮。蹲着洗涤,并不时对着月亮莞尔一笑。月亮一副若无其事的模样。突然同一个瞬间,我的眼前浮现出色彩鲜明的形象,仿佛望远镜真切地窥望。我看到一个可怜寂寞的姑娘,同样在夜晚洗涤且对月亮微笑,我相信她在微笑。那是遥远乡村山顶的一户人家,深夜默默在后门洗衣。姑娘辛苦。我看见你了。然后,我看见巴黎后街的肮脏公寓,走廊里一个和我年龄相仿的姑娘,也在孤苦伶仃地兀自洗涤,无可置疑她也对着月亮微笑。我们的苦痛世上谁人知晓。如果现在已长大成人,我们的痛苦和孤寂也许就会变成可笑的东西,也许会成为无形的追忆。但在长大成人之前,在这漫长的讨厌的时期,如何生存下去呢?没人告诉我们。莫非听之任之,像患麻疹一样任其发展吗?有人死于麻疹,有人因麻疹失明。放任不管是不行的。我们这样每天郁闷、暴怒,不久就会失足,愈发堕落以致一生乱七八糟无可挽回。而且,也有人会一根筋似的自杀。变成那样的状态之后,世人们会异常惋惜地说,唉,其实多活几天就明白的,其实再长大一点自然就会明白的云云。对当事人来说却唯有苦痛。我们好不容易忍耐至此,侧耳倾听世上没完没了的说教,他们反复强调的只是无关痛痒的教训。呜呼。仅有那无用的安慰,我们永远都是蒙羞的毁约者。我们绝不是及时行乐的刹那主义者,但是指着望尘莫及的远山,去那里看风景一定不错。大家都知道半句谎话都没有。但此时剧烈的腹痛不堪忍受。那些说教者却置若罔闻,装作没看见的样子,或者劝说道:没办法呐。再休息忍耐一会儿吧。或者爬上那座山的山顶就会好的。总有人犯错。错的是你们。

洗完衣服,清理浴室,然后悄悄打开房间的隔扇,闻到百合清爽的气味。心底透明,化出一种崇高的虚无感觉。我静静地换上睡衣,以为妈妈已经熟睡,她却闭着眼睛突然说起话来,吓了我一跳。妈妈时常这样吓我。

"你说想要夏天的鞋子,今天去涩谷顺便看了一下。鞋子也贵了。"

"算了,我不那么想要了。"

"但是没有的话,不方便对不?"

"嗯。"

明天也会有同样的一天来临。幸福一生不来。这我知道。但是睡觉前相信幸福会来、明天会来,才能安心睡觉对吗? 故意扑通倒进被窝里。心情真好。被窝好冷,脊背有点儿凉,不觉间进入出神的状态。幸福晚来一夜。朦胧中想起了这样一句话。说是久盼幸福,幸福不至。终于忍不住离家出走。翌日,美妙的幸福喜讯降临了遗弃的家。为时已晚。此即"幸福晚来一夜"。幸福⋯⋯

院里传来妈妈走路的声音。啪嗒、啪嗒,妈妈的脚步声是有特征的。右前脚稍短,而且前脚是O形的,像螃蟹腿一样,所以脚步声里也能听出寂寞。她经常深夜在院子里走来走去,不知在干什么。妈妈好可怜。今天早上我使坏,明天心疼妈妈。

伤悲养成了毛病,睡觉必须双手捂脸,不捂脸,我就睡不着。因而只有一动不动地捂着脸。

睡着时的心绪也奇怪。像是小鲫鱼、鳗鱼,呼噜铅块似的拉着钓线,用钓线使劲儿拽我的头。我酩酊大睡,便松松钓线。于是我又倏然恢复了元气。那么再用力一拉、又熟睡过去、又再度放线。反复三四次。然后开始用力拉,一觉到天亮。

晚安。我是没有王子的灰姑娘公主。你知道我在东京的什么地方吗？无缘再相会。

斜　阳

一

早晨，母亲在餐室啜了一匙汤，突然轻轻"啊"了一声。

"有头发？"

我以为汤里落有秽物。

"不。"

母亲又若无其事地将一匙汤轻巧地送入口中。然后转过脸来，目不转睛地望着厨房窗外盛开的山樱，随之又将一匙汤送至小巧的唇间。轻盈啜汤。此般形容对母亲绝无夸张之虞。母亲的进餐方式，与妇女杂志推介的方式迥然相异。记得有一次，直治弟弟一面饮酒一面对我说：

"姐姐你说，有爵位的就一定都是贵族吗？未必呢。有人没有爵位却是堂堂的贵族，那是天爵。我们倒是有爵位，是贵族吗？我看与贱民无异。像岩岛那样的家伙（直治的伯爵学友），那比新宿妓馆的皮条老大还下作。前几天参加了柳井（弟弟学友中子爵的次子）哥哥的婚礼，那畜生竟然身穿着一条无尾礼服。穿礼服倒也罢了，那蠢猪还在席间致什么辞，卖弄半文半白的敬语腔。真是令人作呕，假装斯文，无聊的矫揉造作,同温文尔雅风马牛不相及。在本乡一带时常可以看到高等公寓之类的招牌,其实多数华族①不过是高级乞丐罢了。真正的贵族怎会像岩岛那样?我看在我们这个家族中,或许真正的贵族只有妈妈一个人。她才是名副其实的贵族。咱们可无法与她相比。"

就说喝汤吧,我们都是俯身面对着汤碟,横握汤匙舀汤,而后横握汤匙送入口中。母亲却以左手手指轻盈地扶着餐桌边沿,上身笔直地挺起,面庞微仰,眼睛并不正视桌上的汤碟,就那样横握着汤匙舀起一勺汤,以春燕一般(姑且这样形容)轻盈、美妙的姿势将汤匙送至嘴边,汤匙尖端正对着芳唇且令汤肴顺势流入口中。此时,她还会若无其事地左顾右盼,汤匙宛如翩翩起舞的小小羽翼。母亲饮汤,绝不会有一滴汤肴洒落出来,也不会发出啜饮和汤碟磕碰的声响。这样的饮汤方式也许并不是所谓的正式礼法。但在我的眼中,却非常可爱地显现了贵族的气质。事实上与其低着头横握汤匙,莫如像母亲那样放松地直起上身,将汤肴由汤匙的尖端注入口中。母亲的饮汤方式或许莫名其妙地令汤肴变得异常鲜美。然而我却是直治所说的那类高等乞丐,我无法像母亲那样轻松、自然地使用汤匙。无奈只好断了此念,还是按照所谓的正式礼法郁闷地喝汤吧。

除了饮汤,母亲的进餐也与礼法不符。吃肉时她会快速地用刀叉将肉食全部切碎,然后丢下餐刀,右手握着餐叉,一粒一粒愉快地慢慢享用。食用带骨鸡肉时,我们时常担心弄

---

① 日本明治维新后对新封爵位者及其家族的称谓,第二次世界大战后废止。

得盘子叮当响,不知如何下手将鸡肉从骨头上剥落下来。母亲却若无其事地用指尖轻轻地捏起鸡骨,在嘴里将骨头与鸡肉分离开来。这种吃法真够野蛮。但母亲做来却自然可爱竟至有点儿煽情。毕竟是真正的贵族。岂止是带骨鸡肉,母亲食用快餐时看见里面的火腿和红肠,也会用手指轻轻地捏起食用。母亲曾说:

"你知道饭团儿为何好吃么?因为是用手指捏着吃的呀。"

我也曾感觉,用手捏着食用或许更加味美。可又觉得自己这样的高级乞丐学来一定弄巧成拙。没准儿东施效颦,反倒使自己更像一个真正的乞丐。

弟弟直治也曾说,母亲的做派,那是学不来的。我更有一种近乎绝望的痛切感觉。模仿母亲实在太难。一次初秋月明之夜,在西片町老宅的后院里,我和母亲在池边的亭榭里赏月,两人笑谈狐狸嫁妆与老鼠嫁妆的差异何在。说话间,母亲突然站起身走进亭榭旁的荻苇丛中,在荻苇白花间霍然露出她白净的面容,她微笑着说:

"和子,猜妈妈在做甚?"

话音未落,便又轻声笑道:

"在小便呀。"

我十分惊异,她怎么站在那里小便?妈妈的样子十分可爱。可我感觉,自己根本学不来。

先由早晨的汤肴说起,话竟扯远了。记得新近读了一本书,说是路易王朝时代的贵妇都是在宫廷的庭园或回廊的角落里若无其事地小便。那种天真的模样委实可爱。我便觉得,母亲这样的人恐已绝无仅有,她是一位真正的贵妇。

说到母亲早晨轻轻地啜了一匙汤,且"啊"地轻唤出声。

我问道:

"有头发么?"

母亲答:

"没有。"

"盐放多了?"

早晨的浓汤是以美国近期配给的嫩豌豆罐头烹制的。我对烹调本无自信。母亲虽未抱怨,我自己心中却没有谱儿。

"汤做得不错。"

母亲认真地答道。喝完了汤,她用手抓起紫菜卷成的菜团食用。

我从小不爱吃早餐,十点钟以前肚子不会饿。好歹将浓汤喝了下去,却不想再吃饭。我将饭团放在碟子里,用筷子捣得稀烂,然后夹起一块,像母亲喝汤时的汤匙那样,筷子直角状地将饭团塞入口中,仿佛在喂食小鸟。我慢慢吞吞地吃着饭团。母亲吃完饭,悄然起身,背倚着朝阳普照的墙壁,默然注视着我吃饭的模样儿。半晌儿,母亲说道:

"和子,这样可不行啊。早餐要吃好才行呐。"

"妈妈觉得好吃么?"

"是啊。我已经不是病人了嘛。"

"和子也不是病人呐。"

"不行,和子不行。"

母亲摇摇头,带着忧郁的笑容。

五年前我曾患过肺病,卧床不起。我知道,那是一种娇贵病。其实母亲近来的病患才真正令人担忧。然而,母亲却一味地为我担忧。

"啊。"

我突然想起了什么。

"怎么?"

轮到母亲向我提问题。

我们面面相觑,有一种心心相印的感觉。我扑哧笑了,母亲也微微一笑。

每当我感觉羞愧难当时,便会发出某种奇妙的轻唤。此刻,我的心中却突然清晰地浮现出六年前离婚当时的情景。我不禁感慨万般,"啊"地轻唤出声。母亲会否也有同样的感受呢?想必母亲不会有我那种耻辱的过去。但她不会完全地没有挫折呀……

"妈妈方才似乎若有所思。想什么呢?"

"我倒想不起来了。"

"与我相关?"

"不是。"

"直治的事儿?"

"没错。"

话音未落,母亲又歪过头来补充说:

"大概是吧。"

弟弟直治未及大学毕业便应征入伍。自打去了南方岛国便杳无音讯。直至战争结束仍是下落不明。母亲也说,怕是再也见不到直治了。我却从未那样想,相信还能见面的。

"我以为自己已经死了心。可每当喝好汤时,便会想起直治,心中真是难过。当初,真该好好待他呀。"

直治高中时期走火入魔地迷恋文学,生活颓废,简直像个不良少年。当时他还不大懂事,不知道自己给妈妈添了多少麻烦。母亲却说,喝一口好汤都会想起直治。我正往嘴里填饭,不禁感觉眼前一热。

"您放心吧。直治没事的。他就像一条赖汉,命大着呢。要死,也是那些老实巴交、貌美和善的类型。直治这种人,是棒打不死的。"

母亲听了打笑道:

"那么,和子属于早死一类的啦。"

"咦?为什么?我也是个捣蛋鬼,没准儿活到八十呢。"

"哦?照你这么说,妈妈便可活到九十啰。"

"啊?"

我刚想接她话茬儿却又打住了。赖汉命长,美人命短。妈妈可是美人呐。美人还想长寿?我有点儿张皇失措。

"妈妈真坏!"

说罢下唇瑟瑟抖动着泪水流了下来。

说段与蛇相关的经历吧。四五天前的一个下午,邻家孩子在院墙竹丛中发现了十来个蛇蛋。

孩子们七嘴八舌地说:

"这是蝮蛇蛋。"

我想,要是竹丛里一下子孵出十几条蝮蛇,还怎么在院子里逗留呢?我便对孩子们说:

"把它烧了吧。"

孩子们跟在我身后,兴高采烈,手舞足蹈。

竹丛边堆起树叶和干枝,点燃之后,便将蛇蛋一只只抛入火中。但蛇蛋是不易燃烧的。孩子们不断地添枝加叶,火势更猛。蛇蛋却仍旧未燃。

坡下的农家姑娘在墙外笑问道：

"你们在做什么呢？"

"烧蝮蛇蛋。要是孵出小蝮蛇，那多可怕呀。"

"多大的蝮蛇蛋？"

"像鹌鹑蛋一般，雪白雪白。"

"那是普通的蛇蛋，不是蝮蛇蛋吧？生蛋如何能点燃呢？"

姑娘离去时，觉着很好笑。

柴火大约燃烧了三十分钟，蛇蛋仍旧无法点燃。孩子们便由火中拾起蛇蛋，埋在了梅树下面。我让孩子们找来一些碎石，堆成一个墓标。

"大家过来，做个祈祷吧。"

我蹲下身合掌默拜。孩子们也认真地蹲在我身后合掌祈福。我与孩子们分手后独自缓缓地登上石阶，竟发现母亲伫立于石阶紫藤架下的阴荫中。她说：

"怎么又干这种残忍的事儿。"

"以为是蝮蛇蛋，却是普通蛇蛋。得了得了，好歹已获得安葬。"

话是这样说，可让母亲看见毕竟是恼火。

母亲绝非迷信。可父亲十年前在西片町的老宅过世后，她一直非常怕蛇。父亲临终前，母亲曾在父亲的枕边看见一根细细的黑绳，便不经意地俯身拾起，不料却是一条蛇。小蛇很快地爬到过廊，转瞬逃匿得无影无踪。当时看见小蛇的只有母亲与和田舅舅，两人面面相觑，默不作声，只怕引起屋内来宾的慌乱。

我们当时也都在场，却完全不知黑蛇之事。

在父亲逝世的那天傍晚,我也亲眼见到庭园池边的树上爬满了小蛇。如今,我已是二十九岁的半老徐娘。父亲逝世的十年以前是十九岁,十九岁已不是小孩子。尽管时光已逝十年,当时的情景却历历在目——我想剪些鲜花作为供品,便向庭园的池旁走去,走到池岸的杜鹃花旁停下脚步,那里的枝梢上竟然也有小蛇盘绕着。我受到了一点儿惊吓,便想去折另一棵棣棠花的花枝,不料枝上竟同样缠绕着小蛇。树旁还有木犀、若枫、金雀儿、紫藤和樱树,树枝上竟统统缠绕着小蛇。我原本并不惧蛇,只是感觉小蛇也和我一样因父亲的逝世而悲伤。莫非是从洞里爬出来悼念父亲,我将这些悄悄地告诉了母亲,母亲却镇静地微微歪着头一言未发,仿佛陷入了沉思。

事实上正是两次闹蛇事件,令母亲对蛇产生了异常的厌恶。说是厌恶,莫如说是敬畏,或者说她对蛇产生了一种畏惧之感。

我想,母亲见我烧了蛇蛋,一准儿有种不祥之感。我忽然觉得,焚烧蛇蛋是件非常可怕的事儿,会否给母亲带来厄运呢?我忧心忡忡,两三天以后亦无法释怀。今晨,我又在餐厅无意间说漏了嘴,胡说什么美人命短,且无法自圆其说地哭将起来。用完早餐拾掇餐桌,只觉得心情坏到了极点。仿佛一条瘆人的小蛇钻入了自己心底,它或将折损母亲的阳寿。

当天,我又在庭园里看见了蛇。爽朗天气,异常舒适。我做完了厨房里的活儿,搬了一把藤椅走下台阶,想去庭园的草坪织毛衣。不料在石头旁边的矮竹丛间又看到一条蛇。嗨!真讨厌!我产生了厌恶之感,却并未过多联想。我端着藤椅折返回来,将椅子置于檐下的过廊坐下打毛线。时至下午,我又来到院子角落的佛堂,想从那里的藏书中取出一本洛朗森①的画册。可走下庭院台阶又看见一条小蛇在草坪上缓慢腾挪。这条细长的小蛇十分文静,与早上那条很是相像。我想它是一条"女蛇"。它无声无息地穿过草坪,爬到了野蔷薇的阴凉处。它停下来抬起头,颤动着火焰般的细长舌头四周张望了一下,旋即垂下头无精打采地蜷缩一处。此时,我只有一种强烈的感觉,这是一条美丽的"雌蛇"。我由佛堂取了画册回来,悄然再望时,它已消隐得无影无踪。

傍晚时分,我和母亲在中式的厅室里喝茶。随意眺望庭园时,早上的那条小蛇又缓缓地出现在第三级石阶上。

"那条蛇……?"

母亲也看见了它,说着跑到我身边,握着我的手怔怔地观望。母亲一提起,我也突然间产生了一种猜测,脱口说道:

"莫非是它的蛇蛋?"

"对。一定是这样。"

母亲的声音嘶哑了。

我和母亲手拉着手,默然、屏息地注视小蛇。小蛇无力地蜷缩在石阶上,随后又颤悠悠滑动过台阶,向燕子花那边爬去了。

"从早上起,它就一直在庭园里爬来爬去。"

我低声对母亲说。母亲叹了一口气,身心疲惫地坐到椅子上,语调沉郁地说:

"是么?它是在找它的蛇蛋呢。多可怜呀。"

---

① 玛丽·洛朗森(1885—1956),法国女性画家,最初属"立体画派",后转为"装饰式野兽派"。

我无言以对,尴尬地笑笑。

夕阳照在母亲脸上。母亲的双眼竟发出绿色的光泽,微愠的面庞显得异常美丽。我心中暗忖,咦?母亲的脸庞竟有点儿像似那条悲伤的小蛇。而我的心中却同时盘桓着一条丑陋、瘆人的蝮蛇,我思忖着不定何时,它或将深切悲伤中的美丽女蛇咬死?吃掉?为什么?我的心中为何会有如此感觉?

我的手放在母亲柔软纤细的肩膀上,心中无缘地好一阵难过。

日本无条件投降的那年十二月初,我们放弃了东京西片町的宅邸,搬到伊豆附近这幢略呈中国式风格的山庄来。父亲逝世后,我们一家的经济全由和田舅舅掌管。舅舅是母亲唯一的亲人了,看来是他说服了母亲——战争结束了,世态也变了,家中无以为继,只有卖掉房屋,辞退所有的女佣,母女俩去乡下买一幢整洁的房子,称心如意地过日子。但凡涉及金钱,母亲便恍惚懵懂,还不如一个小孩子。母亲似乎听信了和田舅舅的劝导,一切都全权委托给了舅舅。

十一月底,舅舅发来快件,说骏豆铁路沿线的河田子爵有一幢别墅要出让。房子建于高地,景致不错,还有近一百坪的田地。他说那一带是梅花胜地,冬暖夏凉,母女俩必定喜欢。他还说,须与房主面洽,翌日无论如何要去他的银座办事处。

"妈妈,您去吗?"

我问。

她的脸上露出凄凉无比的神色,笑答:

"这是我托付你舅舅的嘛。"

翌日,母亲请从前的司机松山先生陪伴,正午一过就出了门。晚上八点时分,松山先生把她送了回来。

"决定了!"

母亲走进和子的房间,双手扶着和子的书桌,累瘫了一般地坐下说道。

"决定了什么?"

"全部。"

"可是……"

我吃惊地问道:

"什么样的房子?看也没看就……"

母亲一只臂肘支在桌上,手轻轻地托起前额,微微叹了口气说:

"和田舅舅说了是个好地方嘛。我想,就这么闭着眼睛搬过去得啦。"

说罢,她扬起脸来微微一笑。有点儿憔悴,却也很美。

"可也是啊……"

我有感于母亲对和田舅舅富于美感的信赖,只好附和地说:

"那么,和子也只好闭上眼睛啦。"

两人笑出声来,随后却是无尽的凄凉。

此后,每天都有搬运工来家里打包,做搬家的准备。和田舅舅也来指指点点,该变卖的就变卖了。我和女佣阿君都忙得不可开交,一起整理衣物或在院中焚烧废品。母亲并无任何吩咐,也不帮忙收拾物品,只是每天待在房间里磨磨唧唧不知干什么。

"怎么啦?您不愿去伊豆了吗?"

我一狠心,提出这有点儿尖刻的问题。

她只是呆呆地不做应答。

"不是那样。"

整理停当用了十余天。黄昏时分,我和阿君在院子里焚烧废纸与草秸,母亲从屋里出来站在廊下默默地望着火堆。一阵阴冷的西风吹来,焚烟低回。我忽然仰脸望了望母亲,不禁惊吓失声,我从未见过母亲那般苍白无助的面容。

"妈妈!您的脸色很不好呀!"

"没什么。"

母亲应道,转而无声地回了房间。

那天晚上,被褥皆已打包,阿君睡在二楼西式房间的沙发上,母亲和我则将一床邻居处借来的被褥铺在母亲的房间地板上,二人并排睡在一起。

母亲出乎意料地对我说:

"因为有你,有和子,我才愿意去伊豆的。因为有和子陪伴着我呀。"

母亲的声音意外地那般苍老,有气无力。我吓了一跳,不由得反问道:

"假如没有和子呢?"

母亲倏地哭将起来,抽泣着说道:

"那不如死了的好。妈妈也想死在你爸爸死去的这间屋子里啊。"

她越哭越伤心。

母亲从未跟我讲过这样的泄气话。我也从未见过母亲这样子痛哭。父亲逝世的时候,我出嫁的时候,我肚里怀着孩子回到她身边的时候,我在医院里生下死胎的时候,我卧病在床的时候乃至直治干了坏事的时候,母亲都没有表现出这样的软弱。父亲去世后的十年间和父亲在世的时候并无两样,母亲还是那个无忧无虑的慈祥母亲。我和弟弟,一味地在母亲身边撒娇,逍遥自在地长大成人。可是现在母亲把钱用光了,为了我们,为了我和直治,她毫不吝惜地把钱用光了。现在,她却不得不离开这住了多年的老宅,和我两人搬到伊豆的小山庄,去过那万般孤寂的日子。倘若母亲是个心眼儿不好的吝啬鬼,一天到晚只是呵斥儿女或是光顾着暗中添增自己的私房钱,那么无论世道如何变换,她都不会惨到如今生不如死的境地。唉!没钱是多么可怕而凄惨的事情哪!就像似跌入了无可救赎的地狱。我有生以来仿佛第一次体会了这样的心情。心中悲痛不已。那种痛苦无以言表,竟至哭也哭不出来。所谓世态炎凉,或许就是这样的一种感觉吧。我感觉自己的身体僵硬,完全地动弹不得,只像石头一样仰面朝天地躺着。

第二天,母亲的面色依旧不好。她不知怎的一直在磨蹭虚耗,大概是想在这老屋里尽量地多滞留一些时间吧。和田舅舅过来说,行李已大致发送完毕,这就该动身去伊豆了。母亲只好勉强起身穿上了大衣,对前来道别的阿君和常有来往的邻人们默默地颔首辞行,随后便跟着我和舅舅离开了西片町的老宅。

火车上乘客不多,三人皆有座。一路上,舅舅兴高采烈地哼唱着谣曲,母亲却脸色苍白,始终低着头,仿佛很冷的样子。到了三岛换乘骏豆线,然后在伊豆长冈下车,又换乘汽车走了约莫十五分钟。下了汽车,沿一条缓缓的坡道朝山边走,便到达了一个小山村。山村的尽头,就是那幢十分别致的中国式山庄。

"妈妈,这地方比我想象的要好哦。"

我喘着气说道。

"是啊。"

妈妈站在山庄门口,眼神中掠过一丝欣慰。

"首先是空气好啊。空气清新。"

舅舅洋洋得意地说。

"真是哦……"

妈妈微笑着说:

"这儿的空气都有清香的气息。"

三人都笑了起来。

进门一看,从东京托运的行李也到了,从门口到房间堆得满满当当。

"再说,由房间看外面的景致也不错。"

舅舅喜形于色,把我们拉到客厅里坐下。

午后约莫三时,冬日的太阳和煦地照耀着庭园的草坪。穿过草坪走下石阶有一个小池子,旁边种有许多梅树。庭园下方展现出一块橘子地,再往下则是一条村路。路那边是水田,更远处是松树林,松树林的那边望得见海。坐在客厅里望去,大海的水平线正好平抚着我的胸口。

"景色很柔和。"

母亲郁然说道。

"大概是空气的缘故吧?太阳光也与东京不同,光线像用丝绢滤过了似的。"

我喜不自胜。

房间有十铺席和六铺席,还有中式客厅。门口和浴室旁各有三铺席大小的小屋,另有餐厅和厨房。二楼则是一间摆着大床的西式客房。房间虽不多,母女两人居住却已绰绰有余,即便直治回来三个人也不会感到拥挤憋屈。

舅舅去村里仅有的一家客栈订饭。没多大工夫,盒饭送到了家里。舅舅在客厅打开盒饭,喝着带来的威士忌,兴致勃勃地说起与山庄前主人河田子爵结伴去中国旅行遭遇的倒霉事儿。看着盒饭,母亲几乎没动一筷子。天色渐暗。

母亲低声说道:

"我想这么躺一会儿。"

我从行李中取出铺盖,让母亲躺将下来。可我仍有不安之感,便从包裹中找出体温计给她一量,竟有三十九摄氏度。

舅舅也露出惊慌失措的模样,忙不迭跑下坡去找村里的医生。

"妈妈——!"

我不住地呼唤着,妈妈却神志迷蒙。

我握着妈妈柔小的纤手,无法抑止地抽泣起来。妈妈多么可怜呀。不,我们母女俩真是太可怜了。哭着哭着,真想这样和妈妈一起去死。我们已一无所求。我觉得一走出西片町的老宅,我们的人生便已终结了。

过了约莫两个小时,舅舅带来了村里的医生。医生看上去年事已高,身着仙台平①礼装裙裤,足蹬白色布袜。

"搞不好会变成肺炎的。不过,即便患上肺炎也无须忧虑。"

医生诊察过后说了句模棱两可的话,打上一针便回去了。

第二天,母亲的高烧仍旧未退。和田舅舅交给我两千元

---

① 质地上好的一种日式织物。兴起于元禄(1688—1704)时代前后仙台藩主由西阵请来的技师。

钱,嘱咐说万一需要住院就打电报给他,而后先自回了东京。

我从行李中取出仅有的几件炊具,给母亲熬了一点儿粥。母亲躺着喝了三调羹便摇头不肯再吃。

将近中午时分,坡下村里的医生又来了。他脚上还是穿着白布袜,却没有穿他的那身裙裤。

"是不是要住院呢……?"

我问道。

"不,我看不需要。今天给她打一剂强效针,大概就能退烧了。"

他的回答照样模棱两可。注射了所谓的强效针剂后,医生便回去了。

那剂强效针或许真的有奇效。中午过后母亲便满面通红,浑身发汗。她换下睡衣笑道:

"没准儿是个名医呢。"

体温已恢复至三十七摄氏度。我高兴极了。跑到村里那家仅有的客栈,请老板娘匀出了十个鸡蛋给我,回来煮到半熟给母亲吃。母亲吃了三个嫩鸡蛋,又喝了半碗米粥。

次日村里的名医又来了。还是足蹬白布袜。我说昨日的强效针剂甚好,向名医致谢。名医用力点点头,一副理所当然的神态。他又仔细为母亲做了诊察,转过身来对我说:

"令堂大人病已痊愈。吃饭、活动,皆可恢复正常了。"

他说话的方式十分古怪。我好容易才抑制住没笑出声来。

我将医生送至门口。回屋一看,母亲坐在床上神采飞扬。她神情恍惚地自言自语说:

"真是名医呀。这么快就好了。"

"妈妈,我把隔扇窗拉开好么?外面在下雪呢。"

大片的雪花像花瓣似的翩然飘落。我拉开纸隔扇窗,与母亲贴身而坐,透过玻璃窗眺望着伊豆的雪景。

"我已经痊愈了。"

母亲仍在自言自语。

"这样坐着,就觉得过去的事情皆如梦幻一般。老实说搬家那会儿,我真是压根儿不想到伊豆来,就想在西片町的老屋里待着,哪怕一天半天也好。坐上火车,我感觉自己快要死了。到这里后,心情稍微好了一些。可天色一暗,我又加倍地怀念东京,焦虑、怃然,产生了恍惚和晕厥。这不是一般的疾患,而是神让我死过一次又复苏,有了不同于昨日的新生。"

打那以后直至今日,母女俩的山庄生活总算相安无事。村里人待我们十分亲切。搬家的那会儿是去年十二月,一月二月三月,现在已是四月,我们除了做饭吃饭,多数时间待在过廊里编织,或在中式房间里读书饮茶,那般生活几乎与世隔绝。二月里梅花盛开,村庄整个儿淹没于梅花之中。三月风和日丽,盛开的梅花尚未凋落,三月底仍在美丽地绽放。凌晨、白昼、傍晚、夜间,梅花的美丽令人赞叹不已。任何时候打开厅廊的玻璃窗,屋里便飘溢着梅花的馨香。三月底到了黄昏就刮风。我在餐厅里摆放碗筷时,梅花的花瓣由窗口飘落进来,落到碗中润湿于碗底。四月,我和母亲在廊下编织时,两人的话题总是耕地种菜之类的构想。母亲说,她也会帮忙的。唉!写到这里自己产生了一种错觉,自己和母亲或许正如母亲所说,是已经死过一回又复苏过来,从而变成了全然不同的新人。然而耶稣那样的复活毕竟不能发生在人类身上。母亲也是,说归那样说,啜了一口汤却又想起了直治,且下意识地"啊"了一声。其实我自己过去的伤痕,还全然没有治愈。

唉!我多想毫不隐瞒地和盘托出。我时而心中暗忖,这山庄的静谧莫非都是表面现象?一切都是虚假的。上天赐予我们母女短暂的栖息。然而我的心中却仍旧有着一种强烈的感觉——不祥的阴影正在这平和的生活中悄然逼近。母亲表面上佯装幸福,其实却日渐衰弱。我心中寄居的蝮蛇也在不断地成长,不惜将母亲当作牺牲。尽管自己也想方设法地企图抑制它,蝮蛇却照旧在成长着。唉!倘若单纯因为季节的关系就好啦。我时常感到,眼下这样的生活不堪忍受。烧蛇蛋之类的不良行为没准儿也是心中过分焦虑的反映。结果,却令母亲徒增了悲伤且日趋衰弱。

写下"爱情"二字,我便写不下去了。

二

蛇蛋事件发生后约莫十天,又发生了一个晦气事件。母亲陷入了益发深切的悲伤之中,美人薄命的感触亦更加强烈。

我竟差点儿引发一场火灾!

我从小到大做梦也未曾想到,一生中还会遭遇如此可怕的事情。

用火不慎便会引起火灾。我难道真是那种不谙世事的"千金小姐"?怎么连这样普通的常识都不懂呢?

半夜起身解手,路过门口的屏风,发现浴室那边很亮便无意间瞥了一眼,浴室的玻璃窗竟已映得通红,还听见哔哔剥剥燃烧的声响。我疾步跑近前去打开浴室便门,赤脚出去一看,竟是浴室炉旁的柴火堆正熊熊地燃起大火。

我急忙奔至坡下连着庭园的一户农家,拼命敲门,连声呼喊:

"中井先生!请快起来呀。失火啦!"

中井先生像是已经歇息,闻声答道:

"好,我马上来!"

我央求中井先生快来帮忙,只见他身穿睡衣从家里飞奔出来。

两人跑到失火的地方,用洋铁桶打来池水救火。这时,我听见屋子过廊那边传来母亲"哎呀"一声喊,急忙丢下水桶从院里跑向过廊。

"妈妈,不用你担心,不要紧的,您去休息吧。"

我抱住像要晕倒的母亲,扶她躺倒床上后又奔回失火的地方。我舀来澡盆里的存水递给中井先生,他便顺势浇到了柴火堆上。但火势过猛,我们的努力无济于事。

坡下的村里传来呼喊声:

"失火啦!失火啦!别墅起火啦!"

旋即四五个村民推倒篱笆墙跳将进来。他们像接力一般用铁桶把篱笆下方的蓄水传递上来,两三分钟后就把大火扑灭了。好悬。再晚一会儿就要烧到浴室的屋顶了。

真是万幸。想到失火的原因,我实在有些后怕。此时我才想到,昨天傍晚是我把浴室炉灶里烧剩的柴火撤了出来,满以为火已熄灭,就放在了柴火堆旁,不料却引起了这场火灾风波。想到这里,我木然伫立快要哭起来。只听见对面西山家的媳妇在篱笆外大声唠叨着,浴室都烧了个精光,全是用火不慎造成的呀。

村长藤田先生、警察二宫和警防团①团长大内先生也都来到现场。藤田先生像往常一样面带笑容,温和地询问道:

"怎么回事儿呀?吓坏了吧?"

"怪我不好。我以为柴火已经熄灭……"

说着,我感觉自己好生可怜,眼泪夺眶而出。我低下头默然无语。我以为要被警察带走沦为犯人,突然间感觉害臊,瞧自己这失魂落魄、张皇失措的模样儿——光着脚身穿睡衣。

"明白了。妈妈呢?"

藤田先生带着安慰的口吻平静地说。

"我让她在屋里休息。她可吓坏了……"

"是啊。不过还好……"

年轻的二宫警官也安慰说:

"房子总算没有烧着。"

此时坡下的农夫中井先生换好了衣服又转回来。

"没什么,只是烧掉了一点儿柴火,连个小火灾都算不上。"

他气喘吁吁地说,为我的糊涂过失辩护。

"没错。我都明白了。"

村长藤田先生连连点头,又与二宫警官小声商量了一下,回头说道:

"我们回去啦。代我们问候你的妈妈。"

村长转身跟警防团团长大内等人一起撤了回去。

只有二宫警官留下来,走到我跟前,声音低得像喘息。

---

① 一九三九年实施的警防团体,由消防组和防护团合并组成,一九四七年废止。

"那么,今晚的事儿我就不上报了。"

二宫警官走后,坡下农家的中井先生忧心忡忡、声调紧张地问:

"二宫先生怎么说?"

"他说不呈报了。"

我回答说。篱笆那边还有邻人,似乎也听到了我的回答。

"这就好!这就好啦!"

说着都慢慢地回家去了。

"你也该休息了。"

中井先生跟我打过招呼后也走了。我独自木然地站在烧过的柴火堆旁,泪眼汪汪地仰望天空,天快亮了。

我走进浴室洗了把脸又洗了洗手脚,总觉得没脸见母亲,只好磨磨蹭蹭在浴室的三铺席小屋里梳头,再到厨房装模作样地拾掇碗筷直到大天亮。

天亮之后,我蹑手蹑脚地来到母亲房间,她早已换好衣裳,神情疲惫地坐在中式房间的椅子上。见我进来,她微微一笑,面色苍白得令人惧怕。

我笑不出来,一声不响地站在母亲椅后。

过了一会儿,母亲说:

"没什么关系呀。柴火本来就是烧的嘛。"

我忽然觉得可乐,扑哧地笑了。

我想起《圣经》里的一句箴言:

"话说得好,即如金苹果嵌于银器中。"①

我由衷地感谢上帝赐予幸福,有这样一位慈祥而善解人

---

① 见《旧约全书》。

意的母亲。昨夜的事情已是过去,没必要耿耿于怀。这么一想,我便透过中式房间的玻璃窗眺望伊豆清晨的大海,我久久地站在母亲身后。渐渐地,母亲平静的呼吸竟与我的呼吸完全地融合为一。

简单地用过早餐后,我去收拾烧过的柴火堆,村里独此一家的客栈老板娘阿咲从庭院的栅栏门外疾步走来,眼里闪着泪花说:

"怎么搞的?怎么搞的嘛?我这才刚刚听说,哎呀,昨天晚上究竟是怎么搞的嘛?"

"真对不起!"

我小声道歉说。

"说什么对不起嘛。小姐,警察那边没事儿吧?"

"说是不打紧。"

"啊,这就好啦。"

她脸上露出发自心底的快意。

我便与阿咲商量,该怎样向村里的乡亲们表示感谢和歉意。阿咲说,还是送点儿钱吧。她还告诉我,该去哪些人家里送钱道谢。

"要是小姐一个人觉着别扭,我就陪你去。"

"还是一个人去比较好吧?"

"一个人能去的话,当然是一个人好。"

"那我就一个人去吧。"

阿咲又帮我收拾了一下火烧的残迹。

收拾过后,我跟母亲要了钱,用美浓纸[1]做封皮每件包上

---

[1] 岐阜县美浓地方产的一种日本纸。

一张百元纸币,纸包上写了"致歉"二字。

我最先去了村公所。村长藤田先生不在,我将纸包递给传达室的姑娘且向她道歉说:

"昨晚的事儿真对不住。以后一定会注意的。请多多原谅。代我们问候村长先生。"

然后去了警防团团长大内先生家。大内先生站在门口,带着同情的微笑盯着我一声不响。我不知怎的快要哭的感觉。

"昨晚真对不起!"

我好不容易迸出了这句话,说完便匆匆告辞了。一路上泪水直流,脸上的搽粉弄得一塌糊涂,只好先回家到盥洗室洗脸重新化妆。我在房门口穿上鞋,正想出门,母亲从屋里出来问:

"还得出去吗?"

"嗳,才跑了一两家呢。"

我头也不抬,回答说。

"辛苦你啦。"

母亲亲切地说。

在母爱的抚慰下,我挨家挨户跑了个遍再没流泪。

到了区长家,区长不在,出来的是他儿媳妇,见到我自己反而泪流满面。在二宫警察家,他不住地对我说:好啦好啦。大家待我都一样地亲切友善。我挨家挨户地走访了近邻,得到的是大家的安慰和同情。只有一个人严厉地责斥我,她便是对面西山家的小媳妇。说是小媳妇,其实是四十上下的一个婆姨。

"今后可得小心点儿呀。我不懂得什么皇族,可你们那过家家游戏般的生活方式,早就让我觉得不是个事儿。就像两个小孩子在做游戏。以前没发生火灾倒是怪事儿呢。真的,今后可得多留点神儿啊。昨晚要是风再大点儿,这整个村庄就统统烧掉啦。"

当时坡下的农户中井先生还特地跑到村长和二宫警官面前替我求情,说这连个小火灾都算不上。可西山家的小媳妇却在篱笆外面大声嚷嚷:浴室烧光啦,都是用火不慎的缘故。其实西山家小媳妇说的也都是实话。的确如此。我并不怨恨西山家的小媳妇。母亲为了安慰我才笑着说,柴火本来就是要烧的。可当时倘若真的风大,说不定真像西山家媳妇说的那样,整个村庄都已烧毁了。真要那样我是死了也无法谢罪的呀。我要是死了,母亲想必也活不了,这不也等于玷污了已故父亲的英名么?现今什么皇族呀华族之类的已不再时兴,反正是那行将灭亡的种类,只是想死得更加体面一些。要是像现在这样,闹出火灾为了谢罪而死,这悲惨的死法真是叫人死难瞑目。总之,不能是那种窝里窝囊的死法。

翌日,我又开始努力干农活儿。坡下农户中井家的女儿也时常过来帮忙。自打那次火灾事件露丑之后,我总觉得自己身上的血液仿佛变成了暗红色。之前不是有条心怀歹意的蝮蛇寄居于心中么?现在,居然连血液的颜色亦已变化。我愈发觉得自己变成了粗野的村姑,和母亲一同在檐下过廊编织时,也会莫名其妙地感觉窒息。我宁愿去田里刨土,干活儿反倒令我感觉舒畅。

这就是所谓体力劳动么?我并非第一次干这种体力活儿。战争期间我曾受征做过打夯女工。现在去田里干活儿穿的那双胶皮底袜子也是当时军队配给的。当时,我有生以来第一次穿上了胶皮底袜。我惊诧不已,感觉非常舒服。我穿着它在庭院里走动,深切地体会了飞禽走兽赤脚行走的轻松和愉快,那般心中的喜悦无以言表。战争中令人愉快的回忆仅此而已。回想起来,战争真是不堪回首。

> 去年,一无所有。
> 前年,一无所有。
> 大前年,同样亦一无所有。

停战不久,某报刊登载了这样一首有趣的诗作。回想起来,真的发生了各种各样的事情,同时却又感觉任何事情未曾发生。我不愿讲也不愿听那些有关战争的回忆。死了那么多人,讲述起来却陈腐无聊。难道自己过分地自私任性?唯有穿着胶皮底袜、被征用做打夯女工的那段经历,不会过分地给人以陈腐之感。虽然它同样令人感觉痛苦难耐,但做过打夯女工的我却变得身体健壮。在如今的生活愈发地没了着落时,我真想再去做一回打夯女工。

——战局已近绝望,一个身着军装式制服的男人来到西片町,递给我一张征召通知和一个劳动日程表。日程表要求第二天开始,隔日到立川地方的深山里去做劳工。我不由得落下泪来。

"不能请人代劳么?"

我的眼泪无法抑止,终于啜泣起来。

"军队征召的是你,必须是本人。"

男人斩钉截铁地答道。

我也便没了指望。

翌日下雨,我们在立川山麓排好队,先听一个军官训话。

"战争必定胜利。"

军官劈头说道。接着说：

"战争必定胜利。但是大家不按照军队的命令工作，就会妨碍作战并导致冲绳那样的后果。希望一定照我吩咐的去做。此外大家要提高警惕，或有特务潜入到山中。大家也会像战士一样进入阵地工作。务请注意，绝不可对任何人透露阵地的情况。"

山中烟雨迷蒙，近五百名男女队员浑身透湿，站立在那里恭听训话。队员中还混杂着国民学校的男女学生，冻得个个哭丧着脸。雨水透过我的雨衣，渐渐渗湿了上衣及贴身的衬衣。

当日，一整天都在用挑筐装运土石。回家的电车上我不禁泪眼迷离。第二次出活儿是拉大绳打夯。我感觉这个活儿最有趣。

上了几次山之后，我发觉国民学校的男生们总是奇怪地盯住我看。某日，我正在用挑筐装运土石，两三个男生与我擦肩而过，其中一人小声说：

"她是个奸细吧？"

我听了大惊失色。

"怎么会那样说呢？"

我问并肩挑筐的年轻姑娘。

"你像外国人嘛。"

年轻姑娘一本正经地回答说。

"你也认为我是奸细么？"

"不会。"

她微笑着回答。

"我是日本人呐。"

说完,自己也觉得说了句无聊的废话,一个人扑哧地笑了。

在一个天气晴朗的日子,一大早我就跟男人们一道搬运圆木,一个做监工的年轻军官双眉紧蹙,手指着我说:

"喂,你!你到这儿来。"

说着他朝松林方向快步走去。我感到不安和恐怖,心儿扑通扑通地直跳。我跟在他的后面走去。树林深处堆积着刚从锯木厂送来的木板,军官在木板堆前停下了脚步,突然转过身子对我说:

"每天这样干,吃不消吧?今天请你在这里看守木材。"

他露出雪白的牙齿笑道。

"就站在这儿吗?"

"这儿凉快安静,在这木板上睡个午觉吧。感觉无聊的话,或许愿意看看这本书?"

说着,他从上衣口袋中掏出一册文库本,腼腆地扔在木板上。

"你看这样的书么?"

文库本上写着"三套马雪橇"几个字。

我拿起书,致谢道:

"谢谢。我家也有喜欢看书的,不过他在南方。"

"啊,是么?是你先生吧?南方可是很危险呐。"

他似乎误解了我的意思,摇着头悄声说。

"不管怎样,今天就在这里守摊儿吧。你的盒饭,等一会儿我给你送来。你慢慢歇着吧。"

说罢,军官急匆匆回去了。

我坐在木板上看书。看了约莫半本书时,又听见军官咯噔咯噔的脚步声。

"给你送盒饭来了。一个人待着寂寞吧?"

他把盒饭放在草地上,又急匆匆折返回去。

吃过饭,我爬到木材上躺着读书。全部读完后,便迷迷糊糊睡了个午觉。

醒来已是下午三点过后。我忽然觉得那位年轻军官像在什么地方见过。可怎么想都想不起来。我从木材上下来,理了理头发,又听见咯噔咯噔的脚步声。

"哎呀,今天辛苦了。可以回家了。"

我跑到军官跟前把书还给他。想说句感谢的话,却没找着合适的语词,只是默默地仰视着军官的脸。两人的视线相遇时,我的眼泪扑簌簌掉落下来,军官的眼中也闪着泪花。

两人就这样默默分别了。年轻军官再没来过我们干活儿的那个地方。我也就那么轻松地玩了一天。以后,仍是隔日在立川的山中做苦工。母亲一直担心我的身体,但我的体质却越来越好。在我心中,其实至今不怵那打夯女工之类的力气活儿,干农活儿也不会觉得痛苦。

我说过自己不愿讲也不愿听有关战争的事情,却不知不觉讲述了自己"宝贵的体验"。但在我的战争记忆中,能说能讲的也就是那么一点事儿,除此之外则像那首诗歌所描写的——

　　去年,一无所有。

　　前年,一无所有。

　　大前年,同样亦一无所有。

多么荒谬而虚幻。我身边留下的,只有那么一双胶皮底袜子。

胶皮底袜子,竟无形中引出了离题太远的长篇废话。我穿着这双唯一的战争纪念品,每天去地里做农活儿,内心深处却潜藏着不安与焦躁。然而母亲确是日趋一日明显地衰弱下去。

蛇蛋。

火灾。

显然从那时起,母亲愈发像似一个病人了。相反,自己却渐渐变成了一个粗野、下作的女人。不知何故,总觉得是在不断吸吮母亲身上的精气,为此自己才会日益地强健起来。

闹火灾那会儿,母亲还开玩笑说柴火就是用来烧的。她矢口不提火灾之事。相反,却总在想方设法地安抚我。其实母亲内心受到的打击超过我十倍。那场火灾过后,母亲常在半夜里发出呻吟。刮大风的夜晚她会在深夜里装作上厕所,离开床铺在家里四处巡视。她面色苍白,有时走路都显得困难。她曾说过要帮我做点儿田里的农活儿,有一次竟不听劝阻提着大桶打了五六桶水来浇地。第二天便说肩膀酸痛得透不过气来,躺了一天不能起床。此后,她似乎对田里的农活儿死了心,偶尔也到田里来,只是默不作声定定地看着我干活儿。

"听说喜欢夏花的人,就会在夏天里死去,此话当真么?"

今天,母亲在观望我做农活儿的时候,冷不丁说了这么一句。我一言不发地给茄子浇水。啊,这么说来,已是初夏。

"我喜欢合欢花,可这庭院里一棵也没有。"

母亲又平静地说。

"不是有很多夹竹桃吗?"

我故意用粗鲁的语气唱对台戏。

"我不喜欢夹竹桃。我就喜欢夏天的花。夹竹桃给人一种轻佻的感觉。"

"我喜欢蔷薇。它四季开花。那么喜欢蔷薇的人,难道会在春、夏、秋、冬里死过四次么?"

两人笑了。

"不休息一会儿吗?"

母亲笑道。

"妈妈今天有点儿事情想跟你商量呢。"

"什么事情?我讨厌与死相关的话题。"

我跟随母亲走到紫藤架下,并排坐在长凳上。紫藤花已经凋落。午后柔和的阳光透过紫藤叶洒落在我们膝头,把我们的膝盖映成了绿色。

"这事儿早想跟你说,只想凑个两人心情都愉快的时候。所以一直等到了今天。反正不是什么好事儿。可我总觉得,今天才有力气坦率地讲述,希望你也耐心地听我讲完。其实,直治还活着呢。"

我顿时怔住了。

"和田舅舅五六天前曾有来信,说一个从前在他公司里工作的人,最近从南方回来顺便去看他,闲聊时说到居然与直治同在一个部队。直治平安无事,说是不久就该回来了。不过有个问题很麻烦。他说直治抽鸦片,毒瘾很大……"

"真烦人!"

我像是吃了黄连一般,嘴都扭歪了。直治高中时曾模仿一位小说家染上了毒瘾。他欠了药房一屁股债,让母亲花了两年工夫才还清。

"唉。他好像又开始吸毒了。据说有规定,戒了毒方可返乡。所以,应当是可以戒除的。舅舅信中还嘱咐说,即便戒毒成功,回来也不能马上出去工作,如今的东京仍处在混乱的状况中,正常人都有点儿神经兮兮,何况刚刚戒除毒瘾的病人呢,搞不好毒瘾犯了,谁知道会闹出什么事情啊。所以直治回来后,最好哪儿都别去,直接带来伊豆山庄先在此静养一段时间。除了这些,和子,舅舅还有一个嘱咐,他说我们的钱已所剩无几,存款已冻结,还要抽缴财产税,因此舅舅也很难再像以前那样给我们寄钱。直治回来后,妈妈、直治还有和子三个人都没有事做,倘生活费全靠舅舅筹措他肯定力不从心。所以舅舅说,应趁早给和子找个婆家,或者找个人家做佣工。"

"做佣工?当女用人吗?"

"不是,舅舅说的是,那个,驹场的……"

母亲说出了一家皇族的名称。

"舅舅说,那皇族与我们有亲缘关系,所以和子上他家,是兼做小姐的家庭教师,不会感觉拘束和孤单。"

"没有别的差事吗?"

"舅舅说,别的差事对和子恐怕不合适。"

"为什么?您说呀,为什么不合适?"

母亲惨兮兮地微微一笑,再没有一句答话。

"我讨厌那种活儿!别跟我说这些……"

我也意识到自己说了不该说的话,却已无法抑制。

"我穿这样的袜子,穿这样胶皮底的袜子……"

我一开口,眼泪便夺眶而出,终于忍不住哇地大哭起来。我仰着头,用手背擦拭眼泪。我心里清楚不能对母亲这样,这样不好。可语言却无意识一般地脱口而出,仿佛与自己的肉体全无关联。

"您不是说过吗?您不是说过,因为有和子在一起,才决意来伊豆的吗?您不是说没有和子就生不如死吗?所以,所以和子才哪儿都不去,一直待在妈妈身边的呀。穿着胶皮底袜子干活儿,也是一心想让妈妈吃到新鲜的蔬菜。可您一听说直治要回来,马上就把我当作了累赘,叫我去给什么皇族去当什么女用人。我太伤心了。您太过分了。"

的确,自己脱口而出的语言太过无情。但是那些语言却像一头怪物似的不受控制。

"穷困潦倒,没钱花,可以卖掉我们的衣服呀,也可以卖掉这里的房子呀。我干什么都可以,可以在村公所当办事员呐。村公所不用的话,我就去当打夯女工呀。我不怕穷。我一直在想,只要妈妈爱我,我就一辈子待在妈妈身边。看来妈妈还是喜欢直治。那我走,我走好啦。反正我和直治一向性格不合。三个人一起过,大家都会感觉不幸。我和妈妈已经一起生活了很长时间,没什么可留恋的了。今后,直治和妈妈母子俩过清净日子吧,让他来好好地孝敬您。我已经感觉厌倦。厌倦了以前的生活。我走,今天就走!我有地方去!"

我站起身来。

"和子!"

母亲声色俱厉地喊了一声,脸上充满从未有过的威严,她腾地站起身,正面对着我。我感觉,母亲的身段比我略高一点儿。

我心里想对妈妈说声"对不起",却又死活说不出口,反倒说了另样的话。

"你骗我,妈妈骗我。直治回来之前,你是在利用我。我是妈妈的女佣。现在不需要了,就把我打发到皇族那儿。"

我站在那里又哇的一声哭出声来,没完没了。

"你这个傻瓜。"

母亲低声说,她的声音因愤怒而颤抖着。

我抬起头,脱口又是一堆混账话。

"没错。我傻嘛。傻瓜才受骗。傻瓜才变成累赘。我滚蛋就好了,对不?穷困潦倒又怎么啦?金钱是个狗屁!我不懂那些。有生以来,我只相信爱,相信妈妈的爱。"

妈妈突然背转身去,她在哭泣。我想扑上前抱住母亲说声"对不起"。可做农活儿的双手弄得很脏。我看着妈妈的样子,有点儿担忧,却仍旧较劲儿一般地漠然说道:

"我滚蛋就好了,对不?我走。我有地方去!"

说罢小跑至浴室,呜咽哭泣。我洗了一把脸,洗了洗手脚,然后去房间换上了外套,又哇的一声大哭起来。真想尽情地放声痛哭。接着跑到二楼的西洋式房间扑倒在床上,用毛毯蒙住头放声痛哭。渐渐神情恍惚地想起一个人,多想同他见一面,听听他的声音!那思恋令人沉浸在特殊的情思中,仿佛足底有艾柱热灸却心甘情愿地忍受灼痛。

傍晚时分,母亲悄悄走进了二楼的西式房间,吧嗒开了电灯,随后走近床边,异常温存地唤道:

"和子!"

"嗯。"

我起身坐在床上,双手拢了拢散乱的头发。看见母亲面色和蔼,我扑哧地笑了。

母亲也微笑着坐在了窗前的沙发上。

"妈妈有生以来第一次违背了和田舅舅的意愿……刚才给舅舅写了回信,说孩子们的事情自己安排。和子,我们就卖些衣服吧。慢慢儿卖掉咱俩的衣物,就有钱过舒坦日子了。我也不想让你再干庄稼活儿。可以少买点儿贵的蔬菜嘛。每天干那些农活儿,真是太委屈和子了。"

的确,每天干农活儿是有点儿吃不消。刚才发癫一样地大哭大闹,也是因为身心俱疲,加上悲伤过度,心中充满了怨恨。

我低着头坐在床上,默不作声。

"和子。"

"嗳。"

"你说有地方去,去哪儿?"

我感到自己脸红到了脖子根。

"是细田先生那儿吗?"

我不回答。

母亲深深叹了一口气,问道:

"可以说说往事吗?"

"行嘛。"

我小声回答。

"你离开山木家回到西片町的娘家,妈妈不想责怪你,只说'和子辜负了妈妈的期望呐!'还记得吗?你听了就哭起来……妈妈错了,用了'辜负'那样难听的字眼……"

可母亲这一说,反倒让我心生感激地喜极而泣。

"当时说和子辜负了妈妈,并非说你离开山木家,而是因为山木告诉我,和子在与细田相恋。听他那一说,我真是感到无地自容。细田早就身为人夫,有太太有子女,那你们的恋情不是徒劳么？……"

"什么两人相恋，全是瞎说。山木疑神疑鬼。"

"真的么？你不会还在恋慕那个细田吧。你要去的地方是哪儿呢？"

"反正不是细田家。"

"是么？那是什么地方呢？"

"妈妈，最近我一直在想，人类与其他动物的根本区别是什么？语言、智慧、思考，还是社会秩序？所有这些，我知道是有程度上的差异，但其他动物并无例外呀。或许它们还有信仰呢。人类吹嘘自己是万物之灵，但与其他动物好像并无本质的区别。可是妈妈，我倒发现仅有一点是不同的。你知道么？有一样是其他生物绝无而人类仅有的。那就是，人类有隐私！您说是么？"

母亲的脸上微微泛红，笑颜美丽。

"是啊，和子的隐私要能开花结果就好啦。妈妈每天早上都在对着你爸爸祈祷，赐给和子幸福吧。"

我的脑海里浮现出秋天的原野景色。我跟父亲一起到那须平原郊游，途中下了车，野外盛开着芦荻、瞿麦、龙胆、女萝等秋季花草，野葡萄还是绿色的。

随之我和父亲乘汽艇游琶琵湖。我跳进湖里，水藻中的小鱼触着我的腿，湖底清晰地映现出我的双腿，一切都在蠕动着——这些情景并无任何前后关联，只是在我的脑海里浮现出来旋即又消失无踪。

我从床上滑下地，抱着母亲的双膝说：

"妈妈，刚才对不起。"

回想起来，那是我们母女幸福的回光返照。不久直治从南方归来,我们真正的地狱生活便开始了。

三

心里发慌,真有生不如死的感觉。这或许就是所谓的不安心情。痛苦的浪潮不断撞击我的心扉,仿佛骤雨过后的天空飘过了一朵一朵匆忙的白云。我的心脏时而紧张,时而松弛。时而脉搏间歇,时而呼吸稀薄。我的眼前朦胧黯淡,只觉得浑身的气力仿佛皆由指尖泄逝而去,连编织毛线的力气都没有了。

淫雨连绵。无论做什么都感觉厌倦。所以今天把藤椅搬到了客厅檐下,揣摩着把今春起了头的毛衣编织下去。毛线是浅牡丹色,色调暗淡,我想配上一些深蓝色毛线,织成一件毛线上衣。这些浅牡丹色毛线是从一条旧围巾上拆下的。二十年前上小学时,母亲给我织了那条围巾。围巾的一端当头巾,我戴上围巾一照镜子,像个小妖怪。它与其他同学的围巾颜色完全不同,我真是不想要它。一个富家子弟——出身于关西巨额纳税者家庭的同学,曾以老成的口吻称赞:"你这条围巾不错吔!"我听了反而愈加害臊。这条围巾以后就丢弃在一边,再也没用过。今年春天废物利用,我便想拆了它织成一件毛衣。可那暗淡的颜色死活不称心,结果织了一半又停下了。今日无所事事便又取出来,慢腾腾地续织下去。编织中我却无意间发现,浅牡丹色毛线与阴霾雨空竟融合到了一起,展现出无以言表的柔和色调。这一点我过去是不知道的。我从不知道还有这么重要的道理。服装必须照顾到与天空色调的融合。融合,简直优美绝伦。我有点儿感觉惊讶和茫然。

灰色雨空配上浅牡丹色毛线,双方竟会同时地显现生机!真是不可思议。我觉得手上的毛线忽然变得暖和起来,冷澈的雨空也像天鹅绒般具有了柔和之感。我想起莫奈的画作"雾中寺院"。仿佛通过毛线的颜色,我才第一次认识到了"配色"的含义。母亲特地为我挑选这样的毛线,她知道我在冬季的雪天里身着这样的浅牡丹色,会产生调和、美丽的感觉。可我却愚蠢地厌弃这种色调。母亲从不强制子女顺从父母的意愿,她尊重我们自己的选择。我最终体会到此等色调之美竟是在二十年以后。母亲长期以来并未对我做过任何解释,只是佯作不知地默默等待。我深深感受到母亲的慈爱,同时沉浸于无法抑制的恐惧与不安中,这样的好妈妈一直受到我和直治的折磨,我们给她出了各种各样的难题。她会被我们害死么?我心如乱麻。前途渺茫。头脑里充斥的,尽是些倒霉的烂事儿。我心惊胆战,感觉简直没了活路。我将毛线针置于膝头,手指尖酥软无力。我深深地叹了一口气,抬起头,闭上眼睛,情不自禁地喊了一声:

"妈妈!"

母亲倚着房间一隅的桌子读书,诧异地应道:

"嗳?"

我心慌意乱,提高嗓门说:

"蔷薇到底开花了。妈妈看到了吗?我才发现的。终于开花了。"

那是屋前廊下的蔷薇。这株蔷薇是和田舅舅很早以前从法国抑或英国带回来的。记不清到底是哪儿了,反正是遥远的他国。两三个月以前,舅舅将它移植到这边山庄的庭院。今天早晨,我真切看到那里开出了一朵小花。为了掩饰自己窘迫的心情,我却装作刚刚发现一般,十分夸张地大声说道。这朵紫绛色小花给人以肃然、孤傲和强韧的感觉。

"我知道了。"

母亲平静地说。

"你好像把它当作一件大事儿呢。"

"也许是吧。可怜么?"

"不,我只是说你的脾性如此。你曾在厨房的火柴盒上贴列那狐①插画,要不就制作洋娃娃绢人。你有这样的喜好。说起庭院里的蔷薇小花,就像是在说着一个有生命的人。"

"因为我没有孩子呀!"

我脱口说道。此话连自己也觉得意外。惊诧,赧颜,我只好不住地摆弄着膝上的毛线。

——你已经二十九岁了。

我仿佛清晰地听见一个男人的低音这样说道。这声音像是从电话里传出,令人赧颜。我羞耻得无地自容,脸上火辣辣地热。

母亲没有作声,继续读书。几天来母亲都戴着纱布口罩。或许因为这个缘故,她越发显得沉默寡言。戴口罩,那可是直治的主意。

约莫十天以前,直治脸色黝黑地由南方的岛屿回到故乡。

他回来事先也没有通知,突然就在夏天的傍晚时分从后门走进院里。

"嗨呀,真是糟糕透了。什么破家嘛?门口挂个招牌得了——'来来轩。出售烧卖!'"

---

① 法国民间故事中的角色。

197

这是直治见到我说的第一句话。

两三天前,母亲患舌疾卧病在床。她的舌尖外表上看并无异常,可她说舌头一动就疼痛不已,吃饭也只是喝点儿稀粥。

"请医生给您看看吧。"

我劝说道。

她却摇摇头苦笑着说:

"别让人笑话。"

我给她涂了卢戈耳氏溶液①,却没有一点儿用处。我忧心忡忡。

就在这时,直治回国了。

直治在母亲枕边坐下说道:"我回来啦。"

他随之站起身,在狭小的房间里东张西望。我一直跟在他的身后。

"怎么样?妈妈变了吗?"

"变了,变了。瘦多了。不如早点儿死了的好。妈妈这样的人,在如今这个世道是无法生存的。可怜呐。简直惨不忍睹!"

"我呢?"

"下作。像有三两个男人似的。有酒吗?今晚得喝个痛快!"

我去了村里唯一的客栈,求老板娘阿咲说,弟弟回来了,分一点酒给我吧。

阿咲回答说,不巧,酒已售罄。我回来告诉直治,他的脸

---

① 碘酊溶液。

色陡然一变,活像个陌生人似的说:

"哼,屁事儿干不了。"

他问了客栈的位置,趿拉着院里的木屐跑了出去。

出去之后,大半晌儿不见回家。

我做了直治喜欢吃的烤苹果和鸡蛋料理,在餐厅里换上明亮的灯泡。等了很久,阿咲忽然由厨房后门走进来说:

"嗳,嗳,怎么办呢?他在喝烧酒呢……"

阿咲把平时那对圆滚滚的鲤鱼眼睁得生大,仿佛发生了重大事件似的压低声音说。

"什么烧酒,甲醇吗?"

"不,不是甲醇……"

"不会喝出毛病来吧?"

"那倒不会,可是……"

"那就让他喝吧。"

阿咲像咽唾液一样点了点头,便回去了。

我来到母亲跟前说:

"说是他在阿咲那里喝酒呢。"

母亲听了撇嘴笑笑说:

"哦,谁知他是不是戒了鸦片。你先吃饭吧。今儿晚上,咱仨都睡在这个房间里吧。直治的被褥放在当中。"

我真想哭。

夜深了,直治的脚步声好大动静。我们三人睡在卧室的同一顶蚊帐里。

"跟妈妈讲点儿南方的故事吧?"

我躺着说。

"讲什么?没什么好讲的。全都忘了。回到日本,上了火车,透过车窗看到水田美不胜收。就这些。关灯吧。这样怎么睡得着?"

我关了电灯。夏夜的月光像洪水一样流泻到蚊帐中。

次日早晨,直治趴在睡铺上一边吸烟一边远眺大海。

"舌头痛,是吗?"

他仿佛这才发现母亲身体不适。

母亲只是微微一笑。

"她是心理作用,没准儿晚上睡觉张着嘴。自己不注意。戴个口罩呗。用利凡诺尔液浸一浸纱布,放在口罩里。"

我听了不由得失笑出声。

"这叫什么疗法?"

"美学疗法呀。"

"可妈妈一定不喜欢戴口罩。"

何止是口罩,母亲最讨厌脸上戴什么眼带啦眼镜之类。

"妈妈,您戴口罩吗?"

我叮问道。

"戴啊。"

母亲声音很低却正儿八经。我好吃惊。看来直治说什么妈妈都信。

早饭后,我照直治方才所言,把纱布在利凡诺尔液里浸过,做成口罩送到母亲跟前。母亲一声不响地接过去,就那么躺着,顺从地将口罩挂在自己的两只耳朵上。那样子活像个小女孩儿,我看着一阵悲哀的感觉。

正午过后,直治说去会见东京的朋友和文学老师,他换上西装,跟母亲要了两千元便去了东京。结果一去十来天都没有回来。母亲每天戴着口罩等他。

"利凡诺尔液真是好药吧。戴上这口罩,舌头真不疼啦。"

母亲笑道。可我总觉得母亲在说谎。嘴上说是不打紧,也已下了病床,可她仍旧没有胃口的样子,话也不多。我十分担心。直治去东京干什么呢?准是又同那位小说家上原一起在东京的街头四处游荡,没准儿又被卷入了疯狂的旋涡。我越想越觉得痛苦,越想越感觉难受,这才突然跟母亲扯起了蔷薇之类的话题,还脱口说了"自己没有孩子"。这种话连自己也感觉意外。情况真的越来越糟。

想到这里我"啊"的一声站起身来,可毕竟没地方可去,身子都不知往哪里搁是好,我顺着楼梯摇摇晃晃上了二楼,走进了那间西式房间。

这个房间是预备留给直治住的。四五天前即和母亲商量,请坡下农夫中井先生帮忙,把直治的衣橱、书桌、书柜和五六个装满书籍、笔记本的书箱——总之把从前西片町家中直治房间里的所有东西统统搬到了这里。等直治从东京回来再放到他喜欢的地方。在他回来之前,我想,就先这么随便放置着吧。屋子里满是物品,连落脚的地方都没有。我下意识地从脚边的木箱里,捡起直治的一个笔记本,封面上写着:

葫芦花日志

里边密密麻麻不知写了些什么。

没准儿,那是直治麻药中毒时痛苦不堪的记录。

我要被活活地烧死。痛苦不堪。完全喊不出声来。亘古未有。人类世界史无前例。我的感觉是真切的,那便是无底的地狱。

思想？假的。主义？假的。理想？假的。秩序？假的。诚实？真理？纯洁？统统是假的。传闻牛岛的紫藤有千年树龄,熊野的紫藤也活了数百年,牛岛紫藤最长的花穗竟达九尺,熊野的花穗则有五尺余。单论花穗已令人心旌摇荡。

那也是人之子。生机盎然。

逻辑,说到底是逻辑之爱而不是活着的人类之爱。

金钱和女人。逻辑羞怯地溜之大吉。

浮士德博士勇敢地实证说,一个处女的微笑远比历史、哲学、教育、宗教、法律、政治、经济、社会之类学问更要尊贵。

学问是虚荣的别名,是人类企图超越人类自身的努力。

我敢对歌德发誓,我可以写得笔下生花。我的小说通篇严谨,诙谐适度,饱含着打动读者的悲哀,令人肃然起敬。我的小说完美无缺,朗朗上口,宛若银幕上的解说词。不好意思,我不知自己能否写得出来。这种杰作意识本来就是吝啬的。读小说竟至正襟危坐。本来却是狂人之所为。那样的话,不如穿上和服礼装吧。好作品绝无装模作样的感觉。我喜欢看朋友由衷快乐的笑脸,才故意将一篇小说写得那般拙劣,仿佛摔了个屁股蹲儿搔着头逃之夭夭。哦,瞧朋友当时那副高兴的样子!

文章不行,人不行,此等风情下,还吹什么玩具喇叭,真是日本第一的大傻瓜。你还算不错啦。祝你健康! ——这样的爱情,究竟是怎么回事儿?

朋友,别得意。遗憾的是那家伙一身坏毛病,他不懂别人的爱。

有没有完美无缺的人呢?

了无情趣。

有钱多好。

不然的话,

就在睡梦中自然地死去吧!

药房负债近千元。今天悄悄将当铺掌柜的带到家里让进我房间,我问这屋里有没有值钱的可当之物,有的话就拿去,急需用钱。掌柜的不屑一顾地说:

"算了吧,又不是你的家具。"

"那好,就把我用零钱买来的东西拿走吧。"

我大言不惭,把一些破烂搜罗在一起,却无一件可当的值钱物品。

最值钱的就是那只石膏手像了。那是维纳斯的右手——大丽花般的手臂。一只雪白的手孤零零摆放在一个垫座上。仔细端详手的姿态便可联想到维纳斯全裸的胴体被男人窥见而受到惊吓时的含羞旋风,裸身惨不忍睹地变成了浅红色,发烧的胴体痉挛扭曲,纯白、纤弱的右手指尖却并无指纹,手心上面亦无掌纹。但它毕竟真切地表现了维纳斯令人窒息的裸身羞赧,那种表情是令人心痛、心生怜悯的。然而它归根到底只是一件没有实用价值的破烂儿,掌柜的估价五毛钱。

此外尚有巴黎近郊的大地图、直径近一尺的赛璐珞陀螺、写字细如丝的特制笔尖等——买的时候皆为意外收获。可那掌柜的却笑道:"告辞啦。"

"等等!"我拦住了他。最后,好歹让掌柜的背走了一大摞书,售得五元钱。我书架上的书多为廉价文库本或旧书店淘来的旧书,自然无法卖出好价钱。

想还千元债务却仅获五元钱。不是说笑,我在世上大概也就有这点儿能耐。

颓废?可是不这样如何活下去?为这点事儿横加指责,莫如当面对我说,"死去吧你!"这样骂岂不更是痛快。但是很少有人会说,"你去死吧!"多数人都是吝啬而谨小慎微的伪君子。

正义?所谓阶级斗争的本质并不在这儿。人道?别开玩笑了。我知道,为了自己的幸福须要打倒对手,杀死对手。倘非宣告"去死吧你",该说什么呢?可别蒙我。

然而,我们的阶级中没几个像样的人,尽是白痴、幽灵、守财奴、疯狗、吹牛专家、巧言令色者和云端里撒尿的人。

"死去吧你!"这句话都显得有点儿多余。

战争。日本的战争是自暴自弃。

卷入这种自暴自弃,去死,我可不干。还不如一个人去死。

人要说谎,必定假装正经。你瞧近来大人物那副一本正经的模样。哼!

我情愿交往与世无争的朋友。
可那样的好人却不跟我玩儿。

我伪装早熟,人们就传说我早熟。我伪装懒惰,人们就传说我懒汉。我伪装写不出小说,人们就传说我不懂创作。我伪装说谎,人们就传说我是骗子。我伪装有钱,人们就传说我是富翁。我伪装冷淡,人们就传说我是冷漠的人。然而当我真的痛苦不堪发出呻吟时,人们却说我假装痛苦。

永远不对路。

到头来,难道除了自杀别无选择?

我痛苦不堪,难道只有自杀么?念及于此,我不禁放声大哭。

春天的早晨,朝阳照耀在两三朵花蕾初绽的梅枝上。据说有个海德尔堡的年轻学生悬绳自尽了。

"妈妈,你骂我吧!"
"怎样骂呢?"
"胆小鬼!软骨头!"
"是么?胆小鬼!……这样行么?"
妈妈慈爱无比。我想起妈妈就想哭。为了向妈妈表示歉意,我也应该去死。

请原谅我,再原谅我最后一次吧。

凄寂雏鹤盲,
　　无明岁月渐成长。
　　　（元旦试作）

吗啡　阿特罗莫尔　纳尔科蓬　盼得本　巴比纳尔　班奥宾　阿托品

何为自尊心？自尊心是什么呢？
一个人，不，一个男人，能在生命的旅途中抛下贵族（"我很优秀"或"我有很多优点"）意识么？
我讨厌他人，他人也讨厌我。
智慧的较量。

严肃=愚蠢的感觉

总之，人活着必定会骗人。

一封借钱的信。
　　回信吧。
　　请给我回信。
　　当然,希望送来好消息。
　　我料定将蒙受诸般耻辱,独自呻吟。
　　这不是演戏。绝对不是。
　　拜托！

我耻辱得要死。

绝非夸张。

我天天等候着回音,昼夜瑟瑟发抖。

别让我摔个嘴啃泥。

墙边传来窃笑声。深夜,床上的辗转反侧。

别让我这样受辱。

姐姐!

读到这里,我合上那本《葫芦花日志》放回木箱,然后朝窗口走去。我把窗户全部打开,俯视着白茫茫烟雨中的庭园,回想起一段往事。

那是六年以前的往事。直治的麻药中毒是我离婚的原因。不对,也不能那么说,即使没有直治的麻药中毒,我也会因其他的原因而离婚,我想那便是我的宿命。直治无法偿还药房的付款时,曾死乞白赖地一再跟我要钱。那时我才嫁给山木不久,用钱并不那么自由。再说,私下用婆家的钱去接济娘家弟弟也是很不地道的事情。于是我同娘家陪嫁过来的奶妈阿关商量,把自己的手镯、项链和衣物变卖了。弟弟给我写信只说"要钱"。他信上还说:"自己感觉十分痛苦,羞愧难当,无颜与姐姐相见甚至没脸挂电话。最好,让阿关把钱送至小说家上原二郎先生家。姐姐或许知道他的名字。他就住在京桥×街×号的茅野公寓。上原先生名声不佳,社会上认为他的德行不好。其实绝非如此。可将钱放心地送交上原先生家。上原先生收到即会电话通知我。请一定照我说的办。我这次中毒只是不想让妈妈知道。我想在妈妈尚未发现前,想尽办法戒掉毒瘾。拿到姐姐的钱我会马上还清药房的欠债,然后去盐原①的别墅养病,等恢复健康再回来。这是真的。药房的欠债还清后,我决心不再使用麻药了。我对神起誓。相信我。别告诉妈妈。就让阿关将钱交给茅野公寓的上原先生。求你了。"他的来信便是如上内容。我便按照他说的,让阿关悄悄把钱送到了上原先生的公寓。但弟弟信上的誓言全是谎言,他并没有去盐原别墅,药物中毒却益发严重。他要钱时的信文总是表现得痛苦异常,近乎哀鸣,他一再起誓要戒除毒品,那副凄惨、哀切的模样实是令人不忍。就这样,尽管并不相信他是说真话,却仍旧身不由己地让阿关卖了别针之类的物什,并把钱送到上原先生的公寓。

"上原先生是个什么样的人呢?"

"矮个儿,面色难看,板着个死脸不和气。"

阿关回答说。

"不过他很少住在公寓里。大都只有太太同一个六七岁的女孩儿在家。太太不怎么漂亮,但是人和气,很有修养的样子。把钱交给那位太太倒是可以放心的。"

当时的我同现在无法相比。简直判若两人。自己曾是一个懵懵懂懂、过着悠闲日子的傻瓜。但弟弟这样没完没了地要钱,数额越来越大,还是让自己非常地担心。有一天看能乐②回来,在银座便让小汽车先自返回,自己步行造访了京桥的茅野公寓。

上原先生独自一人在屋里看报。他初次就给我一种古怪的印象——身穿条纹夹衣和藏青地碎白花纹外褂,看不出是

---

① 地名,是个温泉疗养地,位于枥木县北部盐谷郡。
② 日本古典艺能之一种,由猿乐发展而来的独特歌舞剧,又称猿乐、田乐。

个老年人还是年轻人,就像一只从未见过的怪兽。

"我老婆和孩子一起去领配给物……"

上原略带鼻音,断断续续地说话。看起来,他把我当作了老婆的朋友。当我说自己是直治的姐姐时,上原先生"哼"了一声笑笑。不知怎的,我心里感到有点儿害怕。

"到外边去吧。"

说着他已披上了和服外褂,又从木屐箱里取出一双新木屐,穿上便径自走上了公寓的过廊。

外面已是初冬黄昏。凛冽寒风仿佛是来自隅田川上的河风。上原先生逆风而行,右肩稍稍耸起,默不作声地往筑地方向走去。我一溜小跑紧跟其后。

两人走进东京剧场后面大楼的地下室。二十铺席大小的细长房间里,四五组顾客围坐在桌子两边闷闷地喝酒。

上原先生用玻璃杯喝酒。他给我也要了一个杯子,为我斟上酒。我喝了两杯没一点儿反应。

上原先生又喝酒又吸烟却始终不说话。我有生以来,还是第一次来到这种地方。当然十分镇静,心情也不错。

"喝点儿酒就好啦,可是……"

"啊?"

"不,我是说你弟弟。他改为喝酒就好了。过去我也吸过毒,人们总觉得麻药中毒是很可怕的,其实与喝酒有什么两样?人们对于喝酒,却出乎意料地包容宽容。把你弟弟变成一个喝酒的人吧。如何?"

"我看到过一个酒鬼。新年出门,我家司机的一个熟人像妖怪一样满面通红,躺在司机旁边的座位上呼呼大睡。我吓得大叫起来。司机说,一个酒鬼罢了。真没办法。司机把他从汽车上拽下来扛在肩上,不知带到什么地方去了。他像没有骨头似的耷拉着身子,嘴里还不停地嘟囔着。我还是第一次看到酒鬼,不过,还真蛮有趣。"

"我也是个酒鬼。"

"是么?但总不一样吧?"

"你也是酒鬼呢。"

"没有的事儿。酒鬼我见过,完全不一样。"

上原先生这才快活地笑了笑说:

"那么,你弟弟或许无法变成酒鬼。最好让他变成一个酒鬼。回去吧。太晚了,你会不方便吧?"

"没,不要紧的?"

"说实话,倒是我感觉拘束得受不了。大姐,算账吧!"

"贵吗?钱不多的话,我有……"

"好呀,那就由你来付账吧。"

"我不知道够不够。"

我看了看手提包,告诉上原先生有多少钱。

"有这么多钱,可以再喝两三家呀——开玩笑呢。"

上原先生皱紧眉头这么说,说完笑了。

"您还要上什么地方喝酒吗?"

我问。上原先生认真地摇摇头。

"不,喝不少了。我给你叫出租车,回去吧。"

我们沿着地下室昏暗的楼梯上去。走在前面的上原先生,在楼梯半腰突然转过身亲吻了我。我紧闭着嘴唇让他吻。

我并不喜欢上原,但是打那之后,我便有了这档子"秘密"。上原先生咯噔咯噔地奔上楼梯。我揣着一种奇异的清澈心情慢慢地走上楼梯。外面的河风吹拂着脸庞舒服至极。

上原先生找来了出租车,我们默不作声地分了手。

我随着汽车摇摆,内心突然感觉这世界竟变得大海一样宽广。

"我有情人呢。"

某日,我受到丈夫的申斥,孤单凄凉,曾无意间说了这么一句。

"我知道,是细田吧? 你还是没死心呐?"

我默不作声。

每当我们夫妻间发生不愉快,这个问题都会提出来。我认定,那段婚姻已是无法挽回。就像衣服料子剪裁错了一样。剪裁错了的料子是无法缝合的,只好彻底地放弃,重新剪裁别的新料子。

"难道肚子里的孩子是……"

一天夜里,丈夫竟然这样说我。我感觉十分恐惧,浑身瑟瑟颤抖。现在想来,我和丈夫当时都年轻,并不懂得恋与爱的区别。细田先生的绘画迷住了我,我对谁都那么说,"啊,若是能做细田先生的太太,日常里生活该有多美啊。若是自己的丈夫缺了此等风雅,结婚还有什么意义?"这一来我被大家误会了。可我不予理会,不懂恋爱却仍旧满不在乎地公然说:"我就是喜欢细田先生。"这一下可发生了大大的麻烦,丈夫开始时刻怀疑我腹中怀着的胎儿。我们都没有公开说过要离婚,但不知不觉间周围的人们都开始冷眼相对,我同山木间真的发生了重大的问题。后来,我与阿关一起回到了娘家的母亲这儿,却生下死胎接着又卧床大病一场。

直治似乎也觉得,他对我的离婚要负某种责任。他时常说:"我死好啦。"说罢他哇哇大哭,仿佛脸都哭烂了。我问弟弟药房的欠债究竟有多少。金额确实大到吓人。后来知道，那个数目也是假的，弟弟不敢说出实际的数额。后来判明的实际总额，比弟弟当时告诉我的近乎多出三倍。

"我和上原先生见过面了，他是个好人。今后，你就同上原先生一起喝酒玩吧。好么？酒也不便宜，不过酒钱我可以随时给你。欠药房的钱也不用担心。总可以解决的。"

我和上原先生见过面，还说他是好人，弟弟听了似乎很高兴。那天晚上，弟弟一把接过我给的钱，马上找上原先生玩去了。

中毒或许是一种精神上的疾病。我称赞上原先生，跟弟弟借来上原先生的著作看，还说他是个了不起的人。弟弟听了这些话却说，姐姐怎么会理解那样的人呢？不过他还是显得十分高兴，随即又推荐上原其他的著作给我看，由此开始我才认真阅读了上原的小说，两人谈论的话题也总是离不开上原。每天晚上弟弟都堂而皇之地去找上原玩儿。看来他果真如上原先生计划的那样，注意力渐渐转移到了饮酒方面。药房的债务问题，我私下里与母亲商量过。母亲一只手捂住脸半晌儿一动不动。之后抬起头凄凉地笑着说："发愁也没有用呐。不知能不能缓上几年。我们每个月少许还上一点儿吧。"

这些都是六年以前的事情了。

葫芦花。唉，弟弟也会感觉痛苦吧。死路。该做什么？如何去做？他现在也无法弄明白。他只是拼命喝酒，借酒浇愁。

索性横下心来，做个彻头彻尾的坏人又怎样？或许那样子，弟弟反倒感觉轻松一些？

可那个笔记本里还记述着另外一个问题——那种品行不端的人存在么？其实我觉得，自己便是品行不端的人，舅舅也是品行不端的人，就连母亲也是品行不端的人。所谓品行不端，莫非便是优柔寡断的人？

四

写信？还是不写信？我犹豫了许久。今晨想起了耶稣的一句话：要驯良似鸽子，灵巧似蛇。我奇妙地精神一振，决定写信给您。我是直治的姐姐。或许您已忘却。请您回忆一下吧。

直治近来给您添了诸多麻烦，非常抱歉。（其实，直治的问题该由直治自己来解决，我多嘴多舌地道歉并无意义。）今天不是为直治，而是为了自己有事相求。听直治说，您京桥的公寓罹灾后，就搬到了现在的住所。早想去偏远的东京郊外府上拜访，但母亲近日时有小恙，实是无法丢下母亲去东京，所以决定写信予您。

有一件事儿与您商量。

在过去的"女大学生"看来，我提出的问题或许很奸狡也很肮脏，甚至像似一种恶劣的犯罪。但是我……不对……是我们，照此以往实难苟活，因此我想将我的想法毫无掩饰地告诉弟弟直治在这世上最为尊敬的人，恳请他的指教。

我已不堪忍受现在的生活。不是喜欢不喜欢，而是照此以往，我们母子三人便无法生存下去。

昨日我也不大好受，身体有点儿发烧且胸闷气短，真不知如何是好。中午稍过,坡下农家的姑娘冒雨扛来了大米。我便按照约定将衣物递给了她。姑娘在餐厅面对着我坐下喝茶,同时用十分现实的语气说:

"您靠变卖东西,还能维持多久啊?"

"一年半载吧。"

我回答说,且用右手遮住半边脸说道:

"我倦了。有点儿顶不住了。"

"您这是累了。可能是一种嗜睡的神经衰弱。"

"是么?"

我差点儿流下眼泪。心中忽然浮现出现实主义和浪漫主义两个词语。对我来说,现实主义是不存在的。这样能否活下去呢?念及于此,周身不寒而栗。母亲算不得一个健康的人,时卧时起;弟弟呢,您也知道,是个精神上的重疾患者,在家里时,他每天要到附近那家兼为旅馆的料理店喝烧酒,最近则三天两头带上我们卖衣物的钱去东京。我感到痛苦的倒还不仅是这些。我十分痛切地预感到,恰如芭蕉叶未落腐烂一样,自己的生命也在那种日常生活中自然地趋于腐败。这使我感到害怕,无法忍受。因此,即使违背"女大学生"的处世原则,我也要摆脱现在的生活,所以与您商量。

现在,我想明确告知母亲和弟弟,我早就爱上了一个人,将来则准备做他的情人。这个人照说您也认识。他名字的大写字母是M·C。以前,每当我感觉痛苦时就想飞到M·C身边,那种思念令人痛不欲生。

M·C和您一样也有太太和孩子,似乎还有比我更漂亮更年轻的女友。但我觉得除了去M·C身边已别无活路。我没有见过 M·C 的夫人,听说她待人和善是个好人。一想到那位夫人,我就觉得自己是个可怕的女人。然而我又觉得,我现在的生活比那桩情事更加可怕,我无法舍弃我的 M·C。我希望驯良似鸽、灵巧似蛇地实现我的恋情。但妈妈、弟弟和世上所有的人,肯定没人会赞同。那么您呢?总之,我除了独自思考独自行动外已无路可走。念及于此,我的眼泪不住地流淌。这是我有生以来首次遭遇的麻烦事儿。难道绝无可能获得周围众人的祝福并实现梦想?我费尽心思苦思冥想,仿佛在思考、解答一道异常复杂的因数分解代数题。忽然间,我感觉会有一个线头可将乱线顺利地理清并解开,我又变得快活了起来。

但是尤为重要的是,我在 M·C 的眼中是何地位呢?想到这一点,我又垂头丧气了。说起来,我是自送上门的……怎么说好呢?不能说是送上门的妻子,能说是送上门的情人吗?实质上就是这么一回事儿。因此,只要 M·C 说,他实在不情愿,一切就玩完了。所以我想拜托您,帮我问问他行么?六年前的一天,我心中出现过一道淡淡的彩虹,管它是恋还是爱,总之伴随着岁月的流逝,那彩虹变得更加色彩艳丽,我时时刻刻都在惦记着它。骤雨过后晴朗天空中的彩虹转瞬即将梦幻般地消失。但人心之中的彩虹,却仿佛不会消逝。请您帮我问问那个人,他究竟是怎样看待我的?他是否也将我看做雨后的彩虹?而且是早已消失的彩虹?

如果那样,我也只好将我的彩虹抹去。然而我的生命尚存,如何才能抹去我心中的彩虹呢?

盼望您的回信。

　　　　　致　上原二郎先生(我的契诃夫。My Chekhov. M·C)

近来,我渐渐地胖了起来。与其说渐渐变成一个动物般的女人,莫如说更像一个人。这个夏天,我只读了一本劳伦斯的小说。

您未曾回信,所以再次写信给您。那封信充满了蛇一般的奸狡计谋,想必您已一一识破。的确,那封信的每一行都暗藏诡谲。总之您或许认为,我写信的目的是想求您接济我的生活,我的意图只是想要钱吧。这一点我并不想否认。但仅仅为了找个资助者,对不起,那我没必要特地选择您。愿意照料我的有钱的老人有的是。事实上,不久前我的确经历过一次奇妙的相亲。对方的名字说不定您也知晓。他是个六十多岁的单身老头儿,据说还是个什么艺术院会员。这位大师级人物为了要我,竟亲自造访了我们山庄。他就住在西片町我家的老宅附近。过去我们和他属于同一"邻组"①,不时也会见上面。记得秋天里的一个黄昏,我和母亲坐汽车途经那位大师家门前,看见他独自一人呆呆地伫立在家门口,母亲透过汽车窗口向他微微地点头致意,只见大师那副总是板着的、黝黑的面孔顿时变得红似霜叶。

"坠入情网了?"

---

①　"邻组"是第二次世界大战期间日本类似我国解放前保甲制度的组织。

我打趣说。

"妈妈,他喜欢您呢。"

母亲很镇静,仿佛自言自语地说:

"不,他是一个了不起的人。"

尊敬艺术家是我家的家风。

听说那位艺术家的夫人早已过世,他通过和田舅舅的一个朋友——同为谣曲票友的皇族致信妈妈,妈妈则让我给大师直接回了信,怎样想就怎样说。我的回信却十分轻率,表明自己并不想深入考虑也不想结婚。

"这样回掉他行么?"

"当然……我也觉得不大合适。"

当时,大师住在轻井泽的别墅,我便将拒绝信寄到了别墅。可大师没有收到信,第二天突然来到了我们山庄,说是去伊豆温泉公干的途中顺路过来探望。我回信的事他竟全然不知。看来,此等艺术家不管多大年龄,做事儿都像小孩子那般任性依旧。

母亲身体不适,让我在中式客厅里请大师饮茶。我说:

"那封辞谢信应该寄到轻井泽了。我是认真考虑的。"

"是么?"

艺术家慌张地说。他揩了揩汗珠,接着又说:

"可是,这桩事情您再好好考虑一下好么?我能使您……怎么说好呢?这样说吧,或许,我无法给您精神上的幸福,却可使您获得物质上的最大幸福。我可以明确地肯定这一点。嗨,坦率地说就是这么回事儿。"

"您说的那种幸福我不大理解。请允许我冒昧地说,契诃夫在给他妻子的信中不是写过吗?'请生一个孩子,生一个我们的孩子吧!'尼采的随笔中也有这样的说法,'一个想让她生孩子的女人'。我希望有个孩子。什么幸福,那种玩意儿随它去吧。我也想有钱。不过只要有一点儿钱能够抚养孩子,就足够了。"

"您真是个与众不同的人,总说心里话。与您这样的人在一起,我的创作或许也会出现新的灵感呢。"

艺术家怪异地笑了笑,说话也与年龄不称,有点儿装模作样的感觉。我想自己若是真有力量使一个伟大的艺术家创作上返老还童,毕竟也体现了自己的生命价值。然而,我无论如何也不能想象自己被那个艺术家拥抱的姿态。

"难道说,没爱也行么?"

我微微一笑问道。艺术家一本正经地回答说:

"女人用不着。女人糊涂点儿好。"

"可像我这样的女人,没有爱是无法考虑结婚的。我已经是个大人,明年就三十岁了。"

话一出口,我差点儿捂上自己的嘴巴。

三十岁。我忽然想起从前读过的法国小说中的一种说法,女人二十九岁前还残留着少女气息,而到了三十岁,女人体征上的少女气息便荡然无存。我的心中不禁生出一股无法忍受的寂寥感。朝窗外一看,映现着正午阳光的大海像玻璃碎片般闪耀炫目。读那本小说的时候,我只是觉得言之有理。现在想起来,还真留恋当时的那个年代。想到一个女人的生活三十岁即告终结,当时心中并无多少沉重之感。我身上的手镯、项链、华丽衣裳和腰带将一一消失，随之体征上的少女气息也在无形中渐渐失去。我将变成一个贫穷的中年妇女。唉，多讨厌！可中年妇女的生活也还是女人的生活呀。我最近才对此有了认识。记得十九岁时，一位英国女教师回国时曾对我说：

"你不可恋爱。你的恋爱将带来不幸。想恋爱，也要等长大成人之后。三十岁以后为好。"

可那时的我，听了这样的话却莫名其妙。因为当时的我根本无法想象三十岁以后的事情。

"听说你们要把这座别墅卖掉……"

大师的脸上忽然泛出不怀好意的表情。

我笑了一笑。

"请原谅我的失礼。我想起了《樱桃园》①。是您想买么？"

艺术家毕竟是敏感的，听出了我的意思，生气了似的扭歪着嘴沉默下来。

事实上，确曾有个皇族喜欢这里，提出以五十万新日币购下这所房子，后则没了音讯。艺术家或也有所耳闻。他显然无法忍受我等将之看做《樱桃园》里罗巴辛，顿时霜打了似的情绪低落，闲聊了一会儿便离去了。

我现在求您，与罗巴辛毫不相干。这一点可以确定。我只是请您接受一个主动上门的中年女人。

---

① 《樱桃园》是契诃夫的著名剧本，写一家破落地主把祖传领地卖给新兴暴发户罗巴辛。

初次与您见面,已是六年前的往事。那时对于您的为人我一无所知,只知道您是我弟弟的老师,而且是个声名不佳的老师。后来一起拿着玻璃杯喝酒,您还来了点儿小小的恶作剧。我并不在意。真奇怪,反倒觉得身心轻松了许多。当时的感觉是麻木的,没觉得喜欢也没觉得讨厌。这以后为了讨弟弟欢心,我就跟他借阅您的著作。有的好看,有的却平淡乏味。我不是个够格的热心读者。可在这六年的不知不觉当中,您却像晨雾一样沁入了我的心田。那天晚上,我俩在地下室楼梯上的样子,突然活生生清晰地映现于脑海,只觉得那是决定我命运的重大事件。我好想你。莫非这就是爱情?想到这里,我的心中充满了不安和孤寂,独自抽噎着哭了起来。您和其他的男人全然不同。我并非像《海鸥》①里的妮娜一样爱上作家。我憧憬小说家。但将我看作文学少女却是大大的错误。我只想为您生个孩子。

假如在那之前您是独身一人,我也没有嫁给山本,我们相遇而后结婚,也许我便不会体验现在这样的痛苦。可我认命。我知道与您是不可能结婚的。赶走您的夫人?那像是无耻的暴力行为。我讨厌那个角色。我甘愿做您的小妾(实在讨厌这个字眼。可叫作情人又有何区别?说俗了不就是小妾么?所以,明人不做暗事)。不过世上一般的小老婆,生活都是难上加难。人们说,小老婆一到无用的时候唯有被遗弃。男人都一个德行,到六十岁都将回到正妻身边。我也听西片町的老仆和奶妈说

---

① 《海鸥》是契诃夫的著名剧本。

过:"不管怎样,小老婆可是当不得!"不过那只是世上一般小老婆的命运。我觉得我们的情况不一样。对您来说,最要紧的还是您的事业。如果您喜欢我,两个人相亲相爱,对您的事业也是有好处的吧?这样一来,您夫人也会认可我们。这道理好像有点儿牵强,可我觉得,我的想法也没什么不对。

关键只在您的回音。喜欢我?讨厌我?还是模棱两可?我很害怕听到您的回音,可又不能不问个明白。上次信中我写道:我是一个送上门的情人。这封信里我又写道:自己是个送上门的中年女人。可是,现在仔细一想,没您的回音,我送上门去也是白搭。只能一个人傻呆呆地兀自憔悴且凋零。所以,必须等到您的一句回话!

我还忽然想到,小说里您写了许多大胆、冒险的恋情故事,世上便风传您是一个十恶不赦的无赖。现实中的您是循规蹈矩的吧?我不懂得什么常识。我觉得做自己喜欢的事情才是正常的健康生活。我愿意为您生一个孩子,但绝不想为其他任何人生孩子。因此我才跟您商量。如果您理解的话,就请给我回信。将您的想法、心情明确地告诉我。

雨停了。刮起风来。现在是午后三点。我想出门领取配给的一级酒(六合)。我将两只朗姆酒瓶放入提袋,将信塞入胸兜,走了十几分钟,便来到坡下的村子里。这酒不给弟弟喝,和子要自己喝。每天晚上用玻璃杯喝上一杯。真正会喝酒的,看来还是得用玻璃杯。对不?

您不想来这儿喝一杯么?

M·C先生

今天又下雨了。雾一般的蒙蒙细雨。我每天足不出户地等您回音,可至今仍是杳无音讯。您究竟在想什么呢?是不是上一封信提到那位艺术大师,惹得您反感?您或许以为,"故意写了那桩亲事,是想煽起我的竞争心哩。"可那门亲事早就结束了呀。刚才还和母亲提起那桩事儿,两人都笑了。母亲最近总说舌尖疼,直治劝她做美学疗法,试过之后倒是不疼了,精神也略有好转。

刚才站在檐下过廊,眼望一阵风卷着蒙蒙细雨,便揣度您的心情。

母亲在餐厅那边唤道:

"牛奶煮好了,过来吧。"

她说:"天气冷,温得烫了一些。"

我们在餐厅饮用冒气的热牛奶,同时聊起此前的那位大师。

"大师和我太不般配,对不?"

"是不般配。"

母亲随口答道。

"我太任性。倒也不是讨厌艺术家。再说了,老头儿像是挣好多钱吧。和那样的有钱人结婚倒也蛮好呢。可我还是不愿意。"

母亲一笑。

"和子是个坏孩子。既然不愿意,干吗还高高兴兴跟他聊了大半天?真摸不透你的心思。"

"啊,那有什么?很好玩嘛。我还想跟他多谈些时日呢。不够检点么?"

"那倒不是,就是太黏糊了。和子太黏糊。"

今天母亲的精神非常好。

母亲看了看我昨天初次扎的高髻发型说:

"头发少的人梳高髻比较合适。你这高髻太靓丽,都想给你戴上一顶小金冠呢。失败。"

"那和子真是失望。妈妈不是说过吗?说我的脖颈洁白美丽,梳头时最好别把脖子遮住。"

"你怎么就只记住这些?"

"受人称赞哪怕是一件小事儿也会终生不忘。记住它使人高兴啊。"

"上次那个人,莫非也称赞过你?"

"是啊,要不咋就那么黏糊呢?他说跟我在一起就会有灵感……啊,真叫人受不了。我并不讨厌艺术家,但像他那样装模作样一副正人君子的模样,我却十分地讨厌。"

"直治的老师是个什么样的人呢?"

我听了大吃一惊。

"我不太了解。总之直治的老师,明码实价没几个好人。"

"明码实价?"

母亲流露出愉快的眼神喃喃地说:

"这个词儿真有意思。明码实价不是反而更可靠吗?就像脖子上挂着铃铛的小猫一样使人感觉可爱。没有标明价码的,才是坏人,才更加可怕哩。"

"是么?"

我听了很是高兴,觉得自己的身子顿时轻飘飘雾霭一样飘上了天。您能领会我为什么感到高兴吗？如果您不能领会的话……我可想揍您了。

您真的不想过来坐坐么？让直治带您过来，似乎也有点儿不自然。要不您趁着酒兴，装作偶然间路过这儿？那样倒不妨让直治给您引路。不过最好还是您自己一个人来，趁直治上东京出差不在家的时候。直治在家的话，一准儿把您拉过去，到阿关那里喝烧酒。我家世代喜欢艺术家。过去，画家光琳就在我们京都的家中长期滞留，还在槅扇上留下了美妙的画作。我想您的来访，家母也会感到高兴。没准儿让您睡二楼的西式房间。请别忘了关上电灯。我会一只手端着小蜡烛，顺着黑暗的楼梯上去……行么？太性急了吧。

我讨厌假道学，喜欢明码实价的坏人。我自己也想成为一个明码实价的坏人呢。我觉得除此一途，自己已没了别的活路。您是日本天字第一号明码实价的坏人吧？弟弟说最近许多人都在猛烈地攻击您，憎恨地说您是一个卑鄙无耻、心术不正的家伙。我听了之后却越发地喜欢您。您这样的人一定有很多女朋友。但要不了多久，您就会单单喜欢我一个人。不知为何，我认定会是这样。您若跟我在一起生活，每天都能愉快地工作。从小到大，时常有人对我说："跟你在一起便能忘却了苦难。"我从来没有经历过遭人厌弃的体验。大家夸我是个好孩子。所以我认定，您也没有理由讨厌我。

但求能见面。现已无需回信，什么都不需要。只想见到您。最为简单的方法是我上东京您的府上见面。但是家母身体欠安。现在，我已是一个片刻不离伺候身旁的护士兼女佣。所以去东京,实在是难以如愿。恳求您,还是您到我这里来吧。我就希望和您见上一面。见面之后一切都会明白的。请看一看我嘴角两旁出现的细微皱纹吧。请看一看这世纪悲哀的皱纹吧。我的面容比我的任何语言都重要,它会明白地向您述说我心中的一切。

在第一封信中,我写到心中架起的彩虹,那彩虹不是萤火或星光,它不是那般优雅的美。我若有那种淡泊致远的心境,哪里还有当下这样的痛苦?想必亦可渐渐地将您忘却。我心中的彩虹是一座火焰桥。我感觉心儿都要烧焦了。吸毒者断了麻药,那种渴求的心情可想而知。我的痛苦却有过之而无不及。没错,我没做什么伤天害理的事情。但我突然又会打个冷噤,仿佛自己要做的是一桩天大的蠢事。我也时时反省自身,我是不是疯了?当然,有时也在冷静地计划。说真的请您到这儿来一趟吧。我大门不出,终日恭候。请您相信我。

再见之时,您若不情愿就明白对我讲嘛。我心中的火焰是您点燃的,所以也请您来熄灭它。我一个人的力量,实在是熄灭不了。总之见一面吧,见一面我就获得了拯救。在《万叶集》或《源氏物语》那样的时代,我提出的这种请求司空见惯。我的愿望,无非是当您的爱妾,做您孩子的母亲。

这样的信倘若被人嘲笑,便是嘲笑一个女人为生存付诸的努力,便是嘲笑女人的生命。我不堪忍受港湾里郁滞、沉寂的空气,我要扬帆起航,哪怕遭遇到狂风暴雨。弃用之帆统统是肮脏的。那些嘲笑我的人一准儿是弃用之帆,什么用处都没有。

真是一个麻烦的女人。但在这个问题上最最苦恼的人是我。那些全然无此苦恼的旁观者丑陋地落帆栖息却要批判人家,说三道四,实在是无聊至极。我不喜欢人家随便地论说自己的思想如何如何。我没有思想。我从来不会照着什么思想或哲学来行动。

我知道,那些受到社会赞誉、备受尊敬的家伙都是说谎者或伪君子。我不相信这个社会。我与那些明码标价的坏人才是一伙儿。明码标价的坏人!我情愿钉死在这个十字架上。我或将受到万人责难,但我同样可以回敬他们——你们不是拒绝标明价码的、更加危险的坏蛋吗?

您能理解我的想法么?

恋爱不需要理由。好似有点儿强词夺理。但我又觉得,自己不过是模仿了弟弟的说法。我焦急地等待您的到来。希望与您再见一面。别无奢求。

等待。唉!人的生活中有种种情感——喜、怒、哀、乐,但那些情感不过人生之中的百分之一,余下的百分之九十九乃是生活中无限的等待。对不?我怀着焦灼不安和望眼欲穿的心情,等待走廊里传出幸福的脚步声。但我等来的却是空幻!唉!人生多凄惨。大家都说,没有出生该有多好哇。然而现实如此——日复一日从早到晚虚幻地等待。这真是太悲惨了。唉!不过,出生倒也蛮好的。我也希望愉快地观赏生命、人类和世界呀。

您真的无法冲破那般道德障碍么?

M·C(这不是 My Chekhov 的缩写。我并非恋慕作家。这是 My Child。)

五

今年夏天我给一个男人寄了三封信,均无回音。想来想去,都觉得那是自己唯一的生路。我将自己的心里话写在三封信中,怀着一种海角悬崖纵身怒涛的决心,将这些信投入了邮箱。却犹若石沉大海。我向弟弟直治委婉地探听过他的状况,他竟没有任何变化。还是整晚整晚地四处喝酒,写些益发不堪入目的悖德之作,因而越发受到世间正派人等的厌弃憎恶。据说他还劝说直治经营出版业。直治也颇感兴趣,旋即邀请他和其他两三位小说家做了顾问。有人愿为直治提供资金。依照直治的这些说法,我钟爱的人身边竟丝毫不曾透现出我的气息。我感觉羞耻,不如说这个世界同自己想象的世界迥然相异,简直像似另外一种奇妙的生物。自己独身一人遭到了遗弃,遗弃在黄昏秋天的旷野里,任我怎样呼喊都无济于事,一种未曾尝受的凄怆感觉袭上心头。这就是所谓的失恋吧?我似乎只能这样伫立在旷野中等待天黑,而后在夜露的寒冷中冻死。还有其他的办法么?想到这儿,我双肩、胸膛剧烈地起伏着哭泣起来,无泪的恸哭令我一时气绝。

事已至此,我只有想尽办法去东京会见上原先生。我已经扬帆出港,还能停止航行么?我只能前往目的地。在我悄悄拿定主意要去东京时,母亲的病情更加严重了。

她整夜拼命地咳嗽。一量体温,竟有三十九摄氏度。

"今天大概是受凉啦。明天就好了。"

母亲不停地咳嗽,却小声说道。

我看那状况,总感觉不是一般的咳嗽,所以心中思忖,明日无论如何也要请坡下村里的医生来看看。

第二天早晨,母亲的体温降至三十七摄氏度,咳嗽也轻了一些。可我还是找了村里的医生,请他前来出诊。我告诉他母亲最近急遽地虚弱,昨夜又发起高烧,咳嗽也不像是一般的伤风。

医生说过一会儿就来。接着从客厅一角的橱柜里取出三个梨子给我,说是别人送的。中午稍过,医生穿着白地蓝花纹布衫,套着夏季的单衣来出诊。他照例又是听诊又是叩诊,花了很长时间仔细诊察,然后转过身对我说:

"无须担忧,服药即可康复。"

我不知怎的觉着好笑,却忍住笑问医生:

"要不要打针呢?"

医生一本正经地答道:

"不需要吧。只是感冒,静养几日当可痊愈。"

母亲的热度一周之后仍旧未退。咳嗽是好了。但早上的温度三十七点七摄氏度,傍晚就升至三十九摄氏度。第二天起,据说医生也闹肚子休了假。我去拿药时请护士告诉他母亲的情况不太好。医生回话说无须担心,只是一般的伤风感冒。他同时加开了药水和冲剂。

直治照样时不时地去东京,他已经十来天没有回家了。我一个人守在家里好担心。于是给和田舅舅写了一张明信片,把母亲的病情变化告诉了他。

母亲的高烧持续了约莫十天。村里医生的腹泻好歹痊愈了,便来给母亲诊察。

医生表情认真地仔细诊察了母亲的胸部。突然喊道:

"明白啦,我明白啦。"

他转过身面对着我说：

"我明白发烧的原因了，是左肺浸润引起的。不必担心。热度可能还会持续一段时间。只需静养，不必忧虑。"

真是这样吗？我将信将疑。一种溺水者攀草求生的心情也捆绑着我。村医的诊断让我略微松了口气。

医生走后，我说：

"妈妈，这下放心啦。只是一点点浸润罢了。一般的人都会有的。只要精神不倒就会自然痊愈。都怪今年夏天的气候反常。和子我讨厌夏天，也不喜欢夏天的花。"

母亲闭起眼睛笑着说：

"有人说，喜欢夏花的人便会在夏季里死去。我原以为自己也活不过这个夏天呢。不料直治回来了，我也活到了秋天。"

可直治那样的人，如何成为母亲活命的支柱呢？想到这里，我的心里感觉难受。

"是啊，夏天已过去。妈妈的病也过了危险期。对不？妈妈，庭院里的胡枝子都开花啦。还有败酱草、地榆、桔梗、苓草和狗尾巴草，庭院里真是一派秋天的景色。到了十月，您的热度准会降下来。"

我这样祈求着。九月里闷热的残暑季节早些过去多好。菊花盛开时，每天都是晴朗的小阳春，那时母亲一定退了烧恢复了健康，我也便有条件去与心中的他相见了。说不定我的计划也能像大朵菊花盛开一样顺利地实现呢。啊，十月快点儿到来吧。妈妈也快快退烧呀。

给和田舅舅寄去明信片后大约过了一个星期，舅舅由东京请来做过皇家侍医的三宅老先生，带着护士来给母亲看病。

老先生同已故的父亲也有交往,母亲显得十分高兴。再说,老先生一向不大拘礼,说话随意,这也让母亲来了兴致。他俩早把诊察之事扔在一边,尽兴地畅叙起来。我便在厨房做布丁。当我把布丁端到房间时,老先生似已诊察完毕。他戴着个项链似的听诊器,随意地挂在肩上,他坐到走廊的藤椅上继续与母亲悠闲地畅聊。

"连我都站在小摊跟前吃乌冬面呢。哪管什么好吃不好吃。"

母亲若无其事地望着天井听他说话。没事就好啦。我顿时感觉心里踏实了一些。

"情况怎么样?村里的医生说左肺有浸润呢?"

我突然打起精神问三宅先生。老先生却漫不经心地轻声答道:

"没什么,不要紧的。"

"嗨,这可好啦,妈妈。"

我发自内心地微笑着对母亲喊道:

"大夫说了不要紧。"

此时三宅先生忽然离开了藤椅,站起身朝中式房间走去。我感觉先生有事要跟我说,便悄悄跟了上去。

老先生走到中式房间的壁挂后面,停住脚步说:

"听到了呼噜呼噜的声音。"

"不是浸润?"

"不是。"

"是支气管炎吗?"

我嘴里问,却已泪眼汪汪。

"不是。"

结核！我不愿意想到这个字眼。若是肺炎、浸润或支气管炎，我一定尽力将母亲治好。然而，若是结核……啊！恐怕便无可救药了。我的脚底下有崩裂一般的感觉。

"声音很糟糕吗？听见呼噜呼噜的声音？"

我不安地抽噎起来。

"左右肺，全都有。"

"可妈妈精神还很好呀。吃饭也说好吃好吃……"

"没法子啊。"

"这不是真话。对吧？您是骗我的对吧？多吃些奶油、鸡蛋和牛奶就会好的对吗？只要身体有了抵抗力，就会退烧的是么？"

"嗯，想吃什么就多吃点儿吧。"

"是吗？这样行么？她每天能吃五只西红柿呢。"

"嗯，吃西红柿好。"

"就是说，没事的，可以治好的，对么？"

"但是，这次的病或许会致命的。你们最好有个思想准备。"

我觉得自己有生以来第一次认识到，世界上存在着一堵绝望之壁——世上的许多事情乃是人力所无法挽回的。

"两年？三年？"

我浑身颤抖着小声问道。

"不知道。总之已是无法挽救。"

三宅先生说当日在伊豆的长冈温泉预订了旅馆，便与护士一起离去了。我把他们送至大门外，然后拔腿奔回了屋子，坐在卧室母亲的枕边，装作若无其事的模样朝她笑了笑。母亲问我：

"先生是怎么说的?"

"他说只要退了烧就好了。"

"胸部呢?"

"好像也没多大问题。嗨,准是像上次生病的时候一样,等天气凉快了,就会渐渐好起来的。"

我宁可相信自己的谎言。我努力忘却致命之类的可怕预言。想到母亲将要去世,就好像自己的肉体也会随之消失,这个事实简直难以置信。从今天起我要忘掉一切,给妈妈弄好多好多的美味佳肴。鱼肉、鲜汤、罐头、猪肝、肉汁、西红柿、鸡蛋、牛奶、清汤。再有豆腐就更好啦。做豆腐酱汤。还有白米饭、年糕……我要把所有的东西都卖掉,把天下好吃的东西都买给妈妈吃。

我起身走到中式房间,将那里的躺椅搬到了母亲房间的檐下过廊,坐在那里便可望见母亲的面容。母亲睡时的面容完全不像病人。她的眼睛美丽清澈,面色也健康红润。她每天早晨按时起床,先去盥洗室,然后在三铺席的浴室里自己梳头,全部梳妆完毕后,才回到屋里坐上床用餐,饭后则在床上躺躺坐坐。整个上午她都在看报或读书,可到了下午就发烧。

"啊,妈妈没有病。一定没问题。"

我在心中强烈地否定了三宅先生的诊断。

十月,已是菊花盛开的时节……正想着我却迷迷糊糊打起盹来。啊,又走到这儿来啦,我走近一处熟悉的森林湖畔。那是我在现实中从未见过的风景,梦中却会时时出现。我与一个穿和服的青年……并肩而行,却全然没有脚步声。整个景色仿佛笼罩在一片绿色的雾霭中。湖底沉没着一座雪白、别致的小桥。

"啊,桥沉没了。今天哪儿也不能去了。住在这儿的饭店吧。我想,应该有空房间的。"

湖滨有幢石筑的饭店。饭店的石头蒙着绿色的迷雾,全是湿漉漉的。石门上刻有一排纤细的金色文字:HOTEL SWITZERLAND①。我读到 SWI……的时候突然想起了母亲。母亲怎么了?我感到纳闷儿,母亲也会来这饭店吗?我和青年一起钻进石门来到前院。雾霭中的庭院里盛开着八仙花一般的大红花。小时候我的被面上就印有许多鲜红的八仙花。看到那样的花,不知为何我会感到悲伤。

现在我才相信,原来真有火红色的八仙花。

"不冷吗?"

"嗯,有一点儿。耳朵被雾气弄湿了,耳背觉得冷。"

我笑着又问道:

"妈妈会怎样呢?"

青年露出异常悲哀又充满慈爱的微笑,答道:

"她已在坟墓下面。"

"啊!"

我小声尖叫起来。对啦。母亲已经不在人世。不是早已举行过母亲的葬礼了吗?啊!妈妈已经去世了。我意识到这点便感觉无可名状的悲凄,浑身发抖,于是醒了过来。

往阳台上一看,已是黄昏。正在下雨。周围的一切笼罩在梦境中见过的、绿色的寂寥中。

"妈妈。"

我喊了一声。

---

① 英语,瑞士饭店。

妈妈平静地应了一声,反问道:

"你在干什么?"

我高兴得跳了起来,赶忙冲进屋里,对她说:

"刚才,我睡着了呀。"

"是么?我还以为你在干什么呢。睡了好长时间呐。"

母亲觉着有趣,笑了起来。

母亲这样优雅地呼吸着,活着,是多么令人高兴和值得庆幸的事情啊!我不禁热泪盈眶。

"晚饭烧什么菜?您想吃什么呀?"

我有点儿嬉皮笑脸地问道。

"行啦,什么都不要。今天升到三十九点五摄氏度了。"

我顿时像被压扁了似的垂头丧气。我不知所措呆呆地环视着发暗的屋子,忽然间真想去死。

"三十九点五摄氏度?怎么回事儿啊?"

"没什么大不了的。只是发烧前十分难受。有点儿头疼,打冷战,然后就开始发烧。"

夜幕已经降临。雨好像也停了,却刮起风来。打开电灯,我想去餐厅,母亲却说:

"灯光晃眼,关上灯吧。"

"您一动不动躺在这么昏暗的地方,不难受么?"

我站在身边问道。

"我闭上眼睛躺着并不觉得黑。一点儿也不会感觉寂寞。晃眼却不舒服。以后卧室还是不开灯的好。"

母亲答道。

我感觉这也是一个不祥之兆。我默默关上了屋里的灯,走到隔壁房间打开了台灯,不由得一阵难以忍受的凄凉涌上心头。我赶忙跑到餐厅,将罐头鲑鱼放在冷饭上食用,眼泪扑簌簌地落了下来。

到了夜里,风越刮越大。九时前后风雨交加,真正成了暴风雨。只听得檐下过廊两三天前卷起的竹帘啪嗒啪嗒地撞响着。我坐在母亲隔壁的房间,怀着一种奇妙的兴奋阅读罗萨·卢森堡①的《经济学入门》。这是我上次从二楼直治的房间里拿来的。当时我还擅自借来了《列宁选集》和考茨基②的《社会革命》等。这些书放在我屋里的书桌上。早晨,母亲洗脸回来路过我桌旁,无意中看见了那三本书,就一本一本拿起来看,旋即轻轻地叹了一口气,又不声不响地把书放在桌子上,她脸上带着凄凉的表情瞅了我一眼,目光中充满了深切的悲哀,却绝非表示反对或嫌恶。母亲阅读的是雨果、仲马父子、缪塞和都德等人的作品。然而我知道,在那些作家甘美的故事里也包蕴着革命的气息。母亲的天性即有良好的教养——这个说法未必正确,母亲这样的人或许令人意外,她们竟会理所当然地欢迎革命。我阅读罗萨·卢森堡的著作,虽说有点儿装模作样的味道,可毕竟还是感觉到了浓厚的兴趣。这里写的自然是经济学。可是,当作经济学来读却索然寡味。其实那些事例简单易懂——不,或许我根本就无法理解经济学那样的玩意儿。反正我对它毫无兴趣。人是吝啬的,永远都是吝啬的。倘无这个前提,那学问就完全不得成立。然而

---

① 罗萨·卢森堡(1870—1919),德国女性革命家,德国社会民主党左派领袖之一,德国共产党创始人之一。后与李卜克内西一起被杀害。
② 卡尔·考茨基(1854—1938),德国社会主义理论家、社会民主党和第二国际修正主义领袖之一。被列宁批评为修正主义的代表。编辑发行了马克思的《剩余价值学说史》。重要著作有《农民问题》等。

慷慨的人对于什么分配问题,根本就不会有兴趣。尽管如此,我还是要读这本书,我要从不同的方面体会奇妙的兴奋。此书的作者有一种舍我其谁的勇气,他毫不犹豫地彻底破坏旧思想。我的眼前浮现出一个已婚的女人,她不惜违反道德,义无反顾地疾速奔向她所心爱的人。破坏思想。破坏是悲哀悲伤的,却是一种美。梦想是在破坏和重建中完成。虽然一旦破坏了,或将永远无法抵达完成的一天。但是因为有爱,就必然伴随着破坏也必然伴随着革命。罗萨近乎悲壮地全心全意地热爱马克思主义。

那是十二年前一个冬天的事情。

"你是《更级日记》①里那个少女么?对你说什么都无济于事。"

有个朋友这么说过后,便不再与我交往。那时,列宁的书我还没有看,就匆匆还给了她。

"读了吗?"

"抱歉,还没有。"

我们在望得见尼古拉教堂的桥上。

"怎么?为什么不看?"

那位朋友的身材比我还高一寸,语言方面颇有天赋,她戴着一顶红色的贝雷帽,潇洒帅气。大家公认她的脸像蒙娜丽莎,是个美丽的姑娘。

"我不喜欢封面的颜色。"

"你真怪。恐怕不是这个原因吧?其实是怕我,对吧?"

---

① 日本古典日记文学作品,作者为菅原孝标之女,记述作者十三岁(1020年)离开父亲任地去东京,至一〇五八年丈夫病死的往事。作品文笔优美流畅,多梦事记载。

"怕你什么呀。封面的颜色让我受不了。"

"是吗?"

她有点儿孤凄地说。接着便说我是《更级日记》里的少女,断言说什么都无济于事。

一时间,我们默默地俯视着冬天的河流。

"祝你健康。如果这是永远的离别,那就祝你永远健康。拜伦。"

她又用原文快速地朗诵了拜伦的这个诗句,然后轻轻地拥抱了我一下。

我难为情地小声道歉说:

"对不起啦。"

然后我向御茶水车站走去。回头一看,朋友还站在桥上,一动不动地凝视着我。

从此再没见过那位朋友。我俩虽在同一个外国人教师家里学习,却不在同一个学校读书。

那已是十二年前的往事了,可我仍未超越《更级日记》前进一步。唉!在这期间,我究竟干了些什么呢?我不曾憧憬过革命,连爱情都不懂。直到如今世上的大人都在叮嘱我们,革命和恋爱是最愚蠢最可恶的东西。在战前和战时,我们也便信以为真。可战败以后我们不再信赖世上的那些大人,我们觉得一切皆与他们的说法相反,听他们的就只有死路一条。我们还认识到,实际上,革命和恋爱是这世界上最最美好的事物,简直无与伦比。大人们显然是在不怀好意地欺骗我们哩,故意将那些说成是青葡萄。我确信:人是为了恋爱和革命而生的。

隔扇轻轻地打开,母亲面带微笑走了进来。

"还没睡呀！不瞌睡吗？"

我一看桌上的钟，已经十二点。

"嗯，我一点儿也不瞌睡。我在读社会主义的书，好兴奋呢。"

"是吗？还有酒吗？这时候喝点儿小酒，就能睡上个好觉了。"

母亲用玩笑的口吻说。她那副模样显现出莫名的颓废，但一层窗纸的背面却是奇异的妖艳。

眨眼间已是十月，天气并未变得秋高气爽，连续几天都像梅雨季节那样潮湿又闷热。每至傍晚时分，妈妈的体温照旧升降在三十八至三十九摄氏度之间。

一天早晨，我看到一个可怕的情景。母亲的手肿了。过去，母亲总说早饭最好吃，近来只是坐在床上喝一小碗粥，菜味重了还不行。那天，我端给她一碗松蕈清汤，她竟连松蕈的香味都无法忍受，碗端到了嘴边又轻轻地放回食桌。就在此时我看到了母亲的手，不禁大吃一惊。她的右手肿胀得吓人。

"妈妈！手，怎么会这样？"

母亲脸色苍白，也有些浮肿。

"不要紧的。这点儿肿要什么紧？"

"什么时候肿起来的？"

母亲没有回答，露出晕眩的表情。我真想放声大哭。这不是妈妈的手。而是陌生阿婆的手。妈妈的手是纤细小巧的。我多么熟悉哪！那是一双优美、可爱的纤手。那双手是不是永远消失了呢？她的左手还肿得不太厉害，但也同样叫人不忍目睹。我只好将视线移开，直望着墙龛上的花篮。

我要淌眼泪了。终于忍耐不住,忽地站起身来向餐厅奔去。直治在那里,吃着一只半熟的鸡蛋。他难得回到伊豆家中来。即使回来,晚上也必定要去阿咲那儿喝烧酒。早晨每每耷拉着脸,一副垂头丧气的模样儿,不吃饭,只吃四五只半熟的鸡蛋,然后回到二楼一会儿睡下一会儿起身。

"妈妈的手肿得……"

面对直治一开口,我就禁不住俯下了身子。我无论如何也说不下去了,颤动着肩膀恸哭。

直治不作声。

我用手抓住桌子的一端,抬起头来说:

"不行啦。你没发觉么?那样一肿就没救了呀。"

直治也阴沉着脸。

"看样子快啦。嗨!没一件顺心事儿。"

"我想治好妈妈的病。想尽一切办法。"

我用右手捎着左手说。直治突然抽抽搭搭地哭了起来。

"怎么一点儿好事都没有啊!我们咋就这样倒霉呢?"

他一边说,一边用拳头胡乱地擦拭双眼。

当天,直治便去东京向和田舅舅报告了母亲的病状,并请他安排各类后事。只要不在母亲身边,我几乎从早到晚都在哭泣。晨雾之中外出取牛奶,面对镜子梳头抹口红,这些时间都在哭泣。与母亲共度的幸福生活,当时的种种往事,像一幅幅绘画浮现在我的眼前。我无论如何都抑制不住悲哀的哭泣。傍晚天色暗了下来,我又站在中式房间的阳台上好一阵抽泣。秋天的天空星光闪烁,邻家一只猫一动不动地蜷缩在我的脚边。

第二天,母亲的手肿得更加厉害了。她任何食物吃不进,口腔干裂疼痛,竟连橘子汁都无法饮用。

"妈妈,您再戴上直治说的那种口罩,会不会好一些?"

我本想笑着说,可突然间感觉到一阵难过,终于"哇"地放声哭了起来。

"每天这么忙,和子累了吧?给我雇个护士吧。"

母亲平静地说。我深深地感受到,母亲更加担心的是和子的健康,而对自己的病情并不在意。这使我感到更加悲伤。我站起来冲向三铺席见方的浴室,在那里尽情地大哭。

晌午过后不久,直治陪着三宅老先生和两个护士回来了。

平素爱开玩笑的老先生此时也面色严峻,像在生气的样子,他咯噔咯噔走进病室,立即开始了诊查。他自言自语地低声说了句:

"衰弱得多啦。"

接着,他给母亲注射了樟脑液①。

"先生住哪儿?"

母亲梦呓似的问。

"还是长冈。我已经订好旅馆了,不必操心。你这个病人呐,就知道为别人操心。你必须多吃些自己想吃的好东西,有了营养,病才能好起来嘛。明天我再来。今天给你留下一个护士,你们试用一下吧。"

老先生对床上的母亲大声说,然后对直治使了个眼色站起身来。

直治单独为先生和陪同的护士送行。不大会儿,直治回来了,一副想哭又拼命抑制住的样子。

---

① 促进重患病人血液循环,防止心脏麻痹。

我们悄悄地溜出病室,来到餐厅。

"不行了吗？是吗？"

"讨厌死了！"

直治扭歪着嘴强笑道：

"妈妈的状况急遽衰弱。先生说,可能就在今明两天了。"

直治说话间,眼泪已夺眶而出。

"要不要打电报通知亲友呢？"

我反而变得镇静起来。

"我同舅舅也商量过了,他说现在还不是兴师动众请人来的时候。请人来挤在这么狭小的房间里,反而很失礼。这附近也没有像样的旅馆,长冈温泉的旅馆也订不上几间。就是说,我们已穷得无力邀请那些有身份的名流。舅舅说他尽快过来。不过这家伙本来就是个吝啬鬼,根本就指望不上。昨天晚上也是一样,妈妈生病的事儿不管不顾,却把我狠狠地申斥了一顿。笑话！受到吝啬鬼训斥还能长见识？那可真是从古到今天南地北闻所未闻。姐姐和我,妈妈和那家伙,真是有天壤之别哪。真讨厌！"

"我倒无所谓,你今后还得靠舅舅……"

"别扯了。我宁可去当乞丐。姐姐往后靠他去吧。"

"我……"

我流出了眼泪。

"我有我去的地方。"

"结婚吗？有对象了？"

"哪儿有？"

"靠自己？劳动妇女？算啦！算啦！"

241

"说不上靠谁。我呀,想做革命家呢。"

"哦?"

直治惊奇地看着我。

这时候,三宅先生带来帮忙的护士招呼我。

"老太太像是有事儿找您。"

我赶紧返回病室,坐在床铺旁,将脸贴近母亲问道:

"妈妈有事吗?"

母亲欲言又止。

"想喝水么?"

我又问了一声。

她还是微微地摇头。看来也不是想喝水。

过了一会儿母亲才小声说:

"我做了一个梦。"

"是吗?什么梦?"

"梦见蛇。"

我吓了一跳。

"檐下廊子外放鞋的石板上,有一条红色条纹的雌蛇吧?你去看看。"

我不寒而栗,霍地站起身走到檐下廊子上,透过玻璃窗一看,放鞋的石板上果然有一条蛇,在秋天的阳光下伸长了身子躺着。我突然感到头晕目眩。

"我认识你。你比以前看上去长大了,老了一点儿。你是被我烧了蛇蛋的那条雌蛇吧?你的复仇我已统统领教。走吧,请你快点儿走吧!"

我心里这么念叨着,盯着那条蛇。它却死活不肯动一动。说不清为什么,我不想让护士看见这条蛇。咚!咚!我使劲

跺了跺脚,故意提高嗓门说:

"没有哇,妈妈。梦怎么会是真的呢?"

说完我又瞅了一眼放鞋的石板,只见那条蛇开始慢腾腾蠕动身子,从石头上垂落下去。

完了,完了。看到那条蛇,我由心底涌出了绝望。父亲去世时也说枕边曾有一条黑色的小蛇。那时,我还看见庭院的树上也缠着蛇。

母亲已没有气力坐在床上,她总是迷迷糊糊地躺着,完全靠护士来照料。她什么都不吃,食物仿佛无法通过她的食道。看到那条蛇,我反而产生了一种类似幸福的宽心感,莫非是穿越了极度悲哀后的心灵安逸?事已至此,我只想有更多的时间陪伴母亲。

第二天起,我便倚坐在母亲的枕边织毛线。织毛线和针线活儿,我比别人做得快但手艺并不好。所以母亲总是手把着手教我。那一天,我原本没有心情织毛线,只是为了自然地依偎母亲身边,才取出毛线箱,假装专心地编织起来。

母亲一直注视着我手上的动作。说道:

"这是你自己的袜子吗?那还得加上八针,不然穿着紧。"

小时候,无论妈妈怎样教,我都织不好,现在也跟小时候一样,妈妈看着就发慌,觉得难为情,却又备觉亲近。呜!想到母亲往后再不能这样教我了便热泪盈眶,连毛线的针眼都看不清了。

母亲这样躺着,仿佛没有一点儿痛苦的样子。从今天早晨起,她完全不吃东西了,我只是用纱布浸上茶水,不时地给她润润嘴。但她的意识还很清醒,时不时平静地与我搭话。

"报上像有陛下的照片？让我再看一眼。"

我便翻开了那张新闻照版面,展给母亲看。

"陛下老了。"

"不对,是照片拍得不好。上次的那张照片就显得年轻精神。不过,他大概还是喜欢如今的时代吧。"

"为什么？"

"陛下不也刚刚获得了解放么？"

母亲凄凉地笑了笑。过了一会儿又说：

"我已欲哭无泪了呀。"

我突然想到,现在的母亲或许是幸福的？所谓幸福感,莫非像似那沉没于悲哀河底却闪耀着微光的金沙？如果说,在经历了极度的悲哀之后,看到一丝奇妙而朦胧的光明——如果说这种心情便是幸福感,那么陛下、母亲和我此刻的确是幸福的。静谧的秋天午前。阳光明媚的秋天庭院。我停下手里的毛线活儿,眺望着齐胸高大海的波光粼粼,对母亲说：

"妈妈,过去的我真是一个没见过世面的人啊。"

我还有很多想说的话,却怕房间一隅准备静脉注射的护士听见了难为情,就没有说出来。

"你说是以前……"

母亲微笑着问：

"那你现在算是见过世面的啦？"

我不由得面红耳赤。

"世事多舛呐。"

母亲把脸转向了一边,自言自语似的小声说。

"我就看不懂。或许没人能够看得懂世事。人无论到多大岁数,其实仍旧是孩童。依然不谙世事。"

但是,我必须活下去。或许仍是一孩童,却也到了无处撒娇的年龄。从今往后,我还得与世事争斗。呜呼!像母亲那样与人无争、无怨无恨地度过美丽、悲哀一生的人,在今后的世界或已不复存在,母亲乃是最后一人。濒死之人展现了美。而活着,生存下去,仿佛倒是一桩丑陋不堪且充满血腥的肮脏事儿。我在铺席上想象一条怀孕的雌蛇在挖洞。我还是不能死心。无耻又有什么关系。我要生存,要实现自己的意愿,要与世事争斗下去。母亲快要死了,这已成为定局,此时我的浪漫与感伤便也渐渐地消逝。我觉得,自己像是正在变成一种无懈可击的奸狡生物。

那天中午过后,我正在母亲身边为她湿润嘴唇,门口传来停车声。和田舅舅和舅妈坐小车从东京赶了过来。舅舅走进病室,默默地坐在了母亲枕边。母亲则用手帕遮住脸面下部,凝视着舅舅哭了起来。但却干哭无泪,让人觉得她像似一个木偶。

"直治在哪儿?"

过了一会儿,母亲看着我问道。

我走上二楼,直治躺在西式房间的沙发上阅读新来的杂志。

"妈妈在叫你。"

"哎呀,没完没了的哀愁叹息。你们真有耐性呀。你们是神经麻木,还是薄情寡意。我这种人真的无法忍受。我当然心里也难过,但肉体缺乏承受力,我实在没有气力守在妈妈身边。"

直治嘴里这么说,却仍旧穿了上衣,跟我一起下了二楼。

我俩在母亲枕边并排坐下,母亲突然从被窝里伸出手,默默地指向直治,然后指指我,最后把脸转向舅舅,两个手掌紧紧地合在一起。

舅舅用力点了点头说:

"啊,知道啦。知道啦。"

母亲像是放了心,轻轻地闭起眼睛,把手慢慢地放进被窝。

我哭了,直治也低着头呜咽。

这时三宅老先生从长冈来了,他急忙给母亲打了一针。母亲见到舅舅,仿佛了却了心事。

"先生,让我早点儿解脱吧。"

老先生和舅舅面面相觑,两人沉默无言,眼睛闪着泪花。

我站起身去餐厅,做舅舅喜欢吃的"清汤面"(加葱丝和油豆腐),顺便给老先生、直治和舅妈各盛了一碗,送到了中式的客厅。我还把舅舅带来的礼物(丸内饭店的火腿面包)拿给母亲看,并放在了母亲的枕边。

"和子受累了。"

母亲小声说。

他们在中式房间聊了一会儿,舅舅、舅妈说另有要事,当晚须回东京,随即将探望病人的慰问金小包递给了我。三宅先生和护士也要一起回去,他对陪护的护士交代了种种应急方案之后说,反正意识还是清醒的,心脏也没有衰竭,只要打了针,维持四五天大概没有问题。他们当日便坐车回了东京。

送走他们之后,我回到房间。母亲又对我笑着小声说:

"忙坏了吧?"

母亲只对和子我,才有那般亲切的笑容。她的脸上充满生气,莫如说红光满面。我想她是见到舅舅感到高兴吧。

"不,不忙。"

我心里也喜不自禁,微微一笑。

没想到这竟成了我和母亲的最后一次谈话。

大约过了三个小时,母亲便与世长辞。在秋天这样幽静的黄昏里,美丽的母亲——日本的最后一位贵妇人,由护士把着脉且在直治和我这两个仅有的骨肉至亲守护下与世长辞。

母亲死时,面容几无变化。父亲逝世时,脸色却唰地完全变了。母亲的脸色没有一点儿变化,只是没有了呼吸。连何时停止呼吸都无从知晓。脸上的浮肿从前一天就开始消退,两颊如腊像一般光润,薄薄的嘴唇略微歪着,看上去像是在微笑,竟比活着的母亲更显得娇媚和艳丽。我觉得,她很像pietà中的圣母马利亚。

六

战斗,开始。

我也不能总是沉浸在悲伤之中。我必须为自己的理想而战斗。新的伦理吗?不,这样说也是一种伪善,那是爱,仅此而已。就像罗萨没有新的经济学便活不下去。现在的我,没有爱便无法生存。耶稣为了揭露世上宗教家、道德家、学者和权势者的伪善,为了将上帝真正的爱毫无踌躇地公之于世,他将十二个弟子派往各地。他当时教导弟子的那些话语,与现在的我绝非没有关系。

腰袋里勿携金银、铜钱。行路时无需行囊、两件内衣、鞋与拐杖。看哪!我差汝等前往,恰似羊入豺狼群。所以,汝等要灵巧像蛇,驯良像鸽子。你们要防备人类,他们会将尔等交予众议公会,还要在会堂里鞭打。而且汝等将受我之牵连,被押送至王公贵族面前。汝等被交付时,无须思虑怎样说话或说什么话,届时必当授以当说之言。那些话不是汝等自己的语言,而是汝等父辈在天之灵于汝等心中的寄语。汝等因我之名而为众人憎恨,唯有忍耐到底方能获得拯救。城里有人责难时,就逃往城里。诚告汝等,未及汝等踏遍以色列城邑,人之子即已到来。

杀身体而不能杀灵魂者无足为惧,通杀身体、灵魂于地狱者正要怕他。汝等莫要以为我来投和平,我来不是投和平却为投刀剑。我来,是要疏离子与父、女与母、媳与婆。人之仇敌,乃己之家人。爱父母甚于爱我者,与我不合。爱儿女甚于爱我者,与我不合。不肯背着他的十字架跟从我的,也不配做我的门徒。得生命者,将要丧失生命;为我而丧失生命者,将获复生。①

战斗,开始。

如果我起誓,我一定为了爱严守耶稣的前述教导,耶稣会不会责备我呢?我真不明白,为何"恋"是恶而"爱"却是善。我总觉得两者没区别呀。为了这弄不明白的恋与爱,为了由此而生的悲哀能将肉体、灵魂尽皆消灭在地狱里——啊呀!我敢斩钉截铁地说,我就是这样一个人。

依照舅舅他们的安排,母亲悄然葬在了伊豆,正式的葬礼则在东京举行。我和直治随后回到伊豆山庄,过着莫名其妙

---

① 见《新约全书·马太福音》第十章。

的郁闷生活,彼此见面也不说话。直治说,想做出版业需要资金,便将母亲的宝石类首饰全部拿了去。在东京喝酒喝得累了,便像个重病患似的脸色苍白、步履蹒跚地回到伊豆山庄来睡觉。时不时还带来一个舞女模样的年轻女人,直治这才有点儿觉着不好意思。我趁机说:

"今天我可以去趟东京吗?我想去久未见面的朋友处散散心,打算在那儿住上两三晚。也该你看看家了。烧饭,就请那位帮帮你吧。"

这便是灵巧似蛇。说罢,我将化妆品、面包之类的塞进手袋,总算得以轻松自如地上东京与他会面了。

乘国营电车在东京郊外荻窪车站北口下车,再走约莫二十分钟便到了他在大战后的新住址。这处地址,是我不露痕迹由直治那儿探听来的。

那天刮着凛冽的刺骨寒风。荻窪车站下车时,天色渐暗。我不时拦住路上的行人,告知要去的地方,了解前往的路线。我在昏暗的郊外小巷转悠了将近一个小时,心里忐忑不安,不禁落下泪来。不觉间我在碎石路的石头上绊了一下,啪嗒一声木屐的带子断了。我不知所措地呆立在那儿,不经意地往右边的两家连檐长屋扫了一眼,夜色朦胧中,但见其中一家的门牌上泛出白色,上面仿佛是上原的字样。我顾不上一只脚上仅仅穿着布袜,急急奔向那家门口,且仔细看了看门上的名牌。没错,上面果然写着"上原二郎"四字。屋子里却黢暗冷寂。

这怎么办?霎时间我又呆立在那儿。我真是投河自尽的心都有。我的身体像是倒在了格子门上,紧紧地倚靠门上唤道:

"请问里边有人吗?"

我用双手的指尖抚摸着格子门,又轻声唤道:

"上原先生!"

里面竟然有了回音,却是女人的声音。

门是由里向外打开的,出来一个老派的长脸女人,好像比我大个三四岁。她在黑洞洞的门口冲我一笑,问道:

"您是哪一位?"

那问话听不出有什么恶意或警戒心。

"不,哦……"

我到底未顾上通报姓名。不知怎的,唯独在他的面前,我的爱情总叫我感觉奇妙的内疚。我战战兢兢、近乎卑屈地问:

"先生呢?他不在家吗?"

"啊。"

她应了一声,有点儿同情似的望着我的脸。

"不过,他去的那儿,大概……"

"很远吗?"

"不远。"

她似乎感觉好笑,用一只手捂住嘴说:

"就在荻窪。找到站前一家店名'白石'的卖素什锦的馆子,或许就能问到他的去处。"

"哦,是吗?"

我高兴得几乎跳起来。

"哎呀,您的木屐……"

我接受了她的好意,进门坐在内室的木板台阶上,用夫人递过的一根简便木屐皮带(木屐带断了便能用它做简单的修

理）修好了木屐。这时,夫人又为我点燃了一支蜡烛,送到门口来。她带着发自内心的从容笑道:

"真不凑巧,两只灯泡都坏了。如今的灯泡真不顶用,价钱贵还容易坏。要是我家主人在家,就可以让他去买。可他昨天、前天两个晚上没回来了。连续三晚,我们身无分文只好早早地睡觉。"

夫人背后站着一个十二三岁身材苗条的女孩子,有一双大大的眼睛,但却给人以难于亲近的感觉。

敌人。我自己并不那样想。但这位夫人和这个孩子,终将憎恨地将我看作敌人。想到这儿,我的热恋像是顿时凉了下来。我系好木屐带,站起身拍掉双手上的灰尘。突然,我感觉一阵难以抑制的苦楚,好想跑到内室,在一片漆黑中抓住夫人的手痛哭。我完全没了主意犹豫不定。随即,我设想到没法下场时那种扫兴和无趣。便作罢了。我恭恭敬敬地鞠躬道谢。

"谢谢您啦。"

出门之后,寒风迎面刮来。战斗,开始。恋爱,喜欢,思念;发自内心的恋爱,喜欢,思念;无可奈何的恋爱,喜欢,思念。有什么办法呢?那位夫人确实是一个罕见的好人,那位小姐也很漂亮。然而,即使站在天主的审判台前,我也完全地问心无愧。人是为了爱情和革命而生,天主缘何惩罚我?我并没有丝毫的过错,堂而皇之乃是因为真正的爱。我必须和他见一面,哪怕三晚、两晚地野宿街头……

转眼找到了站前的那家"白石"素什锦馆,他却没在那儿。

"准是去了阿佐谷。顺着阿佐谷车站北口,照直走,约莫一町①半远近的路程吧,有家五金店,对不?打那儿往右拐弯儿再走半町路吧,有家叫做柳屋的小菜馆,对不?先生这些日子,同那柳屋的阿舍姑娘可亲热了,一天到晚都泡在那里,腻得要命!"

我去火车站买了车票,乘上去往东京的国营电车,在阿佐谷下来,打北口约莫走了一町半,至五金店向右拐弯,又走半町,就到了柳屋,里面静悄悄的。

"他们刚走呀,一大帮子人,听他们说,还要去西荻的千鸟大妈那儿喝通宵酒呢。"

这个女人比我年轻。落落大方,文雅亲切。她就是那个与先生异常亲热的阿舍姑娘吗?

"千鸟?在西荻的哪个位置?"

我有点儿泄气和不安,眼泪都快掉下来了。

我忽然怀疑自己这会儿是不是真的得了疯病。

"我也不大清楚。听说是在西荻车站下车,从南口向左拐弯进去。哎呀,到那儿问一下派出所就知道了嘛。反正就喝一家他是绝对不会罢休的,不定还没走到千鸟呢,就被拽进了另外的哪家店里。"

"我去千鸟看看吧。再见。"

我又往回返。在阿佐谷坐上了开往立川的国营电车,经过荻洼、西荻洼,在车站南口下了车。我在寒风中四处乱撞,找到派出所问清了千鸟方向,然后按着指示跑了一段夜路。一发现千鸟的绿色灯笼,我便冲近前去一把推开了格子门。

紧挨土间是一个六铺席大小的房间,屋里烟雾缭绕,十来

---

① 町,距离单位,一町约合一百零九米。

个人围着一张摆有酒菜的大桌子哇啦哇啦喧嚷着,里面夹着三个比我年轻的女孩儿,有的抽烟有的喝酒。

我往那土间里扫了一眼,是他。像在做梦。变了。时隔六年,他已变得完全像似另外一个人了。

难道?他就是我的彩虹?我的 M·C?为了他,我才感到活着有意义。他就是那个人吗?六年了。他的头发还跟从前一样乱蓬蓬,但却稀少了,显现出可怜的赤茶色。他面容浮肿,脸色蜡黄,眼眶糜烂,眼珠充血,门牙脱落,闭着的嘴嚼东西似的不断蠕动着,看着活像一只老猿猴,蜷缩着背坐在屋子的角落里。

一位小姐发现了我,递眼神示意上原先生我来了。他照旧坐在那里,抻着细长的脖子看看我,脸上全无表情,只用下巴招呼我过去。在座的人对我无任何兴趣,继续大声喧闹着,且挤出一点儿间隙,让我坐在了上原先生右旁。

我默默地坐下身来。上原先生往我的玻璃杯中斟满了酒,又往自己的杯里添了酒,然后用嘶哑的嗓音低声说:

"干杯!"

两只酒杯轻轻地一碰,发出悲哀的叮当声。

"绞架,绞架,断头台!"

有人喊道。有人应和——"绞架,绞架,断头台!"叮的一声,碰了碰杯,两人一饮而尽。"绞架,绞架,断头台!""绞架,绞架,断头台!"这种荒唐的祝酒歌竟此起彼伏,随之便是碰杯,干杯。他们以这种戏谑的节奏制造气氛,且不加节制地将酒精灌至喉咙中。

"那么,我先告辞了。"

有人摇摇晃晃地打算回家。紧接着又有新的酒友蹒跚加入。加入者对上原先生点头致意后,便挤入饮酒的同伴中。

"上原先生,那个地方,上原先生,就是那个'啊、啊、啊'嘛,该怎么说呢? 是'啊、啊、啊'呢,还是'啊啊、啊'呢?"

问话者是话剧演员藤田,我还记得他的舞台扮相。

"应该是'啊啊、啊'。比方说,'啊啊、啊,千鸟的酒真不便宜呀!'"

上原先生回答说。

"净是说钱。"

一个小姐说。

"那么,'一分钱买两只山雀'①,算贵还是便宜呢?"

一个年轻的绅士问道。

"还有一个说法是'每一厘钱都要偿还',更加复杂的比喻则是'一个给了五塔兰,一个给了两塔兰,一个给了一塔兰'②,看来耶稣算账挺精细的嘛。"

另一个绅士说。

"而且,那家伙还是个酒徒哩。我就觉得奇怪,《圣经》里竟有那么多关于饮酒的比喻。果然,您瞧,《圣经》里确有记载,有人责难他为'嗜酒之徒'。不是说'饮酒之人',而是'嗜酒之人'。看来,他肯定是酒量过人。至少能喝一升酒。"

又一个绅士说。

上原先生却说:

"算了,算了,别说啦。啊啊,啊,尔等畏惧道德,竟以耶

---

① 见《新约全书·马太福音》第十章——"两个麻雀,不是卖一分银子么"。
② 见《新约全书·马太福音》第二十五章——"一个给了五千,一个给了二千,一个给了一千……"

254

稣来做挡箭牌。知惠小姐！喝酒。绞架,绞架,断头台！"

说罢,便同一个最为年轻、美貌的小姐叮地碰了碰杯,咕嘟一口喝干了。酒由嘴角淌落下来,濡湿了下颚。他发脾气似的用手掌胡乱擦了擦嘴,又连续打了五六个大喷嚏。

我悄悄站起身走到隔壁房间,向面黄肌瘦、病恹恹的老板娘打探厕所的去处。回来我再度经过那个房间,方才那个最漂亮、最年轻的知惠小姐站在那儿,仿佛是在等我,她亲热地笑着问:

"您饿吗?"

"哦,我带了面包。"

"我这儿也没什么好吃的⋯⋯"

病恹恹的老板娘依旧懒洋洋倚坐在长方形火盆旁。

"请您就在这个房间里吃吧。陪那些酒鬼喝酒,一晚上什么也吃不上哩。请坐吧,上这儿来！知惠小姐也一起来吧。"

"喂,阿娟,没酒了⋯⋯"

邻近的绅士吼道。

"来啦,来啦！"

那个叫阿娟的三十上下的女佣,穿着一身漂亮的条纹衣裳。她端着的盘子上有十来个长把酒壶。她从厨房里走了出来。

"等一等。"

老板娘叫住了她,笑着说:

"这里也留上两壶。"

又说:"阿娟,麻烦你再到后街的'铃屋'要两碗面,快一点儿。"

我和知惠小姐并排坐在火盆边上暖手。

"搭上被子吧。天冷了啊。您不喝上两口么？"

老板娘拿起一个长把酒壶往自己的杯子里斟酒,然后又往另外的两只茶碗里斟了酒。

我们三人默默地开始饮酒。

"你们的酒量都不错呀。"

老板娘不知为何悄悄这么说。

只听得哗啦啦开门的声音。

"先生,我带来啦!"

这是一个青年的声音。

"我们的那个社长太精细,我一再地求他给两万,结果还是一万。"

"是支票吗?"

上原先生用嘶哑的嗓音问道。

"不,是现款。真抱歉。"

"啊,行啊,我来写收据。"

这时,其他酒友们还在唱着那首怪异的祝酒歌。

"绞架,绞架,断头台!"

"阿直呢?"

老板娘认真地问知惠小姐。我吓了一跳。

"我哪儿知道呀。我又不是阿直的看守。"

知惠小姐慌得面色绯红。

"他最近跟上原先生有什么过节吗？过去他们总是在一起的。"

老板娘郑重其事地问。

"听说他迷上了舞蹈。大概爱上了舞女吧?"

"阿直这家伙呀,嗨,一个酒一个女人,恶习难改!"

"那可是上原先生训练出来的。"

"阿直的恶习有过之无不及。像他那种倒霉少爷……"

"我说,"我微笑着插嘴道,我觉得不说出来反而是对她俩不恭,"我是直治的姐姐。"

老板娘仿佛吃了一惊,上上下下打量我。知惠小姐却满不在乎地说:

"您的脸真像阿直。刚才看到您站在昏暗的外屋,吓了我一跳,还当是阿直先生哩。"

"哦,原来您是……"

老板娘改变了语调说。

"难为您来这样粗陋的小店。那您跟上原先生,从前就……?"

"是的,六年前我们见过面……"

我吞吞吐吐地说着,低下了头,不由得两眼噙满了泪水。

"让您久等啦。"

女佣端着面条进来。

"快趁热吃吧。"

老板娘劝道。

"那就不客气了。"

我端起碗,面条的热气罩在脸上。我哧溜哧溜地吃面,仿佛品尝着赤贫中的凄凉。

"绞架,绞架,断头台!绞架,绞架,断头台!"

上原低声哼唱着走进我们房间,在我旁边盘腿坐下,不声不响地把一只大信封递给了老板娘。

信封里的东西老板娘看也不看,随手就丢进了长方形火

257

盆的抽屉里,笑道:

"就这么点儿?余下想赖账么?"

"怎么会呢?余下的,明年付给你吧。"

"记着就好。"

一万元。一万元能买多少只电灯泡呢?要是我有这些钱,便能舒舒服服地过上一年。

唉,这些人准有什么毛病。没准儿,他们就跟我不能少了爱情一样,唯如此才能生存下去?如果说,人生在世,活乃第一要义,那么他们为了活下去而做的一切,恐怕也便无可厚非。人要活着。人要活着。啊,那真是人生中无限艰难的大事业呐!

"总而言之……"

隔壁房间的一个绅士说:

"今后要在东京生活,就得学会寡廉鲜耻,就得学会'哎呀、您好'之类的浅薄奉承,不然你就混不下去。如今还要求我们稳重呀、诚实呀,那般美德还有用么?就如同使劲拉拽上吊者的双足!稳重什么?诚实什么?呸!噗!还让不让人活?假如你不会觍着脸皮说'您好',剩下的就只有三条路:一是种地,二是自杀,三是靠女人养活。"

"要是一个笨蛋三条路都走不通,还有最后的一条路……"

另一绅士插言道:

"摽着上原二郎喝酒呗,痛饮!"

绞架,绞架,断头台!绞架,绞架,断头台!

"你有住的地方么?"

上原压低嗓门,自言自语似的说。

"我?"

我意识到自己心中有一条扬起镰形脖颈的毒蛇。敌意。一种近乎敌意的情绪令我的身体发僵。

"杂鱼寝(狭窄的地方许多人挤在一块儿睡),你行么?天气可冷哩。"

上原也不管我是否生气,嘟囔着说。

"恐怕不行啦!"

老板娘插嘴说:

"太委屈人家啦!"

上原不屑地咋了咋舌头。

"那最好别上这种地方来喽。"

我依然不吭声。我料想他已看过我的信,从他的语气中早已觉察,他是爱我的,没人这样爱我。

"实在没办法,只好请福井先生帮忙了。知惠小姐,你陪她去好么?嗨,都是女的,路上怕有危险吧。真麻烦啊。老板娘,帮我把她的木屐悄悄放到厨房去吧,我送她去。"

外面已是静寂的深夜。风小些了,满天星斗闪闪发光。我们并肩走着。

"杂鱼寝也没关系呀。我无所谓。"

上原困倦地嗯了一声。

"您想跟我单独在一起,对不?"

我说完笑了,上原则扭歪着嘴苦笑道:

"是啊,真烦人。"

我切身感受到了他那深深的爱。

"您喝那么多酒。每天晚上都喝么?"

"嗯呐,每天,从早到晚地喝。"

"酒就那么好喝么？"

"不好喝！"

听上原这样说，我不禁打了一个寒战。

"工作怎么样？"

"不行。写什么都觉得无聊。心中徒有无限的悲哀。生命的黄昏。艺术的黄昏。人类的黄昏。一切都令人厌弃。"

"郁特里罗①呢？"

我近乎下意识地说出这个名字。

"啊，郁特里罗，他好像还活着呢。酒精的亡灵。死骸罢了。近十年来，那小子的画作俗不可耐，一无可取。"

"恐怕不仅是郁特里罗吧？其他的名人巨匠也全部……"

"对，衰啦。新芽也是，才萌芽，就凋零。霜。Frost。好像全世界都在不合时宜地降霜。"

上原轻轻抱了抱我的肩膀。我的身子像被上原的和服外套裹了起来。我并不拒绝，反而紧紧依偎着他慢慢地走。

路旁树木的树枝。没有一片树叶刺向夜空的细枝。

"树枝真美呀。"

我情不自禁地自言自语。

"嗯，花与黑色的树枝搭配得……"

他有点儿惶惑地接茬儿说。

"不是，我说的是无花无叶无芽的树枝，我喜欢光秃秃的树枝。那样的树枝居然是活枝，与枯枝是不同的呀。"

"生命长存呐。唯有自然。"

---

① 莫里斯·郁特里罗(1883—1955)，法国画家，曾是个酒徒。

他说着又连续打了几个大喷嚏。

"是不是感冒了?"

"不,不,不然。其实,我有一个怪毛病,喝酒到了位便会打喷嚏,像是醉酒的晴雨表似的。"

"恋爱了么?"

"啊?"

"有人了么？人也到位了么?"

"咄,别糟践我啦。女人全一个样。实在麻烦！绞架,绞架,断头台！不瞒你说,有一个,不,应该说是半个。"

"我的信看了吗?"

"看了。"

"怎么不回信呢?"

"我讨厌贵族。说不上哪儿总有一种令人讨厌的傲慢。你弟弟阿直君作为贵族是个出色的男人,却也不时地突然显露出拒人千里的狂妄自大。我是个乡村农民的儿子,走在这样的小河畔,必定感伤地回忆起自己的童年往事——在故乡的小河里钓鲫、捞鳉……"

我们沿着河边的小路漫步,河底黑黢黢发出潺潺的流水声。

"你们贵族绝对无法理解我们这样的感伤。总是轻蔑它。"

"屠格涅夫呢?"

"他是贵族喽。所以我不喜欢。"

"可他的《猎人笔记》……"

"嗯,只有这部作品还算不错。"

"他也写农村生活的感伤……"

"那家伙倒是一个乡村贵族,在这一点上,咱们妥协啦。"

"我如今也是一个乡下人呐。我在种地呢,是个乡下的穷人。"

"你还喜欢我?"

他用粗暴的口吻说:

"还想要我的孩子吗?"

我没有回答。

他的脸像块岩石,掉落在我的脸上乱吻一气,充满了性欲。我接受了这样的吻,却又潸然泪下。这是苦涩的眼泪,间有屈辱和悔恨。夺眶而出的眼泪不停地流淌着。

两个人又并排往前走去。

"我输啦。上你的套儿啦。"

说罢他呵呵地一笑。

我却笑不出来,紧紧地抿着嘴角,蹙起眉头。

无可奈何!

倘以语言表达,便是这样的一种心情。我趿拉着木屐,步法凌乱。

"输给你啦。"他又说,"走哪儿算哪儿吧。"

"讨厌!"

"你这家伙!"

上原在我肩上捶了一拳,又打了一个大喷嚏。

来到福井先生家,一家人像是已经歇息。

"电报,电报!福井先生,你的电报!"

上原拍打着大门唤道。

"是上原吗?"

屋里传来男人的声音。

"是啊。王子和公主来求住一宿。冷死啦！不停地打喷嚏。难得的一次爱情私奔呀,可别变成了喜剧。"

大门从里边打开。一个年逾五十的秃顶小老头儿穿着一身华丽的睡衣,面带怪异的羞赧笑容迎接我们。

"拜托了。"

上原打了个招呼,风衣也不脱便径自走进屋里。

"画室太冷,不行。把二楼借给我吧。你来！"

他牵着我的手穿过廊子,登上走廊尽头的楼梯,走进一间黑咕隆咚的房间。在房间一角啪嗒地打开了电灯开关。

"真像是酒馆的客房呀。"

"嗯,暴发户的爱好嘛。给他这么个混混画家太可惜了。可他贼运亨通,没病没灾。咱干吗不利用他一下呐？好啦,睡吧,睡吧。"

他像在自己家里一样随便地打开壁橱,取出被褥铺上,然后说：

"你在这里睡。我得回去。明早再来接你。厕所下了楼梯往右。"

他像从楼梯滚了下去似的,咕咚咕咚地下了楼梯,然后变得寂然无声。

我按下开关,熄了电灯,脱下父亲带回的外国面料制成的天鹅绒大衣,解开腰带,和衣钻进了被窝。我已疲惫不堪,又喝了酒,只觉得浑身酸软,倒下就迷迷糊糊地睡着了。

他却不知何时睡在了我身边……我无言地拼命抵抗了大约一个小时。

忽然觉得他好可怜,便放弃了抵抗。

"回去了心里又不踏实对么？"

"嗯,是的。"

"你不是说身体不好,咯血么?"

"你怎么知道的?不久前确实吐了很多血,可没对人说过呀。"

"我闻见一股气味,跟母亲去世前一样。"

"我是在拼命喝酒。活着,让我感觉无限的悲哀。不是苦闷、寂寞之类的感觉,而是悲哀。当你听见四周墙壁传出的、阴郁忧愁的叹息时,还会在乎一己的幸福么?当一个人发现继续活下去,绝不会获得自己的幸福和荣光时,他有怎样的感受呢?努力,无非是饥饿野兽的饵食!数不胜数的可怜人!你不爱听?"

"没有啊。"

"唯有爱情。正如你信中所言。"

"是的。"

我的爱情消失了。

天亮了。

屋里微明时,我仔细凝视睡在一旁的他,一副垂死的、疲惫不堪的面容。

牺牲者的面容。尊贵的牺牲者。

他是我的人,我的彩虹。My Child(我的宝贝)。又是可憎的人,狡猾的人。

此时,我竟感觉他的面容俊美得举世无双。我的心激动得扑通扑通跳,仿佛爱又再次苏醒,我抚摸着他的头发,情不自禁地吻他。

我成就了无限悲哀的爱情。

上原闭着眼睛拥抱我,且说:

"都怪我那臭偏见,我是农民的儿子嘛。"

我真想永远这样,不再离开他。

"我现在好幸福。即使听见四周的墙壁叹息,现时的幸福感也已达到了饱和点。幸福啊,我也快要打喷嚏了。"

上原听了呵呵笑道:

"可是,晚了呀。已是黄昏了呀。"

"不,是早晨呀。"

弟弟直治就在这天早晨自杀身亡。

七

直治的遗书。

姐姐:

我撑不住了,我先走啦。

我完全不明白,自己为什么非得活下去。

让那些愿意活着的人活下去好啦!

人有生存的权利,同样也有赴死的权利。

我的这种看法完全是老生常谈呀。这样理所当然的基本常识,人们却避之而唯恐不及,或只是不愿直截了当地说出来罢了。

愿意活着的人,无论如何也应当坚强地活下去。这是好事,亦可称之为人类的光荣。但我觉得,死也未必就是什么罪过呀。

我就是一棵小草,在这个世界的空气和阳光中难以苟活的小草。我的生命中欠缺或缺少一种素质,苟活至今,已尽了最大的努力。

我进入高等学校以后,第一次交往了不同类型的朋友。他们的阶级出身同养育我长大成人的阶级完全不同,他们就像是茁壮而强势的小草,在那般强势的压迫下,为了不输给他们,我服用麻药,近乎疯狂地抵抗。后来当了兵,在那儿我仍旧服用鸦片,以此当作自己苟存下去的最后手段。姐姐,您大概不会理解我的这种心情吧?

我真想变成一个下作庸俗的人。我想变得坚强,不,我想变得强暴。我以为这是成为民众之友的唯一途径。仅仅靠饮酒是无法办到的。因为需要始终保持一种头晕目眩的状态。除了麻药我别无选择。我必须忘掉家庭。我必须反抗父亲的血统。我必须拒斥母亲的优雅。我必须冷漠地欺负姐姐。我以为,否则我便无法得到进入民众之屋的入场券。

我变得庸俗下作,言谈也变得下作,而其中一半,不,其中百分之六十是伪装出来的可怜相或笨拙的花招。在民众眼中,我仍旧是讨厌的、古怪而拘谨的公子哥儿。他们不愿意推心置腹地与我交往。可事到如今,我又无法返回自己曾经抛弃的沙龙。尽管我的下作百分之六十是人工的伪装,但余下的百分之四十却是真正的下作呀。我厌弃上流社会的那种沙龙,那种臭不可闻的文雅令人作呕,我一时一刻也无法忍受。当然,那些高官显贵也将震惊于我的玩世不恭,他们会随时将我轰出沙龙。我无法返回自己业已抛弃的世界,而民众只是赏赐我一个充满恶意却彬彬有礼的旁听席。

无论处在哪个时代,像我这种狗屁思想没有、缺乏生活能力而又残缺败落的小草,或许只有自生自灭的命运。

但我也会心存怨艾，我也知道自己在何等情况下碍难苟存。

人都是一样的。

这能否算作思想呢？我坚信发明此等怪论者不是宗教家，也不是哲学家或艺术家。这句话出自民众酒馆。谁是始作俑者呢？无从调查。总之它莫名其妙便像蛆虫一般地涌现出来，传遍了全世界且令世界变得失去了和谐。

这句怪异的话语同民主主义和马克思主义全然无关。它必定是酒馆里的丑八怪男人咒骂美男子的言语。那是什么思想呢？那只是一种焦虑或嫉妒。

然而酒馆里的这种嫉妒或怒骂却奇妙地装作很有思想的模样儿，在民众之间大行其道。本来是与民主主义、马克思主义全然无关的一句话，却不知不觉地与那种政治思想或经济思想纠缠在一起。这真是一种奇妙的恶劣状况。这种将乱七八糟的胡言乱语偷换为思想的把戏，或许连梅菲斯特都会感觉到良心受辱，且于踌躇之中望而却步。

人都是一样的。

这是一句多么卑劣的话语呀！它不尊重任何人包括说话者自己，它毫无自尊放弃了所有的努力。马克思主义主张劳动者至上，却绝无"人皆一样"之类的说法。民主主义强调个人的尊严，也没有"人皆一样"的说辞。只有妓馆招揽客人拉皮条者才会说：

"嘿嘿，不管怎样装腔作势，人还不都是一个糗样儿？"

为什么要说"都是一样"的呢？为什么不敢强调优越的存在呢？这便是奴隶根性的复仇。

实际上，这句话给人以猥亵而可怕的感觉，它使人与人之间相互畏惧，一切思想皆遭亵渎，所有努力皆被嘲笑，幸福被否定，美貌被蹂躏，名誉被玷污，所谓"世纪的不安"，我相信所有这些都是由那奇怪的一句胡言所引起。

我讨厌这句胡言也受着它的胁迫，我浑身战栗，做任何事情都羞赧胆怯，我战战兢兢处在无尽的不安中无所适从。我索性沉迷于酒精和麻药，在晕眩中求得瞬息间的平静，结果却弄得一团糟不可收拾。

我太过懦弱了么？我是一棵患了重病的小草么？我如此这般，列举了这么多小道理，妓馆的牛太郎（揽客者）或会嘲笑说，你瞎扯什么呢？你本来就是个喜好玩乐的人，一个懒人和色鬼，还是一个自顾自的享乐主义者。从前，听到这些话我只是不好意思地点点头，态度暧昧。可在临死的现在，我则想说一句心里话以示抗议。

姐姐。

请相信我吧。

我虽耽于玩乐，却一点儿也不快乐。也许是快乐的"阳痿"吧。我只是为了摆脱自身的贵族影子，才疯狂，才玩乐，才耽于酒色。

姐姐。

我们究竟是不是有罪之人？生为贵族，难道是我们的罪过吗？仅仅由于出生在这个家庭，我们就得像犹大的亲属一般,永远去过那种谢罪、惶恐或羞愧的生活吗?

按理说,我早就该去死了。唯一无法舍弃的正是妈妈的爱。念及于此,我便不能去死。人有自由生存的权利也有随意赴死的权利。但我认为只要"母亲"还活着,死的权利就必须有保留。不然也会同时害死"母亲"的呀。

我想现在我去赴死,便不会有人悲痛欲绝了。不,姐姐你听我说,我心里有数,我知道你们失去我会伤悲到何等程度。那种虚饰的感伤就免了吧。你们知道我死了之后,一定会哭泣。但是,你们如果站在我的角度,想到我活着时承受的痛苦,想到摆脱猥琐生命后那种彻底解放带来的喜悦,那么我想,你们的悲伤就会逐渐地消失。

或许,有人会对我的自杀大加责难,说我应该活到老死。这些人,其实是自作高明的嘴上功夫,不会对我有任何的帮助。这样的人,或许是异想天开的大伟人?——见到天皇陛下,没准儿还会觍着脸,劝天皇陛下开家水果店呢。

姐姐。

我还是死了的好。我没有所谓的生活能力,无力在金钱上与人竞争,就连蹭人一顿饭的本事都没有。我和上原先生一起玩的时候,我的账总是自己付。上原先生认为,这有点儿贵族式小家子气的傲慢,他老大不高兴。可我并非因为傲慢才那样结账的呀。我怎么好用上原先生的辛苦钱呢?我怎么好用那样的钱,没名堂地吃吃喝喝甚或玩弄女人?简单地说,我那是因为尊崇上原先生的工作。不过也是胡扯！其实我自己也弄不清楚是什么原因。我只是觉得,受人请客是非常可怕的。尤其是用人家辛苦挣来的养命钱请客,更是如坐针毡似的干心不安。

为此,我一个劲儿把家里的钱和物什拿出去,令妈妈、姐姐伤透了心,我自己也没有感觉到一丝快乐。什么出版事业发展计划,完全是为了遮羞和搪塞,其实根本不曾打算做。我的心里早就清楚,即便真心想做,我这么一个蹭饭都不会的主儿,怎么可能赚到钱？我再蠢,对此还是心知肚明的。

姐姐。

我们已经是穷人了。本来我想,趁现在活着,好好地款待朋友,不料竟至离开了别人的款待便已无法苟活。

姐姐。

那我为什么还非要活下去呢？我已经没有希望。我要去死。我有一种药,可以死得舒坦一点儿,是当兵的时候弄到的。

姐姐是个漂亮、贤惠的女人(我一直以美丽的母亲和姐姐而自豪)。因此我完全不为姐姐担心。我甚至连担心的资格都没有。正如盗贼体恤被盗受害者的苦衷只会叫人感觉脸红。我想,姐姐定将结婚、生子,倚赖丈夫生活下去。

姐姐。

我有一个秘密。

很久以来我一直珍藏在心中。即便在战场上,在睡梦中,我都时时刻刻思念着她。梦醒之后,常常是泪水涟涟。

无论对谁,即使烂了嘴巴,我也不曾说出过她的名字。而现在我要死了。我想,至少该在姐姐面前袒露真言。可我心中还是害怕,不敢说出她的名字。

然而,倘若我把这个秘密当作绝对秘密埋藏心底,至死也不告诉世上的任何人,那么我觉得,我的躯体在火葬时,胸腔将会燃烧不尽且留有腥膻气味。我感觉到异常的不安。我想虚构式地讲个故事,转弯抹角、若隐若现地将秘密说给姐姐听。虽是虚构,姐姐听了一定会明白我说的是谁。因为这种虚构,不过是将真名换做假名罢了。

姐姐莫非不认识她?

照说姐姐是认识她的,或许未曾见过面?她比姐姐大几岁,单眼皮,丹凤眼,从不烫发,永远是那种直愣愣的发型,叫做"垂髻"什么来着?反正是那种朴素而不加修饰的发型。着装也是穷酸模样,却不邋遢,任何时候都给人以整齐、清洁的印象。她是战后一举成名的、某中年油画家的夫人。画家笔法新颖,连续发表了若干新派油画,展示了粗放、无羁的画风。但他的夫人却十分文静,总是面带温柔的微笑。

我站起身说:

"告辞啦。"

她也会站起身,全无戒心地走近我身旁,仰面望着我,用平素的语调问:

"为什么?"

她仿佛真的不明白,微倾香颈,半晌儿盯视着我的眼睛。她的眼神全无邪心和虚饰。我却天生怯懦,与女人的视线相遇便会慌张失措紧忙地移开视线。可唯有那一次,我没有感到丝毫的羞怯,两人的面庞仅隔一尺远近,似乎超过了六十秒钟,我无限愉快地注视着她的眼睛。我不觉微微一笑说:

"那么……"

"他马上就会回来的。"

她依旧带着认真的表情说。

我忽然想到,所谓正直,恐怕就是带有如此感觉的表情吧。我想,它不是修身教科书里讲述的那种冠冕堂皇,以"正直"二字表达的品德,莫非正是这种可爱的感觉?

"我还会再来。"

"好啊。"

自始至终,都是这种十分平淡的对谈。某年夏天的一个下午,我又造访了油画家公寓。夫人说画家不在,但一会儿就会回来,就上屋里等一会儿吧?我走进房间,一面翻阅杂志一面等待着。约莫过了三十分钟,看样子不会马上回来,我便起身告辞了。仅此而已。然而,我却在那一天那一时刻,痛苦地爱上了她的眼睛。

高贵,可不可以这样说呢?但有一点我可断言,我周围的贵族中,没有一个人能像妈妈那样,眼神中流露着全无警戒的"正直"。

后来在一个冬天的傍晚,我又深深地被她的侧影吸引了。当时也在画家的公寓里,我从早晨开始,就陪着油画家守着被炉喝酒,两人一边喝酒,一边把日本的所谓文化人,统统骂成了臭大粪,而后捧腹大笑。画家喝高了,躺下便呼呼大睡。我也躺下了,迷迷糊糊正要睡着时,有人轻轻给我搭了条毯子。我眯缝着眼睛看时——东京的冬天景象,傍晚时分的天空清澈似水,夫人抱着小姐悠闲地坐在公寓的窗子旁,端庄的侧影宛若文艺复兴时期的侧影画像,衬着远方浅蓝色的傍晚天空,轮廓分明地浮现出来。她只是悄悄地给我盖了一条毯子,这番好意中没有丝毫的情色或欲望。啊!"人性"!这个词语运用于此才有新生的含义。她的体贴中近乎无意识地包含了人性中与生俱来的枯寂,她仿佛油画中娴静的人像静寂地眺望着远方。

我闭上眼睛,恋慕得近乎发狂,我的眼泪由眼睑下面流淌出来,只好拽拽毛毯蒙在头上。

姐姐。

我去拜访那位油画家,起初是被作品的奇特画法和作品蕴藏的狂热爱情所吸引。后来交往多了才感觉,他的没教养、口无遮拦和卑鄙无耻真令人扫兴。与之相反,画家夫人的心灵之美却深深吸引了我,不,应该说我是在爱慕、思念一个真正值得怜爱的人。后来我去画家那里,只是为了见她一面。

在我如今的观念中,若说那位画家的作品多少表现了一点儿艺术的高贵,我想也是因为反映了夫人的优雅心灵吧。

现在若要明确说出自己关于那位画家的看法,我想他只是一个酒徒、一个顽主和巧妙的投机商。他最看重的是用于吃喝玩乐的金钱。他不过在画布上胡乱地涂抹颜料,趁着流行的势头招摇撞骗,劣等烂画卖出了好价钱。他的身上只有蛮野村夫的厚颜无耻、傻瓜的自信和狡诈的商业才能。

依我看,他根本不懂绘画,无论是外国人的绘画还是日本人的绘画。他甚至连自己的绘画都不懂。他所希图的,只是用于吃喝玩乐的金钱,为此不遗余力地在画布上胡涂乱抹。

更加令人吃惊的是,他对自己的那种荒谬似乎没有一点儿怀疑、羞耻乃至恐惧的感觉。

他居然还洋洋得意。说到底,这是一个连自己画作都不懂的家伙,哪里还能理解他人创作的精妙?他知道的只是一味地诋毁旁人。

也就是说,那个画家过着一种颓废的生活,口头上也说苦哇苦哇,实际上却是傻瓜乡巴佬到了憧憬已久的都市,自己获得了出乎意料的成功,自然是欢天喜地、没白没黑地饮酒作乐。

我曾对他说过:

"朋友们这般怠惰,吃喝玩乐,自己用功学习也怪难为情。诚惶诚恐。虽是全无玩兴,还是跟大家玩在了一起。"

那中年画家听了,竟满不在乎地答道:

"哦,这就是贵族气质吧。真讨厌。我也一样。看见人家玩儿,觉得自己不玩太吃亏,便也加入了进去。"

这时,我开始从心底里蔑视那个画家。与其说他的放荡生活中没有苦恼,莫如说他是为其傻瓜式的玩乐自鸣得意。真是个愚蠢的快乐顽主。

我讨厌油画家。但坏话说上一箩筐也与姐姐无关。相反在此刻临死之际,我却留恋、怀念起与他的长期交往,突然还有一种冲动想与之再见,同乐,对他的憎恶感觉亦已荡然无存。我不想再对之评头论足,因为他也是一个具有许多优点且懂得寂寞的人。

我想让姐姐知道的只有一点,我思念油画家的夫人,痛苦得心似火燎。姐姐知道了不用告诉任何人,更不必装模作样地多管闲事——企图实现弟弟的生前愿望。姐姐知道后,只需在心里悄悄地说:"啊,原来如此。"这就行了。如果说我还存有什么奢望,那就是听了我这没脸见人的告白,至少姐姐可以更加深入地了解我生命之中的那般痛苦。那样我就心满意足了。

我曾经梦见和夫人握手,并感觉夫人很早以前亦已爱上了我,醒来后的手心上,似乎还残留着夫人手指的余温。我觉得自己该满足了,也该死了这条心。我并非惧怕道德的谴责,却非常惧怕那半疯似的油画家。不,他几乎就是个彻头彻尾的疯子。我愿彻底地死心放弃,将心中的欲火转移方向。于是一天晚上,我遇上所有的女人都跟她们疯狂地做爱,真可谓天昏地暗。结果,连那位油画家都无奈地皱起了眉头。我想总得有个办法,从夫人的幻影中解脱出来,忘掉她并恢复以往的平静。然而我却办不到。归根结底,我是只能恋慕一个女人的男人。我也见过夫人的其他女友,却从未感觉她们美丽或可爱。

姐姐。

在我死前,就让我这样信笔由缰地写下去吧。

……菅女士。

这就是画家夫人的名字。

昨天我带了一个三流舞女（这舞女有些方面真是蠢到极点）来到山庄，但绝不是为了今天早上去寻死。我的确有近期必死之打算，但昨天带了那个女人来山庄，只因她死乞白赖地求我带她外出旅行，我在东京也玩腻了，觉着带个蠢女人来山庄歇息两三天倒也不坏，因此，虽说给姐姐带来了些许不便，最终还是一起来了山庄。可姐姐却要到东京的朋友那里去。当时我忽然觉得，要死，这就是最好的时机。

很早以前，我便设想死在西片町老宅的里屋。我压根儿不愿死在马路上或野地里，让看热闹的家伙随意摆弄自己的尸体。然而，西片町的老宅现在已归他人所有，我也只好死在这个山庄了。但是想到第一个发现我自杀的人是姐姐，想到姐姐那时的极度惊愕与恐怖，我的心情便觉得异常沉重。我无论如何，都不能选择仅有姐姐两人在山庄的深夜里自杀。

现在是多好的一个时机呀。姐姐不在家，却由那位愚钝、丑陋的舞女充当我自杀的发现者。

昨晚两人在一起喝酒，然后让舞女睡在了二楼的西式房间里，我在楼下妈妈去世的屋子里铺好了床铺，便开始书写这凄惨的手记。

姐姐。

对我而言，已丧失了希望的地盘。再见了！

归根结底，我是自然死亡。人不可能单单因为思想而赴死。

实在惭愧，我还有一个请求。妈妈遗物中的麻布上衣——姐姐让直治明年穿而特地改过的衣服，就请放在我的棺材里吧。我想穿着它。

天快亮了。长期以来,姐姐辛苦啦。

再见了!

昨夜的酒完全醒了。我并非醉酒而死。

再一次跟姐姐道别,再见了!

姐姐。

我是贵族。

八

梦。

大家都离开了我。

我料理了直治的后事,便一个人在冬天的山庄里住了一个月。

我怀着清澈如水的心情给他写信。这恐怕也是最后一封信了。

您好像也把我遗弃了。不,好像是渐渐地遗忘了。

然而我是幸福的。我似乎如愿以偿地怀孕了。我感觉自己已失去了一切,但腹中的小生命,却令我浮露出孤独的微笑。

我从来不觉得自己做了肮脏的错事儿。最近我终于明白了,世界上为何会有战争、和平、贸易、工会乃至政治。您还没弄明白对吗?所以您才始终不幸。我来告诉您吧,那是为了让女人生下好孩子。

我从来不曾对您的人格与责任存有奢望。问题仅在于,我那般一心一意的恋爱冒险能不能获得成功?如今,我的这个愿望业已实现,我的心像森林中的沼泽一样恬静。

我认为自己赢了。

我想,即便马利亚生下一个丈夫以外男人的孩子,只要马利亚感到坦荡自豪,他们自然就是圣母圣子。

我对旧道德漠然视之,为此我获得了一个好孩子。我十分满足。

往后,您难道还是跟绅士、小姐们"绞架、绞架"地喝酒,继续过那颓废的生活?我无意阻止您。那也是您最后的一种斗争形式吧。

我不想对您再说那些显而易见的敷衍话——什么戒酒啦、治病啦、争取长寿啦、干点儿出色的工作啦,等等。与其干点儿"出色的工作",莫如拼命地坚守那般所谓的恶德生活。那样,没准儿反倒令后人心存感激呢。

牺牲者。道德过渡期的牺牲者。您和我,无疑都是这样的类型。

革命,究竟发生在哪儿呢?至少在我们身边,旧有的道德毫无改变且阻拦了我们的去路。大海的表面波涛汹涌,海底的海水遑论革命,一味静止地、假寐般地横卧于彼。

但我相信,在过去第一回合的战斗中,虽说奏效甚微,却毕竟将旧的道德推后了一步。今后,我还准备同将要诞生的孩子一起,进行第二个、第三个回合的战斗。

生下自己爱人的孩子,抚养他长大,便是我道德革命的完成。

即便您已忘记了我,即便您酗酒丢失了性命,我也要完成我的革命。我想我会健康地活下去。

不久之前,有人将您人格的诸般卑下告诉了我。但是,使我获得那般坚强信念的是您。您在我的心中架设了一道革命的彩虹。您使我获得了生活的目标。

我为您而自豪。将来,我要让新生的孩子也要以您为自豪。

私生儿和他的母亲。

我们要与旧道德战斗到底,像太阳一般永存。

拜托,期望您也会继续您的战争。

没有一点儿革命的迹象。看来,须有更多令人惋惜的尊贵的牺牲者。

今日世界中最最美丽的牺牲者。

这里还有一个小小的牺牲者。

上原先生。

我不想再提出任何请求。但是为了这个小小牺牲者,请您答应我一件事儿。

我希望,想请您的夫人拥抱一下我生下的这个孩子,哪怕一次都行。允许我在那时对她说:

"这是直治和一个女人私下里生下的孩子。"

为何那样做呢?唯独这一点,我不能告诉任何人。不对,连我自己也不清楚为何那样做。然而我却必须那样做。为了一个将要叫作直治的小小牺牲者,我无论如何也要请您那样做。

您会感觉不快么？即便不愉快，也请您多多包涵。请您务必答应我的这一请求，将之当作一个已经被人遗弃又即将被人忘却的女人提出的、唯一且略微令人厌弃的请求。

      致：M·C My Comedian
        昭和二十二①年二月七日

---

① 一九四七年。

人间失格

引　子

　　我见过那个男人三张相片。

　　一张像是孩童时代,约莫十岁。男孩儿身边围着好多女孩儿(想必是他的姐姐、妹妹或表堂姐妹)。他们聚集在庭园池塘边。男孩儿穿着宽条纹裙裤,颈项左倾三十度,露出丑陋的笑容。丑陋?那些萎靡者(对美丑毫无感觉的人们)却带着麻木的表情说:

　　"这孩子多可爱呀!"

　　说是言不由衷的奉承,倒也有些绝对。男孩儿的笑颜,倒也未必全无一般意义上的"可爱"踪迹。可是,但凡稍有"美丑"素养者,看一眼便会产生老大的厌弃感。

　　"胡说。这孩子让人看着不舒服。"

　　观者或将一声沉吟,驱除毛虫似的将相片扔置一边。

　　说不清什么缘由,那男孩儿的笑颜一看就产生瘆人的感觉。为何如此?原来并非笑颜。男孩儿根本不笑。你看他站在那里紧握双拳。哪个人能紧握双拳面带微笑?除了猴子。那是猴子的笑脸。脸上净是丑陋的皱纹。照片上的男孩儿真个面目可憎,令人厌弃,怪异的形象活脱一个"满脸皱褶的小老头"。我还从未见过这等怪异表情的孩童。

第二张相片也让我吃惊,相貌骤然一变像个学生。究竟是高中时代还是大学时代的相片不得而知。反正变成了一个俊美学生。令人惊异的是,相片怎么看都不像一个活人。身着学生服,胸兜里露出一角白色手帕,跷腿坐在藤椅上。相片上的人笑容依旧,却已不是"满脸皱褶的小老头"似的猴脸,而变得造作拿捏,让人看着实在不像人的笑容。或者说毫无充实感,看不出血色的凝重或生命的浑朴。那笑容无可言喻,与其喻作一只飞鸟,毋宁说轻似鸿毛或一张白纸。总之给人彻头彻尾的造作感觉。装模作样、轻薄肤浅、娘儿们气息之类的负面贬词均显得分量不足,与什么讲究时髦更是风马牛不相及。仔细端详,这美貌学生说不上哪儿总给人一种不舒服的诡异感。迄今为止,还从未见过如此诡异的美貌青年。

最后一张相片尤为奇怪,全然看不出实际年龄。头上有了些许白发。屋子里肮脏凌乱(相片中清晰地显现出三处墙皮脱落),男人坐在墙角,双手护着一个小火盆。没有笑容,无任何表情。不妨说,这张相片给人以不祥之感。那样双手罩着火盆取暖,暗喻了人的自然死亡。奇怪的是不仅如此,相片上的那张脸专门给了一个大特写。我仔细揣摩脸的构造。额头平凡、皱纹平凡、眉毛平凡、眼睛平凡,鼻子、嘴巴、下颚,哎呀!这张全无表情的脸,没法子给人印象。什么特征都没有!我看了那张相片,暂且闭上眼睛,那个面容已然忘记。我能够记得房间的墙壁和小火盆,房间主人公的面容却印象全无,烟消云散,无论如何都想不起来。那是一张不上画的面容,连漫画都无法描摹。睁开眼睛,也绝不会有这般惊喜。

啊！想起来了，原来是这样的一副面容。说得极端点儿，睁开眼睛重见那相片，还是对相片中的人充满陌生感。感受到的唯有烦闷与焦躁，恨不能将之丢弃。

所谓"死相"，也会留有表情或留下印象，例如人体接上驽马头。总之那相片莫名其妙地令观者惊悚，产生厌弃的心情。迄今为止，我还真的从未见过如此怪异的男人面容。

第一手记

我的一生充满耻辱。

对我而言，人类的生活无法猜度。我出生在东北乡村，好大年龄了才第一次看见火车。车站的停车场有一处天桥，上上下下，却完全不曾意识到那是为了跨越铁轨。停车场内宛若西洋的游乐场。我一直以为，此般设置复杂有趣，琳琅满目。很长一段时间里，上上下下那座天桥，仿佛在做某种文雅的游戏。我一直感觉在所有的铁道服务中那是最温暖、体贴的服务。可是当我发现，那天桥不过为旅客跨越轨道——实用性使我意兴顿失。

小时候看过连环画里的地铁，同样不曾意识到那是为了实际的需要，只觉得新奇有趣，地下的乘车比地上好玩儿。

孩童时期体弱多病，动辄卧床。躺在床上，一直把那些床单呀枕套呀被套呀之类的，当作没有价值的装饰。年近二十突然明白，那些也都是意料之外的日常实用品，不禁产生了悲哀的感觉，黯然于人类的素朴。

我从小不知饥肠辘辘是何感觉。那并不意味着自己生长于一个衣食无忧的家庭，我不会有那般愚蠢的炫耀，而是真的全然不知"饥肠辘辘"是何感觉。兴许自己的说法有点儿奇怪,肚子饿了自己竟然意识不到? 小学、中学时代,从学校回到家里,身边的人都会说:"肚子饿了吧? 我们知道的,放学回家肚子饿得咕咕叫,要不要甜纳豆? 也有蛋糕、面包。"面对絮絮叨叨的人们,自己便发挥天生的逢迎本领,一边嘟囔着肚子好饿,一边将十粒纳豆投入口中。但空腹感到底怎么一回事儿,仍旧是全然无知。

自己的饭量并不小,却从来没有在空腹感的作用下拼命吃喝的记忆。我当然喜欢珍馐佳肴。出门做客,我会硬撑着吃完饭菜。而对童年时代的自己,实际上最为痛苦的时刻,莫过于在自己家中用餐。

在乡村的家中一家用餐时,相对而坐,分排两列,作为幺儿的自己自然是最靠边角的座位。用餐的房间光线不好,十几个人闷着头自顾自扒食,每当想起当时的光景便有不寒而栗之感。过去的乡下人刻板,饭菜的样式永无变化,珍馐佳肴之类的不要奢望。所以每到吃饭时间自己都有恐惧之感。自己坐在昏暗餐厅的末席,寒冷中战战兢兢,小口地将米饭送入口中。人为何非要一日三餐呢? 其实大家都带着严肃的表情用餐。这似乎成了一种仪式。家人一日三遭、按时会聚于昏暗一室,循规蹈矩地用餐。想吃不想吃,都得闷着头尽责。莫非是在祈福家中浮游的魂灵?

不吃饭会死! 吓唬小孩儿的鬼话不绝于耳。那是迷信!(时至今日我仍旧认定那是一种迷信!)却使当时的自己感觉不安与恐怖。人不吃饭就得死,所以人们拼命工作。因为人人要吃饭。那样的鬼话对于当时的自己难解晦涩,同时令我产生强烈的胁迫感。

就是说自己对于一般人的生活常识一无所知。自己的幸福观与所有世人的幸福观大相径庭,为此自己长期处在不安的精神状态中,每天夜晚辗转反侧、呻吟嗟叹,有时竟趋于癫狂。自己究竟幸福吗?其实小时候人们常说自己幸福。但自己却始终感觉自己生活在地狱之中。在自己眼中恰恰相反。比较而言,那些说自己幸福的人无欲无求,比自己安乐得多。

我曾料想自己有十次不测之灾。其中一次转嫁邻人,哪怕是仅仅一次,或将都是要命的灭顶之灾。

我不明白邻人承受着何等性质、何等程度的痛苦。想必那是一些极端现实的痛苦。吃顿饱饭即可消解?或许那才是最为强烈的痛苦,凄惨的阿鼻地狱。相比之下,自己的十次不测之灾何足挂齿?大惑不解。那样的……生活抗争中何苦之有?没有自杀、没有癫狂、没有论及政党时的绝望,唯有不屈生活中的长期的抗争。他们是彻头彻尾的利己主义者,确信一切理所当然,从未对自己的一切有过怀疑。那才是愉快的。然而人类如此,没有十全十美。我不明白。夜晚沉睡,凌晨气爽,做何等美梦?大路阔步,又在做何幻想?想钱么?怎么可能?不可能只是想钱!人为吃饭而存活于世?这样的说法老调重弹。那么便是为着金钱活在世上?闻所未闻!那具体问题具体对待……什么呀?我还是不明白……越想越糊涂。似乎只有自己一个人发生了彻底的变化,承受着不安与恐惧袭来的折磨。我与邻人无法对话。不知说什么话题……

于是我开始……装扮丑角。

那是我对人类的最后求爱。我对人类持有极度的恐惧。我对人类同时又极端地执着。我靠着丑角的身份,维持着自己与人类仅有的一线联系。表面上我不断地笑脸相迎,油汗横流奉献,内心却在殊死地、千钧一发地拼搏。危机!堪谓概率千分之一的均衡。

自童年时代,我就无法理解自己的家人,我不知他们承受着什么苦难,也不知他们的心中所想。我只是常常感受恐惧,无法忍受那般隔阂。无形中懂得了扮演丑角的真谛。就是说,不知不觉间变成了一个嘴里没有一句真话的孩子。

看看那个时期跟家人一起拍的照片,大家都是正经八百的表情,唯独自己扭歪着脸露出诡异的笑容。那显然也是自己幼稚而悲戚的一种丑角的表情。

亲人们数落自己,自己却从未回嘴。片言只语,在我听来都像晴天霹雳,痛苦得几近癫狂,哪里还有余裕回嘴?对自己而言,那些片言只语可谓万世一系的人间"真理"。而自己没有施行那般真理的能力,只有一味地逃避,认为自己失去了与人类同居的能力。所以自己既不会与人争辩,也不懂得自我辩解。每当有人恶语相向,自己都认定是自己犯了大错。任何时候都是寡默地承受,内心却感受着近乎癫狂的恐怖。

想必所有的人,在他人责难自己或迁怒于己时都无法持有好心情。我从愤怒的人脸上,看出狮子、鳄鱼、恶龙乃至更加凶猛的动物之本性。平时隐而不显的人的本性,会因暴怒或某种契机突然显露恐惧面目,恰似草原上酣睡的公牛看似稳静,却会突然"啪"地甩动牛尾抽杀腹下的牛虻。每每看见发怒的人,我便毛发倒竖浑身战栗。每每念及这种本性或许也是人类生存的资格之一,我对自己又充满了绝望感。

他人给我的恐怖感,使我总是战战兢兢。我对自己作为人的一言一行,没有一丁点儿自信。我将自己独自的懊恼秘藏于胸中的小匣,竭力掩藏自己的抑郁和神经质,我还一味地伪装自然、天真,仿佛乐天派,却使自己渐渐变成一个真正的丑角或变态者。

我不怕丢人,喜欢引人发笑。这样我便置身于他们的所谓"生活"之外,他们便不会特别注意我。总之我不能让他们看着不舒服。我希望自己是和风、是天空甚至是虚空。我是丑角、家人的笑料。甚至面对更难理解、更令人惧怕的男佣女佣,我也使出浑身解数扮丑取悦。

夏天为取悦家人,我贴身穿着红毛衣走过廊下。红毛衣上罩着浴袍。不苟言笑的长兄看见,扑哧笑了。

"嗨,小叶,你那是个什么装束?"

长兄的语气和蔼可亲。我心里却想,大哥真是的,当我真有病啊?我怎会冷热不知?大夏天穿着毛线衣招摇过市。我只是胳膊套着姐姐的毛线护腿呀。穿着浴袍,露出胳膊,自然像穿着毛衣。

父亲在东京,公务繁忙。他在上野樱木町①有座别墅。因此每个月的大部分时间住在别墅。每次回家,他都给家人、亲戚买好多土产。那是父亲最喜欢做的事情。

记得一次父亲去东京的前一天晚上,把孩子们叫到客厅,微笑着问每一个孩子,下次回来想要什么礼物。问过后,他将孩子们的答案一一记在小本上。父亲很少跟孩子们这样亲密相处。

"叶藏呢?"

父亲问到了我。我却结结巴巴答不上来。

---

① 位于神奈川县横滨市,横跨西区、中区。樱木町车站即明治五年(1872)日本第一条铁路开通时的横滨车站。

问道要什么,我却突然变得什么都不想要。无所谓。没什么东西会让自己感觉愉快。这般闪念的同时又觉得自己的反应拙劣,不管喜欢不喜欢,赠予的礼品是没理由拒绝的。我被一种莫名的恐惧感折磨。不喜欢不能照直说,喜欢却又战战兢兢像个窃贼。这让我感觉极端的痛苦。我连二者选一的能力都没有。那正是形成自己一生怪僻的重大原因之一,渐渐成就了自己的"多耻生涯"。

自己扭扭捏捏、支吾其词,父亲露出些许不悦表情。

"还是要书吗?浅草商店街有过年舞狮的小狮子,孩子顶在头上玩儿,大小正合适。你要不要啊?"

听到父亲这样的问话,我知道麻烦。继续扮演丑角,显然已无可能。我无以作答,作为丑角完全不够格。

"我觉得买书比较好……"

长兄表情严肃地说了一句。

"是么?"

父亲扫兴地合上了记事簿,一个字都没写。

真倒霉!自己惹怒了父亲。父亲会严厉地惩治我。是夜,我缩在被窝里诚惶诚恐——如何是好?没法补救吗?我悄然起身来到客厅。想着父亲的记事簿在书桌的抽屉里。我打开抽屉,取出小本子,哗啦啦翻到父亲记录礼物的那页,取下记事簿上别着的小铅笔,舔了舔笔尖,写上"舞狮"二字才去睡觉。说实话自己对什么舞狮、狮子全无兴趣。我还是喜欢看书。可父亲说了给我买狮子。我得迎合父亲让他开心,深夜便潜入客厅斗胆冒险。

自己的非常手段竟获得意料之中的巨大成功。不久父亲由东京返回。我在自己的房间,就听得他对母亲大声说:

"我在商店街玩具店,打开记事簿一看,嚯,这里写着'舞狮'!不是我的字体。奇怪!我琢磨一定又是叶藏。那小子,问他的时候带着坏笑一声不吭,事后不甘心还是想要小狮子。这小子的确古怪,跟别的孩子不一样。一本正经地写在这里,却装作不知道。想要,就照直说嘛。我在玩具店就忍不住笑出声来。快把叶藏叫过来……"

话说此时,我却将家里的男佣女佣聚到一个西洋式房间,让一个男佣拙劣地弹奏钢琴(乡村的这个家里一应俱全),自己合着那乱七八糟的曲子跳起了印第安舞蹈。大家哈哈大笑。二哥还举着闪光灯,将我的舞姿留影。日后洗出照片一看,兜裆布(原本是印花布的包袱)接合处露出了小鸡儿。这又引得全家人大笑不止。这也许又是自己意外的一次成功吧。

我每个月都买十余种新刊的少年杂志,还从东京邮购各类书籍默默阅读。什么梅察拉库查拉博士啦、纳恩贾莫恩加博士啦等等耳熟能详。什么怪谈讲谈、相声落语、江户趣事云云,也都相当熟悉。所以时常一本正经抖出一些包袱,令家人前仰后合。

然而——呜呼!学校!

我在学校开始受到尊重。受人尊敬这样的观念说实话令自己惶恐不安。近乎彻底的欺骗却被某个全知全能者彻底识破,那真是比死还要糟糕的奇耻大辱。这便是自己对于"尊敬"状态的定义。骗人获得的"尊敬"总会被人识破。时过不久,当人们意识到某某的说道皆为欺骗时,人们的愤怒或者复仇,会是怎样的状态呢?单是想象,就令我感觉悚然。

我在学校受人尊敬,并非缘自富人之家出生,而是俗称的

"有能耐"。幼时的自己体弱多病,经常一个月两个月甚至一个学年卧病在床,不能去学校。但只要有所好转,我就坐着黄包车去学校,参加学校的期末考试。考试成绩,竟然在班上"独占鳌头"。其实身体健康的时候,我也并不用功,学校上课的时间只是画画漫画,课间讲给班上的同学听,逗得大家哈哈笑。作文造句尽是些滑稽有趣的段子,老师警告照此以往不行,自己依然故我。其实我心里清楚,老师也不时捧着我的段子暗地里乐。有一天,自己以悲伤的笔致写了自己的一件糗事。跟母亲一同乘火车去东京的途中,我竟在客车通道的痰盂里小便(并非不知而是有意为之炫耀童真)。作文提交后,我断定老师看过会笑。老师一出教室,我便悄悄尾随。不出所料,老师在过廊就将我的作文从班上一摞作文中抽出,边走边看忍不住咻咻地笑。走进教研室像是看完了,涨红了脸哈哈大笑起来,并招呼其他的教师快来看。见状,我感到极大的满足。

淘气恶搞!

我成功地让大家把自己看作"淘气包",也成功摆脱了受人尊敬的窘况。通讯成绩簿上,所有学科成绩都是十分,唯有"品行"一栏不是六分就是七分。这又成了全家哄然的笑料。

然而实际上,自己的本性跟所谓"淘气包"风马牛不相及。那时我就常被男佣女佣捉弄,不堪惨窘。如今我才明白,对幼小者做那等事儿是残酷的犯罪且是人类犯罪中最丑恶、最卑劣的犯罪。但当时的自己唯有忍受。同时感觉,自己仿佛看清了人类的另一特质。我无奈地笑笑。若是已有说出实话的习惯,也许就能大大方方将他们的犯罪禀告父母。然而自己对父母也不甚了了。跟谁去说呢?我对向人诉说的手段,不抱任何期待。跟父亲说、跟母亲说、跟警察说甚至跟政府说,统统无济于事。最后得到的回答,想必仍是世间一通陈词滥调什么"适者生存、强者为尊"啦云云。

我坚信世上没有公平公正。说到底向人诉说是徒劳。小不忍乱大谋。绝对不能老老实实说真话。看来只好继续做自己的丑角。

啊?你说我在散布人间无信?是不是?也许有人会带着嘲笑的语气说,你小子什么时候变成基督徒了?可我觉得这些人浅薄,缺乏人间信任并不意味着通晓宗教精义。现实中包括那些嘲笑人的人,平静的生活中相互猜忌,心中何曾念及耶和华?这里还有一个自己童年时代发生的故事。父亲所属某政党名人来镇上讲演。我便跟男佣们去了讲演的剧场。座无虚席。镇上父亲的故交们统统露脸。我便兴奋地鼓掌。讲演结束后,听众在雪夜中三三五五赶路回家,纷纷在说当晚演讲会的坏话,其中有人与父亲过往甚密。有的说父亲的开幕词平庸无彩,有人则说名人的讲演不知所云。那些父亲的所谓"同志们",近乎以同样的愤怒表达着不满。可是后来到了我家客厅,却又满脸堆笑地说今夜的讲演大获成功。连男仆们都一个德行,母亲问到今夜讲演会的情形,他们个个带着若无其事的表情称非常有趣。而在方才的归途中,他们曾七嘴八舌地说讲演会乏味无聊。

这不过小小的一例罢了。人们生活中,实际充斥着那般巧妙的、纯净的、明朗的、相互不信的欺瞒。奇怪的是人们竟无法察觉那样的相互欺瞒。过程中,也无人受到任何伤害。自己对于相互欺瞒并无特别的兴趣。作为丑角,也是从早到晚地欺瞒。对于修身教科书式的正义或道德,我也没有特别的关切。我无法理解的是一边相互欺瞒,一边又自信满满地生活在纯净的、明朗的状态之中。人类终究未能告诉我那般妙义。自己若明晓那般妙义,就无须惧怕人类,也不必舍生忘死地取悦他人,更无须对立于人类的生活,每夜品尝地狱般的苦难。就是说,自己未将男佣女佣可憎的犯罪行为告诉任何人,并非缘自人类的怀疑,当然也不是缘自基督教义;而是因为世人对我施法,制作了坚硬的信用外壳。有时,我竟无法理解自己的父母。

然而却有许多女人,本能地嗅出了我那种不可告人的孤独。我想,那或许正是自己日后频频坠入情网的诱因之一。

亦即对于女性而言,自己无疑是一个信守恋情秘密的男人。

第 二 手 记

近海海岸边,有二十余棵高大的山樱,树皮黝黑。新学年开始时,山樱的褐色嫩叶润腻,伴着湛蓝的大海背景花开绚烂。转瞬即是花谢时节。无数花瓣雪花般纷纷扬扬,飘洒镶嵌在海面又在海浪的冲击下返回岸边。樱花铺就的沙滩曾被用作东北某中学的操场。我顺顺当当地考入了那所中学,却根本没有认真复习准备考试。那所中学的帽徽和制服纽扣上都有盛开的樱花图案。

我的家和一个远房亲戚的家就在那所中学附近。因此父亲为自己选定了这所海与樱花的中学。我是一个异常怠惰的学生。住在家中,学校咫尺之遥,听见晨钟敲响才一路小跑去学校。反正上学不过如此。我是靠着丑角的本领,在班上变得越来越有人缘。

生平初次背井离乡,却觉得异乡比自己出生的故乡更好更安逸。这个时期我的丑角本领日渐成熟,欺瞒不像先前那般辛苦。如上解说或许是成立的。另一方面,无论至亲他人、故乡他乡,演技的难易差别必定存在,无论天才抑或上帝之子耶稣。对于演员,最难展示演技的场所正是故乡的剧场,六亲眷属统统在,聚居一堂,想必任何名优的演技都会大打折扣。自己却频频展示,获得了较大的成功。我已成为老江湖,出走异乡也绝无演砸之虞。

剧烈蠕动的自己心底的人间恐惧,却比以前有过之而无不及。自己的演技也与日俱进,常常在教室引得同学们哈哈大笑。老师虽说有点儿遗憾,感叹——班上若是没有大庭,这个班就是最棒的。说完却又捂嘴偷着乐。即使是那位嗓门儿超大、喊声如雷的军训将校,也被我三句两句逗得前仰后合。

我觉得可以松口气了,以为自己的本性已完全隐蔽,不料就在这当口儿出乎意料,有人身后捅了一刀。背后拆台的,果不其然是班上身体最弱的青肿脸。那小子在我眼里就是一个白痴——他穿着父兄留下的旧衣服,袖子像似圣德太子的长袖。他所有功课听不懂,军训课、体操课完全是看客。因此我对这个同学完全放松了警惕。

某日体操课,我练习单杠,那学生(姓什么记不得了,只记得名叫竹一)照旧是看客。我表情严肃认真"嗨"的一声断喝,便冲着前方的单杠跃起,就像跳远一样。结果却在沙地上摔了个屁股蹲。然而这样的失败是策划好的。大家哄地笑了起来。自己也苦笑着站起身,掸了掸裤子上的沙土。竹一却不知何时来到身后,用手捅了捅我后背小声嗫嚅道:

293

"假摔、假摔……"

我震惊！假摔乃常有之事，完全出乎意料的是竟被傻瓜竹一识破。哇——！我声嘶力竭地喊了一声，拼命抑制住像要发狂的心情。我仿佛看见眼前的世界燃起了大火，整个世界瞬间笼罩于地狱的业火之中。

打那之后，我仿佛每一天都处在不安与恐怖之中。

表面上一如往常，继续扮演可怜的丑角取悦同学。事实上却不由自主地时时发出痛苦的叹息。唉！自己无论怎样都会被竹一识破，不定何时就会被他四下传播为笑柄。如何是好？念及于此，额头渗出了油汗。我四下张望，带着狂人般诡异徒然的眼神。我恨不能早、中、晚二十四小时形影不离地监视竹一，以防他说出我的秘密。在这样的烦恼之中，我竭尽全力使自己的演技看似真实，而不是所谓的"作假"。我甚至希望有机会跟他成为莫逆挚友。要是这些皆不可能，我就只有咒他去死啦。不过，自己从未有过杀人之念。在迄今为止的生涯中，我曾几次期望被人杀死，却从未有过杀人之念。因为那样，反而会使可怕、可憎的对手获得幸福。

为驯服竹一，我脸上挂着伪基督徒般"和善"的媚笑，脖子三十度左歪，轻搂着他弱小的肩膀，用了谄媚般的甜蜜语调，一再邀请他到自己的寄宿处家中来做客。可他总是一副呆滞的眼神默然不答。一天放学后，好像是初夏，白茫茫暴雨突降，学生们困在了学校无法回家。我住得很近不在乎。刚想往外跑，看见竹一孑然站在鞋柜后，便说："走吧。伞借给你。"说着抓起怯生生竹一的手，一起冲入了暴雨中。到了家，我把两人的上衣递给姊姊，便将竹一领到了自己的房间。这一次终于诱敌成功。

这个家里,婶婶五句出头,戴着眼镜、体弱多病的高个儿堂姐三十上下(她曾出嫁又回了娘家,我一直跟着家人叫她"阿姐"),还有一个堂妹叫雪子,新近女校毕业,她跟"阿姐"长得不像,矮个子圆脸。家里就是三口人,楼下的店铺里摆着少许文具和体育用品。家里的主要收入,便是婶婶过世的丈夫留下的这五六栋长屋①的房租。

"我耳朵疼。"

竹一站在那里说道。

"淋了雨,就会疼。"

我瞅了一眼,两边耳朵,皆患严重中耳炎。脓水都快流出来了。

"这还得了?一定很疼对吧?"

我摆出一副夸张、惊讶的表情。

"对不起。怪我拽你淋雨……"

我模仿女人的语调"温柔"致歉。随后去楼下拿来棉签和碘酒,让他枕在自己膝盖上,小心翼翼地帮他清理耳朵。就这样,竹一到底没能觉察那原来是自己的伪善计谋。

"女孩儿肯定喜欢你。"

他枕在我的膝头,说着这般愚蠢的奉承话。

多年以后我才明白,这是一个恐怖的恶魔般的咒语。想必当时的竹一并没有意识到,"魅惑""被魅惑"这般词语异常下作,玩世不恭,装腔作势,"严肃"认真的场合也是绝对大忌。片言只语,都会使忧悒的伽蓝瞬间崩塌,令人顿生索然寡味之感。奇妙的是倘若摈弃了"被魅惑的烦躁"那般俗语,转

---

① 排屋,一栋房子隔成几户居住的简陋住房。

295

用"被爱慕的不安"之类文学词语,想必……便无法破坏那令人忧悒的伽蓝。

我帮竹一处置了耳中脓水,他便说出"魅惑"之类愚蠢的奉承话。自己当时红着脸笑,未置一言。心中却暗自思忖这小子言之有理。可是卑俗的"魅惑"一语,却又酿出了装腔作势的氛围。自己竟愚蠢地感怀言之有理,宛若落语中的少爷台词。岂有此理!

自己自然不会那样玩世不恭、装腔作势地感怀"言之有理"。

对自己而言,女人比男人难解得多。家人中女性多于男性,亲戚家也是女孩儿居多,自然也有那般"犯罪"的女佣。似可毫不夸张地说,自己是在女人堆里玩大的。那样的交往如履薄冰。自己捉摸不透女人,常在五里雾中,不时还会摸上老虎屁股,弄得窘迫不堪。女性的伤害不同于男性,像似内攻或内出血,掏肺闹心。内伤很难治愈。

女人冷热无常。人前横眉冷对,刻薄悭吝;人后亲密无间,紧密相拥。女人的睡眠死寂深沉,恍若为睡眠而生。幼年时代起,自己已对女人进行了不同侧面的细致观察。同为人类,却与男人截然不同。正是这神秘的不可等闲视之的生灵奇妙地戏弄自己。自己与"魅惑""爱慕"之类词语无缘,或许"被戏弄"之类的说法,才是真正符合状况的说明。

没准儿比之男性,女性更能接受丑角的谐谑,油生愉悦感。男人不会那么给面子,使尽了浑身解数,他们却个个板死脸。那样的氛围中,自己一不小心就演砸了。为此总是惦记着适时收场。可女人不懂什么适时不适时,她们没完没了期待新的作料,自己也只好一而再再而三地满足她们累个半死。

女人真是爱笑。说到底,女人比男人更懂得充分地享用快乐。

我中学时代寄宿表姐、表妹家。她们动辄就会到我二楼的房间,吓得……我受宠若惊。

"在学习么?"

"没有……"

我微笑着合上了书。

"今天去学校,那个'棍棒'地理老师……"

顺口给她们说了个瞎编的笑话。

"小叶,你戴上眼镜让我看看……"

一天晚上,表妹雪子又和表姐一起到我房间玩儿。死乞白赖地让我丢人现眼之后,突然对我那样说。

"为啥……?"

"别管为啥,戴上我看看嘛……用阿姐的眼镜。"

表妹总是带着命令的口吻强人所难。自己是丑角,只好乖乖地戴上眼镜。两个女孩儿见状,顿时笑得前仰后合。

"太像了!……活脱一个劳埃德[①]!"

当时,喜剧演员劳埃德在日本颇有人气。

我站起身抬起一只手:

"诸位,日本影迷诸位……"

我模仿劳埃德的公众致辞。姐妹俩更是笑翻了。打那之后,城里上演劳埃德的电影我必看无疑,且悄悄模仿他的表情言语。

别个秋夜,我躺在床上读书。表姐像鸟儿般窜入房间,趴

---

① 劳埃德(1893—1971),美国喜剧演员、电影导演、电影制片人、编剧和特技演员。与卓别林、基顿齐名,皆为无声电影时代杰出的演员。

到我的棉被上哭泣不已。

"小叶,救救我。带我离开这个家吧。呜呜,我没法忍受了……"

她激动地边哭边说。可我并非第一次看到女人这个样子,所以并不在意表姐情绪失控时的言行,反而觉得这种陈腐、空虚的老一套索然寡味。我一声不响地爬出被窝,掰开桌上的一个柿子递给表姐一块。表姐抽噎着咬了一口说:

"有好看的书么?借我看看……"

我从书架上抽出漱石①的《我是猫》递了过去。

"谢谢。柿子好吃……"

表姐羞赧地一笑,出了房间。我不懂表姐在想什么。所有的女人,都让我感觉麻烦,我不懂她们活在世上琢磨些什么,理解她们简直比咂摸蚯蚓的想法还要费周章。凭着自幼的经验,我却找到了一个窍门儿,女人突然又哭又闹时递过一点儿甜食什么的,她们就会破涕为笑。

有的时候,雪子表妹竟把她的朋友也领到我房间。我自然不偏不倚,抖包袱逗乐。可朋友一走,雪子便对她的朋友义愤填膺。什么某某是个不良少女、少理她啦云云。真奇怪!那干嘛把她带到我这里?好在领到自己房间的来客,几乎统统是女孩儿。

然而这并非意味着竹一的奉承话"有女孩儿缘"已成现实。自己不过是日本东北的哈罗德·劳埃德而已。竹一愚蠢的阿谀竟像似一个惊悚的咒语,数年后以活生生的不祥形貌

---

① 夏目漱石(1867—1916),日本近代文学代表作家,代表作除《我是猫》,有《少爷》《三四郎》《行人》《心》《道草》《明暗》等。

呈现在面前。

竹一还曾予我另一重礼。一次他到我住的二楼来玩儿，带来一张彩版插图得意洋洋地展示说明道：

"这是一张妖怪画儿。"

啊？当时的我愣了一下。好多年后，也未曾意识到，那个瞬间竟决定了我的一生流亡路。当时的我当然知道，那不过是凡·高人所皆知的自画像。在自己的少年时代，法国的所谓印象派绘画风靡一时。鉴赏西洋绘画的第一步源自与此。对于凡·高[1]、高更[2]、塞尚[3]、雷诺阿[4]等名家的画作，即便是乡下的中学生，也大抵看过相片。我看过许多凡·高的原色版画作。产生极大兴趣的，正是画家的精妙笔触乃至色彩的鲜艳。自己从未将凡·高的这幅画作视同什么"妖怪画"。

"怎么样？到底是'鬼画'吧？"

我从书架上取下一部莫迪利安尼[5]画集，给竹一看晒成古铜色肌肤的裸妇。

"真是绝了！"

竹一睁圆了眼睛感叹不已。

"这像一匹地狱里的马。"

"到底还是'鬼画'呐。"

"我也想画这样的'鬼画'。"

对人类充满恐惧的人们竟无惧厉鬼，希望以自己的肉眼

---

[1] 荷兰画家(1853—1890)，二十世纪绘画的先驱，主要在法国从事创作。
[2] 法国印象派著名画家(1848—1903)。
[3] 保罗·塞尚(1839—1906)，法国后期印象派代表画家。
[4] 皮耶尔·奥古斯特·雷诺阿(1841—1919)，法国印象派画家。
[5] 意大利画家(1884—1920)。

来确认。这种心理恰如战战兢兢的胆小鬼,反倒祈望暴风雨来得更加猛烈。呜呼!这群画家受到人类鬼怪的伤害与惊吓,竟开始相信幻影或光天化日下出现鲜血淋漓的妖怪。他们并不以谐谑的形式加以掩饰,而努力追求生动的表现。正如竹一所言,他们的"鬼画"无所顾忌。念及于此,自己兴奋地流下眼泪。我相信这里也画了自己未来的同伴。

"我也想画……那样的'鬼画'和'地狱之马'。"

不知为何,我压低了声音对竹一说。

小学时代起,我就喜欢绘画和看画。然而,大家说我作文好,却没人夸我的绘画。奇怪的是,我从来不相信人类的语言。对自己而言,舞文弄墨不过是谐谑或插科打诨罢了。虽说在小学、中学动辄惹老师欣喜若狂,内心的感觉却索然无味。唯有绘画(漫画等另当别论)或其对象的表现,尽管是幼稚的涂鸦,却让我投入精力亦步亦趋。学校的美术课本索然寡味,老师的绘画功力太过平庸。我全是靠着自己胡乱琢磨,尝试了形形色色的画法表现。上中学后,我买好了全套油画器具,临摹的画帖也是清一色的印象派画风,结果画出的作品平板无味,仿佛千代纸人偶①工艺品。然而竹一的一句话使我意识到,自己从前对于绘画的认识完全错了,幼稚而愚蠢。绘画的精义并非照葫芦画瓢似的表现美感。那些绘画的巨匠们依据主观,点石为金地创造美,或面对丑恶痛心疾首,充满厌恶的同时不隐趣旨,沉浸在表现的愉悦之中。说到底绘画无关乎人的预期,竹一传授了画法之原始秘籍后,我便背着那些常来的女客,慢慢沉迷于自画像的制作之中。

① 日本传统千代彩纸制成的人偶等。

终于完成了自己亦觉惊悚、阴惨的绘画。那正是自己千方百计隐藏心底的自我。表面上灿烂微笑、予人笑料,其实内心阴郁。无奈此等画只能自得其乐,除了竹一,没法儿拿给别人看。我旋即将那绘画塞进了壁橱深处,不想被人看透自己丑角的惨郁内心。我讨厌他人突然的小肚鸡肠或疏远设防。我自然也担忧不知不觉中被当作新趣向的谐谑,再度沦为大笑不止的包袱。前思后想寝食不安。

学校的绘画课时段,自己的"鬼画式手法"藏而不露,运用的仍旧是往常那种拘泥于美感复制的凡庸笔法。

唯有在竹一跟前,我无须掩饰自己易受伤害的脆弱神经。这次自画像,也放心地请竹一审定,竟获得很高的评价。以后又画了第二、第三张类属"鬼画"的绘画,应了竹一新的预言。

"你会变成伟大的画家。"

傻瓜竹一的"有女人缘"和"伟大画家"两个预言,深深镌刻我心中。不久之后,我到了东京。

我曾想报考美术学校。父亲却一直希望我上高等学校,将来入仕途。父亲说了他的想法后,我便糊里糊涂地上了高等学校。我对父亲一向唯命是从。父亲的意见,从高等学校一年级开始转学。正好我已厌倦了"樱花与海"的中学,便没有在那里升高二,上完高一便考入了东京的高等学校,随之开始了寄宿生活。然而宿处的不洁和粗暴让我吃尽苦头。不要说继续丑角谐谑,我迫不及待找医生开了浸润性肺结核的诊断书,搬出寄宿处移往父亲的上野樱木町别墅。我实在无法适应集体生活。我也没法接受什么"高等学校魂"之类的精神刺激,什么"青春的感激"啦"青年的骄傲"啦之类,听得我不寒而栗。教室和集体宿舍,简直就像藏污纳垢的垃圾桶,充斥的唯有扭曲的性欲。自己那近乎完美的戏谑演技,在那里竟全无用武之地。

议会休会期间,父亲一个月在家一周或两周。父亲不在,偌大的家里就只有看守别墅的老夫妇和我三人。动辄逃学,在东京哪儿都不想去(明治神宫①、楠木正成②铜像、泉岳寺③四十七义士④墓,统统提不起兴趣),只是一天到晚守在家里看书画画。父亲来京时,自己每天早早出门上学,实际上,时不时去了本乡千驮田町的油画家安田新太郎画塾,在那里练习三四个小时素描。离开高中的寮,我曾去学校上课。但是总觉得自己像个旁听生,或因自己的心理偏执,我越发对上学发怵,总觉得自己像个白痴。我上了小学、中学和高中,然而到头来也未理解爱校心乃为何物。校歌之类的也从来不过脑子,听了就忘。

没过多久,我就跟着画塾某学生接触了烟酒、妓女、当铺或左翼思想。奇妙的组合。却是事实。

画塾学生叫堀木正雄,出生于东京下町⑤,比自己年长六岁。据说毕业于一所私立的美术学校,因为家里没有画室,才来这家画塾学习西洋油画。

"借我五日元行吗?"

---

① 大正四年(1915)开工,大正九年(1919)竣工,位于东京都涩谷区的神社。
② 楠木正成(1294—1336),镰仓时代至南北朝(室町时代初期)的武将。
③ 位于东京都港区高轮的曹洞宗寺院,庆长十七年(1612)开创,开山者为门庵宗关,奠基者为德川家康,宽永十八年(1641)迁移现址,是浅野长矩和赤穗义士墓所在地。
④ 赤穗义士或赤穗浪士。赤穗事件又称"忠臣藏"。
⑤ 低洼地区、贫民住宅区或商业手工业者居住区。

我俩识面,却未曾说过一句话。我手足无措地递上五元钱。

"走吧。去喝一杯。我请客。去CHIGO①如何?"

我不懂拒绝。酒吧位于蓬莱町,离画塾不远。勉为其难的受邀,使我俩变成了朋友。

"早就留意你。你瞧,腼腆的微笑正是杰出艺术家特有的表情。干杯!很高兴成为朋友。绢子,这小子是个美男子对吧?你可别魂不守舍呐。遗憾的是,这小子来到画塾,我就变成了美男二号了。"

堀木相貌端正,肤色微黑。在画塾学生中别具一格。他身着笔挺的西装,系着素雅的领带,中分头上打着发蜡。

身处这样一个不熟悉的场所,我有点儿局促不安,时不时抱起双臂,脸上带着腼腆的微笑。然而两三杯啤酒下肚便放松下来,产生某种奇妙的解放感。

"其实我早就想上美术学校……"

"嗨,没意思!那种地方没多大意思。学校也没多大意思。我们的老师是大自然!或是对于自然的眷恋!"

我对此般言说不以为然。蠢材。画也蹩脚。可是没准儿,倒是一个不错的玩伴儿。就是说,我生平第一次见到了真正的都市烂仔。我跟他自然不是同类,但在某一点上又确实属于同类。我俩的生活完全游离于世人正常的生活之外,处在共同的混沌迷惘中。他对丑角的本质缺乏意识,与自己的本质性差异表现在,他对丑角献艺的悲惨境况全然没感觉。这一点我们大相径庭。

① 酒吧名。

仅仅是逢场作戏。我们的关系只是玩伴儿而已。我不时投以轻蔑目光,甚至为这样的交友感觉羞耻。与之交游的结果是自己遭到了愚弄。

然而最初,我却相信他是个不可多得的好人。对人类充满恐惧的我,竟那般疏忽大意,竟以为出现了一个极佳的东京向导。事实上独自乘坐电车,我会惧怕售票员;去看歌舞伎,我害怕剧场门口红地毯阶梯两侧伫立的迎宾女郎;去餐馆用餐又惧怕静立身后、恭候更换餐碟的侍应生;最最要命的是结账,唉,自己的手势笨拙不堪,原因并非在于吝啬,反正购物付款,自己总是过度紧张,过度地羞耻、不安、恐惧乃至晕眩,世界暗无天日,几近半癫狂。哪里还顾得上讨价还价,不时竟忘了找赎的零钱及购买的物品。我没有能力独自一人在东京上街,只能无奈地、百无聊赖地蜗居家中。

而将钱包交给堀木一同上街,就要放心许多。堀木会玩儿会砍价,少花钱多办事。他避开价格昂贵的的士,分段利用电车、巴士和汽艇,总以最短的时间抵达目的地。清晨离开妓院归途中,他会带我去那些颇具品位的饭庄,晨浴后就着汤豆腐小酌。他现身说法地教育我——少花钱也能享用奢华。他也给我介绍一些价廉而营养丰富的屋台①牛肉饭、烤鸡串等,还信誓旦旦地说,没有比电气白兰地更快上头的了。总之结账的时候,他从未使我有过不安和恐惧之感。

堀木让人心安,他全然不理会听者的感受,没完没了絮絮叨叨,恍如激情喷发(所谓激情或许便是无视他人的立场)。跟他出门,无须担心走累的时候无言以对,尴尬冷场。与人接

---

① 日本的路旁小吃摊。

触,自己最怕的就是沉默冷场,笨嘴拙舌的自己每逢此时,只好使出浑身解数插科打诨。堀木这个蠢蛋,竟不知不觉中主动地替代了自己。我也便顺其自然听之任之,时不时笑着随声附和。

时过不久,我了解到哪怕是一时的排遣,烟酒、娼妓皆是消除"惧人症"的灵丹。我甚至觉得只要求得此般妙药,倾家荡产亦在所不惜。

在我眼里,娼妓不是人也不是女性,而是白痴或癫痫病人。但在娼妓的怀里自己反而睡觉很香。仿佛获得了充分的安全感。可悲的是,她们实际上没有丝毫的欲望。或许是出自一种同类的亲和感,那些娼妓竟会对我释放某种自然而然的善意。那是一种无欲无求的善意,并不强买强卖,也明知或就没了下次。有一天夜晚,我竟由白痴、癫妇的娼妓身上真切看见了圣母马利亚的光环。

为摆脱自己的"惧人症",为静静的一夜休养,我成了花柳巷常客。在与那些"同类"娼妓冶游的过程中,不知不觉间,无意识之中,一种不祥的空气在自己的身边浮动。完全出乎自己的意料,仿佛所谓的"附带附录"。渐渐地"附录"鲜明地浮上了表面,直至被堀木一语道破,我才愕然且心绪不安起来。简单说来,在旁人眼中,自己是在通过娼妓了解女人,最近有目共睹大有长进。而通过娼妓了解女人是最最困难的。因此也效果显著。我的身上已萦绕了"女人"的气息,女人(并不局限于娼妓)可以本能地嗅出那般气息投怀送抱。所谓的"附带附录"正是卑猥的、下作的氛围,这种不良的氛围似乎比休养生息显现得更加扎眼。

堀木言及于此半似恭维。自己却心情沉重。记得有一次,酒吧的女侍发来一封稚拙的书信;樱木町住家附近的将军之女芳龄二十,每天早上我去学校,小姑娘便化着淡妆,于自家门口悠闲地进进出出。去餐馆吃牛肉,自己一言不发,店里的女侍也会……;自己是烟铺的常客,买烟时店里的小妮竟会在递上的烟盒里……;歌舞伎剧场的邻座竟会……;深夜的市营电车中,自己不时喝得烂醉如泥……;故乡亲戚家闺女意外来信的内容亦令人百思不得其解……;不知芳名的姑娘竟在我出门时留下了亲手缝制的人偶……;然而自己极端的消极态度,却令所有的这些支离破碎,没有一点儿实质性进展。那并非风流韵事般的玩笑,而是无可否认的事实。说不上什么原因,自己确有某种气质,令女人幻觉幻想。当堀木一语道破时,自己感受到屈辱和苦闷,同时突然也对寻花问柳事产生了极大的兴趣。

堀木也是一个虚荣的现代派(我想不出更妥帖的解释)。一天,他带我去参加了共产主义读书会(记不清是不是叫做R·S),那是一个秘密结社研究会。对于堀木这样的人物,共产主义秘密聚会或许正是前述"东京指南"的一部分。我被介绍给所谓的"同志",买了一本小册子,然后听席上一位相貌丑陋的青年讲授马克思主义经济学。我对那些理论心知肚明。其实那是想当然。人的内心其实藏有无可言喻的邪恶。称作欲望、虚荣,或情色、欲望兼而有之,但尽皆以偏概全。我自己也说不清楚。人类世界底部或基础之构成,似乎并不仅仅是经济,总感觉还有某种类似于怪谈之类的东西存在。我对那些怪谈充满了恐惧。我认同所谓的唯物论,自然肯定水往低处流。然而我却无法摆脱对于人类的恐惧,无法让自己睁开眼睛看绿叶,领略希望带来的愉悦。我从未缺席地参加了R·S(我记得是这个名称但不确切)的活动,"同志"们正襟危坐,表情凝重,沉迷的却是一加一等于二之类初等算数一般的理论研究。令人感觉确实滑稽可笑。为此我发挥了自己擅长的插科打诨,试图活跃一下气氛。研究会拘谨的气氛得到松缓,我也成了会上必不可少的特殊人物。也许在那些貌似单纯的人们眼中,我是跟他们同样单纯、同样乐天的诙谐有趣的"同志"。果真如此,他们可是彻头彻尾上了我的当。我并非他们的同志,却一次不落参加了他们的聚会,并为他们提供了诸般谐谑的表演。

我乐于如此。我喜欢那些人。却未必结缘于马克思的亲爱感。

非法。对我而言,那是潜藏于内心的快乐。毋宁说,的确使我心情舒畅。世间合法的事物,反倒令我心生恐惧(我有种无以言传的强烈预感),其复杂的构造诡异莫测。我无法继续坐在没有窗户、彻骨寒冷的室内。外面即便是非法的大海,我也愿跃入海中畅游至死。那样反倒令我感觉愉悦。

有一个词语叫"没脸见人"。在人类世界,它大概指称可怜的失败者或道德败坏者。我觉得自己便是天生的"没脸见人"者。没有比世上遇见同类,更让我心生怜悯的了。同样,自己的"善良之心"亦令自己心驰神往。

还有一个词语叫"犯人意识"。在这个人世中,吾一生苦于此般意识。可它却似糟糠之妻一般好伴侣。在这样的寂寥世界中,常常只是两个人相伴嬉戏。也许那便是自己的人生姿势。俗语称——小腿有伤,自幼儿时代起,它就自然地呈现在一条腿上,天长日久非但未能治愈,反而深入至骨,夜夜痛苦犹若坠入了千变万化的地狱。(十分奇妙的说法)但那腿伤却渐渐地与自己产生了亲切感,胜似血肉。腿伤的疼痛像似拥有活生生的感情,抑或像似爱情的细语。我这样一个男人,地下运动组织拥有的氛围,反而令自己产生了莫名的安心感或舒适感。比之运动的本来目的,我只是备觉运动的气质适合于己。堀木则是个浅尝辄止的傻瓜。他的职责只是对我那个社团,冠冕堂皇不着调地说了句——马克思主义研究生产层面的同时,有必要观察消费的层面。由此他便消失,仅时不时拉我一起去视察消费的层面。记得当时,曾出现了形形色色的马克思主义者。既有堀木那般自称马克思主义的、贪图虚荣的现代派,也有自己这种喜好非法性气息的正襟危坐者。我等异己倘被真正的马克思主义信奉者识破,堀木和我都会面对熊熊烈火般的愤怒,随之当作卑劣的叛徒驱逐出境。自己和堀木竟安然无恙,并未遭受除名的处分。尤其自己,反在这非法的世界里"健康"自在地大显身手。这在合法的绅士世界里不可想象。作为有前途的"同志",我被委之以各式各样的秘密工作。简直令人啼笑皆非。事实上,自己也从未拒绝过工作。自己总是坦然地有求必应。行止自然,从未受到鹰犬(同志们对警察的蔑称)的怀疑和盘查。我总在面带笑容或引人发笑中,有惊无险地顺利完成了他们交与的危险任务。(那些运动中的核心分子,却总是如临大敌似的紧张兮兮,他们拙劣地模仿侦探小说中的情节,每时每刻处在极度的戒备之中。事实上他们交给我的任务常常是一些鸡零狗碎的烂事儿。他们却极尽渲染之能事。)当时的自己早已有了心理的准备,那就是成为党员,即使被捕入狱被判无期徒刑也在所不惜。我甚至觉得,与其日日恐惧世间人类的"现实生活",与其每夜于不眠的地狱中呻吟,更加安乐的没准儿倒是暗无天日的牢房生涯。

父亲来到樱木町别墅,时有来客或外出……同一屋檐下,却常常三天四天不照面。父亲总给我威严、可惧的感觉,我曾想随便找个住处搬出去。这个想法未及出口,就听那看守别墅的老爷子说,父亲打算卖掉这别墅。

父亲的议员任期将满。当然还有其他种种理由。看样子他不打算参加下期的竞选,对东京也并不留恋。他没准儿想在故乡建个居所隐居。在父亲的眼中,或许……我不过是个高中生,没必要专备宅邸和杂役(父亲的心思和世人的心情一样难以猜度)。总之不久,这个家另有了归属,我搬到了本乡森川町一家旧公寓仙游馆,住进一间光线昏暗的房间,生活也变得拮据起来。

此前,父亲每月都会给我一些零用钱,即便两天、三天挥霍一空,家里也不会缺少烟酒、奶酪和水果。书本、文具和服装等所有其他物什,我都在附近的店里"赊账"。想请堀木吃荞麦面或盖浇饭也不是问题。只要是父亲熟知的町内餐馆,吃完便一声不吭扬长而去。

如今孤零零搬到了廉价公寓,每月开销唯指望定额的汇款。我真有些茫然不知所措。汇款同样两天、三天用罄,不寒而栗,心里慌得近乎发狂。我隔三岔五地给父亲、哥哥或姐姐发电报发信,说明原委索要汇款(信中所述几乎统统是戏谑式的虚构,求助于人的上策乃取悦于人)。堀木还给我出了个幺蛾子,使我成了当铺的常客。可即便如此也是捉襟见肘。

说到底,自己完全没有孤身一人在陌生公寓"生活"的能力。我在公寓房间独自面壁,时常担心遭人袭击,担心有人进来给我致命一击。我跑上大街,继续给"同志们"的运动帮差,或跟着堀木四下鬼混劣酒浇愁。我几乎完全荒废了学业乃至绘画的学习。考入高中的翌年十一月,终于,闹出了跟有夫之妇、半老徐娘殉情的事件,自己的人生发生了彻底的改变。

学校的课三天打鱼两天晒网,学习也已完全荒废。我想方设法糊弄过故乡的家人。终因旷课太多,校方私下密告了远在故乡的父亲。于是长兄代笔父亲,连篇累牍地给我发来一封长信,通篇是措辞严厉的训斥。然而,对自己而言最最直接的痛苦便是没钱;其次则是前面提及的运动。形势变得益发严峻,工作日趋繁杂,已不可能游戏般地敷衍了事。我也说不清那是中央地区还是什么区,反正本乡、小石川、下谷、神田一带学校的所有马克思主义学生行动队队长,皆由我一人担当。听说要搞武装暴动,我便买了一把小刀(如今想来真是可笑、那小刀削铅笔都费劲儿)。我将小刀放在雨衣口袋里,四处奔波进行所谓的"联络"。我想喝了酒一醉方休。囊中羞涩。而且来自 P(记忆中那是党务工作的暗语)的指示没完没了,令我疲于奔命。自己孱弱的病体已达极限。当初参加这样的结社,只为某种非法的快感。不料事与愿违,竟忙得昏头涨脑! 我暗自忖度,那些所谓的 P 到底在干什么呀?让那些个嫡系去做才对呀! 让我来做真正是名不顺言不正。我不由得产生了憎恶之感,于是逃之夭夭。但这并没有给自己带来好心情,最终选择了情死。

当时有三个女人对我特别地好感。一是仙游馆家的小姐。每当我完成例行的任务精疲力竭回到公寓,茶饭不思倒头便睡,小姐便拿着信笺和钢笔,来我房间趴在书桌前,一写就是一个多小时。

"对不起。楼下弟弟妹妹好烦,吵得我没法儿安心写信。"

自己本可装聋作哑睡觉,但东家的小姐看样子有什么话要跟我说,我只好发挥被动式的奉献精神,疲惫不堪地抽着烟,趴在床上王顾左右而言他。实际上我连一句话都懒得说。

"听说有个爷们儿用女人寄来的情书烧洗澡水……"

"啊!真恶心!那爷们儿是你吧……"

"我是用它热牛奶喝。"

"这么厉害!喝了?"

看样子,一时半会儿她是不会走的。装模作样写信。雕虫小技!铁定是在信手涂鸦。

"给我看看……"

其实打死我也没兴趣看。

不料这一说,她竟觍着脸美滋滋连声说:

"啊呀!讨厌!啊呀!讨厌、讨厌!"

于是我想,不妨打发她替我做些事儿。

"对不起呀。能不能替我去一趟电车街的药店,帮我买点儿安眠药?我今天累坏了。脸都发烫!当然根本睡不着。对不住哪。这钱……"

"什么钱钱的。别太客气。"

说着她高兴地站起身来。我早就知道,女人巴不得被男人指使,她们巴不得男人有求于己。

另一位是所谓的"同志",女子高等师范文科生。因"运动"缘故,我每天无可奈何地必须与她会面。碰头会结束后,她总是屁颠儿屁颠儿跟着我,还时不时自作主张地买礼品。

"你就把我当作亲姐好啦。"

那种装腔作势令人作呕。我苦笑着应道：

"我正是那么想的……"

我不敢招惹她。惹恼了她可不是开玩笑的。我只有跟她周旋敷衍。于是我百般取悦于这样一个令人生厌的半老徐娘，欢欢喜喜地让她给我买东西（她买的东西没有我中意的，经常是转过身就送给了鸡肉串烤肉店老板）。我总装出一副高高兴兴的样子，讲段子逗着她乐。某年夏夜，怎样都难以摆脱，便在街头暗处吻了她，希望能将她打发回家。不料她兴奋得近乎癫狂，拦下一辆车去了某大楼貌似事务所的西式陋室（为前述运动私下租借）。这离谱的疯女人从半夜折腾到天亮。我暗自苦笑。

我每天必须面对房东的女儿或那疯狂的"同志"。就像以前遇见女人的时候一样，我无法巧妙脱身。天长日久不知不觉间，我没有了早先的不安，开始拼命地讨取二人的欢心，就像被紧紧捆住了身体一样。

同期，自己还出乎意料受到银座某知名酒吧女侍的恩宠。萍水相逢，却是恩爱有加，置身其中难以自拔，平添了几分莫名的忧愁。当时的我，已变得有些厚颜无耻。不用堀木向导，都敢独自乘坐电车独自去看歌舞伎，或穿着碎白花纹的和服堂而皇之进酒吧。但在内心，我仍对人类的自信和暴力心怀疑虑、恐惧和苦恼。表面上，的确渐渐熟悉了与他人的照面寒暄。不、不对。我的微笑仍旧是败北丑角的苦笑。我只能带着这般苦笑与人寒暄——忘我的结结巴巴的寒暄，总让人感觉是勉为其难的"伎俩"。这伎俩得益于前述"运动"的四处奔波，还是得益于女人抑或美酒？实际上"伎俩"的修得，得益于金钱的捉襟见肘。大酒吧就是不一样，有那么多醉鬼、女

312

侍和酒童。混迹其中,自己那疲于奔命的心或许才会平静下来。念及于此,我揣着十日元独自入得银座大酒吧。我是独自一人冲进去的,我笑着把钱给了迎上前来的女侍。

"就剩十日元,本打算……"

"不必担心……"

她带着些许关西口音。奇妙的是,一句话竟使我惴惴不安的心平静下来。按照我的理解,并非钱的问题无须担心,而是待在她的身边无须担心。

我端起酒杯一饮而尽。不再担心,便也没了扮演丑角的心情。我独自默默地喝着闷酒,完全暴露了自己少言寡语的抑郁本性。

"这些喜欢么?"

女侍端来各色料理放在我面前。我摇摇头。

"光喝闷酒么?那我陪你……"

那是一个秋日寒夜。我依照恒子(记不清了。似乎是这个名字。我竟连殉情女人的名字都会遗忘!)的吩咐,在银座后街一家寿司排档等候。尝了尝,一点儿不好吃。(虽说忘记了她的名字,却莫名其妙清晰记得当时寿司的味道。秃头店主面似青蛇,摇头晃脑地捏制寿司,像似技艺精湛的样子。当时的情形历历在目。日后坐电车,屡次三番似曾相识的面孔,思前想后面带苦笑,原来像那个寿司店的秃头店主。事到如今,女侍的名字乃至容貌已渐渐远离了我的记忆,但那寿司店光头老板的模样却真切似画地深镌于我的脑海中。不难想象当时的寿司有多难吃,自己又领受了何等的饥寒与痛苦。自己本来不喜欢寿司。即使有人在高级寿司店请客,我也从未觉得怎么好。寿司的个头儿太大了。我常常想,要是能捏成拇指般大小多好。)

她在东京的本所有一处二楼的租房,东家是个木匠。我在那里同衾共枕,也是一副彻头彻尾心情阴郁的表情。一只手支着下巴饮茶,像似遭受着剧烈牙痛的折磨。奇怪的是自己那样的姿态,女人竟着迷。女人给人的感觉,也是一个形单影只的孤独者,相伴着凛冽寒风中的枯木和狂舞的落叶。

女人年长两岁。说是故乡在广岛,丈夫本在广岛开理发店。去年春,两人离家出走来到了东京。丈夫在东京一直没有像样的工作,终因诈骗罪入了大狱。她说自己每日去大狱送点儿东西。但翌日不会再去。我是何许人也？我对女人的身世、故事毫无兴趣。亦即,那跟女人讲述方式的优劣或说话重点的正确与否毫无关系。总之对我而言——马耳东风。

好寂寞啊！

比之女人絮絮叨叨的身世叙说,一句感怀更能博得自己的共鸣。自己望眼欲穿,世上的女人却从未在我跟前发出过那般感怀。真是奇怪！不可思议。然而眼前这个女人,嘴上不说"寂寞",实际上一种强烈的、无言的寂寞却萦绕在她的身体周围,宛若寸许的气流。靠近女人的我也被裹挟到那股气流中,或与自己身边具有的、多少具有排他性的阴郁气流融合为一。我便似"一片落附于水底岩石的枯叶",由恐惧与不安的状态中获得了解脱。

这种感觉迥然相异于白痴娼妓(那些妓女有一个算一个无忧无虑)怀中的悠然酣睡。与诈骗犯妻子一夜厮守,对自己乃是幸福的解放之夜。毫无踌躇的肯定性的夸张,在自己的这部一生手记中绝无仅有。

绝无仅有的一夜。一觉醒来,翻身下床,我又变成原先那个轻薄的、虚与委蛇的丑角。弱者竟会惧怕幸福,丝绵也会令之受伤。或者说,幸福也会令之受到伤害。因此必须在受伤之前,避而远之。起床后的我开始置放丑角的烟幕。

"有言道'财尽缘断'。相反的解释未必是'没钱了女人离去'。男人没钱的结果,自然是意气消沉,萎靡不振,性情乖僻,少言寡笑,终于自暴自弃地主动离开女人。就是说,男人会在近乎狂乱的状态中,主动地甩弃女人。可怜!以上是《金泽大辞林》的解释。言之有理!这个我懂。"

说了这样的蠢话,恒子听着捧腹大笑。我却诚惶诚恐,不敢久留,脸都顾不上洗就打道回府。当时信口开河地说了句:

"财尽缘断。"

日后竟引发了意外的麻烦。

此后一个月里,没见到那夜的恩人。星移斗转,当时的喜悦渐渐淡忘。一夜之恩反倒使我的恐惧感遽增。我不竟感受到严重的束缚。当时的酒吧结账全部由恒子负担,虽是琐事却难以忘怀。我感觉恒子也跟公寓东家的女儿和女子高等师范的学生一样,是对我构成威胁的女人。逃之夭夭!仍对恒子充满恐惧。一旦遇见这个共寝的女人,想必她会怒火中烧大发雷霆!我对那种重逢充满了恐惧。在这种性格的作用下,我敬而远之了银座。我坚信,这种性格的原因绝不在自己的狡猾。对于女人,睡觉、起床,并无丝毫的关联性,一起床仿佛就意味着彻底的遗忘,她们可以将两个世界巧妙地隔断。对于这等不可思议的现象,我始终无法透彻地理解。

十一月末,我跟堀木去神田的屋台喝烧酒。

这烂仔喝了一家,又坚持去喝第二家。我们却已囊中空空。他死乞白赖地还要喝。当时的我也醉了——酒壮屄人胆。

"走吧。我带你去梦之国。你会吃惊。酒池肉林……"

"酒吧吗?"

"没错。"

"那走吧。"

说定后我们乘上市营电车。堀木喋喋不休。

"今晚想女人!想亲亲那里的小姐……"

我看不惯堀木借酒装疯。堀木心知肚明,接着对我说:

"行么?就亲一下……坐我身边的小姐,行么?"

"那有什么不行……"

"谢谢!今天想女人想得发疯。"

我们在银座四丁目下车,进了所谓"酒池肉林"大酒吧。借恒子的关系,我们没花一分钱就进了酒吧。找到一间空包厢,我和堀木相向而坐。恒子和另一位女侍迎了过来。新来的女侍坐在我身边,恒子一屁股坐在了堀木身旁。我的心咯噔一下,怕恒子被堀木亲吻。

说不上什么怜惜的心情。自己本无强烈的占有欲。即便有点儿隐隐怜惜,也无力果敢地强调所有权,更别说什么与人争斗的决心。于是只有一言不发地看着自己共衾的女人遭受侵犯。

我总是避免与人争执,惧怕卷入争斗。恒子与自己,不过是露水夫妻。恒子并不归属于我。我不配拥有那般怜香惜玉的私欲。但自己的内心,还是受到了某种冲击。

我对恒子毕竟充满了怜惜。真的不能接受堀木在自己眼前狂暴地亲吻。被堀木玷污的恒子恐怕只有与我分手。自己也将失却挽留恒子的激情。呜呼!一切都已终结。恒子的不幸使自己产生了瞬间的震动,但转瞬回复了水面似的平静。我断念了,交替观望着堀木和恒子的表情,带着尴尬的微笑。

然而,事态的恶化出乎自己的意料。

"滚蛋!"

堀木咧歪着嘴吼道。

"老子怎么会要你这种穷贱的女人……"

似要崩溃的感觉。他双手抱在胸前盯盯地看着恒子苦笑。

"……想喝酒。可是没钱了。"

我小声对恒子说。当时就想着一醉方休。在俗人眼中,恒子只是一个丑陋穷酸的下贱女人,连醉汉的一吻都不值。惊诧,意外,只觉得遭受了晴天霹雳,破天荒地拼命饮酒,酩酊大醉。我跟恒子面面相觑,微笑凄然。堀木说得没错,这女人的确给人以劳顿、贫贱之感。念及于此的同时,我又感觉到贫贱者之间的亲和感(虽说陈腐,贫富不和却是我长期认定的一个理念,也是各类戏剧的永恒主题)。那种亲和感涌上心头,便觉得恒子真的令人怜爱。我生平第一次意识到这种微弱的、积极的恋情悸动。我哇哇猛吐不省人事。那是第一次喝得烂醉。迷失自我。

酒醒时,恒子坐在枕旁。我竟睡在了本所木匠家二层的房间里。

"你说'财尽缘断',以为是戏言。原来真的如此。真的销声匿迹。为何弄得那么复杂呢?我挣钱养你不行么?"

"不行!"

女人也睡下了。天亮时分,女人第一次提到"死"字,精疲力竭于人间蝇营狗苟。恰巧我也活得……无法忍受世间的恐惧、烦恼、金钱、革命运动、女人乃至学业,于是随口附和了她的动议。

不过当时,并未意识到实感中的"死"究竟如何。仿佛只是去哪里玩玩儿的意思。

上午,我俩在浅草六区漫游,进酒吧喝了杯牛奶。

"你给钱吧。"

我站起身,由和服袖兜里掏出一个小钱包。打开仅有三枚铜钱。羞耻不已的凄惨感觉袭来,脑海里旋即浮现的是自己仙游馆的房间,除了学生制服和棉被外空无一物。房间荒凉颓败,没有一件值钱的东西。对了,再有就是自己穿在身上的这件碎白点花纹的和式斗篷。现状如此。我彻底明白了,自己的生活已经步入绝境。

我张皇失措,恒子见状,起身瞅了瞅我的小钱包。

"啊!就这么点儿钱?"

言者无心。痛彻骨髓。起先的痛切感触只因感言出自昔日情人。竟连一点儿小钱都没有?三枚铜钱还是钱么?真是自己有生以来从未体验的奇妙的屈辱,无颜苟存于世。说到底,当时的自己尚未彻底摆脱纨绔子弟的种属意识。但当时的自己已有了某种实在的感觉——决意主动赴死。

那天夜里,我们跳了镰仓①海。恒子说腰带是借店里朋友的,说完解下叠好放在了岩石上。自己也摘下斗篷放在了同一岩石上。两人相偕跃入海中。

女人死了。自己却苟活下来。

自己还是高中的学生,父亲的名字也有一点所谓的"新

---

① 日本神奈川县东南部,三面环山,濒临相模湾。

闻价值",殉情被新闻报刊炒作得沸沸扬扬。

我被海边医院收容后,故乡来了一个亲戚帮忙料理各类事务。他告诉我老家的父亲和全家怒不可遏。临走给我撂下一句话——你小子继续这副鬼样子,老家的人就跟你断绝关系。可当时的我根本听不进去,自顾自啜泣流泪。恒子的死令我悲痛欲绝。这时我才明白,在我认识的所有人中,我最最眷恋的就是那个贫贱的恒子。

公寓东家的女儿给我发来一封长信,信里缀有五十首短歌。怪异的是短歌的起句皆为"活着"。好多护士喜欢我,带着灿烂的笑容到我的病房嬉戏,有的临走时还用力抓抓我的手。

那家医院查出我的左肺有异常。这对我似乎是一件大好事。时过不久,我被警察带离了医院,罪名是"助人自杀"。在警署,警察将我看作病人,关进了特别监护室。

深夜,监护室隔壁的值班室,一个守夜的老年巡警轻轻推开门。

"嗳!"

他招呼我。

"冷吧?到我这里来……"

我走进值班室,装出无精打采的样子,坐在了火盆边的椅子上。

"还在……思念那女人么?"

"嗯。"我声音细微得近乎无声。

"人之常情。"

他似在倚老卖老。

"最初……是在哪儿发生关系?"

他煞有介事地问，俨然一个判官。这老东西居心不良，当别人是小孩儿，扮作审讯官，企图套出一些猥亵隐私，打发百无聊赖的秋夜。我一眼看穿了他的企图，憋住没有笑出声来。我也知道，巡警的"非正式讯问"全然无须理会。为了给漫长的秋夜添点儿作料，我装模作样编了一整套"供词"，满足那色鬼巡警的好奇。我装作诚心诚意，仿佛在我眼中，巡警审讯官断然是个决定性人物，刑罚的轻重取决于他的一念之间。

"嗯。事情大致清楚了。坦白交代，我们也方便处理……"

"非常感谢！拜托了！"

演技出神入化。这样的倾力表演并非为了任何好处。

天亮之后，警察署长传讯。这一次才是正式的讯问。

我推开门，进了署长室。

"哦，帅哥呐。那不是你的错，你爹妈的问题……"

署长还年轻，肤色微黑，像是大学毕业生。突然听到这样的话，我的脸色变得异常难看，仿佛自己变成了一个丑陋的残疾——半边脸长满了赤斑。

署长像个柔道或剑道选手，讯问简单直接。比起前夜那心地阴暗、刨根问底的色鬼，真可谓云泥之差。讯问结束，署长整理了递送检察院的文件对我说：

"自己注意身体呐！有血痰么？"

没错。那天早上咳得厉害，每次咳嗽，我都用手帕捂住嘴。

手帕沾染了血迹，仿佛红色的霉珠。不过那并非咳自咽喉的血珠，而是昨晚抠破了耳下的一个小疖。我突然意识到此事无须挑明,或对自己有利。

"好的。"

我顺眼伏眉,正经八百地应道。

署长总算整理好了文件。

"起诉与否,将由检察官决定。今天最好给你的监护人发电报或打电话,请他们来一趟横滨检察院。你有监护人或担保人么?"

我想起来,有位书画古董商涩田,是同乡也是我在学校的担保人。他四十上下、短粗身材、没结过婚,之前常来父亲的东京别墅,对父亲极尽逢迎拍马之能事。父亲称他"比目鱼",我也这样叫惯了。因为他的脸,尤其是眼神,真个酷似比目鱼。

我借过警察的电话簿,查实"比目鱼"家的电话,一个电话打过去,请他来一趟横滨检察院。真奇怪!这"比目鱼"竟变得十分傲慢,架子很大。好歹总算应承了下来。

"喂,快把那个电话拿去消毒。那小子血痰……"

我已返回了监护室。坐在监护室,却听见署长大声地吩咐巡警。

午后,他们用细麻绳将我捆绑,年轻的巡警紧紧握住麻绳的一端,两人一起乘电车去横滨。巡警也不想让路人看见,给我披了一件斗篷。

我自己倒并无丝毫不安。我竟有点儿舍不得那警署的监护室,以及那色鬼老巡警。呜呼!自己何以落得这步田地?被当作疑犯五花大绑。奇怪的是自己反而感觉到某种心安乃至悠然自得。如今写作,追忆当时的情形,仍可体验到某种实实在在的畅快和愉悦。

在那个时期令人怀恋的回忆中,仅有的一次惨痛失误却令我终生难忘冷汗三斗。我在检察局一间昏暗的屋子里接受检察官简单的问讯。检察官稳静从容,四十上下。(若说自己相貌俊美,注定是一种邪淫之美。那检察官才真正称得上仪表堂堂的美貌,给人聪明睿智静谧的感觉。)他让人感觉到大方、坦荡、正统、磊落的人格。于是自己全然放松了警惕,不假思索地陈述。突然自己咳嗽起来,便从和服袖兜里掏出手绢。无意间看到绢上的血迹,倏地生出一个卑劣邪念,这咳嗽说不定也会带来某种便利。于是又"喀、喀"干咳了两声。我有意夸张地表现自己的假咳,用手帕捂着嘴,瞟了一眼检察官的脸色。就在这样的一个瞬间,检察官却面带沉静的微笑问:

"……作假吧?"

冷汗三斗!如今想起来,仍会手足无措。中学时代那个傻瓜竹一就曾背后戳我脊梁骨,"做戏、做戏"地差点儿将我踢下地狱。此时检察官的反应可以说有过之而无不及。如前所述,那是我人生最为失败的两次表演。我甚至觉得宁愿被判十年徒刑,也不愿遭受检察官那般沉静的侮辱。

最后被判缓于起诉。我却没有丝毫高兴的感觉,带着凄惨、厌世的心情倚靠在检察局会客室的长椅上,等待担保人"比目鱼"的到来。

背后的高窗望得见晚霞的天空。海鸥排列成"女"字队形飞翔……

第三手记

一

竹一的预言,一个应验一个落空。"魅惑女人"这不光彩的预言应验了。而成为"伟大画家"的祝福却八竿子打不着。

我只是一个不入流的无名漫画家,供职于一家粗俗的三流杂志。

镰仓事件被学校除名后,我迁居"比目鱼"家二楼。起居室仅三铺席。老家每月寄来少得可怜的生活费,那也不是以我的名义而是悄悄汇给比目鱼(自然是家乡兄长们背着父亲寄来的)。除此而外,我跟家乡已全然断绝了关系。比目鱼总是吊着一张死脸,我讨好似的对之微笑,他照旧一副死脸冷若冰霜。人怎么能这个样子呢?如此简单地翻云覆雨。无耻!不,毋宁说那是一种滑稽可笑的强烈变态!

"不许外出!听见了么?请你不要出门!"

他一遍遍地跟我强调。比目鱼严禁我外出,是担心我再去自杀,担心我有步女人后尘再度跳海自杀的危险。但他不禁烟酒。问题是自己从早到晚困在二楼三铺席的房间,无异于一个白痴,除了窝在被炉里翻阅旧杂志,连自杀的气力也已丧失。

比目鱼家在大久保医专附近,虽说招牌上堂而皇之地写着"书画古董商、青龙园"等字样,事实上只是一栋住房两户中的一户,店铺门面狭窄,屋内布满灰尘且胡乱堆放着各种破烂(比目鱼并不指望店里的这些破烂盈利,他的赚钱之道似乎只是东游西窜说服持有者转让所有权)。他很少坐在店里,多数时候都是大清早匆匆出门,一副阴沉的面容。看家的是一个十七八岁的伙计,也负责我的监护,但有一点儿余暇,小伙计就奔出去跟附近的孩子们玩棒球。在他眼里,二楼这个家伙不是傻子便是疯子。他也总是学着大人的样子跟我说教。我却是个不会争执的白痴,说什么,我都带着一脸倦意或钦佩的表情洗耳恭听。小伙计是个私生子,也叫涩田。不知何故,涩田从未提及自己的父母。据说,比目鱼至今未婚也与此般理由相关。记得早先听过家人的一些风言风语。但自己对他人的身世没有太大兴趣,所以更多的情况不得而知。奇怪的是,小厮的眼睛不时也令人联想到鱼眼。莫非是比目鱼的私生子?真的如此,可真是一对惨淡的患难父子。夜深人静,父子俩时常瞒着二楼的我,在楼下相对无语享用荞麦拉面。

比目鱼家总是小伙计做饭。寄居二楼的我是个累赘。小伙计一日三餐将饭菜放在托盘上送来。他俩则在楼下返潮的四铺席半陋室,在杯盘碗碟的乒乓作响中大快朵颐。

三月末的一个傍晚,比目鱼不知动了哪根筋,抑或是揽到一个大买卖?(要不就是两个揣测兼而有之。或许……则是自己无法察知的什么原因?)比目鱼突然破天荒地请我下楼吃饭,桌上还摆上了酒壶和生鱼片,那可不是什么比目鱼而是金枪鱼,做东的主人都忍不住感佩、赞叹不已。微醺的主人,给我斟上了一点儿酒,劝道:

"来,喝一口。今后到底什么打算呐?"

我未应答,从桌上小碟中捏起几只沙丁鱼干,凝视着小鱼银色的眼睛,一缕醉意油然生发,想起了先前四处游玩的日子,想起了堀木,益发强烈地渴望"自由",突然脆弱起来想要痛哭。

自打来到比目鱼家,我便没了扮演丑角的意欲,只是终日横卧在比目鱼和小厮的蔑视鄙夷中。比目鱼并不想与我推心置腹,我也无意追着比目鱼倾诉。我成了彻头彻尾的白痴寄食者。

"暂缓起诉,不会留下任何前科记录。所以,啊,只要别自暴自弃,就可以获得新生。只要你真心改过,来跟我认真地商量,我会考虑帮助你。"

比目鱼的说法方式拐弯抹角。不,世上所有人都是这样的说法方式。云里雾里,王顾左右而言他,内容复杂,似乎随时可以逃避责任,毫无裨益的严重警告,没完没了令人厌弃的随机应变……我总是感觉无所适从,唯有麻木地自暴自弃或扮作丑角插科打诨或一言不发任由摆布。就是说,我是采取一种失败者的应对态度。

多年后我才明白,比目鱼当时若能以更加简单的方式论事,事情就会好办许多。比目鱼当时想得太多?不,世人都是这个德行——难以捉摸的虚荣或炫耀令人生发心理阴翳。

我多么期望,当时的比目鱼是如下的说话方式。

"不论官立、私立,四月开学去哪儿上学吧。入学之后,你的生活费不必担心!家里会给你寄来更多生活费的。"

很久以后我才知道,事实正是如此。比目鱼若那样说,我一定言听计从。而事与愿违,比目鱼却居心叵测地兜圈子,使我产生了莫名其妙的逆反心理,为此彻底改变了我的人生轨迹。

"你若不来跟我诚心诚意地商量,我便无能为力。"

"商量什么?"

我实在听不懂他的话。

"你心中所想呐。"

"比如说……"

"比如说?你自己今后什么打算呐?"

"我想去工作,行么?"

"问我吗?你心里到底怎么想的?"

"可是,即便我想去上学……"

"需要钱对吧?可问题不在钱!而是你的意愿。"

为什么?!为什么当时他不说?上学的钱,家里会寄来。当时只要有那一句话,事情就解决了呀!为什么不说?却让我独自如堕五里雾中。

"怎么样?希望将来,怎么样呢?独自照料他人有多难,你懂么?受人照料的人,想必是无法理解的。"

"对不起。"

"你真是不省心。我既然答应照顾你,就不希望你这样浑浑噩噩,希望你下定决心堂而皇之地获得新生。我希望你能主动地找我认真商量,说说将来的想法究竟是什么。我自然也会根据谈话的内容帮助你。贫穷的比目鱼只能提供有限的援助,还像以前那样随心所欲地奢侈,就错了。你只要下定决心,真正确立起将来的计划,随时来商量,我会帮你获得新生……尽绵薄之力。你听明白了么?我的心情你懂了么?将来……你究竟是怎样打算的?"

"这里的二楼住不成的话,就去工作……"

"此话当真？当今世道，就是帝国大学①的毕业生也……"

"不，不是去当公司职员。"

"那做什么？"

"画家。"

我不假思索地答道。

"啊？"

比目鱼缩起脖子窃笑。我永远无法忘记当时他那狡黠的表情，像似充满了轻蔑。若是将世道喻为海洋，那么万丈深渊的海底仿佛浮动着奇妙的魅影。我由那般窃笑，瞥见了成年人生活深底的奥秘。

他劈头盖脸训斥了我——岂有此理！胡思乱想些什么！好好想想！今天再好好地考虑一晚吧！我在他的训斥下，逃也似的上了二楼，躺在床上，脑子一片空白。天一亮，我便逃离了比目鱼家。

我在一张便笺上用铅笔大大地写了一个留言：诚惶诚恐。请勿担忧。晚上就会回来。我去一个朋友家，商讨自己将来的方针大计。

写完留下了浅草堀木正雄的姓名住所，不声不响地离开了比目鱼家。

出逃并非因无法忍受比目鱼的说教。比目鱼说得没错，我是一个浮躁浅薄的男人。我根本没有什么将来的方针。比目鱼倒霉，摊上我这样一个累赘。万一自己振作起来，立下大志，这穷鬼似的比目鱼还得每月援助，提供发展资金。念及于

---

① 日本的旧制国立综合大学。

此,痛苦不堪的我真是没脸留住于此。

事实上我离开比目鱼家,并不想真的去找堀木商量所谓的"未来大计"。我只想一时半会儿也好,暂且稳住比目鱼。(留下便笺或许是一种侦探小说式的策略,以便自己跑得更远一点儿。或者说自己还有一个潜在的心理,即突然让比目鱼感受到一种冲击,使他产生混乱困惑。更正确的说法,或许是想让他感觉到害怕。反正是要露馅儿的,但照样说,自己又缺乏勇气。无论如何都离不开的那种掩饰正是自己可悲的性癖之一。世人认为自己是在"扯谎",是让人鄙视的一种性格。自己却……几乎从未为着自己的利益而掩饰。氛围变化令人扫兴,令人窒息令人生惧。日后哪怕于己不利,自己的"倾情献身"即便遭人曲解,微不足道乃至像是一个白痴,多数情况下自己仍会不改初衷,以一句两句妥当的掩饰敷衍真意。自己的这种习性,成为世间所谓"诚实者"的攻击对象。)当时只是记忆中突然浮现出堀木的住址和姓名,就在便笺上记了下来。

我离开比目鱼家走到新宿,变卖了随身携带的图书后真的便无计可施。我在朋友中颇有人缘却从不知"友情"的实感为何物。堀木是玩伴儿,又当别论。所有的人际交往,给我留下的唯有苦痛。为了消解苦痛我唯有拼命地扮丑。结果却弄得疲惫不堪。街上遇见熟人哪怕是一面之识或似曾相识,我都会紧张得瞬间晕眩,感受到惊悚的战栗。我懂得如何博取人缘,却缺乏爱的能力(当然我也大大地怀疑世人有无"爱"的能力)。我这样的人,不配拥有所谓的"亲友",甚至连"走访"亲友的能力都没有。对自己而言,他人家门简直比《神曲》的地狱之门还要恐怖。在我的心目中,那样的门里蠕动着恶龙般的怪兽,散发出惧人的血腥气息——绝非危言耸听而是我真实的感受。

我没有任何朋友,也没有任何地方可去。

堀木?

开玩笑!竟然弄假成真。我决定像便笺上的留言那样,去浅草探访堀木。自己从未主动去过堀木家,一般都是发电报把他约出来。但此时我穷困潦倒,连打电报的钱都没有。即便打电报,如今的堀木也未必会来。想来想去,只好决定勉为其难登门"探访"。我叹了一口气,坐上市营电车。堀木竟成了自己这个世界上唯一的救命稻草。念及于此,袭来一股寒彻后脊的凄凉。

堀木在家。脏兮兮的庭院。堀木住在这二层居宅的二楼。六铺席单间。楼下住着堀木的老父母,还有一个年轻的工匠。他们的工作是乒乒乓乓地制作木屐用的鞋带。

那日,堀木让我领教了他这个城里人全新的一面。亦即俗话所说的"精明过度"。冷漠狡猾的利己主义,让我这个乡巴佬瞠目结舌。我明白了,他与我并非同类,他不是我这种流离失所的穷人。

"你真让人吃惊!你爹原谅你了?还没吧……"

离家出逃难于启齿。我照例编织了谎言。

过两天堀木就会识破。可仍旧无法吐真言。

"问题不大……"

"哎,不是说笑呢。忠告。那种傻事别做了!今天我还有事呢。最近真是忙得要命!"

"有事……什么事?"

"嗳、嗳,别把坐垫的带子弄断了……"

我一边说话,一边下意识地摆弄着身下坐垫上的缀穗儿。那缀穗儿缝制在坐垫的四角,像似细细的绑绳。我捏着其中的一个穗绳儿随意拽扯着。家里的物什哪怕一根坐垫绳,堀木都爱惜有加。堀木不留半点情面,见状瞪起眼睛色厉内荏地叱责道。想来堀木与我交往,真是从来没有吃过亏。

堀木的老母亲端着两小碗年糕小豆汤送上二楼。

"哦,怎么还……"

堀木像个大孝子,对母亲毕恭毕敬,言辞也显得有些生硬。

"对不起,小豆汤啊?不用那么铺张啦。不用那么张罗啦。我们马上就要出去办事。嗯,好吧好吧,老妈的小豆汤做得好,不喝就可惜了。我喝。你也喝一碗吧。老妈特意为我们做的。啊哇,好喝!真够奢侈的。"

堀木喝得很香,乐呵呵不像是做戏。我也啜了一口,白开水味道。嚼了一口年糕却并非年糕,从没吃过这种东西。必须声明,我对贫穷并无轻蔑之意。(当时的我并未觉得难以下咽,相反却痛切地感受了堀木老母的慈母心。我对贫穷确有恐惧感,但却绝无轻蔑感。)通过那碗小豆汤以及堀木的喜悦,我领教了都市人节俭的本性,也看到了东京人家庭内外有别的勤俭持家。而我自己无论内外都是一个完全的低能儿,没完没了地逃避现实中的正常人生活。我意识到堀木也已抛弃了我。心灰意冷。我拿着脱漆的筷子翻动着碗里的年糕小豆汤,感受并铭记了无尽的孤寂。

"对不起。今天我真的有事。"

堀木站起身,一边穿上衣一边说。

"失敬了。对不起。"

适逢此时,他家来了位女客。我的命运也随之遽变。

堀木突然精神焕发……

"啊,抱歉!正打算去你那儿呢。这家伙突然来访。不过没关系。来,请进请进。"

我张皇失措地将自己身下的坐垫撤下来,翻了个面递过去。堀木见状一把抢去,翻了个面递给女客。堀木的房间只有两个坐垫,一个自己用,另一个留给客人。

女客清瘦,高个儿。她把坐垫推至一边坐在了门旁。

我懵懵懂懂地听着二人会话。女客像是一家杂志社的,或是委托堀木做一些杂志的插图,这会儿来家里取。

"抱歉催得急……"

"画好了,早就画好了。你看,行么?"

此时,又有人送来了一份电报。

堀木一看,喜笑颜开的那张脸,眼见着阴沉下来。

"嗳!你小子这到底是怎么回事儿?"

比目鱼发来的电报。

"少啰嗦。赶紧回去!本来可以送你回去。可我哪儿有工夫?离家出走,怎么跟个没事人儿似的?"

"府上何处?"

"大久保……"

我脱口答道。

"那离敝社很近……"

女客二十八岁,生于甲州①,有一个五岁的女儿,家住高

---

① 旧时甲斐国,今山梨县。

圆寺①某公寓。说是丈夫过世已三年。

"看您的样子,吃了不少苦吧?我同情你。你倒是挺有眼色的……"

开始,我过着仿佛男妾般的生活。志津子(女记者的名字)每天去新宿的杂志社上班。她出门后,我就和她五岁的女儿茂子乖乖地在家看门。以前妈妈不在家,茂子就在公寓管理人的房间里玩儿,现在来了个"有眼色"的叔叔陪着她玩儿,自然是高兴异常。

就这样,我在她家浑浑噩噩地过了约一周。公寓附近的电线上,挂着一个人形风筝。春风吹拂,浮尘漫天。风筝已变得残破不堪,却仍旧顽强地纠缠在电线上。风中的风筝似在频频地颔首。每每看见那风筝,我都会赧颜苦笑。梦中也会被它吓到惊醒。

"我需要钱呐。"

"……多少钱?"

"很多……财断缘尽,这是真的。"

"傻瓜!陈词滥调儿……"

"是么?你……怎么会明白?这样下去,我没准儿还会逃走。"

"我俩谁穷啊?谁才该逃离呐?你有病啊!"

"我想自己挣钱,用自己的钱买酒,不,买烟。论画画儿,我可比堀木之流强多了!"

此时我的脑海里不禁浮现出几幅中学时代的自画像,竹

---

① 地名,位于东京杉并区。

一称之为"鬼画"的杰作。频繁的迁徙搬家,鬼画已佚失。但我认为那的确堪谓杰作。日后我也有过不少画作,但与记忆中的逸品相去甚远。自己时不时怅然若失,心里空落落的充满惆怅。

一杯喝剩的苦艾酒①。

我以苦艾酒暗自形容自己那永远无法挽回的丧失感。但凡论及绘画,我的眼前就会浮现出那杯喝剩的苦艾酒。呜呼!那幅画给眼前的女人看看多好!让她相信自己是个绘画天才。而今唯有忍受焦躁的折磨。

"呵呵,你板着面孔说笑真可爱。"

说笑?哪里是说笑!唉,可惜没法让你看到那幅画。徒然烦闷。哦对了,我突然心生一念。

"漫画!至少我认定,自己的漫画比堀木强。"

不料这随机应变的一句戏言,反而令之信以为真。

"没错。事实上,心有所感。你时常……给茂子画漫画,对不对?我看了都忍俊不禁。你不想试试么?我可以跟社里的总编打个招呼……"

那家月刊杂志名不见经传,却是面向儿童的读物。

她接着说……见到你,大凡女人,都会禁不住想要帮你……那样唯唯诺诺的真像个小丑……有时孤零零郁郁寡欢,让女人看着心疼。

志津子絮絮叨叨一箩筐的溢美之词。但在我听来,那正是所谓男妾的龌龊特质。正因如此,我才一味地"沉沦"郁郁寡欢。我心里暗暗念叨着,我需要的是金钱而不是女人,总之

---

① 苦艾酒。以葡萄酒为酒基,加入植物药材、香料等,配方各有不同。

我需要离开这个女人自食其力。我也曾盘算尝试,最终的结果,却是对她的依赖愈发严重!离家出走后的善后,几乎统统仰仗志津子这个胜似男人的甲州女子。我对志津子更加言听计从,所谓"唯唯诺诺"。

在志津子的斡旋下,比目鱼、堀木、志津子三人会谈达成一致,我与老家彻底断绝联系,与志津子"堂而皇之"地同居。同时在志津子的努力下,我的漫画竟也出乎意料地赚了钱。我用自己赚的钱买酒买烟。但心中的不安和抑郁却有增无减。我处在极度的"沉郁"之中。有时给志津子的杂志,画每月连载的《金太与小田的冒险》漫画。我思念家乡,感受到无尽的孤寂,有时不禁放下画笔,伏桌落泪。

我得到些许救助,还是因为志津子。

每逢此时,她总会无所顾忌地喊我"她爸"。

"她爸,听说只要诚心祈神,就能心想事成。当真?"

若是真的,我想做那样的祈祷。

呜呼!请赐予我冷峻的意志吧!告诉我"人"的本质是什么。一个人战胜一个人,不是罪过么?请赐予我愤怒的面具吧。

"嗯,没错。茂子祈神,或许有求必应。你就未必了……"

她称我"她爸"亦即茂子的爸爸。我对神心怀畏惧。我不信神的慈爱而只信神的惩罚。信仰意味着神的鞭挞。我俯首走向审判台。我相信地狱的存在却无论如何都无法相信天国的存在。

"为什么呢?"

"不听父母的话呀。"

"是么？可大家都说你是好人呐。"

原因在于,我欺骗了众人。我也知道,这公寓的所有人都对我持有好感。相反自己对众人却益发恐惧。越恐惧他们越有好感。越有好感我便愈发恐惧。以致疏远了大家。这般不幸的病症怪癖,想对茂子解释清楚真是难上加难。

"茂子许了什么愿呐？"

我自然而然地岔开了话题。

"茂子吗？茂子想见自己的爸爸……"

我心头一紧,天旋地转。敌人！我是茂子的敌人？茂子是我的敌人？总之茂子的表情为之一变,似乎面对着一个威胁自己的、可怕的成年人。外人！无法沟通的外人！充满秘密的外人！

我原以为茂子是无须畏惧的。不料她也是个杀手,有"出其不意击杀牛虻于瞬间的牛尾"。打那以后,我对茂子也战战兢兢起来。

"色魔！在家吗？"

堀木又开始登门造访。离开他家的那天,他曾那样子冷漠怠慢。可我仍旧无法拒客,仍旧是带着微笑相迎。

"你小子的漫画变得很有人气嘛！你胆子够大！一个业余画家,不知天高地厚！可你小心点儿。你那破素描,真是没法看！"

俨然一副画师做派。要是让他看见了自己的那幅"鬼画",他会惊诧成什么样子呢？我扭动着身体空转过身子……

"可别这么说。再说我会发出尖厉的悲鸣。"

堀木愈发得意起来。

"仅有处世的才能,早晚都会露馅儿的……"

处世的才能?……我真是唯有苦笑。我竟有处世的才能!我对世人充满了恐惧,避之唯恐不及,只好自欺欺人地编织谎言。莫非应了那句俗谚"得过且过明哲保身"?形态上倒如出一辙,皆遵奉乖巧圆滑的处世术。呜呼!人与人的相知默契几无可能。天壤之别!即便一生的莫逆亲友,也未必了解彼此的差异。

——亲友故时,泣颂悼词,却仍是形同陌路。

堀木俨然一副恩人的模样儿(其实是志津子一再恳求他才勉强答应),认为我离家出走的善后与他相关,他简直就是我获得新生的阿弥陀佛,乃至是我和志津子情缘的红娘。他一副煞有介事的模样儿对我说教。时不时还深夜醉醺醺突然造访并留宿。临走的时候必定要借五日元(铁定五日元)。

"我说你小子,泡妞高手啊。适可而止吧。再玩下去,世间不容。"

世间不容?什么意思?世间即人的复数么?所谓世间的实体在何处寻?从小到大在我的意识中,世间一直是一种强大、严厉、可惧的存在。听堀木一说,我突然想问一句:

"所谓世间,不就是你么?"

但话到嘴边我又咽了回去。担心触怒堀木不好收拾。

(世间不容。)

(不是世间。你所不容吧?)

(做那样的事儿,你会遭到世间报应!)

(非也!世间就是你吧?)

(瞬间被世间埋葬!)

(不是被世间而是被你……)

你这厮！残忍、怪异、狠毒、狡诈且具"妖婆性"！没完没了变了法子地恶语相向。我只有不住地用手帕擦汗,赔着笑脸说:

"冷汗,冷汗……"

打那时起,我开始有了一个新的思想(世间等同于个人)。

而且,在我有了世间等同于个人的认识之后,我的言行比以前多了一点儿自我意识。用志津子的话来说,自己唯唯诺诺的感觉少了一点儿,却多了一点儿随意任性。用堀木的话来讲,我是变得超级吝啬。最后用茂子的话说,则是少了对她的宠爱。

我脸上少了笑容,变得少言寡语,每天除了照看茂子,便忙于几家出版社的稿约,尽是些自暴自弃、题材荒诞、连我自己都看不懂的连载漫画。有前面提到的《金太与小田的冒险》,有作为逍遥老爸翻版的《逍遥和尚》,还有什么《性急的小崽子》。(这样的活儿断断续续。除了志津子的杂志社,其他社也开始有了一些约稿。不过其他统统不入流。)说实话我的心境变得异常阴郁,无论如何都提不起精神(画笔也变得异常迟滞)。作画纯粹地变成了赚取酒钱。志津子从杂志社一回来,我就急匆匆地换班外出,去高圆寺车站附近的屋台或小酒吧,灌下一些高度数的劣酒后,情绪才稍有恢复。而后返回公寓……

"你的脸色,怎么越来越难看呐？逍遥和尚的面相,就是从你的睡相上获得的启示。"

"你的睡相好？简直像个四十岁的糟老头儿！"

"你的责任!压榨。人生似流水。河边柳树枝,忧心忡忡婀娜姿。"

"别闹腾了,快睡觉吧。要不再吃点儿什么?"

她倒是安之若素,完全不受我的影响。

"要是有酒喝的话……似流水?人流么?哦不,水流和水的命运。"

我嘴里哼唱小曲儿,让志津子伺候宽衣。而后,额头抵着志津子的胸口酣然睡去。这便是我的日常。

> 翌日如凡常,
> 循昨日一样惯例,
> 避狂乱无忌大欢乐,
> 退避三舍自然,大悲哀。
> 阻隔前程的巨石啊,蟾蜍绕道行。

此乃上田敏①的译诗,原作者是夏尔·克罗②。我发现这样的诗句,脸顿时变得通红。

蟾蜍!

(那便是我。世间本无相容不相容、埋不埋葬。我感觉自己是比之猫狗更加劣等的动物。蟾蜍。慢吞吞蠕动的动物。)

自己的酒量逐渐增加。饮酒的处所不仅在高圆寺站附近,时不时还去新宿或银座,有时还会夜不归宿。我不再像以前那样"循规蹈矩",在酒吧就像一个无赖汉,卧在一个角落

---

① 上田敏(1874—1916),日本东京人,诗人评论家,生于东京,号柳村。翻译许多法国象征诗。译诗集有《海潮音》,诗集有《牧羊神》等。
② 夏尔·克罗(1842—1888),法国诗人、发明家。

里打着飞吻。就是说,我又变成了殉情前的那个猥琐的酒徒。哦不,应该说比之当时有过之而无不及。穷困潦倒时,竟拿志津子的衣服去典当。

初来乍到时,我曾望着那残破的"人形风筝"苦笑。一年多过去,又到了花谢叶翠的季节,我把志津子的和服腰带、贴身衣衫统统送到了典当铺,换钱去银座喝酒并连续两晚外宿。第三天晚上,身体状况委实不佳,忍不住蹑手蹑脚返回公寓志津子的居室,门前却听见志津子和茂子的对话。

"为什么要喝酒呢?"

"爸爸并不是喜欢喝酒。爸爸是个最好最好的人,所以……"

"好人就喝酒吗?"

"那倒也不是……"

"爸爸一定会吃惊的!"

"也许会生气的。你瞧,啊呀,从箱子里跳出来了……"

"这个性急的小东西。"

"可不是……"

志津子由衷地发出静静的、幸福的笑声。

我透过细细的门缝往里瞧。原来是只小白兔。小白兔在屋子里跳来跳去,母女俩追也追不上。

(多幸福啊!我这个混蛋进了屋,朴素的幸福就被我搅和了。乱七八糟!多好的母女呀!啊,我也想祈求幸福,倘若我的祈神有效,哪怕是自己一生中仅有的一次,我也会虔诚地祈祷。)

我蹲在门口,在心中静静地合掌祈福。我悄悄地合上了门,返回银座。从此再也没有回过那个公寓。

我住到了京桥近旁一家柜台酒吧二楼,又过起了男妓般寄人篱下的生活。

"世间"。我总算对这个词语有了朦胧的认识。个人与个人之争乃是特定场合之争,只要获胜就好。人绝无可能甘心情愿服从他人,即便是奴隶,也会有奴隶独自的卑屈的反击。所以,人若是不能在特定的场合决胜沙场,就会失却所有的生存机缘。虽有"大义名分"之谓,但努力的目标必定是个人,超越了个人还是个人。世间的难题正是个人的难题。大洋非世间而是个人。我惧怕世间这样的大洋幻影,却因此获得了些许解救。我不会再像以前那样没有止境地劳心劳神。我学会了见风使舵,甚或有些世故圆滑。

我舍弃了高圆寺公寓,移住到京桥的柜台酒吧老板娘处。

"我们分手了……"

仅此一句就足够了,同样是一把决胜负。那天夜里,自己以粗鲁的方式住进了酒吧二楼。然而令人生惧的"世间"会加害自己么?自己对于"世间",仍旧是不甚了了。老板娘若是有此认识,那么一切都会风平浪静。

我既像店里的食客又像店主,既像店里的伙计又像店主的亲戚。在局外人眼中我活脱一个来路不明的存在。可"世间"却全无诧异的反应,店里的常客竟亲热地称呼我"小叶、小叶",还拉我一起喝酒。

我对世间渐渐消除了戒心。所谓"世间",没准儿并不是那样可怕。以往的恐惧感或缘自"科学的迷信"。春风裹挟着数十万百日咳病菌,浴池里潜藏着数十万致人眼盲的病菌,理发店充斥着数十万秃头病菌,省线电车①的吊环抓手上蠕动着无数疥癣虫,生鱼片和半熟的猪肉牛肉烤肉中必定潜藏着绦虫幼虫或吸虫之类虫卵。乃至不能赤脚走路云云。说道小玻璃碴一旦扎入脚底,就会随血液在体内游走,刺入眼球导致失明。当然,数十万病菌浮游是正确的,有"科学的"根据。但我同时了然于心,如果完全无视那般存在,就成了瞬间消失的"科学的幽灵",与自己没有一丝一毫关联性。过去我十分在意所谓"科学的统计"。一个饭盒里残留三颗饭粒,上千万人一日三粒残留,将白白浪费多少成袋的大米?或一人一天节约一张纸巾,千万人一天将省下多少纸浆?于是我剩下一粒饭和擤鼻涕的时候,总是苦恼于某种错觉,仿佛凭空浪费了堆积如山的大米和纸板。我变得情绪黯淡,似乎犯下了滔天大罪。然而那却是所谓"科学的谎言""统计的谎言"或"数学的谎言"。三颗饭粒如何才能收集一处?即便作为乘法、除法的应用问题,也是太过原始和低能的命题。与之同理,有人说没有电灯的昏暗厕所里,总会有人不小心一脚踩空跌落粪坑;或乘坐省线电车的乘客成千上万,总会有人不慎失足跌入车门与站台的间隙。这种同样程度的或然性计算荒唐至极。无论存在怎样理论上的可能性,误入粪坑意外致伤的案例,闻所未闻。然而那样的假说却被当作"科学的事实"灌输给我,我一直以为那便是完全的现实,从而惶惶不可终日。时至昨日的自己真是可悲可笑。如今的我,总算渐渐地对所谓"世间"的实体有了一丁点儿认识。

即便如此,我仍旧对人类充满了畏惧。面见店里的常客,

---

① 旧铁道省(运输省)管理的铁路线,"国电"(JR)之旧称。

我也得猛灌一杯小酒壮胆。人是可怕的东西。但我每晚会去店里。其实就像小孩子,看见自己有点儿害怕的小动物,会抓起来使劲儿一捏。我面对店里的客人,也会借着酒劲儿奢谈拙劣的艺术论。

漫画家。呜呼!我是一个既无大欢乐亦无大悲哀的无名漫画家。我不惧怕什么大悲哀,让它来吧。其实我更加期待的是无所忌惮的大欢乐。然而现在,我关注的只是眼前的愉悦,喝着客人的小酒与客人攀谈。

来到京桥,这样百无聊赖的生活已经持续了近一年。自己的漫画,不仅刊载于儿童杂志,也刊载于站前小贩兜售的粗俗的卑猥杂志。我起了一个玩世不恭的笔名——"上司几太"(谐音,"殉情生还"之意),画的尽是些污秽不堪的裸体,且多辅之以《鲁拜集》①诗句。

停止无谓向神祈祷
抛开煽情催泪烦恼
忘却无用无尽忧愁
明媚阳光仰赖美酒

不安恐惧胁迫奴辈
自惧捏制荒谬罪名
复仇欲加提防死者
永无停转活动脑筋

---

① 波斯大诗人奥玛·海亚姆(Omar Khayyam)的四行诗集。《鲁拜集》阿拉伯语的意思是"四行""四行诗"。十九世纪中叶英国诗人王尔德曾将之翻译成英文,诗集中哲学式的刹那主义,在当时引起世界性反响。

昨日饮酒快乐愉悦
今晨醒酒荒凉满目
一夜沉思不得其解
心情变化这般为何

放弃作祟邪恶意念
太鼓恍惚警示远方
兀自那厮不安惶恐
罪孽屁大万劫不复

正义乃为人生指针
血涂生灵怪异沙场
恶欲暗杀刀尖相向
包蕴哪般人间正义

指导原理藏匿何方
睿智闪耀何等光芒
美丽恐怖浮世交织
稚子肩有不堪重负

偶时播下无果情种
善恶罪罚一任咒诅
无可奈何张皇失措
不获力量意志摧抑

无奈何方徘徊彷徨

批判检讨认识更新
虚空梦境莫须幻想
消愁借酒作假忧思

举目浩瀚无际大空
微不足道尘埃浮游
可知地球规律若何
随意自转公转反转

处处感受至高力量
任何国度所有民族
发现人类同样人性
归属异端我却兀自

人人皆在误读《圣经》
缺了常识少了慧智
平生不禁欢喜美酒
休矣呜呼穆斯塔法

当时,确有一位二八少女劝我戒酒。

"这样不行!每日从早到晚醉醺醺的……"

说话者是酒吧对面小烟铺、十七八岁名叫芳子的小妮儿。芳子肤色白皙,两颗小虎牙。每次买烟,她都笑眯眯地忠告。

"那有什么……不好?古时波斯先哲有言,'开怀畅饮吧,孩子,以酒来消除憎恨';又云,'端起使人微醺的玉杯吧,为悲伤疲惫的人心带来希望'。罢了。听得明白么?"

"听不明白。"

"笨蛋。让我亲一下吧。"

"亲吧。"

她竟大大方方地噘起小嘴。

"这傻孩子,怎么连贞操观念也……"

但从芳子的表情看得出,显然是个未受玷污的纯净处女。

新年过后的严寒之夜,自己醉醺醺又去买烟,不慎跌进香烟小铺门前的下水道。吓得我大喊——"芳子,救命!"幸亏芳子把我拖了上来,又帮我包扎右臂的创伤。当时的芳子一本正经地说:

"你看……又喝多了吧。"

我觉得死不足惜。无法忍受的是受伤、流血乃至落下残疾。芳子给我包扎臂伤时,我曾想——"是得戒了酒"。

"不喝了。明天开始,滴酒不沾……"

"此话当真?"

"当真!我戒了酒,芳子肯嫁给我么?"

我打趣似的说。

"Mochi(当然)……"

此乃"勿论"①的略语。那么"摩男(Mobo)""摩女(Moga)"也是当时类似的略语。

"那好,拉钩上吊,我一定戒酒。"

翌日,我却照样从中午开始饮酒……

黄昏我又踉踉跄跄去了芳子的烟铺。

"芳子,对不起!我又忍不住……"

"啊!讨厌!少来我这里装醉鬼!"

---

① 日文的"勿论"读作"Mochiron",略音便是"Mochi"。"当然"之意。

芳子声色俱厉地说。我的酒便被吓醒了一半。

"我哪里装醉啦?真的喝了嘛。我怎么会装醉?"

"别跟我逗笑了。你不是好人!"

但她丝毫没有怀疑自己的样子。

"你一看就明白的对吧?今天又是白天就开始。对不起!"

"你真会演戏呐!"

"没有演戏。你这傻孩子。亲亲吧。"

"亲吧亲吧……"

"算啦。没有资格。娶媳妇的事儿也拉倒吧。你看我的脸,很红对不?真的喝酒了呀。"

"哪儿呀,那是夕阳西照。忍不住不行!那是昨日约定的事情。怎么可能随意违约?还拉钩上吊了对不?说什么喝了酒,纯粹是谎言!"

面色白皙的芳子微笑着坐在昏暗的烟铺。啊!纯洁无瑕的处女弥为尊贵。有生以来,从未与年轻的处女同床共寝。我好想结婚!无论今后面临怎样的苦难悲哀,一生体验一次如痴如醉的欢乐狂喜,我就无怨无悔。我一直以为,处女的美不过是傻瓜诗人多愁善感的幻觉。现在才知道,那是世间活生生的现实。结婚之后春暖花开,两人骑自行车去青叶瀑①。

我当即拿定主意"一决胜负"!毫无踌躇地盗采鲜花。

不久我们结婚了。却没有体会到预想的欢乐。随后体验的悲哀,却空前绝后超乎想象,绝非"凄惨"二字可以形容。对我而言,"世间"给我的感觉仍旧是无尽的恐惧。绝非清楚

---

① 位于奈良县宇陀市室生区三本松青叶寺的瀑布。

明白"决一胜负",便可完事大吉。

二

堀木与我。

我们相互鄙视又难分难舍,同样具有自甘堕落的性质。大凡世间的所谓"交友"皆是此般形态?倘如此,我和堀木堪谓典范。

多亏了京桥柜台酒吧的老板娘,有她的侠义相助,我才跟烟铺的芳子有缘同居。(女人的侠义心真是一个奇妙的说法,依我之经验,至少都市男女中女性的侠义心大大地超乎男性。男性总是谨小慎微、装模作样且十分吝啬。)我们租住了一间小屋,在筑地隅田川附近,一座木造二层小公寓楼下的一室。两人住在了一起,自己戒了酒,眼见得自己有了固定的职业,也全力投入到那样的漫画工作中。吃过晚饭,两人会去看电影。看完电影回来的路上又会去茶馆饮茶小憩,或者买盆栽。不,我甚至在想,这小媳妇儿发自内心地信赖自己很是受用。喜欢听她说话看她的一举一动。我甚至暗忖,渐渐过上了像人的生活,或者无须再选择那种悲惨的死法。适逢此时,堀木又出现在眼前……

"喂!色魔。咦?跟过去有点儿不一样了嘛。今天我可是高圆寺女士派来的使者呐……"

话说了一半,他突然压低了声音,下巴朝厨房沏茶的芳子扬了扬:

"……能说么?"

"没事。说什么都行。"

我沉静地回答道。

芳子可谓"信赖他者"的特殊天才。她与京桥酒吧老板娘的信赖关系无须赘言,就连知道了我跟恒子的镰仓事件,她也并未整日价疑神疑鬼。那与我的擅长撒谎毫无关联。有时话已挑明,芳子却依旧统统地当作笑谈。

"别总洋洋得意。有什么了不起?捎个口信,得空来高圆寺玩儿。"

差点儿忘记了……一只怪鸟扑打着翅膀飞来,用尖喙啄破了记忆的伤口。顿时,过去的耻辱和犯罪记忆活生生展现于眼前。我便无法安坐于此,惊恐得几乎喊出声来。

"喝一杯去吧……"我说。

"好啊。"

堀木应道。

我与堀木,有些形似。有人觉得我俩酷似,难以分辨。当然局限于两人四处喝小酒的时候。两人臭味相投,聚到一处,眼见着就会变成两只形态、毛色极为相似的小狗,相伴在白雪皑皑的窄巷撒欢儿。

我们再度形同莫逆,一起造访京桥小酒吧。时不时地……两只烂醉如泥的野狗瘫倒志津子的高圆寺公寓,宿泊一夜才离返。

忘不了那个溽暑夏夜。日暮时分,堀木裹着一件皱巴巴的浴衣,来到我筑地的公寓。他说自己因故将夏衣典给了当铺,可老母亲一旦知道就会发生很大的麻烦,必须尽快赎回来。一句话,借钱!可是不巧,我也身无分文。只好照例吩咐芳子,将她的衣物拿去当铺,换出钱来借给堀木。最后余下一点钱,又让芳子买来一瓶烧酒,拿到公寓的屋顶,两人迎着隅田川不时吹来的、带着阴沟气息的微风,将屋顶摆成一个脏兮兮的纳凉晚宴。

我们当时在玩一种字谜游戏——判断喜剧名词或悲剧名词。这是我自己发明的一个游戏,大家知道名词中有男性名词、女性名词、中性名词等。同时自然也有喜剧名词和悲剧名词的区别。例如,"汽船""火车"皆属悲剧名词;"市电""巴士"则是喜剧名词。何以如此? 不知其究竟者何以奢谈艺术? 喜剧中掺杂一个悲剧名词,剧作家便失格了。悲剧的场合亦然。

"我说啦。香烟!"

我提问道。

"tra(tragedy,悲剧名词缩略语)。"

堀木脱口答道。

"药呢?"

"冲剂还是丸药?"

"针剂。"

"悲剧!"

"是么? 那荷尔蒙针剂也是……"

"当然是悲剧。你想想,针首先就是一个典型的悲剧名词呐。"

"好吧。算你说得对。可是伙计,医药和医生想必出乎意料,应该是喜剧名词对吧。死呢?"

"没错。牧师与和尚也是如此。"

"说得好。那生命是悲剧名词喽。"

"不对。那也是喜剧。"

"那喜剧名词太多。再请教一句,漫画家呢? 未必是喜剧吧？"

"悲剧、悲剧！大悲剧名词！"

"开玩笑！大悲剧名词非你莫属！"

讨厌！竟演变成如此低级的谐谑。我们自己却洋洋自得——认为这种益智游戏在世界沙龙里绝无仅有。

当时我还发明了一个与之相似的游戏——反义词猜谜。黑的反义词是白，白的反义词却是红，红的反义词则是黑。

"那花的反义词是什么？"

我问道。堀木撇着嘴苦思冥想。

"记得有家菜馆叫'花月'，那便是'月'。"

"不对。那怎么能叫反义词呢？说是同义词，还差不多。'星'与'堇'字，也一样是同义词而非反义词。"

"明白了。那是'蜂'。"

"蜂？"

"牡丹……蚂蚁？"

"胡扯什么呀！那是主题。别瞎胡扯！"

"明白了。花与丛云……"

"应该是丛云遮月吧……"

"对、对，花是风。花的反义词是风。"

"露怯了吧。你那是浪花节①里的说辞。"

"哪里，是琵琶……"

"不对不对。花的反义词……应该是跟花风马牛不相及的东西。你得往这个思路上走。"

"所以……稍等。那是什么呢？女人吗？"

① 浪花曲，三弦伴奏的民间说唱。

350

"顺便一问,那女人的同义词是什么呢?"

"内脏。"

"你小子真是十足的诗歌门外汉。那'内脏'的反义又是什么?"

"牛奶!"

"哎,这有点儿靠谱。趁势再说一个。无耻!反义词是什么?"

"恬不知耻对吧?那是流行漫画家'上司几太'。"

"堀木正雄呢?"

话已至此,两人渐渐笑不出来,生出一种抑郁的气氛,那种感觉是烧酒酒醉后特有的——仿佛脑瓜里塞满了玻璃碎碴。

"狂徒!我可没受过你那般奇耻大辱,被人家五花大绑。"

我怔了一下。原来如此,我在堀木心中根本不配为人,我不过是一个自杀未遂、寡廉鲜耻的蠢货罢了,所谓"行尸走肉"。他为了自己的快乐,肆无忌惮地利用我。这就是我们的"友情"!想到这里不禁心中愤然。但话说回来,我在堀木眼中的那般形象也是自然而然。自己打小没有为人资格,难怪堀木蔑视。想法改变后,我便装作若无其事地说:

"'罪'的反义词么?这可不好说啊。"

"'法'呀。'法律'呀!"

堀木不加踌躇地答道。我傻傻地盯住堀木的脸。在对面大厦忽明忽暗的霓虹灯红色灯光映照下,堀木的脸极尽威严——像似一个小鬼判官。我惊诧不已!

"我说,'罪'的反义词没那么简单吧。"

"罪"的反义词怎么会是"法律"呢?或许,或许世人都是这样简单认定的。他们或许认定,"罪恶"蠕动于判官不在的场所。

"那你说'罪'的反义词是什么?'神'么?你小子真够讨厌的!仿佛自己是救世的耶稣……"

"嗨,可别轻易断言。咱俩再想想吧。这倒是一个挺有趣的问题。通过因人而异的回答,却可透彻了解一个人。"

"这样么?那'罪'的反义词是'善',善良市民亦即我这样的人。"

"开玩笑!拉倒吧你。'善'是'恶'的反义词,不是'罪'的反义词。"

"'恶'和'罪'有差别么?"

"当然啦!'善''恶'的概念是人类制定的,是人类随意制定的道德词语。"

"多讨厌呐!那还是'神'对吧?对,就是'神'。所有人类词语的反义词都可以是'神'!啊,肚子饿啦!"

"芳子在煮蚕豆呢。"

"谢谢!我爱吃蚕豆……"

他两手抱在脑后,仰面躺了下去。

"你似乎对'罪'字毫无兴趣吧。"

"当然。我又不是你那样一个罪人。我就是吃喝嫖赌,也不会弄死女人或卷走女人的钱财。"

我内心拼命地暗自抗议——谁弄死女人啦?谁卷走女人钱财啦?!却又习惯性地即刻反省:没错。全是自己的错!

我全无与人正面发生争论的能力。烧酒引致的阴郁碎渣,使自己的心情益发险恶。我拼命抑制着恶化的心情,喃喃细语道：

"不敢苟同。坐个牢什么的算不得犯罪。若是知道了'罪'的反义词，就能对'罪'的本质有所了解。……神……救赎……爱……光明……其中'神'的反义词是'撒旦'；'救赎'的反义词是'苦恼'；'爱'的反义词是'恨'；'光明'的反义词是'黑暗'。那么'善'对'恶'；'罪'对'祈'；'罪'对'忏悔'；'罪'对'告白'；'罪'对……呜呼！皆为同义词。那'罪'的反义词到底是什么？"

"'罪'的反义词是'蜜'①啦。甘甜如'蜜'。啊呀，饿死啦！快拿点儿吃的来吧。"

"你自己不能过去拿么？"

这几乎是自己生平第一次发出的愤怒声音。

"好吧。那我就去下面，跟芳子'犯罪'之后再上来吧。实践胜似空谈！我知道了。'罪'的反义词是'蜜豆'吧？不，是'蚕豆'。"

真是酩酊大醉，话都说不清楚了。

"行啊行啊。快去快去吧。"

"'罪'与'空腹'，'空腹'与'蚕豆'！啊不对。这些是同义词。"

堀木语无伦次地爬起身来。

罪与罚！陀思妥耶夫斯基！几个字眼掠过脑际。恍然大悟！莫非在陀思妥耶夫斯基眼中，"罪"与"罚"并非同义词而是反义词？"罪"与"罚"绝对地两相对立、冰炭不容。在将"罪"与"罚"看作反义词的陀思妥耶夫斯基笔下，绿藻、腐池、

---

① 日语"罪"字与"蜜"字发音相反（Tsumi 和 Mitsu）。

乱麻一般的水面深底……啊！我明白了。啊呀，又乱了！……我的脑子里咕噜咕噜走马灯旋转。

"嗳，快来看！什么蚕豆！"

堀木的嗓音、脸色骤然大变。他摇摇晃晃的……刚起身下楼的样子，转眼间折返回来。

"什么？"

气氛顿时紧张。两人从屋顶下到二楼，又从二楼走下自己的居室。下到一半楼梯时，堀木停下来。

"快看！"

他小声嘟囔着用手一指。

自己居室上方开着一扇小窗，看得见屋里的情形。屋里开着电灯，灯下有两只动物。

我的眼前一阵晕眩——这就是人的形象！这也是人的形象！不值得大惊小怪！我急促喘息着胸中嗳噜，木然地伫立楼梯而忘却了救助芳子。

堀木大声地干咳。自己则逃也似的跑回了屋顶，仰面而卧瞭望饱含雨云的夏夜。此时袭击自己的感情，不是愤怒、不是嫌恶、不是悲哀，也不是什么强烈的恐惧，同时也不是什么墓地幽灵闪现似的恐怖。莫非是神社杉树林里遇见白衣御神体[①]时难以名状的感受？那是一种古代蛮荒时代的强烈恐怖感。那夜开始，我生出了"少白发"。我终于失去了所有的自信。我终于对人类生出了无尽的怀疑。关乎这个世界的一切期待、欢乐、共鸣等等，都永远地离我而远去，那对于自己的一

---

① 神体乃指神社的供奉、礼拜对象。古代日本常将山岳、巨岩、大树等当作神体或神座。这里的白衣神体或为传说中的女鬼。

生堪称决定性的一个事件。我仿佛被人一刀劈中了眉间,从此以后,但凡与人接近,伤口都会疼痛不已。

"深表同情。但对这个世界,你该有些认识了吧。我不会再来这里。人间地狱!……不过,原谅芳子吧。你自己,也不是什么争气的男人。告辞。"

堀木不会那么愚蠢,久久滞留在这么一个不合时宜的地方。

我孤零零站起身,喝下一口烧酒,号啕大哭。好久好久无法停止。

不觉之间,芳子茫然站在了我的身后,手里端着满满的一盘蚕豆。

"我要是说,什么都没有发生……"

"别说。什么都别说。你是不懂怀疑的。坐下。吃蚕豆吧。"

两人并排坐下吃蚕豆。呜呼!信赖即犯罪么?那是个三十上下、不学无术的小个子商人,曾让我画过漫画,报酬只是几个不起眼的小钱。

到底是商人,从此再也没光顾。与其说自己憎恶那个小商人,不如说对于堀木,更加憎恨且心怀愤怒。他看到那样的光景,竟然不是使劲儿地即刻干咳,而是急不我待地赶回屋顶通风报信。不眠之夜时时爬起身来,呻吟自语,胸中的愤怒油然而生。

原谅不原谅另当别论。芳子是个信赖他人的天才。她根本不懂怀疑人。这也正是她的悲惨之处。

我的神啊!信赖是罪过么?

与其说芳子遭到了玷污,莫如说是芳子的信赖遭受了玷污。那才是永无止境的、令自己生不如死的苦恼之源。我是一个惴惴不安终日、仰人鼻息、对人几近失去信赖能力的人。对己而言,芳子无垢纯洁的信赖心,宛若青叶瀑一般透彻清澈。一夜之间,清瀑却变成了黄色的污水。君不见,芳子对自己的一颦一笑都战战兢兢格外在意。

"嗳。"

就连这样的一声呼唤,她都会受到惊吓,眼睛不知看哪里好。我绞尽脑汁地逗她开心。说个笑话,她也不合时宜地敬语应答,始终处在战战兢兢、惶恐不安的状态中。

纯净无垢的信赖心,莫非是罪孽的源泉不成?

我找来形形色色性侵人妻的小说阅读。却没有一个女人遭受芳子那样悲惨的性侵。芳子的遭遇没有像样的情节。那个小个子商人和芳子间,但凡有点儿像似恋情的东西,我的心中或许都会好受一些。实际的情况却是一个夏夜,芳子信赖了那个商人而已。自己仿佛被人刀劈眉间,嗓音嘶哑白发顿生,芳子则一生堕入惶恐与不安之中。多数相关的小说,重点在于丈夫是否容忍妻子的"出轨"。然而那对自己,似乎并不是痛苦异常的大问题。我甚至感觉到,保持容忍与否权利的丈夫是幸福的。无法容忍也无须闹个天翻地覆——所谓断然休妻另娶新妻完事大吉,做不到就只有所谓的"容忍"睁一眼闭一眼。反正不拘如何,丈夫的心情都是决定性的。就是说,那样的糗事对丈夫确实是当头一棒。我却认为,那样的冲击虽然"刺激"丈夫,却不像海浪拍岸般没完没了。拥有权利的丈夫即便怒不可遏,也属于可以设法调解的冲突范畴。然而自己的情况不同,我这个做丈夫的没有任何权利,出了问题总觉得是自己的错,不要说怒不可遏,连一句牢骚都发不出。妻子只因天生丽质便遭性侵。其丽质或美正是其夫长期憧憬的、惹人怜爱的纯净无垢的信赖心。

纯净无垢的信赖心是为罪孽么?

我对可资信赖的唯一的丽质或美产生了疑惑。一切变得无可信赖,可资信赖的唯有酒精。我的面相变得极度颓衰,从早到晚地灌烧酒,几颗牙齿脱落。笔下的漫画,也近乎全部成为淫秽猥琐之作。坦白地说,那个时期我已开始私下出卖临摹的春画。需要赚钱喝烧酒。芳子总是一副惶恐不安的样子,不敢面对我的视线。这个全无防人之心的女人,跟那个商人莫非……不止一次?没准儿跟堀木也有苟合?嗯,或许还有自己未曾谋面的男人?疑窦丛生。但自己连追根究底的勇气都没有。不安与恐惧,折腾得自己痛不欲生。唯有借酒浇愁。喝下烧酒,醉意蒙眬,不时会略显卑屈地诱导讯问,内心则自欺欺人地喜忧参半。表面上,自己仍在夸张地扮演丑角。最后总在芳子地狱般令人生厌的爱抚下,烂醉如泥地昏睡过去。

那年岁末,我又是烂醉之后半夜回家。我想喝一杯砂糖水。感觉芳子已经睡下,便自己摸到厨房找出糖罐。打开盖子一看,已经没有砂糖,却有一个细长的黑色小纸盒。我若无其事地取出来,看见小盒上贴着一个标签,愕然!那个标签被指甲抠去了多半,仍旧看得出部分洋文字母。上面清晰地写着:DIAL[①]。

地阿尔?当时自己主要依赖的是烧酒,已暂停使用催眠药。但失眠是自己的顽疾,熟知多种催眠药。地阿尔这样一

---

① 疗效良好的镇静剂和催眠药。

小盒,确已超出了致死剂量。小盒尚未开封,但放置于此定是动了邪念,而且有意抠去了标签藏在罐里。可怜的女人不懂标签上的洋文,以为抠去一半就没了问题。(汝何罪之有?)

我在杯子里注满了水,尽量不发出声响。然后缓缓撕去了小盒封条,将所有药品一口吞下,而后平静地将杯中水一饮而尽,关掉电灯躺下了。

听说自己昏死过去整整三昼夜。医生认为是过失,才暂缓报警。说是我醒转后的第一句话是"回家"。这时的"家"是哪儿呢?我自己也说不清楚。反正当时说了那样的话。放声痛哭。

渐渐地,眼前的雾状消去。却见比目鱼坐在枕边,阴沉着一张死脸。

"上次也是年尾吧。正是大家最忙的时候。每次盯着年尾弄这事儿,还不要我老命啊!"

比目鱼的听者是京桥酒吧的老板娘。

"老板娘。"

我出声唤道。

"嗯?醒啦?"

老板娘将笑脸贴在我脸上说。我扑簌簌地淌眼泪。

"让我跟芳子分手吧。"

自己也对突出此言感觉意外。

老板娘直起身轻轻叹了一口气。我又说了句离谱的话,显然更是失言——无法形容这样的话是滑稽呢还是愚蠢。

"我要去一个没有女人的地方。"

"哇哈哈——"比目鱼顿时放声大笑。老板娘也忍不住窃笑。我面红耳赤泪流满面,只能陪着苦笑。

"嗯。那敢情好!"

比目鱼永远带着下作的笑容。

"没有女人的地方敢情好。有女人就有麻烦!去没有女人的地方,显然是个好主意!"

没有女人的地方?我这白痴一般的昏话,竟成了凄惨阴惨的现实。

事件过后,想必芳子认定我是替她服了毒,面对自己时,比以前更加唯唯诺诺,自己说什么她都没有笑容,少言寡语的样子。于是待在公寓的家中,我也觉得异常郁闷,便时不时外出照样地借酒浇愁。"地阿尔事件"以后,我的身体显著地消瘦下去,手足无力,漫画工作也时有怠惰。见到比目鱼的时候,他留下了一点钱。(比目鱼当时说……涩田的一点儿心意。听着像似他自讨腰包。可实际也是故乡的兄长们寄来。当然,我已不是当初逃离比目鱼家的自己,比目鱼装模作样的鬼把戏,我懵懂之中也能看穿。我也比以前狡猾了,却装作全无觉察的样子,神妙地向比目鱼致谢。比目鱼之流为何这样机关算尽呢?我似懂非懂,不得其解,总是感觉十分蹊跷。)我用那笔钱,一咬牙独自去了南伊豆的温泉。但是当时,我哪有心情优哉游哉地享受温泉之旅?想到芳子便惆怅不已,全然没有酒店房间望山的悠然心境,没有心情泡温泉也不想换和服,径直跑到外面找了一间脏兮兮的茶馆,继续拼命地喝烧酒。结果返回东京时,身体的状态愈发恶化。

东京是夜下大雪。我醉醺醺走在雪花飘落的银座后街。我用脚尖踢散地上的积雪,反复哼唱那"故国距此数百里"。走着唱着,突然呕吐。那是我第一次咯血。雪地上出现一面偌大的太阳旗。我在那里蹲了一会儿,然后从干净的地方捧起两掬雪,一面擦脸一面哭泣。

这小径通向何方?

这小径通向何方?

远方传来哀怨女童缥缈的、似幻似真的歌声。不幸。世上有各种各样不幸的人。不,毋宁说世上尽皆不幸的人。然而世人不幸,便可对所谓世间堂堂地提出抗议,"世间"也容易理解、同情他们的抗议。可悲的是自己的不幸,却全部缘于自身的罪恶,无法向任何人提出抗议,即便是一句像似抗议的嘟囔,比目鱼之流世人都会表现得瞠目结舌——你小子竟然说出那样的话来?!我究竟是世人所说的"任性妄为",还是恰恰相反的"过分懦弱"?自己真的无法判断。总之自己罪孽深重,无论在哪儿,不幸都会没完没了不期而至,却找不到任何有效的防备防止之策。

我站起身,好歹找点儿对症的药。我走进附近的药店。进屋后跟店里的老板娘打了个照面,她就像闪光灯晕了眼似的,顿时伸长了脖子,呆若木鸡似的瞪大了眼睛。然而她那惊恐的眼神,不是惊愕也不是嫌恶,却是一种近乎求救或恋慕已久的眼神。呜呼!显然也是一个不幸之人。不幸的人敏感于他人之不幸。突然我意识到那个夫人站立不稳,手拄一柄松叶杖。我抑制住扑上前去的冲动,与药店老板娘面面相觑。我流下了眼泪,老板娘的大眼睛里也扑簌簌落下泪水。

两人却一言未发。我走出药店,跟跟跄跄回到公寓。芳子端来了盐水,饮下后我便默默地躺下了。翌日我撒谎说患了感冒一天一夜昏睡。夜晚惴惴不安,脑子里全是白天的秘密咯血。我又爬起身去了药店。这一次我向药店老板娘如实告白,说了迄今为止的身体状况并商量了治疗方案。

"必须戒酒。"

我们像似至亲。

"莫非患了酒精依赖症?总是想喝。"

"不行。我丈夫即患肺结核,却一直硬说酒精杀菌,酗酒无度!结果自己缩短了自己的寿命。"

"我也极度不安!担惊受怕。快要崩溃……"

"来拿药吧。可酒是非戒不可。"

夫人的松叶拐杖咯噔作响,为自己抓药一会儿走到这个货架,一会儿拉开那个抽屉。她为我配了各种药品。(夫人亦即老板娘,是个寡妇有一个儿子,儿子考上了千叶还是什么地方的医科大学。不久却患上父亲一样的疾患,现已休学住院。家中还躺着一个中风的公公。夫人自己五岁时患小儿麻痹症,一条腿全然不听使唤。)

这是造血剂。

这是维他命注射液。注射器在这儿。

这是钙片。还有淀粉酶。保护肠胃的……

如此这般还有五六种药。老板娘带着爱心一一说明。然而这不幸女人爱意至深,我哪儿敢领受?最后她将几个针剂迅疾地用纸包好放入一个小盒,告诉我这是戒酒药,实在想喝的时候就打一针。

原来是吗啡注射液。

夫人说与酒相比,这是无害的。我便也信以为真。正好自己对醉酒也产生了厌弃,高兴有机会暂时摆脱酒精撒旦,便毫无踌躇地频频往自己的臂腕上注射吗啡。不安、焦躁、羞赧统统消隐无踪。我又变得爽朗快乐起来,能说会道。注射了吗啡之后,我会忘记身体的衰弱,全力投入绘画工作中。创作中不断涌现的珍奇妙趣,也令自己时不时忍俊不禁。

原来的计划是一天一支。不久就变成了两支乃至四支。终于成瘾,离开它便无法继续工作。

"那可不行!吗啡中毒的后果不堪设想!"

听药铺老板娘这一说,我才意识到自己已是一个中毒患者。中毒的不安使我对吗啡的依赖益发严重。(自己是一个极易接受暗示的人。比如有人告诉我钱不能花又说自己的事情自己做主,我便产生奇怪的错觉,感觉不花那钱有负他人的期待,便会急不可待地把钱花掉。)

"拜托!再给一盒。月底一定结账。"

"结账不是问题。但警察不好对付呐。"

唉!自己身边总是会有一些居心叵测者,给人污浊阴暗的蹊跷感觉。

"您编个理由应付吧。求您了夫人。让我亲你一下吧。"

夫人羞红了脸。

我趁势步步紧逼……

"没有药,工作就彻底泡汤了。那对我可是强心剂呐!"

"那索性用荷尔蒙……"

"别捉弄我了。要么喝酒,要么那个药,否则没法工作!"

"喝酒自然不行!"

"是啊。自打用了那种药,我已滴酒不沾,身体也好多了。我不想总是画那种不入流的漫画,我要戒酒、锻炼身体、努力学习,将来做一个伟大的画家。现在正是最为重要的时刻。所以求、求您了。让我亲你一下吧。"

夫人忍不住笑了。

"真不知如何是好。你知道么?你已经中毒了呀。"

松叶拄杖咯噔的声音。夫人从药架上取下了针剂。

"不能给你一盒。那样马上就用完了。给你半盒。"

"嗨,没办法。太吝啬啦。"

回到家,急不可待地注射了一针。

"疼么?"

芳子惴惴不安地问。

"当然疼。可它提高工作效率,喜欢不喜欢都得这样。我最近的身体状态不错吧?好啦,工作。工作、工作……"我夸张地嚷嚷着。

深更半夜,我也时常敲开药铺大门。老板娘穿着睡衣,拄着松叶杖咯噔一出现,我就带着哭腔一把抱住她亲吻。

老板娘总是一言不发,无奈地递给我一盒针剂。

我总算深切地意识到,药品与烧酒一样,甚至比烧酒更加不祥、肮脏。当我明白这一点时,已沦为一个完全的中毒患者。寡廉鲜耻!为获药品,我仍做着春画临摹的买卖,同时与身残的药铺老板娘发生了丑陋的淫乱关系。

我想到死。索性一死了之。无可救药!任何事情,无论做什么,我都无法成功,只是没完没了地增添耻辱。对自己,骑自行车游历青叶瀑只是一个奢望,或是卑猥罪行的叠加或重叠。苦恼一味地强烈膨胀,我想死,必须死,生存乃是罪恶之源。我苦思冥想,以半癫狂的状态往返于公寓和药铺之间。

我努力工作。但药剂的使用量不断增加。拖欠的药款已达可怕的数额。老板娘一看见我就流眼泪。我也忍不住流泪。

地狱!

我想到逃离地狱的最后手段。失败就只有悬梁自缢。我决意一搏。赌神存在否？我给故乡的父亲写了一封长信,坦白了自己的所有实情(但毕竟未能写明自己与女人的关系)。

结果更糟。左等右等,望眼欲穿,却音讯全无。在焦躁与不安中,药剂的用量反而继续增加。

是夜,我暗自打定了主意,索性一气注射十支吗啡,跳大河一死了之。不料就在这天下午,比目鱼像似凭着恶魔般的嗅觉,带着堀木不期而至。

"听说你咯血了……"

堀木盘腿坐在我面前说,带着此前从未见过的体贴的微笑。他的微笑使我体会了感激与愉悦,我不禁扭过脸去流下了眼泪。正是他的一个微笑,也使我彻底崩溃走上不归路。

我被他们架上汽车。比目鱼以沉静的语调说——必须住院,余下的事情由我们处理(他那沉静的语调包含了难以形容的大慈大悲)。我就像一个没有意志没有判断没有一切的傀儡,嘤嘤啜泣任由他们两人摆布。加上芳子一共四个人。我们坐在车上颠簸了好长时间,到天色渐渐暗淡的时分,来到一个森林中大医院的门口。

我只觉得,那是一家结核病疗养院。

年轻的医师温情、郑重地诊察之后说：

"嗯,先在这里静养一段时间吧。"

他有点儿腼腆,微笑着说。比目鱼、堀木和芳子,留下我就准备回去。芳子将一个大包袱递给我,里面是换洗的衣服,然后从腰带间取出注射器和剩下的针剂默默递给了我。想必她一直以为——那不过是什么强心剂。

"不、不需要了。"

实在新鲜。可以说,那是自己今生今世唯一的一次拒绝。

自己的不幸正是无能力拒绝者的不幸。我一直感觉恐惧，一旦拒绝了他人的请求，对方和自己的内心都会留下永远无法修补的无趣的罅隙。然而此时，面对近乎癫狂求之不得的吗啡，自己竟平淡自然地拒绝了。莫非被芳子的所谓"神幻无智"所战胜？那个瞬间，我感觉自己已并非中毒者。

然而，接着我便在那位面露腼腆微笑的年轻医生引领下，走进了住院楼里的一间病房。大门哐啷地锁上后，竟是精神病院。

我服下"地阿尔"后一句愚蠢的话语——去一个没有女人的地方，竟这般奇妙地成为现实。住院楼里只有男性的精神病患者，连看护都是男性。没有一个女人。

此时此刻的自己，已不是罪人而是狂人（精神病患者）。笑话！我断然不是精神病患者。我连一瞬之间的精神错乱都不曾有过。啊啊！可是听说，所有的精神病患者都会这样辩白。就是说但凡送进这个医院就是精神病患者，未被送入便是正常人。

神啊！无抵抗便是罪孽么？

堀木那怪异的友善微笑打动了我，感激涕零，为此忘却了判断与抵抗，被他们塞入汽车送到这里，变成了狂人。就是能够立刻出去，自己额头也会打上"狂人"的印记。不，是"废人"的印记。

人间失格！

我已完全失去了做人的资格。

当时是初夏，透过铁栅栏窗户，但见医院庭院内一个小池塘里，红色的睡莲盛绽。三个月后，院里的大波斯菊绽放。出乎意料的是，故乡的长兄带着比目鱼来医院接我，以惯有的那种认真、紧张的口吻对我说：

"父亲上个月末胃溃疡病逝。大家不再追究你的过去。你也无须为生计担忧。你什么都不必做，只希望你到乡下继续疗养。想必东京还有许多牵肠挂肚的事情……希望这就离开东京。你在东京闯的祸，涩田已大致善后。你就不必担心了。"

我微微点了点头，故乡的山河仿佛浮现在眼前。

彻底的废人！

得知父亲病故后，我似乎愈发地颓唐起来。父亲不在了。自己心中一刻不忘的、耿耿于怀的可怕的存在消失了。只觉得自己的苦恼之壶，顿时变成了一个虚空。自己的苦恼之壶这般沉重，恐怕正是因为父亲的存在。我活脱像个泄了气的皮球，连苦恼的能力亦已丧失。

长兄确切兑现了给我的承诺。离开自己出生、成长的小镇，火车南下开了四五个小时，到了东北地区一个异常温暖的海边温泉地。五间老旧的茅屋在村子尽头，全无修缮，墙皮剥落，房柱虫蛀。他们给我买了茅屋，还给我找了一个年近六旬、赤色毛发的奇丑女佣。

之后过了近三年。其间频频遭受老女佣阿铁的欺侮，有时竟像夫妇一般地吵架。肺病时好时坏，人也忽瘦忽胖，时不时仍会咯血。昨日让阿铁去村里的药铺买 Calmotin[①]，结果她买来的包装盒有异。我未在意，睡觉前吃了十片，却完全没有发困的感觉。正在纳闷儿时，肚子翻腾起来，忙不迭地冲进厕所，猛烈的腹泻稀里哗啦。这样竟连续三次！我感觉十分奇

---

① 镇静催眠药。

怪,仔细看了看药盒,竟然是泻药 Henomotin。

我仰面躺在床上,肚子上搁着一个汤婆,心里想着该如何埋怨阿铁。可一开口,自己忍不住呵呵地笑了起来。

"你瞧,这是 Henomotin,不是 Calmotin。"

"废人"!——似乎也成了喜剧名词!想要睡觉却喝下泻药,而且泻药的药名竟是 Henomotin。

如今的自己无幸福无不幸。

一切尽皆过眼烟云。一生凄惨!呜呼哀哉!在所谓的"人间"世界,那或许才是唯一真理。一切,都只是过眼烟云。

自己今年二十七岁。却已白发丛生。在许多人眼中,或已年过四十。

后 记

我与撰写手记的狂人并不相识。却与手记中的一个人物——京桥柜台酒吧的老板娘有一面之缘。身材娇小,面色不佳,细眼微吊,鼻梁高挺,与其说是美女,莫如说是一个美青年。总之给人以沉稳可信的感觉。在我的感觉中,手记中描写的东京风景,或为昭和五、六、七年[①]。我在朋友引领下,去过两三次京桥的那家酒吧。记得在那里喝过 Highball[②]。那是昭和十年前后,日本"军部"开始频频生事。为此跟这位手记的作者,到底无缘相会。

今年二月,我去造访一位疏散至千叶县船桥市的朋友。

---

① 一九三〇年至一九三二年。
② 掺苏打水的威士忌。

他是我大学时代的学友,现任某女子大学讲师。此次拜访的目的是,其实之前……托付他帮忙自家亲戚的一门亲事,此外顺便给家人买些新鲜的海货。我背上一个帆布背包,出发去往船桥市。

濒临泥海,船桥市是一个不小的城市。朋友家是新住民,将门牌号告诉当地人问路时,却没有几人知晓。天寒地冻,背包压得肩膀好疼。突然听见留声机里的小提琴旋律,我便推开了那家咖啡馆的门。

进门觉得眼熟,一问果然是十年前京桥那家小酒吧的老板娘。老板娘似乎也马上认出了我。我们都做出夸张的惊讶表情,说着笑着,两人扯起的却并非当时的热门话题即空袭火灾废墟中的彼此经历,而是一些洋洋自得的其他话题。

"你真是一点儿没变呀。"

"怎么可能。老太婆啦。腿脚都不灵便了。还是你年轻啊。"

"哪儿的话,我都三个孩子了。今天就是出来为他们购物。"

显然是久别重逢的友人间老套的寒暄。两人谈起彼此熟悉的朋友近况。突然老板娘改变了语气问:"认识小叶么?"我说:"不认识呀。"老板娘便走进屋里,拿出三个笔记本和三张相片,递到我手里说道:

"不知能不能用作小说素材……"

我并非拿着别人的素材就能创作的类型,当时就想推托来着。可那相片却吸引了我(前言中也提及的十分诡异的三张相片),便先自收下了笔记。我跟老板娘说好,返回时还路经此地。顺便问及女子大学×××先生家的町番门牌号。毕竟同为新住民,她竟然知道,说是偶尔也来这家酒吧,家住附近。

那天晚上,我跟朋友小酌后决定留宿。结果至天亮通宵未眠,一口气读完了那个手记。

手记中记载的是过去的故事。但现代人读起来,也会兴趣盎然。我想与其狗尾续貂,不如请某家杂志社原封不动地发表。想必才更有意义。

我给孩子们买了一些海货土产,皆是干货,背着帆布背包辞别了朋友,转回到那家酒吧。

"昨天承蒙关照。可是……"

我开门见山地说。

"这笔记我能借回去看看么?"

"当然,你带走吧。"

"这个人还活着吗?"

"那……就一无所知了。大约十年以前,一个小包寄到京桥的店里,里面就是这个笔记本和相片。发件人肯定是小叶。可是小包上,却没写小叶的住址和姓名。空袭时,东西都弄得乱七八糟,这些却奇妙地留存了下来。我也是最近才读了一遍……"

"哭了么?"

"何止是哭……唉,完了。人活到那个份儿上便没救了。"

"那以后又过了十年吧。或已不在人世。这些送给你,想必是为了表达感谢之意。有些地方多少夸张。但……你似乎也受害不浅哪。倘全是事实,我若是他当时的朋友,没准儿也会送他去精神病院呢。"

"他的父亲不好。"

她若无其事地接着说：

"我们认识的小叶，老实听话，聪明伶俐，若是不喝酒的话……不，就是喝酒，他也是神明一般的好孩子。"

奔跑吧,梅洛斯

梅洛斯大怒。决意除掉那个邪恶暴虐之王。梅洛斯不懂政治。梅洛斯是村里的牧人。他喜欢吹笛子,和羊群玩耍。但对于邪恶却加倍超常地敏感。今天凌晨天还没亮,梅洛斯从村里出发,翻山越岭,来到相隔十里的斯拉克斯市。梅洛斯没有父母,也没有老婆,与十六岁内向的妹妹一起生活。妹妹近期迎来了一位新郎,是村里一个耿直的牧人。婚礼即将举行。梅洛斯千里迢迢,为买新娘礼服和准备祝宴。他首先买齐了物品,然后在都城的大路上闲逛。梅洛斯有一个竹马之交的朋友塞里努提斯,现在在这个城市做石工。梅洛斯打算去拜访。好久没见,梅洛斯十分期待。走着走着,梅洛斯觉得街上怪异。万籁俱寂。太阳已经落山,街上自然一片昏暗。但总觉得不仅是夜晚的缘故,整个城市异常凄寂。悠闲的梅洛斯也渐渐感觉不安。他抓住路上的年轻人问道:出什么事情了吗?两年前我来这个城市,通宵达旦莺歌燕舞。年轻人摇头不回答。走了一会儿遇到一个老叟,加强了语气质问。老叟不答。梅洛斯双手抓住老叟摇晃着他反复叮问。老叟惧怕地看了看四周,应道:

"国王杀人。"

"为何杀人?"

"莫须有。人心叵测。"

"杀了很多人吗？"

"是的，先杀了国王的妹夫。然后杀了太子。然后杀了妹妹。然后是妹妹的孩子们。然后是皇后殿下。然后杀贤臣阿莱基斯。"

"太恐怖了！国王疯了吗？"

"不，不是疯了，是对人失去信任。最近，臣下也让他疑窦丛生。生活稍事奢华，便须交出一个人质。违命者挂上十字架上杀害。今天杀了六人。"

闻此言，梅洛斯暴怒，"愚蠢国王。我要杀了他。"

梅洛斯是个单纯的男人。他背着买下的物品晃晃悠悠地去向王城。不一会儿就被巡逻的警吏抓捕了。经搜查，梅洛斯怀中查出短剑，引起很大骚动。梅洛斯被绑到了国王面前。

"你持此短刃意欲何为？从实招来！"暴君迪奥尼斯安静威严地问。国王面色苍白，眉间皱纹深似镌刻。

"我要把城市从暴君手中拯救出来。"梅洛斯毫不畏惧地回答。

"你吗？"国王悯笑，"蠢材！你不解王之孤独。"

"住口！"梅洛斯愤然反驳道，"怀疑人心，顶级可耻恶德。国王竟至怀疑臣民的忠诚。"

"怀疑乃是正当的思想准备，这是尔等教会我的。人心不可靠。人类本来就是私欲的集合体，不可妄信。"暴君静静地嘟哝着，叹了一口气，"我也希望和平。"

"什么和平？守卫自己的地位吗？"梅洛斯嘲笑道，"残杀无辜之人，是什么和平？"

"闭嘴，卑贱的家伙。"国王猛然抬起脸来，"漂亮话谁不会说？我无法看清人的口蜜腹剑。你马上就会上绞架的。哭求饶命也无济于事。"

"啊,国王聪明、自负。我已决心赴死,绝不乞求饶命。只是……"梅洛斯说完视线落在了脚下,瞬间犹豫不决,"只是,国王倘若还有一丝怜悯,请在处刑前予我三天期限,想让唯一的妹妹嫁了丈夫。三天之内,村里举行婚礼,事情办完我一定返回此地。"

"哼。"暴君用嘶哑的声音低声笑道,"胡说八道!一派谎言。逃脱的小鸟会飞回来?"

"相信我,会回来的。"梅洛斯拼死说明,"我一定遵守约定。请给我三天时间。妹妹正在等我回家。如果不相信我,没关系的,城里有个石匠叫塞里努提斯。他是我唯一的朋友。作为人质您把他抓起来吧。如果我逃走了,到第三天日暮,您就绞死我的朋友吧。求您了,就这样吧。"

听闻此言,国王心生残虐,诡异地笑了。这个狂徒,绝对不会返回的。假装被骗,放他出去倒也有趣。第三天便杀了替身的家伙。人如果无法相信,我会面带悲伤地处死替身的男人。真想给世上的那些伪君子致命一击。

"我知道你的愿望了。你可以叫来那个替身。第三天请在日落前回来。迟到我会杀了他。你可以稍晚一点儿回来。我将永赦你的罪孽。"

"什么,你说什么?"

"哈哈。要想活命,就晚点儿来。我明白你的心。"

梅洛斯很失望,跺了跺穿着木屐的脚。无言以对。

幼时朋友塞里努提斯深夜被召入王城。在暴君迪奥尼斯面前,分别两年的挚友相逢。梅洛斯对朋友说明一切。塞里努提斯默然首肯,紧紧拥抱了梅洛斯。朋友和朋友,心心相印。塞里努提斯被绳子捆绑起来。梅洛斯旋即上路。初夏满天繁星。

梅洛斯那晚一夜未睡,急匆匆赶了十里路。翌日午前到了村里,太阳已高高升起,村民都在田里劳作。梅洛斯十六岁的妹妹也在劳作,今日是替哥哥看放羊群。看到哥哥步履蹒跚、疲惫不堪地走来,十分惊异。便不厌其烦地问哥哥发生了什么。

"什么都没有发生啊。"梅洛斯不自然地笑笑,"我在城里还有要事,必须马上返回。明天给你举办婚礼。越快越好。"

妹妹羞红了脸。

"高兴么?还给你买了漂亮衣服。嗳,快去通知村里人。明天举行婚礼。"

梅洛斯拖着疲沓的脚步,回到屋里装饰诸神祭坛、安排婚宴坐席。不大会儿就倒在地板上沉睡过去,仿佛呼吸都停止了一般。

醒来已是夜里。梅洛斯起身就去了新郎家。言明因故提前举行婚礼。新郎牧人大惊,答曰不可,自己未有任何准备,希望等到葡萄成熟季节。梅洛斯则说不能等待,无论如何只有次日。新郎牧人也很顽固,执意不从。两人一直争论到天亮,终于劝说成功,新郎同意了这个方案。婚礼在白天。新郎新娘神前宣誓,突然乌云蔽日,零星地下起雨来,不一会儿就下起了倾盆大雨。列席婚宴的村民有一种不祥之感。尽管如此,他们还是不露声色,在狭窄的屋里忍受着闷热,欢快地歌唱拍手。梅洛斯喜不自禁,一度忘记了国王的约定。晚上婚宴益发热闹渐入佳境。人们完全忘却外面的暴雨。梅洛斯甘愿一生一世留在这里。他祈愿与这些佳人共度一生,如今却已身不由己。这是不寻常的事。梅洛斯鞭策自己,终于决意出发。翌日日落之前,还有足够的时间。他想稍睡一会儿,醒后便出发。此时雨也小了。他就想在家里多待一会儿。梅洛斯也有恋恋不舍之情。他走近今宵木然陶醉于欢喜之中的新娘:

"恭喜啊。我累坏了,抱歉让我睡一会儿。醒来马上出发去城里。我有大事要办。你有了温柔体贴的丈夫,绝不会寂寞。你哥最讨厌的是怀疑人和撒谎。你也知道对吧?夫妻间不能有任何秘密。我想告诉你的唯此而已。你哥没准儿是个伟大的人,你也要分享他的骄傲。"

新娘如梦如幻地点了点头。梅洛斯又拍拍新郎的肩膀说:

"彼此彼此,都没有准备。我家里的宝物只有妹妹和羊。其他一无所有。全部给你吧。还有一件,请以梅洛斯的弟弟为自豪。"

新郎害羞地搓着手。梅洛斯离开了宴席,笑着向村民们点头。他钻进羊圈死人一样昏睡过去。

醒来已是翌日黎明时分。梅洛斯跳起来,南无三宝①,睡过头了吗?哦,没事还不要紧。现在出发,约定的时间返回足够。今天一定让那国王见识一下人间信义——吾将微笑赴死。然后笑着登上死刑台。梅洛斯悠然准备行头。雨像是小了很多。准备停当。梅洛斯双手大幅地摆动,像箭一样跑进了雨中。

---

① "三宝"即佛、法、僧。佛语。突然的事件大吃一惊,相当于"哎呀"。

今宵将被杀头。为杀头而奔跑。为救替身的朋友而奔跑。为打破国王的奸佞邪智而奔跑。须得快跑。被杀受死。自小珍惜名誉。别了,故乡。年轻的梅洛斯备觉痛苦。几次差点停下奔跑。他奔跑中嗨嗨地喊着叱责自己。出了村落,横穿原野,钻入森林。到邻村时,雨也停了,烈日高照,渐渐热起来。梅洛斯拂去额头的汗水,来到这里就没事了。心中已无故乡眷恋。妹妹一定终成美满眷属。用不着过分着急,直抵王城就成。慢慢地走,他恢复了天生的悠闲,用美声哼唱起喜欢的小曲。漫步二里三里,差不多到全里程一半时,天降的灾难使梅洛斯顿时停下了脚步。看吧,前方的河流。昨天的暴雨泛滥了山上的水源地,浊流滔滔不绝涌向下游,气势威猛一举破坏了桥梁,激流发出隆隆巨响。桥梁像树叶微尘在浊浪中跳跃。他茫然呆立,四处眺望,声嘶力竭地呼救。渡舟被浊浪荡涤得无影无踪。渡口守护也不见身影。浊浪汹涌,像似大海。梅洛斯蹲跪河边,哭着向宙斯举手哀求:

"啊啊,让河水平息吧。让狂暴的河流平息吧!时间一刻一刻地逝去。太阳已过正午。若在太阳落山前无法赶到王城,我的好朋友就会为我而死。"

浊流像在嘲笑梅洛斯的嘶喊,越发激越跳跃狂躁。浊浪吞噬着浊浪,卷动煽动,时间一刻一刻地逝去。梅洛斯明白了。除游过彼岸别无选择。啊,我主神啊,请看!我要战胜浊流!我要显示爱与诚信的伟大力量。梅洛斯扑通跳入激流与浊浪狂涛殊死搏斗,仿佛对手是百条大蛇。他用尽了全身力气振臂划水,蜂拥而至的漩涡卷动激流,梅洛斯拨动着浑水一点点向前。看着这奋勇向前的狮人之子的苦斗,神或也感觉可怜终于垂下了怜悯。眼见得要被浊浪冲走,竟幸运地抓住了对岸的一根树干。万幸！梅洛斯像马一样奋力抖动了一下躯干，时不我待地又开始赶路。一刻也不能耽搁。太阳已经西斜。他登向山顶大口喘着粗气，爬到山顶喘了一口气。突然，眼前跳出一队山贼。

"站住！"

"干什么？我必须在太阳下山前赶到王城。放开我！"

"做梦！留下所有的东西，滚！"

"除这条命一无所有。这条命，一会儿也要给国王。"

"那就要你的命。"

"那是国王的命令么？国王命令在这里杀我？"

山贼们一声不吭地一起举起棍棒。梅洛斯突然弯曲身体，像飞鸟一样袭击身边的一个人，夺取了那根棍棒。

"对不住了！为了正义！"他猛然出击，打倒了三个人，在剩下几人迟疑片刻的当口儿，疾步跑下山去。他一口气跑下了山。但因疲劳过度，又突然置身于午后灼热的太阳照射下，梅洛斯几度感觉眩晕。不成！必须振作精神！他步履蹒跚三步并作两步。终于，膝盖咔嚓折断了。他无法站立起来。他仰望天空，心有不甘地哭了起来。啊，啊，梅洛斯啊！游过浊流，打倒三名山贼的韦驮天①，突破至此。梅洛斯啊，你是真正的勇者！无情！却在这里气力耗尽动弹不得。挚爱的朋友啊，就因为相信了你，马上就要被杀害。你这稀世人渣，背信弃义者！梅洛斯诅咒自己——的确是国王所说的人渣！他浑身无力瘫软，已像青虫一样无法前行。梅洛斯躺在路边的草原。身心俱疲。随他去吧。懦夫！残存内心的不肯服输的坚

---

① 日本净琉璃，三国志中的人物，行走疾速。

韧遭到啃噬。我已尽力了啊。全无背信弃义之念。天神英明。我已竭尽了全力。奔跑到寸步难移。我不是背信弃义之徒。啊啊,可能的话,我要刺穿我的胸膛,让大家看看我鲜红的心脏。使这个心脏跳动的唯有爱和诚信的血液。但我在最最重要的时刻精疲力竭。我是最最不幸的人。我会被人嘲笑。我的一家也会被人嘲笑。我欺骗了朋友。中途倒下,与全然无为是一样的。啊,我已经无所谓了。也许这就是我注定的命运。塞里努提斯啊,原谅我吧。你始终相信我。我也没有欺骗你。我们是真正的莫逆之交。从不疑心生暗鬼。即使现在,你也在天真地等待着我。唉,一定是这样。谢谢你,塞里努提斯。你竟然相信我。念及于此我心如刀割。朋友和朋友之间的诚信是世上最值得夸耀的珍宝。塞里努提斯,我竭尽所能地奔跑,相信我,绝无骗你的打算。我赶到此地已竭尽所能,我突破了浊流,甩掉了山贼,一口气跑下山来。除了我,无人能够做到。唉!不要再指望我了。忘掉我吧。我输了。我放弃了。人渣!笑笑。国王耳语。晚点儿回来,就杀了替身,给我留一条生路。我憎恨卑劣的国王。但事到如今,国王的话却应验了。我显然迟到了呀。国王将会心地笑我,二话不说地放我一条生路。那我生不如死。我将永远是个背叛者,世上最无耻的人种。塞里努提斯,我也会死。让我和你一起死吧。毫无疑问,只有你相信了我。不,自以为是?唉,后半生干脆当个恶人吧。村里有我的家有羊,妹妹夫妇,难不成把我赶出村子?正义啦、诚信啦、爱啦什么的,想想都无聊。杀了人自己活着。人类世界有这般定法吗?全都乱了套!唉!我是丑陋的背叛者。要怎样?你们随便。呜呼!——他仰八叉迷迷糊糊睡去了。

突然耳际传来潺潺流水声。轻轻抬起头,屏住呼吸侧耳倾听。脚下好像是小溪水流。他摇摇晃晃爬起来一看,岩隙中滚滚地涌出清水,仿佛窃窃私语。梅洛斯像似被泉水吸入,他弯下身体两手掬起泉水喝了一口。他长长地一声叹息,仿佛大梦初醒。能走。快走吧。随着肉体疲劳的恢复,一线希望萌生了。那是履行义务的希望。那是杀身成仁、守护名誉的希望。夕阳把红色的光辉投射在了树叶上,枝叶生辉像似燃烧的火焰。日落还有一段时间。有人在等我,毫不怀疑、静静地期待着。他是相信我的。我的生命不是问题。轻松愉快的死后道歉,那是人渣所为。我必须回报信赖。现在要做的只有一件事。快跑!梅洛斯。

有人在等我。有人信赖我。刚才那恶魔的嗫嚅是梦,是噩梦。忘掉吧。五脏俱疲时,会突然堕入噩梦。梅洛斯,你不会蒙羞。你果然是真正的勇者。你又站起来开始了奔跑。谢谢!我当作为正义之士坦然赴死。啊,太阳就要下山了。快得惊人。等一下,宙斯啊。我有生以来都是诚实的人。请让诚实的男人赴死保全名誉。

梅洛斯推开路上行人,跳跃着,像黑旋风一样奔跑着。他从原野酒宴的席间跑过,吓得宾客们大呼小叫,他踢开小狗跳跃小河,奔跑的速度超过了渐渐西沉的太阳十倍。在与一队旅人擦肩而过的瞬间,他听到不祥的对话。"那个男人该被斩首了。"啊,那个男人,为了那个男人,我在殊死地奔跑。不能让那个男人死。快点,梅洛斯!不能迟到!要让他们知道爱与诚信的力量。梅洛斯已完全顾不得面相仪态,他几乎是赤身裸体地奔跑着。他上气不接下气,两三次口喷鲜血。看见了。远处小小的西拉克斯市塔楼。塔楼在夕阳下闪闪发光。

"啊,梅洛斯大人。"伴着风声听到一声呻吟。

"谁啊?"梅洛斯奔跑着问道。

"佛罗斯特拉托斯。贵友塞里努提斯的徒弟。"年轻石匠跟在梅洛斯后面边跑边喊,"不行了。来不及了。请不要奔跑了。你救不了他了。"

"不,太阳还没下山。"

"现在就要行刑。哦,你迟到了。遗憾。再稍微、早一点儿的话……"

"不,太阳还没落下。"梅洛斯忍受着撕心裂肺的痛苦,他盯盯地望着偌大的红色夕阳,一个劲儿地奔跑。

"停下来吧。不要再奔跑了。现在重要的是自己的性命。他是相信你的。押赴刑场也在所不惜。国王无情地嘲笑他,他只说梅洛斯会回来。他始终坚持着强烈的信念。"

"所以必须奔跑。为信义而奔跑。不是来得及来不及的问题。性命也不是问题。我为莫名的、更大的目标而奔跑。跟我来吧!佛罗斯特拉托斯。"

"唉。你疯了吗?那加油跑吧。没准儿还来得及。快跑吧。"

言多无用。太阳还没有落下。梅洛斯竭尽死力奔跑着。梅洛斯的脑袋里空空如也,无任何念想,只在莫名的巨大力量引导下一味地奔跑。太阳摇摇欲坠于西方地平线。正当最后一片残光即将消失的时候,梅洛斯如疾风般冲入了刑场。

"且慢!刀下留人!梅洛斯回来了。如约回来了。"他对着刑场的群众大声嘶喊,却因咽喉重症只发出一丝沙哑的声音,没有一个人注意到他的到来。高高的石柱绞架已经竖起,绳子捆绑下的塞里努提斯被徐徐地吊离地面。梅洛斯目击了一切,他用尽最后的力气,像刚才浊流中游泳一样拼命地拨开人群。

"我……刑吏!该杀的是我。我是梅洛斯!他是人质。"梅洛斯用嘶哑的嗓音声嘶力竭地叫喊着。他好歹爬上了断头台,抱住了已经离地的朋友的双脚。人群轰动。啊,精彩!"放了他!"人们在喊。绑在塞里努提斯身上的绳子被解了下来。

"塞里努提斯。"梅洛斯眼里含着泪。

"你打我吧。用力打我的脸。我在路上做了一场噩梦。你不打我,我连拥抱你的资格都没有。打我吧!"

塞里努提斯明察秋毫,他点了点头,照准梅洛斯的右颊狠狠打了一拳,清脆的击打声响彻了整个刑场。打完之后带着温柔的微笑说:

"梅洛斯,打我吧。用同样清脆的击打声打我的脸。这三天只有一次,我闪过一丝疑念。有生以来第一次怀疑你。你不打我,我也无法拥抱你。"

梅洛斯在朋友的臂腕里呻吟着,照准塞里努提斯的脸打了一拳。

"谢谢你,我的朋友。"

两个人同时说着紧紧拥抱在一起,喜极而泣,放声大哭。

人群中也听到唏嘘之声。暴君迪奥尼斯从人群的背后,目不转睛地盯视着两个人。过了一会儿,他静静地靠近两个人,赧颜说道:

"你们的愿望实现了。你们战胜了我的心。我相信了信义绝非空虚妄想。你们肯让我加入吗?请答应我的请求,让

381

我成为你们的伙伴。"

人群中欢声雷动。

"万岁,国王万岁。"

一个少女将绯红的斗篷献给了梅洛斯。梅洛斯不知所措。朋友塞里努提斯机灵地告诉他:

"梅洛斯,你是一丝不挂呐。快点穿上那件斗篷吧。可爱的小姑娘,不忍心让梅洛斯在众人面前赤身裸体。"

勇者面红耳赤。

(改编自古希腊传说和席勒的诗歌)

樱　桃

我面向山,举目而视
——《圣经·诗篇》·第一二一

希望父母比孩子重要。曾特别好胜地想为孩子做个古风道学家。嗨,结果却不如孩子。至少在我的家庭中是如此。没想到自己上了年纪后,要靠孩子的帮助和照顾。以前从未有过这般厚颜无耻的打算。可在这个家里,父母却总是要看孩子们脸色。说到孩子,我的孩子都还年幼。大女儿七岁,大儿子四岁,二女儿一岁。他们却统统不惧父母,父母就像孩子们的男仆女佣。

夏天,全家聚在三叠的房间说说笑笑,晚餐离谱地混乱,父亲用毛巾随手擦拭脸上的汗。

"吃饭时汗流浃背,《柳多留》①中有过表现。这些孩子太能折腾了。再优雅的父亲都受不了。"

---

① 《川柳集》。又称《诽风柳多留》或《柳樽》。编集刊行于一七六五年至一八三八年间。川柳是日本独有的十七音阶无季语短诗。江户中期开始作为口语诗流行。敏锐关注人情、世态、风俗,以滑稽、讽刺、机智等为特色。

我独自嘟哝抱怨。

母亲给一岁的幼女喂奶,一边照料丈夫、长女和长子,还要给孩子们擦拭洒落的汤水、捡拾掉落的物品和擦鼻涕,这活儿三头六臂也做不过来。

"他爹,你鼻子上那么爱出汗呐。没完没了地擦鼻子。"

父亲苦笑。

"你哪里出汗啊?腿上么?"

"你可真是个优雅的父亲啊。"

"怎么?你不也是医学性话题吗?有什么高雅低雅的。"

"我呢……"

母亲一脸认真。

"这乳房之间……不想活了……"

不想活了。

父亲一声不吭地继续吃饭。

我在家里经常说笑。"内心的烦恼"太多,不得不装出"表面快乐"。不只是在家的时候,待人接物也好,内心和身体的苦痛也好,无论多么痛苦,我都会忍耐并努力营造出一种十分快乐的氛围。与客人分手之后,我疲惫不堪,脑子里充塞的只有钱的事、道德的事、自杀的事。不,不仅是待人接物。写小说的时候也是一样。我在悲伤的时候,反而努力创造轻松愉快的物语。自己认为这是最好的奉献,人家却不以为然。他们贬低、嘲弄太宰这个作家,说他浅薄,只凭趣味性迎合读者,不值得推崇。

人类服务于人类,有何不好?装模作样一本正经,何好之有?

就是说,我无法忍受那些一本正经的、令人扫兴的尴尬。

我在家里也不断如履薄冰似的说笑,背叛了部分读者、批评家的想象,我房间的榻榻米是新的,书桌整洁清新、夫妇恩爱相敬如宾,丈夫自然从来不打妻子,也从未发生你滚出去我滚出去之类的激烈争吵,孩子也给爸爸妈妈争气、贴心父母个个可爱。

但这只是外表罢了。母亲无所遮掩的忧郁症和父亲的盗汗症愈发严重。夫妻俩知道对方的痛苦,却努力不去触摸伤痕。父亲说笑,母亲便笑。

那时母亲又说生活太苦,父亲沉默,想开玩笑换个话题,却一时想不出说什么好,便一直沉默下去,气氛变得尴尬起来,就连饱经世故的父亲也露出了僵硬的表情。

"雇个人吧。无论如何,必须那样做。"

不刺伤母亲,不让她猜疑、吃惊,父亲自言自语地嘟囔道。

家里有三个孩子。父亲家务事全然无能。连被子都不会自己叠,只说些愚蠢的玩笑,什么配给呀、登记呀,一无所知。简直像住客店一样。来客。会客。有时带上便当离开工作室,一周不回家。嘴上嚷嚷工作、工作,一天只能写两三页稿纸。其次是酒。喝得高了,就沉默、消瘦、嗜睡。而且,到处都有年轻女性朋友。

孩子……七岁的长女和今春出生的次女易患感冒,却是普通健康人。四岁的长子瘦骨嶙峋,连站都站不起来。语言只是啊啊打打的,听不懂人类的语言。他爬着前行,大便小便都管不住。尽管如此,米饭委实吃得很多。终归瘦小,头发稀薄,不见生长。

父亲母亲都回避深谈长子的话题。白痴、哑巴……即使只说一句话,两人可以肯定,只是太过悲惨。母亲时时紧抱住这个孩子。父亲常常歇斯底里想抱着孩子跳河赴死。

"杀了次子哑巴。×日正午过后×区×町×番地×商,何某(五十三岁)在自家的六叠房间,用劈柴一击次子何君(十八岁)的头将之杀害,自己则用剪刀刺伤喉咙,求死不成被收容在附近医院,危笃。同一家庭,最近次女某(二十二岁)招了女婿,次子却又哑又笨,脑子也有些许问题,所以女儿的可爱令之更加厌弃次子。"

这样的新闻报道也让我喝闷酒。

唉,如果只是单纯的发育不良倒也罢了!希望这名长子健康地成长,愤而嘲笑父母的担心多虑!夫妇没有告诉任何亲友,暗自在心里祷念,表面好像什么都不在乎似的嘲笑长子。

母亲也为生活殚精竭虑努力,父亲也在努力。本来就不是高产小说家。他是极端的胆小鬼。他是被拽到了公众的面前,磕磕巴巴写得很辛苦,所以要喝闷酒求救。所谓"喝闷酒",是指不能主张自己所思所想,带着厌倦、愤恨的情绪饮酒。能够随时随地清楚表达自我主张的人,不会喝闷酒。(因为这个理由,女性很少饮酒。)

我与人争论没有胜绩。必输无疑。对方的坚强确信,可惧的自我肯定,对我都是压倒性的。唯有沉默。但我渐渐发现了对方的任性,确信并不仅仅是自己的问题。一次败下阵来,马上又纠缠不休地开始战斗,真是惨不忍睹。而且对我而言,言语争论跟互殴没有差别,总会留下令人不悦的憎恨,我愤怒颤抖讪笑我沉默,然后是种种思虑,不知不觉开始了喝闷酒。

说清楚点吧。啰里啰唆东拉西扯,其实是夫妻吵架的小说。

"不想活了。"

那是导火线。这对夫妇,如前所述不要说打架,连爆粗口对骂都没有,是非常恩爱老实的一对夫妇。但是也曾有过一触即发的危险。双方都沉默,看着对方不良证据得以成立的危险。打出一张牌不行,再打出一张牌还不行,说时迟那时快,突然,那张牌要出来了将要出现在眼前的危险,夫妇俩谨小慎微共同回避,但说不定什么时候危险就会出现的。妻子姑且不论,丈夫继续拍打总会拍打出灰尘来的。

"苦海泪谷。"

丈夫性格乖僻。但不喜欢争吵。沉默。你对我心存依赖,所以才会那样说对吧?但是,心在哭泣的不只是你。我跟你一样,整天想着孩子的事。我看重自己的家庭。孩子半夜咳嗽一声,我就会醒来心急如焚。我也想搬到好点的新家,让你和孩子们高兴。但我无论如何也无法做到那样的地步。已经竭尽全力。我不是凶暴的魔障。我没有那种"胆魄"。默然面对妻子见死不救。配给和登录并非不知道而是没有时间知道。父亲总在心里嘟哝,没有说出口的自信,又觉得说出口若被母亲生生顶回……连个咕噜声没敢出。

"雇个人吧。"

我自言自语,只是道出自己的主张。

母亲毕竟也是个寡言之人。但一言一行,总带有冷静的自信。(所有的女人大抵如此。)

"可是,很难找到合适的人。"

"真要找,总能找到的。不是没有人来,只是没有遇见合适的。"

"你是说我不会用人吗?"

"哪里啊……"

父亲又不言语了。其实心里就那么想,却不再言语。

唉,要能雇到就好了。母亲背着小儿子出去办事,父亲必须照看其他两个儿子。这样每天的来客只能是十人左右。

"我想去趟工作室。"

"现在吗?"

"是啊。今天晚上有点东西必须写完。"

并非谎言。但是也有暂避家中抑郁的想法。

"今晚,我想去妹妹那里一趟。"

我也知道,妹妹病得很重。但是她去探病,我就得带孩子。

"所以,该雇个人……"

刚要说,我又忍住了。妻子家的事,少管为妙。稍有触及,就会给两人的心情带来大麻烦。

活着不易。处处陷阱锁链。稍有不慎就喷血。

我默然站立,从六叠房间书桌的抽屉里取出装有稿费的信封,塞入袖中,然后用黑包袱皮包上稿纸和词典,若无其事地溜了出去。

家里已做不成工作。脑子里全是自杀。然后径直走向喝酒的地方。

"欢迎光临。"

"喝吧。今天又穿上这么漂亮的条纹衫……"

"不坏吧?我以为你喜欢条纹。"

"今天夫妻吵架,窝在家里难受。喝酒。今晚得住这儿……"

希望父母比孩子重要。但那对父母,却事事以孩子为重。樱桃端出。

我家不会让孩子们这般奢侈。孩子们可能从未见过樱桃之类的水果。一定很高兴。父亲带回樱桃,孩子们肯定高兴。用丝线将樱桃穿起来挂脖子上,就像珊瑚的项链一样。

父亲享用着大盘里盛放的樱桃,却是极其难吃的样子,吃了吐籽儿,吃了吐籽儿,吃了吐籽儿,心中却虚张声势地嘟哝着,比起孩子,父母更重要。

二十世纪的旗手

——(生而为人,对不起。)

序唱 须知神之烈焰惨烈

苦恼并非因为高而尊贵。仅此而已么?仅此而已么?篱笆跟前两株高高的立葵,随着时间的推移你追我赶向高处伸展,两三朵娇艳的鲜花开始发蔫儿,忘了昔日容颜骄傲的红色华美,黑色枯萎的花瓣皱纹催生哀悯。"穿着草鞋走踏入九天尊贵神的花园,的确冒犯了神域奠仪,却毫无畏惧地亲手摘下御园的鲜花。不仅如此。他还窥见了午睡时神的美颜。"如此这般。犹如抢旗竞赛第一名的骏足少年,得意忘形,至今残留惹人怜爱的气息。观众或微笑或苦笑带着宽宥的心情。然而一夜之间骤然转变,仿佛突然迷恋于冰冷的新月,怪异疯狂。"神和我五十步笑百步。那天三伏炎热,神也身着奥林匹克图案浴衣,挽着手臂的样子。"闻者大笑不止,出乎意料地鼓掌大声喝彩。啊,台上青黑皮肤、瘦狗一般、嘴巴突出、身高六尺、形态苍老的童子,其实是那高高的立葵精,他耳闻目睹全场怒涛般掌声、欢呼这一怪异的现象时,并未意识到那是缘于自己的丑角扮相或怪异风貌,此时此刻他只是蠕动着他那汗唧唧的鼻子,狂喜的眼神像似要燃起奇怪的火焰。
"我要在今晚的七夕节上宣言,我才是神。九天之神日复一日午睡,纯属怠慢。我曾蹑手蹑脚地潜入其寝所,想将神冠轻轻扣放其大头之上。无惧神罚。哈哈哈。莫如说这个惩罚是我所乐见的!"预期的喝彩,没有发生。一片静寂。接着是犹如潮汐般的嘈杂之声。"没有自知之明的不逞之徒。""神啊,希望是梦。啊呀!这个剧场里有老鼠。""贱民的傲慢增长,可恶!贪得无厌。啊,面目可憎!就像不想再看一眼的雨蛙。"瞬间,当啷一声!有人朝着失魂落魄的童子的鼻梁扔掷石头。此时不幸谅已开始,夸耀自己的养尊处优的自尊心工作,沦落至此。艺术不是抢旗之争呐。那个,那个。真脏。鼻血。看吧,你那找不到一丁点儿失误的短篇集《晚年》,冷酷无情。杰作范本苦不堪言。"请铺上草穗布置个暖和的寝所,"不眠之夜我站在蚊帐的外面祈愿。"感觉寒冷吧。"打了两三个大喷嚏,你就消失了。"不是这样吗?我毕生热情全部收入了这一卷,"我甚至没时间喘上一口气。惩罚,惩罚,神的惩罚,市民的惩罚,困难不幸,爱憎转变,没人的时候偷偷戴上金冠照镜子,带着犯罪感窃笑。神不宽恕。你就是神啊。天然寒风一般让人讨厌。严峻、执拗,压住我的脖子,咕嘟咕嘟沉入水底挣扎,人的孩子在溺死的瞬间趁着稍有松懈,悄然上浮,喜见阳光。我正在深切叹息,至少要对时隔五年的太阳,双手合十郑重祈拜。两手一合,突然从脖颈加持了御手之力,又经五百数十次下沉,沉为淤泥之中龟子的家臣。辛苦者忠告,舍身才能浮起。那个忠告是错的。一旦沉下,就会一下子沉没,啊呀绝无虚言!但凡有一个能浮起,我可向其祈拜。我告诉比我年轻的坦率朋友那世间的真恶,正襟危坐之时,神的眼睛闪闪发光,左手握着时间表,即将宣告沉没的时限,用嘶哑低沉的声音说,"喂,又是五年水底,不知是否还能相见?"神又唤道:"准备!""若是想念,去问问看,水底,啊啊,至少,再说一句话——"耳畔轰响的唯有海浪声。

壹唱　老妈啼哭夜、我儿降生福

来得正好。适逢壹唱,实乃奇迹。镍币五钱般大小的小点。朝阳穿过此时尚未敞开的雨窗钉洞,一束光线正好照射在"壹唱"的"壹"字上。奇迹,奇迹,握手,万岁。愚蠢。天啊!别再胡闹,神圣的工作开始了。回答,好吧。问道,女人,哑巴,枯野。瞎闹。问了就是损失。我恶作剧地说独自前往。明胶凝结。已经指示了一定的方向,有了无心的手杖,一个人饰演两个角色漫才,孤立身世却装作有众多同伴。且歌且唱。难得一篇浪漫曲。约莫百日,蹀和蹀脚,像似盯着金丝雀的黑眼睛湿淋淋的小猫。一应俱全,周而复始。心情愉悦。终于昨晚找到了谈话的线索。喝一杯茶,优哉游哉。

讲之前有一句话,我想预做声明。不是别的,无法和盘托出,也是极端陈腐的语言,可也是作者的心情,恰如正觉坊[①]甲壳一般大小的冰块,时隐时现、悠然地漂流海面,老练的船长立刻改变了航线,危险,危险!撞到沉没,藏在冰山水中的部分,可不是开玩笑的,露出海面的只是圆斗笠大小的东西,水中的基盘至少有五头河马的体积。你真想了解我的时候,可来我家共同生活一周,亲密接触我这彻夜不眠的、盛景一般

[①] 青海龟异名。

颤摇的舌头。可大抵相信此语的确切性。好歹可借此知晓太宰能力的十分之一。错过一个词语便会错过两三千个词语，真是冷酷无情的损失。因此可以相信，以上那些与我不相称的、年幼逞强的话语，统统将预告我们的肉体灭亡。再也不能相见了吧。心不在焉。这就是我的头盖骨，译作骷髅。啊，这是明确认定荒凉心像风景的老生常谈。并非司空见惯的"生命"游戏。受到神的惩罚，按照命定的暗淡命数，事到如今，别再怨恨谁，全部是自己的罪过。一边写这篇小说一边谨小慎微地活着，带着无尽的忧愁犹如竹叶霜，至少要写出二三篇佳作，报答关照过我的善良的人们，算作相应的一点儿奉公谢礼。仅此而已。亦为赴死的盛装。夜夜无眠。拨动心弦。缝缀一篇浪漫。也罢。即便是一篇劣作，我也无从知晓。罪在诞生的时刻。

贰唱　段数渐减法

渐渐坠落。自以为渐渐上升，洋洋得意，打开折扇，悠悠纳凉，渐渐地向下坠落。落至五段，又升上三段。人人都一样。忘记了曾落下五段，只记得三段升级，只知道恭喜恭喜，你好我好。真没出息。十年如一夜，咦、哎呀？但那为时已晚。苦笑中嘟囔，这就是世界，洁净清爽地放弃。这才是世界。

叁唱　同行二人

或是认真想过巡礼。独自旅行，菅笠上细细写着"同行二人"。我,与另外一人。路边,同行者乃是隐形者,低着头静静跟随在我身后。水的精灵,袅袅身姿,似红唇少年;或是身着鼠色明石衣装年近四十的黄脸婆;抑或是柠檬香皂清洁玉体脂垢的妙龄少女。指呼不确,却是妙曼温柔,同行两人。若非自己生病,很久以前,已手摇佳音铃铛,清澄明净,全心全意于似有缘由、即便只是形式而已的青年巡礼。首先,谁啊?某先生?与你告别。站在府上庭院前,铃声浸透了我万千哀愁悲伤,庭院茂盛的草木就是今生的最后相见,痛苦断念,泣血朝圣,秋风伴旅途。我知道早晚埋身异乡泥土,手执无果命运。不知不觉间,我陷入虚幻的恋爱。名不副实。看不见恋爱的样子。撕心裂肺——即便嘴上不说——不义。只一句告白。我是甘愿朝圣并非日后恋爱。我不过要抹煞真心一心朝圣。我想要的东西不是全世界,不是百年名声。我想要的只是一朵蒲公英花的信赖,或一片莴苣叶的抚慰,为此断送了一生。

肆唱　请相信我

东乡平八郎[①]之母并未走近孩子的枕边。这个孩子将来必定是千百人之上的人上人。必须破除礼法。虽是己出,却须尊敬慎重,谨慎伺候。我家情形不同。七八岁即十分孤寂。每晚客厅,祖母领衔。母亲外加亲戚三三两两。放暑假放寒假哥、姐回来,动辄背地里说我坏话。每当我走过客厅前走

---

① 东乡平八郎(1848年1月27日—1934年5月30日),日本海军元帅、大将、侯爵,与陆军的乃木希典并称日本军国主义"军神"。在对马海峡海战中率领日本海军击败俄国海军。

廊,就说:"不能夸奖他。虽然现在还不错,上中学上大学以后成绩就会突然下降。"说话最难听的是小哥哥,刻薄言语不时传我耳中。父母兄弟围坐炉边,欺负七岁的我。从那时起,我便厌恶家里人的客厅会议,专门选定厨房石炉边,冬天把马铃薯埋在炉灰里烤,和四五个长工一起吃。我一副孤立无援的可怜模样。某日,一老婢看不下去,手搭我肩头说了一句难懂的话:看好你前景,但这样的训练太苛刻了。

从那时开始,发芽生根一样落下了失眠症。我的小姐姐和我关系好。小学四五年级的时候,姐姐上女校,夏天和冬天,每年两次休假回家探亲。姐姐的朋友萱野戴眼镜,一个身材矮小肉乎乎的女生,经常跟着姐姐来玩。她软绵绵、胖乎乎的圆脸蛋儿,肤色白皙,双眼皮,长睫毛,除了睡觉的时候,乌黑的、圆溜溜的眼睛总像个小丑似的带着微笑,她摘下眼镜眨巴着眼睛,正在浏览的杂志紧挨着鼻尖儿。那样子像只天真可爱的小熊。明明大我三岁。

很早以前还没见面,我就知道你的名字。姐姐的信里有如下内容,"梅组组长萱野秋,夸你不忘季节地送来软糖和年糕。羡慕我有这么个善良的弟弟,好幸福啊。你信里津轻腔假名没写错的话,姐姐真想给更多的朋友炫耀呢。"

那时候你说要当画家,拥有一台非常精致的相机,走在故乡夏天的乡野小道上,咔嚓、咔嚓闷头照相。不可思议的是与我发现的景色酷似。北国的夏天,南国的初秋,颤悠悠缠绕杉树干的一溜爬山虎枝叶。我无意间扫了一眼,咔嚓地听到你的照相机快门声。我每次都会小声地叹一口气。但是有一天,我为自己悲伤哭泣。当时和现在,我都只是一村童。大正十年(1921),相机是稀罕物。一天给你做跟班,忸忸怩怩不好意思地对你说,让我帮你拿着相机包吧。你身着蓝色浴衣,系着染红点儿的腰带,让我背上了相机。那天在树荫下,我偷偷打开相机瞅了瞅胶片,但见一片乳白,我不满地摇了摇头,若无其事把相机收回了相机壳。那天晚上的显像室里爆发出凄惨的叫喊,底版竟漆黑一片。无智的犯人暴露之后,你就再也不让我拿相机包了。若既往不咎,什么也别说,再相信我一次,让我拿着相机包,即便丢了性命也不会再度破戒。那时藏猫猫,你是鬼,一个人坐在客厅的沙发上,百无聊赖地看杂志,等着大家四处躲藏。同样不喜欢藏猫猫的我必须找地方藏起来,有地方藏,却躲在了你的沙发后面。远处传来弟弟的一声喊——好了。你就拿着杂志站起身,四处找寻。你还记得吗?忘记了吧。大家很快都被找了出来,一个接一个地返回了客厅。

"阿治还没有找到啊。"

"谁说的。在那个沙发后面。"

我从沙发后面站起身来。你怎么知道的?你却冷冷地嘟哝了一句:

"我是鬼嘛。"

二十年了,我忘不了鬼。前几天,读了标题为"浅田夫人的恋爱三级跳"的新闻。你是二科新人。有田教授的……不,不能这样说。回想起来,那是十六岁的夏天,你眉间就有了不吉的皱纹,预言了今日的不幸。"越是有钱人,越是向往金钱。你从来没挣过钱,钱太可怕了。"我不会忘记你的话。原谅我。直说吧,萱野小姐,你曾经一直爱着我的哥哥。

前些天,读了那个新闻报道,想到你的孤寂,我一个人在蚊帐里哭了三个小时。无计可施,纯粹为你的痛苦流泪。一分钱报酬不要。那天晚上,我想让你变得坚强,想让你知道有人相信你的纯洁,想让你充满自信地活下去,就因这点理由想给你写信,墨水瓶的瓶塞拔了,却一个字也写不出来。福田兰童,①他不知写了多少那样的信给女人。全部都是示爱。

伍唱　被称作撒谎者的老实人

走在街上,那个骗子来了。晚霞绯红,雁腹云朵朵。这里有一堆穿和服的家伙懒洋洋拥挤,两手悄然按住各自坚挺的乳房,靠着仓库白墙站成一溜,看样子都是十四五六的姑娘,眼花缭乱,一个劲儿点头,怕痒似的缩短脖子咻咻地笑,可笑的撒谎者乃世间最诚实的老实人。今早故乡的报纸上,一个家庭式小酒馆,勉为其难地兼作旅店,还拙劣地模仿歌舞伎。按一下按钮,启动电器装置,随之出现一张大床。阅读中忍不住失笑。明显受善人、老板娘或黑帮电影的影响,暗中实现了我们的恶之花,不是吗?附加那般大型证据,穷途末路般愚蠢,无有一句辩解。愚蠢啊,乡下的坏人可爱有趣。真正的坏人是不可思议的,活神、活佛,有良心,肯努力,且背后的事实无一例外,乃堂堂的不正天才。即使是释迦,也会对此等大人物甘拜下风,背地里称之为无缘众生。

陆唱　说一不二

"前略。写信联络失礼了,请多关照。本社发行的《秘中

---

① 福田兰童(1905—1976),日本音乐家、尺八演奏者、随笔作家。

之秘》十月号上刊登了一篇有趣的读物,涉及现代学生的生活内容。父兄们让学生游学世间,结果发现不过如此。我想选出如下代表性的学校(帝大、早稻田、庆应大学、目白女子大学、东京女子医专等),每月连载。就是说,我想先在下月完成帝大卷,期望获得您的帮助。四百字的稿纸大约十五页,内容希望真实而有趣。请严守截稿日期。贸然致函非常失礼。恳望承诺。《秘中之秘》编辑部。"

"哈哈,蝙蝠在过去鸟兽交战①的日子背信弃义得益匪浅,后来事情败露,白天羞于外出,只有日落时分偷偷出行。如此还是害臊不已,东躲西藏。对了,忘记了,确实,而且没错,不,不是你的事。我打开天窗说亮话吧。其实总觉得自己的身体跟肮脏的蝙蝠如出一辙。无奈,左也不是右也不是。为生存,面包不重要,葡萄酒才重要。三天不吃饭无妨。我想买那个手柄上装饰蜥蜴脸的八日元的手杖。近来,才总算懂得了失恋自杀是怎样的心情。捧着花束走路,失恋自杀,这两件事,中学、高中、大学,一闪念都感觉脊背透凉,令人感觉羞耻的行为。如今一朵白花也使我如释重负获得拯救。我陷入情网,神志不清,世界变得清澈,我的生命就像沙子般无声崩溃,眼见快要消失,我走投无路,无处容身,治游无度,经济拮据。突然,恍若驱赶蚊帐之中的蚊虫,寂寞,猛烈似故乡的暴风雪,数十丈深古井,独自坠落,呼喊叫喊,无人耳闻,焦虑似青苔般滑溜,耳边呼啸唯有自己叫喊的回音。空洞地笑。抓不到救命稻草,指甲剥落血肉模糊,徒劳的努力。悲惨孤独地狱。太需要钱。说一不二的我会尽量写得有趣,请按一页五

---

① 《伊索寓言》,蝙蝠的两面性。

日元的标准。五日元原本仅有一次。那下一次五十钱也好五钱也罢悉听尊便。不再啰唆。拜托仅此一次。我有信心。领取五日元稿费绝对不亏。拙稿一定能让支付的金额物有所值。四日深夜。太宰治。"

"敬复。四日深夜,附贵函拜读。抱歉,稿费不能满足您的期望,但仍拜托您立刻执笔撰写初稿。普通稿费一日元。特此函复。匆匆。《秘中之秘》编辑部。"

"拜读明信片。四日深夜。特别引用。略具不良用心。全文背后,愤怒溢于言表。我并非因一个自尊心要求五日元。并非仅为一己之贪欲。而是要把钱投予不知姓名的贫寒之人,或者需要钱让那好人高兴。但是现在,没有办法。我忽然小声地说:那让我写吧。太宰治。"

柒唱　我的太阳我的梦

——东京帝国大学内部《秘中之秘》

(内容三十页。全文略。)①

捌唱　愤怒是爱欲至高的形貌云云

"短暂离家旅行,连连接到稿件、来信。失礼。那些稿件真的不行。无论怎样偏袒都不能用。让您重写也不行。对兄长许是力作,对我们却是麻烦。那样的稿子怎样给稿费呢?贵兄,有机会的话向您道歉,先将稿件奉还。匆匆。《秘中之

---

① 原文如此。

秘》编辑部。"

在没有月亮的黑暗的一夜,湖心的波浪不断舔舐着船的侧腹,水深不到五百庹①吧。孩子天真的回答打击了我,还有女人,凝然的恐怖,仿佛听到地狱底部的微弱呼喊,连死都忘了个干净,那夜寒冷的北风,从这一页明信片的角落里呼啸而下。不想回家,心绪焦躁于三界②无家荒凉,蹒跚外出,越过电车的线路铁轨,走在原野,走在田间,不久到达我看不见的美丽城市。

无处可去的夜晚,阿司匹林将三十八摄氏度的体温降到三十七点二三摄氏度,去停车场买了三四十钱一张的车票,漫无目地去往不知其名的小镇,然后在那昏暗的繁华街上沿路边悠然漫步,我在一棵唐突的松树下停下脚步,抬头仰望枝叶。然后卖了怀揣的书本,进了活动写真馆③。门口的风铃声难以忘怀。我一边小解,一边眺望窗外庙会霓虹灯周围身着浴衣的人们。啊,都还活着,泪流满面。但是"这样的哭泣"无聊。市民为了表现生活中最大的感激,眼泪汪汪告白。无论是谁,包括我,都深深地感同身受。哦,哦哦,好难过,地狱深渊,割断了一般坠落下去。那,我怎么办呢?一整天在无人处懊悔地哭泣。我该怎么办呢?那天我漫不经心地在市川车站下车,去看电影《兄妹》,没名堂地狼狈慌张起来,咬紧牙关忍住唏嘘,忍不住就要失声痛哭,连滚带爬出小屋,纵情大哭起来。心里想,软弱被践踏,事到如今也无法抱怨,偷偷地忍耐一下罢,犹如脚下的垃圾。腐败的女人于临终之际,对神

---

① 庹,长度单位。成人两手平伸之时的长度,约为五尺。
② 佛语。一切众生生死轮回三种迷惑世界,即欲界、色界、无色界。
③ 电影院。

的抗议、万般愤怒让我哭泣,莫忘此地。生为人子,一生中应有三次发自内心的愤怒。摩西①絮语。

无论什么样的人,只要活着,就应有受到尊敬的要求。凡是生命,都是世上不可或缺的重要的齿轮。责难他人,无视人的尊严,无法理解他人的孤寂,就完全失去了作家的资格。世上没有一件无用之物。兰童的作品表现了一个女演员的忠贞爱情,表现了菊池宽大海包容般的人情礼赞。此外兰童经常光顾的××闺房开出了感谢尊夫人的朴素的洁白花朵。

"明信片,我看过了。我的稿子,无论如何——不行吗?"

"嗯。不行啊。你瞧这个,别人的原稿,这样的稿子就没有问题。真实而周密。不管怎样,请再看看你的原稿,再读一遍。再下点儿功夫吧。"

"我本来不是个好作家。除了哭泣、懊悔、悔恨,我不知道写什么。"

"失恋自杀,了结了?"

"请借点钱给我支付电车费。"

"……"

"我抱着希望来,一分钱也没带。回家就还给你。一日元也好,两日元也好。"

"市内没有朋友吗?"

"赤羽有个叔叔。"

"那走回去吧。怎么样,没啥可怕的。绕过护城河,从参谋本部到日比谷,再到新桥车站,赤羽就在后面不是吗?"

---

① 公元前十三世纪犹太人的民族领袖。史学界认为他是犹太教的创始者。在犹太教、基督教、伊斯兰教和巴哈伊信仰等宗教里,他都被看作极其重要的先知。按照以色列人的传承,《摩西五经》由其所著。

"这样啊——那么——谢谢。"

"唉,抱歉了。下次再来玩吧。以后再补偿吧。"

还是没法生气。就这样,暑天的都市尘埃,三次四次地让人晕眩。想被汽车碾压,连续不断横穿马路走了三里路。心中所想,人性本善。一夜暴雨,郊外泥道,连滚带爬到了荻窪邮局,请一刻不停地发电报。已经超时。超过规定的时间七分钟,费用加倍。我顿觉困惑,像只落汤鸡。出乎意料的耻辱,浑身不适冒火,发出蚊子般的哼哼声。疏忽大意,兜里仅余三十钱。恳求无论如何帮帮忙。可那三十来岁的黄龇牙瘦婆娘,只管记录不应答,且面无表情地嘟囔着,"怎么能坏了规矩啊。"她算盘拨得啪啦啪啦响铁面无情,我无言以对,无精打采地退了出来。瓢泼大雨。"愚蠢透顶。魔鬼、冤家、坏蛋。我有生以来二十八年,从来没遇见那样的女事务员。其他,全部都是我这样天真的善人。方才那个编辑的无礼不过是表面罢了,我只是毫无戒备地遭到训斥。作家什么不懂?所有的痛苦吞进肚里,心甘情愿,没有发怒的资格。不可思议。可爱竟招致百倍憎恨。一文不名的贱民相貌姣好,独自嘟喃独自微笑。"我爱这个世界的愚昧贱民。

玖唱　娜塔莉亚、亲吻吧

过了两天,与前一天的贱民不同,又成了在帝国宾馆的餐厅,纯麻碎白点花纹和服,罗纱裙裤,白布袜,踌躇满志的太宰治。浅田夫人则戴着粗框的劳埃德眼镜,穿着今年流行的奥林匹克蓝色礼服。浅田夫人幼名萱野。两人在凉爽的餐厅谈笑用餐。昨天我用最后的手段,借了萱野两百日元,不,二十枚十元的纸币。我们在资生堂二楼的包厢里见面,我二百日元刚一出口,她就慌张地连续点头,迅速转到其他话题。两小时后在同一个地方,她坦然自若地将二十张满是细菌的皱巴巴的脏纸片交给了我。萱野小声笑道,这可是全家收入预支。锱铢必较。凭空谎言。我感觉悲哀。预埋伏笔的警戒抹杀我眼中的火焰。那夜的花都是霓虹灯的森林,我在树丛中来去穿梭,空虚地跑来跑去。不能用。我无论如何不能用那笔钱。奴婢的爱。女佣房间的无沿儿红草席、瓶装头油的味道、柳条包底下令人赧颜的三德①,像似一张张皱巴巴的纸币摆在了我的眼前。黎明时打电话。我用公事公办的语调说,收到意外大钱,钱能奉还。又附一句地点是帝国宾馆。至少得有一个华丽豪壮的场所。

那日天气晴朗。谈笑几小时后,我拿出钱来。我话里话外言外之意暗示,这可不是昨晚的那二十张纸币而是另外的二十张。但我突然意识到,昨天晚上收到的纸币,其中三张的角落有红墨水的小点。等我反应为时已晚。恳望萱野小姐没意识到。我深切地祈祷莫为人知。我在米勒的《晚钟》②中深深祈祷,在人生的幕后祈祷。

"萱野小姐,请数一数。收好啊。尴尬,哪怕是一时的尴尬,为了生存,无论如何都是必要的。"

她是一个善解人意的女人。她微微闭紧双唇点点头,用并不熟练的手法数了数钱。十七张。她歪了歪头表示没错。蔷薇复苏。她慢慢仰起真红含羞的脸,发现我狡猾、无耻的笑

---

① 原义为佛果三德,智德、断德、恩德。这里或指称一物三用的便利物品。
② 《晚钟》是法国现实主义画家让·弗朗索瓦·米勒于一八五九年创作完成的一幅布面油画作品,现收藏于巴黎卢浮宫。

容，像小姑娘一样天真地叹了一口气。尽管如此，她也没有忘记聪敏地小声补一句："真不容易啊。谢谢。"然后分道扬镳。花费一万五千日元的学费，记住的只有两人同样强烈的单恋，一如既往的分手。乏味的礼仪、无礼的形迹。啊，真的没错。愤怒是爱欲至高的形貌云云。

拾唱　我也在受苦

有一天，我笑着跟家人说："喂，打开隔扇的时候小心点儿。说不定什么时候在门槛上摇摇晃晃地站着。"家人一言不发，定定地看着我的脸，显然受到了重大的打击，张着嘴一副恐怖的表情。一尺、二尺，就那么坐着退缩。不期落在隔壁六榻榻米上，第一次看到那么多人不出声地恸哭。家人的紧张，至今未得缓解。不知什么时候，竹制晾衣架统统废弃。原来如此。我在当时才注意到，那些晾衣架上挂着的和服，与它们自身的形态如出一辙。此外看见一个四尺八寸的笨蛋女孩儿，正在拔蚊帐旁边墙上的三寸钉，她踮着脚与高处的钉子进行着恶战苦斗。

我躺在藤椅上注视院里拔草的家人身影，纯白的裙装像似护士。好可怜。我家的恶癖一定是丈夫早死。一度四个寡妇聚居，曾祖母、祖母、母亲和姑母。尤其是姑母，失去了两任丈夫。

终唱　可是、最近

艺术，原本热闹的、华美的祭礼。普希金、松尾芭蕉、托尔斯泰、纪德，统统是杰出的记者。钓船中只有我身着蓑衣，船夫和其他人依旧心如明镜。年近八十的青年××翁，看见他那无可救药的恶习了吗？但是那也无妨。艺术，原本如此。婚外情的理由是闲聊。暂且不提。与萱野再未谋面吗？啊，任何浪漫都有无惧神佛的、低劣的结局或宿命。烂读者只读开篇五六行，偷窥一眼结尾一行，啊啊，打个大哈欠。好吧，那就编一段莫须有的、云散雾消的结局。把你腐烂的五脏六腑反复水煮吧。

然后——我们没有放弃。在帝国饭店的黄色正午，隔着桌子站立，用一双浑浊的眼睛盯着对方的眼睛。强风，狂风，岂止衣物，骨头都要碎了。飓风在我们两人的身边狂吹。目之所及，是彼此的蓝色面具，除此而外的一切都被万丈黄尘吞没。与暴风对抗，摇摇晃晃，我们推开桌子，紧握双手，抓住手臂，抱着身体。拥抱。二十世纪的旗手们，首先是超前行为。健全的思绪在那之后，一个接一个地出现。比起做了尼姑的阿光，我更爱阿染、阿七和阿舟。首先，尝试一下吧。声音大、大声宣示就会变成"真理"。比如别人骂你"笨蛋"，你就必须两三倍的音量回骂"笨蛋"。证据胜于言论，没有什么可以妨碍我们结婚。

"这就是与你的结婚浪漫史。我想浓妆艳抹。不满意？此处请特别订正。"

白衣妻子应答。

"这不是我。"她一本正经，断然摇头，"没有这样的人。这是用莫须有的影武者，坑蒙拐骗。我理解你的痛苦，死活写不出那样的一个人物。但还有其他痛苦的女人。"

所以，一开始就排斥。名字不说，也看不出她是如何恋爱。痛苦——就算嘴上不说亦为不义。

啊,玩笑,玩笑。一旦受嘲笑,你就不再忏悔、告白,即便死亡。胸口的秘密绝对是秘密。狡智的极端是瞒住所有人。就那样气息安静,终至冥途。不,只是默默微笑,保密别跟人说。嘲笑,嘲笑,巧妙嘲笑,比神还擅长的嘲笑,嘲笑。

巧妙地受骗。如果未被骗个七次的七十倍,就无法找到真爱的微光。谎言,说谎让我感觉身体的爽快,美不胜收,快乐,静静被捧出的美食,果实累累,默默地享受吧。世界多少热闹一点儿也好。你知道吧?在乡间戏剧、油菜花田里立起一面镜子,草席围起的后台,给献艺人送上十日元的贺礼,前面的花道就贴出其墨宝。所谓"金一千日元,书生赠"。不料,我国自古以来的文学精神在此。

东一句西一句,三十几个杂记本上记满各式各样乱七八糟的事情,皆为给你带来欢乐的礼品,但不走运,关税高得出奇。哎呀,无数的宝物被扔进政府涂满青漆的铁皮屋顶仓库,啪的一声锁上大门。那以后过了十个月,从樱花飘雪到蚊子肆虐,蜻蜓飞舞,红叶纷飞,直至人们穿着黑斗篷徘徊街头的腊月,好不容易筹措了资金,在近三十件行李中买了最廉宜的、不足挂齿的一个小篮子。黄铜的小篮子闪闪发光,打开荷包锁,赫然跳到了大家眼前。哎、哎、哎呀,这真是出乎意料。百千只思的小螃蟹惊慌不已。我一会儿追追这只,一会儿追追那只。写一行破一行,书一语破一语。渐感悲伤,在黄昏房间一隅,我握着水笔嘤嘤哭泣。

"外国文学名著丛书"书目

第 一 辑

书 名	作 者	译 者
伊索寓言	〔古希腊〕伊索	周作人
源氏物语	〔日〕紫式部	丰子恺
堂吉诃德	〔西班牙〕塞万提斯	杨 绛
泰戈尔诗选	〔印度〕泰戈尔	冰 心 石 真
坎特伯雷故事	〔英〕杰弗雷·乔叟	方 重
失乐园	〔英〕约翰·弥尔顿	朱维之
格列佛游记	〔英〕斯威夫特	张 健
傲慢与偏见	〔英〕简·奥斯丁	王科一
雪莱抒情诗选	〔英〕雪莱	查良铮
瓦尔登湖	〔美〕亨利·戴维·梭罗	徐 迟
欧·亨利短篇小说选	〔美〕欧·亨利	王永年
特利斯当与伊瑟	〔法〕贝迪耶	罗新璋
巨人传	〔法〕拉伯雷	鲍文蔚
忏悔录	〔法〕卢梭	范希衡 等
欧也妮·葛朗台 高老头	〔法〕巴尔扎克	傅 雷
雨果诗选	〔法〕雨果	程曾厚
巴黎圣母院	〔法〕雨果	陈敬容
包法利夫人	〔法〕福楼拜	李健吾
叶甫盖尼·奥涅金	〔俄〕普希金	智 量
死魂灵	〔俄〕果戈理	满 涛 许庆道

书　名	作　者	译　者
当代英雄	〔俄〕莱蒙托夫	草　婴
猎人笔记	〔俄〕屠格涅夫	丰子恺
白痴	〔俄〕陀思妥耶夫斯基	南　江
列夫·托尔斯泰中短篇小说选	〔俄〕列夫·托尔斯泰	草　婴
怎么办？	〔俄〕车尔尼雪夫斯基	蒋　路
高尔基短篇小说选	〔苏联〕高尔基	巴　金等
浮士德	〔德〕歌德	绿　原
易卜生戏剧四种	〔挪〕易卜生	潘家洵
鲵鱼之乱	〔捷〕卡·恰佩克	贝　京
金人	〔匈〕约卡伊·莫尔	柯　青

第 二 辑

荷马史诗·伊利亚特	〔古希腊〕荷马	罗念生　王焕生
荷马史诗·奥德赛	〔古希腊〕荷马	王焕生
十日谈	〔意大利〕薄伽丘	王永年
莎士比亚悲剧五种	〔英〕威廉·莎士比亚	朱生豪
多情客游记	〔英〕劳伦斯·斯特恩	石永礼
唐璜	〔英〕拜伦	查良铮
大卫·科波菲尔	〔英〕查尔斯·狄更斯	庄绎传
简·爱	〔英〕夏洛蒂·勃朗特	吴钧燮
呼啸山庄	〔英〕爱米丽·勃朗特	张　玲　张　扬
德伯家的苔丝	〔英〕托马斯·哈代	张谷若
海浪　达洛维太太	〔英〕弗吉尼亚·吴尔夫	吴钧燮　谷启楠
哈克贝利·费恩历险记	〔美〕马克·吐温	张友松
一位女士的画像	〔美〕亨利·詹姆斯	项星耀
喧哗与骚动	〔美〕威廉·福克纳	李文俊
永别了武器	〔美〕欧内斯特·海明威	于晓红

书　名	作　者	译　者
波斯人信札	〔法〕孟德斯鸠	罗大冈
伏尔泰小说选	〔法〕伏尔泰	傅　雷
红与黑	〔法〕司汤达	张冠尧
幻灭	〔法〕巴尔扎克	傅　雷
莫泊桑中短篇小说选	〔法〕莫泊桑	张英伦
文字生涯	〔法〕让-保尔·萨特	沈志明
局外人　鼠疫	〔法〕加缪	徐和瑾
契诃夫小说选	〔俄〕契诃夫	汝　龙
布宁中短篇小说选	〔俄〕布宁	陈　馥
一个人的遭遇	〔苏联〕肖洛霍夫	草　婴
少年维特的烦恼	〔德〕歌德	杨武能
德国，一个冬天的童话	〔德〕海涅	冯　至
绿衣亨利	〔瑞士〕戈特弗里德·凯勒	田德望
斯特林堡小说戏剧选	〔瑞典〕斯特林堡	李之义
城堡	〔奥地利〕卡夫卡	高年生

第 三 辑

埃斯库罗斯悲剧二种	〔古希腊〕埃斯库罗斯	罗念生
索福克勒斯悲剧二种	〔古希腊〕索福克勒斯	罗念生
欧里庇得斯悲剧二种	〔古希腊〕欧里庇得斯	罗念生
神曲	〔意大利〕但丁	田德望
西班牙流浪汉小说选	〔西班牙〕克维多　等	杨绛　等
阿拉伯古代诗选	〔阿拉伯〕乌姆鲁勒·盖斯　等	仲跻昆
列王纪选	〔波斯〕菲尔多西	张鸿年
蕾莉与马杰农	〔波斯〕内扎米	卢　永
莎士比亚喜剧五种	〔英〕威廉·莎士比亚	方　平
鲁滨孙飘流记	〔英〕笛福	徐霞村

书　名	作　者	译　者
彭斯诗选	〔英〕彭斯	王佐良
艾凡赫	〔英〕沃尔特·司各特	项星耀
名利场	〔英〕萨克雷	杨　必
人性的枷锁	〔英〕威廉·萨默塞特·毛姆	叶　尊
儿子与情人	〔英〕D.H.劳伦斯	陈良廷　刘文澜
杰克·伦敦小说选	〔美〕杰克·伦敦	万　紫等
了不起的盖茨比	〔美〕菲茨杰拉德	姚乃强
木工小史	〔法〕乔治·桑	齐　香
恶之花　巴黎的忧郁	〔法〕波德莱尔	钱春绮
萌芽	〔法〕左拉	黎　柯
前夜　父与子	〔俄〕屠格涅夫	丽尼　巴金
卡拉马佐夫兄弟	〔俄〕陀思妥耶夫斯基	耿济之
安娜·卡列宁娜	〔俄〕列夫·托尔斯泰	周扬　谢素台
茨维塔耶娃诗选	〔俄〕茨维塔耶娃	刘文飞
德国诗选	〔德〕歌德　等	钱春绮
安徒生童话选	〔丹麦〕安徒生	叶君健
外祖母	〔捷〕鲍·聂姆佐娃	吴　琦
好兵帅克历险记	〔捷〕雅·哈谢克	星　灿
我是猫	〔日〕夏目漱石	阎小妹
罗生门	〔日〕芥川龙之介	文洁若

第　四　辑

一千零一夜		纳　训
培根随笔集	〔英〕培根	曹明伦
拜伦诗选	〔英〕拜伦	查良铮
黑暗的心　吉姆爷	〔英〕约瑟夫·康拉德	黄雨石　熊　蕾
福尔赛世家	〔英〕高尔斯华绥	周煦良

书名	作者	译者
月亮与六便士	〔英〕威廉·萨默塞特·毛姆	谷启楠
萧伯纳戏剧三种	〔爱尔兰〕萧伯纳	潘家洵 等
红字 七个尖角顶的宅第	〔美〕纳撒尼尔·霍桑	胡允桓
汤姆叔叔的小屋	〔美〕斯陀夫人	王家湘
白鲸	〔美〕赫尔曼·梅尔维尔	成 时
马克·吐温中短篇小说选	〔美〕马克·吐温	叶冬心
老人与海	〔美〕欧内斯特·海明威	陈良廷 等
愤怒的葡萄	〔美〕斯坦贝克	胡仲持
蒙田随笔集	〔法〕蒙田	梁宗岱 黄建华
悲惨世界	〔法〕雨果	李 丹 方 于
九三年	〔法〕雨果	郑永慧
梅里美中短篇小说选	〔法〕梅里美	张冠尧
情感教育	〔法〕福楼拜	王文融
茶花女	〔法〕小仲马	王振孙
都德小说选	〔法〕都德	刘 方 陆秉慧
一生	〔法〕莫泊桑	盛澄华
普希金诗选	〔俄〕普希金	高 莽 等
莱蒙托夫诗选	〔俄〕莱蒙托夫	余 振 顾蕴璞
罗亭 贵族之家	〔俄〕屠格涅夫	陆 蠡 丽 尼
日瓦戈医生	〔苏联〕帕斯捷尔纳克	张秉衡
大师和玛格丽特	〔苏联〕布尔加科夫	钱 诚
茨威格中短篇小说选	〔奥地利〕斯·茨威格	张玉书 等
玩偶	〔波兰〕普鲁斯	张振辉
万叶集精选	〔日〕大伴家持	钱稻孙
人间失格	〔日〕太宰治	魏大海

第 五 辑

书 名	作 者	译 者
泪与笑 先知	〔黎巴嫩〕纪伯伦	冰 心 等
华兹华斯 柯尔律治诗选	〔英〕华兹华斯 柯尔律治	杨德豫
济慈诗选	〔英〕约翰·济慈	屠 岸
汤姆·索亚历险记	〔美〕马克·吐温	张友松
大街	〔美〕辛克莱·路易斯	潘庆舲
田园三部曲	〔法〕乔治·桑	罗 旭 等
金钱	〔法〕左拉	金满成
果戈理小说戏剧选	〔俄〕果戈理	满 涛
奥勃洛莫夫	〔俄〕冈察洛夫	陈 馥
谁在俄罗斯能过好日子	〔俄〕涅克拉索夫	飞 白
亚·奥斯特洛夫斯基戏剧六种	〔俄〕亚·奥斯特洛夫斯基	姜椿芳 等
复活	〔俄〕列夫·托尔斯泰	草 婴
静静的顿河	〔苏联〕肖洛霍夫	金 人
谢甫琴科诗选	〔乌克兰〕谢甫琴科	戈宝权 任溶溶
维廉·麦斯特的学习时代	〔德〕歌德	冯 至 姚可崑
叔本华随笔集	〔德〕叔本华	绿 原
艾菲·布里斯特	〔德〕台奥多尔·冯塔纳	韩世钟
豪普特曼戏剧三种	〔德〕豪普特曼	章鹏高 等
铁皮鼓	〔德〕君特·格拉斯	胡其鼎
加西亚·洛尔卡诗选	〔西班牙〕加西亚·洛尔卡	赵振江
你往何处去	〔波兰〕亨利克·显克维奇	张振辉
显克维奇中短篇小说选	〔波兰〕亨利克·显克维奇	林洪亮
裴多菲诗选	〔匈〕裴多菲	孙 用
轭下	〔保〕伐佐夫	施蛰存

书　名	作　者	译　者
卡勒瓦拉(上下)	〔芬兰〕埃利亚斯·隆洛德	孙　用
破戒	〔日〕岛崎藤村	陈德文
戈拉	〔印度〕泰戈尔	刘寿康